陳醋天下

CHENCUTIANXIA

恋神 著

新世界出版社
NEW WORLD PRESS

图书在版编目（CIP）数据

陈醋天下 / 恋神著. -- 北京 : 新世界出版社,
2020.5

ISBN 978-7-5104-7005-9

Ⅰ. ①陈… Ⅱ. ①恋… Ⅲ. ①长篇小说－中国－当代
Ⅳ. ①I247.5

中国版本图书馆CIP数据核字(2020)第002479号

陈醋天下

作　　者：恋　神
策划编辑：张铁成
责任编辑：张晓翠
责任印制：王宝根
出版发行：新世界出版社
社　　址：北京西城区百万庄大街24号（100037）
发 行 部：（010）6899 5968　　（010）6899 8733（传真）
总 编 室：（010）6899 5424　　（010）6832 6679（传真）
http：//www.nwp.cn
http：//www.nwp.com.cn
版 权 部：+8610 6899 6306
版权部电子信箱：nwpcd@sina.com
印　　刷：大厂回族自治县德诚印务有限公司
经　　销：新华书店
开　　本：710mm×1000mm　1/16
字　　数：386千字　印张：18.75
版　　次：2020年5月第1版　2020年5月第1次印刷
书　　号：ISBN 978-7-5104-7005-9
定　　价：45.00元

目录

壹 远嫁：一见倾心入醋门

【1】

光绪二十四年，朝廷推举新政的苗头日渐明显，商户们又看到了新的希望，纷纷活络起来。

镇江府首屈一指的大酒楼镇江饭店里生意兴隆，四处都能听到食客和小二之间的互动。

“小二，换醋！”

“哎，二楼芙蓉居，换醋！”

“小二，这边加醋！”

这时，镇江饭店的后厨里，一个面容白净的小伙计正探着头往大堂望着，一对儿吊梢眉下一双清澈见底的桃花眼迅速地往刚刚招呼加醋的食客桌上瞟了一眼，便对身边正要去加醋的伙计说道：“先去给二楼换醋吧，那边的客人我来招呼。”

说着，便转过身去，随手拿了个小醋壶，灵巧地绕过了忙得七荤八素的火夫和厨子，开了厨房的木刻后门，踏着院子里的石板路走了几步之后，又打开一扇实木大门。走过一排用各种红色封纸标注着不同名字的醋缸，最后在一个未标名字的小坛子前停下，掀开盖子，稍稍弯了下腰，用手往鼻子边上扇了扇，随即心满意足地打开醋壶的盖子，在壶口处放上漏斗后，操起醋勺开始舀醋。

打到三分之一后，便取下漏斗，重新盖好壶盖儿和封纸，小心地将醋壶端着回了后厨，顺手扯下迎面走过的伙计肩膀上的毛巾搭在自己肩上，就往大堂来了。

待送到食客桌边时，对方已经颇为不耐烦，忍不住唠叨道：“怎么这么久？爷都饿过劲儿了！”

可抬头一见来人，又立即不作声了。

小伙计也未先做解释，只扬起醋壶来往食客的面碗里淋了几滴之后，才又将醋壶小心收回，一对儿樱桃红唇这才微微轻启道："您吃的这碗面，是用豚骨熬制的汤汁煮的，本就浓厚，而您桌上的醋虽也是上好的镇江香醋，但与这面汤却有些不对味儿。这是我们的疏忽，所以我刚刚特意去取了这壶陈醋来，好给您换换口味儿，提提鲜，正好也给您再开开胃。"

说着，她还摊开手掌朝面的方向指了指，继续说道："不过您要是再不动筷子，再好的醋也救不回来这碗面了。"

食客知道小伙计的身份，倒也没驳了她的面子，拿起筷子试探着吃了一口，很快便埋着头大口大口地吃了起来，没一会儿就对着隔壁正在干活的另一个伙计说道："小二，再来一碗！"

说着，又指着眼前小伙计手里的醋壶说道："加这醋！"

含含糊糊地说完这句，干脆捧起碗来将面汤喝了个精光。

小伙计嘴角微微翘起，道："好，回头给您直接加在面里。"

说完，便乐呵呵地往回走，结果刚一出门，往后厨送柴的小巷里忽然伸过来一只手，随手一拉就将她拉了出去。

因为是熟人，小伙计并未惊叫，只一门心思护着手里的醋壶，嘴里还直念叨："醋！当心洒了醋！"

说话间，手里的醋壶已经交给了正好经过的伙计带走，身子轻轻一转，便跟着那人一道倚着墙坐在了石板路上。

来人是镇江府香醋大户苏家的二公子苏芸河，亦是位唇红齿白、眉清目秀的，今日穿得一身富贵样，与小伙计形成了鲜明对比。

见小伙计在自己身边坐好，苏芸河便神秘兮兮地从身后挪出一个和小伙计在醋窖舀的那坛醋一模一样的坛子。

"婉婉，你看我拿什么来了？午时方成半年陈酿，经过淋醋杀菌之后，我第一时间就想着拿来给你尝尝的。"

小伙计一脸兴奋地接过那醋坛子，当即惊喜道："还是温的呢！"

说着，便迫不及待地掀开红色封纸，随手朝自己的鼻子扇了扇，一股好闻的醋香迎面而来，让她立即陶醉其中。

随即，她又接过苏芸河顺势递过来的醋勺舀了一点尝了尝，忽然一脸惋惜地说道："哎呀，终究还是你家的醋味道更胜一筹。"

说着，小伙计嘴嘟得老高，一脸纳闷地抓着头顶上有点儿戴歪了的黑色瓜皮帽，想不通地说道："真是奇怪，明明这次我和你用的是同样的料，同样的配比，同样的时间，同样的工序，怎么味道竟还是不如你的好？难道你家的风水和我家的不一样？”

小伙计说着，又忽然转过头来仔细打量了一下男子的脸，一对儿又大又圆的黑眼珠在眼眶里转了一圈，突然很严肃地问道：“你说，是不是我不在的时候，你又偷偷放了什么东西进去，或者加了什么工序了？”

苏芸河最喜欢看她这样着了魔似的研究酿醋工艺时的样子，忍不住轻笑一声道：“你真想知道？”

小伙计立时急火火地点头说道：“我当然想知道——你当真背着我多加了工序？”

苏芸河立时摇了摇头：“那倒不是，只不过我们苏家酿醋倒是真有些诀窍，你要是当真想学，不如——不如你嫁进我家做媳妇，我便请我娘亲自教你啊。”

小伙计一听这话，惊得立时向旁边挪了一个身位，随即又立即把身边的醋坛子抱在怀里封好了口说道：“你想得美！不过就是好了一点点，我拿回去仔细研究一下，总会有机会做得比你好的！”

说完，小伙计还立马站了起来，抱着那坛醋宝贝似的就走，临走，还不忘放下句损话道：“再说，你这醋虽然好，但比起我小时候吃过的那种醋，还是要差得远的，我真要为学酿醋献身，也当是为了那种醋。”

说话间，小伙计已经抱着醋坛子跑出去老远，从苏芸河的角度来看，还真有点儿落荒而逃的感觉。

不过他倒也不着急，他和小伙计两个从小一起长大，小伙计打小酷爱酿醋，而论起酿醋的手艺，整个镇江府不会有人超过他们苏家的。所以在他心里，两个人迟早是要成亲的。

于是这会儿看着小伙计落荒而逃，他也只是漫不经心地笑笑说道：“那等我酿出了比那种醋还要好的，你可愿意嫁我？”

小伙计远远地听了这句，也不知是动了心思还是怎的，立时停住了脚步，转过身来极其敷衍地扫了一眼苏芸河，忽然用特别快的速度囫囵吞枣似的说了一句话，便走了。

换作旁人，可能根本没听清小伙计说了啥，但是苏芸河是小伙计的知心人，他很清楚地听到她说：“到时候，再说吧！”

【2】

小伙计刚一回到后厨，就听到楼上的伙计扯着嗓子喊道：“楼上芙蓉居，换醋！”

这话听着耳熟，小伙计便顺势瞧了一眼正准备端醋上去的伙计，那脸拉的，都快挨着地了。

于是她立即拦住那伙计问道：“楼上芙蓉居不是刚换过醋吗？这会儿怎么又要换了？”

店小二一瞧是她，便叹了口气说道：“您有所不知，岂止是又换醋？是又又又又换醋了。也不说到底要什么醋，只说不够味儿。这不，大师傅刚叫我把咱们饭店酸度最高的醋送上去，要是还嫌不够味儿，那就十成是来砸场子的！”

小伙计一听这话，立马将那伙计手里的醋壶拿过来闻了闻，是刚从苏家进来的三年陈醋，酸度是够了，但是后甘却稍稍有些欠缺，未必就比她手里的这坛新醋出彩。不过醋再好再次，也终归是种调味剂，说到底还是要与食材相匹配，不一样的食材要用相应口味的醋，才能搭配出恰到好处的美味。

所以她随口又问道：“芙蓉居点了什么菜？”

小二随口报了菜名。

小伙计又问：“都送了哪些醋上去了？”

小二又报出了醋的品种。

小伙计听完，觉得后厨的配料并无差错，便有些微微皱了眉，可随即又道：“或许是食客口味偏重，这件事儿你别管了，我来处理。”

说完，小伙计转身从架子上取了五个带盖子的白瓷小醋壶，又往刚刚去过的醋窖去了。

没一会儿就都舀满了端了出来，临要出门的时候，想起自己刚刚带进来的苏芸河新酿成的那坛陈醋，便又取了个醋壶，也舀了一些带上，平平地端着往楼上去了。

楼上的伙计见是她端着醋上来，心里便立时有了底，笑盈盈地跑去给拉开了门，朝着里面说道：“客官，给您换醋了。”

里面的人听见这话，没一个人扭头往这边看，只有正对着门坐着的男人冷着一张脸说道：“那就快端上来吧。”

一般正对门坐着的，都是请客的人，很显然这顿饭里的主宾并没有被招待好，这会儿没有直接翻脸，依旧保持着克制，已经是很给面子了。

对于客人的冷待，小伙计也是习以为常的，冲着开门的伙计使了个眼色，那人便识趣地在小伙计的身后关好了门。

小伙计也并未直接将醋放下，而是先打量了一下桌上的菜。

水晶肴肉、清蒸鲥鱼、清炖蟹肉狮子头、百花酒焖肉、糖醋萝卜干，外加一笼蟹黄蒸饺，尽是些镇江饭店的招牌菜，然而却一样未动。

而在这些小伙计再熟悉不过的本地菜的簇拥下，一样外来菜就显得格外地扎眼，那就是汉中凉皮。

自家大师傅是地地道道的镇江府人士，凉皮自然是不会做的，瞧这刀工和粉皮儿层次，应该是从隔壁那家陕北人开的陕北风味儿小吃临时调来的。

想到这里，小伙计的眼神开始快速地在食客们的身上扫了一圈，最终将目光定格在了离凉皮最近、坐在主宾位置上的那个中年男子身上，只见这人粗眉大眼、鼻梁挺拔，厚度适中的双唇周围蓄着一圈透着正气的八字山羊胡。

男子穿着并不比周围那些陪客华贵，甚至还有些过分的简朴，但是那不怒自威的气质，却生生将旁人的气势压低了一等。

小伙计的眼神只在男子的身上定格了一下，便大概猜出了今天这换醋的风波是怎么回事儿了，于是这才走上前去，轻轻地将手里的托盘放到了桌边，随手端出了其中一壶醋……

“肴肉性冷，配以姜醋加点酱油最为合适，可以使水晶肴肉香而不腻，入口留香，回味无穷。”

小伙计说着，便将手里的那壶醋倒进提前准备好的味碟中，顺势将味碟摆在了水晶肴肉的边上。

众人听她口气，都纷纷将目光聚了过来，刚刚说话的那位一见是她，眉宇间忽然生起一种极其复杂的神情，刚想说点什么，那位主宾却忽然伸手轻轻将他挡住，示意不要打搅小伙计配醋。

其余人本就是请客之人拉来陪客的，见此情景，也不便多说什么，都坐在一旁静静地看热闹。

小伙计见众人都不说话，也并不着急，随即又拿起一壶醋，一边往味碟里倒，一边说道：“清蒸鲥鱼本就口味清淡，于口重之人而言确实差点儿味道，配以百里香醋，可谓绝佳。”

说完，将倒好的味碟摆在了清蒸鲥鱼的边上。

紧接着，又开始倒第三壶醋。

“百花酒焖肉本不需要配醋，但主料以五花肉为主，多食难免生腻，诸位客官又都饮了酒，稍饮一小杯葡萄醋，既可解腻，又可解酒，可谓两全其美。”

这次，小伙计并未选择味碟，而是将第三壶醋倒进了提前准备好的小酒盅里，倒至三分之二时，按照宾主次序依次分发。

本以为到这里，对面的总该说点什么了，可是瞧着这帮人的眼色，小伙计便知道这是这位主宾不让说话，心里知道是遇到了懂醋之人，也便忽然放心了一些。

“其实这糖醋萝卜干本就是本店附赠的解腻小菜，只恐客官从北面来，不喜甜食，如今倒也有些多余了。”

说着便伸手将那盘萝卜干收回到托盘中腾出了地儿，随即又摆了一个稍大的鸳鸯味碟上去，一边倒着第四壶和第五壶醋，一边说道：“至于这清炖蟹肉狮子头和蟹黄蒸饺，是我镇江府的特色菜，配上本店的特调姜醋后，口味醇香，鲜度也可更高。”

“至于这——”

“都别呆着了，既然店家如此费心，诸位不尝尝？”

不等小伙计继续说下去，这位主宾终于开口了。

这大概是这位主宾今天第一次开口说话，众人几乎如释重负，立即咧着嘴拿起了筷子，可是又见这位主宾迟迟不伸手，也便都不敢先去夹菜。

最后还是请客之人出来解围：

“仲文兄，你这不是为难我们吗？你这个主宾不动筷子，我们这些人哪敢先张口啊？有失礼数啊。”

小伙计手里正握着那最后一壶刚刚从苏芸河手里抢来的陈醋，心想叫他们先尝尝其他的醋倒也无妨，如此一来，等到她拿出这壶陈醋给那凉皮调味儿时，便就要惊艳四座了，到那时，这件棘手的事儿应该也就算是解决了。

那位主宾倒也给了些面子，虽说依旧一副对桌上食物提不起兴味的模样，但也勉强提起筷子夹了个蒸饺蘸着小伙计倒的姜醋吃了。

众人已陪着这主宾坐了半个时辰，肚里早空了大半，见他提了筷子，也便纷纷拣自己喜欢的吃了，没一会儿，便突然有人问道：“不对啊，你这水晶肴肉的配醋与蟹黄蒸饺的配醋都是姜醋，怎么味道竟然大不相同？”

“对呀，我从前吃这蟹肉狮子头，也觉得应该配些姜醋对身体更好些，只是嫌那醋味太浓，影响了蟹肉的鲜美，所以一直都未配醋吃，如今你这醋倒是浓淡适宜，与那水晶肴肉的配醋和蟹黄蒸饺的配醋倒是都不一样的。”

与此同时，吃了百花酒焖肉的客人，也顺势饮了一口小伙计刚刚端过去的葡萄醋，立时点头称赞道：“绝了！我倒是有幸喝过几口洋人的葡萄酒，总觉得未免有些酸涩，都说醋是酿坏了的酒，如今这酿坏了的葡萄酒，虽说酸度上来了，但涩却变成了甜，而用这葡萄醋来解酒的说法，倒是既有趣又别有一番风味啊。”

大伙说话的时候，小伙计瞧见那位主宾也提起筷子往各个味碟里蘸着尝了一下，但却并未立即表态，且在他的脸上也并未瞧见惊喜之色。

这未免叫小伙计心下有些着急，难道这家伙果真是来挑事儿的？

请客之人听见大伙儿都对小伙计送来的醋颇为满意，便笑呵呵地说道：“若说这醋里面的门道，在座的怕是没有比仲文兄更懂的了，不如请仲文兄来讲讲？”

众人一听，也立时跟着起哄。

这位主宾却一直双肘拄在桌边，小臂叠在一起，低着头坐着，似乎对于刚刚的那些醋并不想过多评价，人家表现得已经非常委婉，但看在小伙计的眼里，分明就是被嫌弃了。

不觉一股怒火上来，忽然咬着牙问道：“这位客官当真懂醋？”

在小伙计的心里，这位主宾大约是被北方的重口味养坏了舌头，尝不出醋的好歹了。

请客之人立时蹙眉道："哎，可不要乱讲话，这位可是地地道道的山西老醯儿，山西醋业商会的王晋昇王会长，若论懂醋，你怕是还差得远呢。"

小伙计虽然是去过一次山西，但对那边的风土人情知之甚少，再加上镇江府本就是名醋产地，所以山西的醋在这边销得并不多，请客之人的话倒也没把她吓着。

倒是听到那一句"你怕是还差得远呢"的时候，小伙计心里头大大地不服气，随即又道："那倒未必，酿醋的本事我虽然谈不上有，但论懂醋，放眼整个镇江府，怕是连香醋鼻祖苏家，也找不到一个比我更懂的。"

"这位小哥好生狂妄！你可知这位是何等人物？"

立时有人发了火，一副要拍死小伙计的模样。

"怎么不知？山西省的王会长嘛，那也不能长他人志气，灭自己威风不是？"

"你——还不叫你们掌柜的来？"

陪客中的一位不认识小伙计，只觉得这小伙计肯定是触了王晋昇的逆鳞，想着快点儿打发了他走才是。

与此同时，外头候着的伙计听见里头嚷嚷起来了，生怕小伙计吃了亏，忙跑进来一边给几位道歉，一边要把小伙计给换出去。

请客之人知道小伙计身份，但他今天请王晋昇来亦是有所求，两头都不好得罪，也只好缩在一边举棋不定，最好是小伙计先自行出去，他们也就数落新来的伙计两句，再结了账换个地方，这事儿大概也就了了。

可小伙计气头上来，偏不肯出去，一双好看的桃花眼直勾勾地盯着王晋昇，就差口头说出来要和他斗醋了。

而就在场面一度混乱之际，王晋昇忽然咧嘴笑了一下，一脸平静地说道："还是快上陈醋吧，若没猜错的话，你这最后一个醋壶里，放的是特意给这凉皮调味儿的陈醋吧？"

王晋昇这话一出，众人皆是一惊，合着大伙这么闹腾了半天，人家其实根本没往心里去？这就有点儿挺没劲儿的了。

小伙计更是吃了一惊，立时愣在了原地，心里琢磨着这个人到底在搞什么名堂，明明看起来像是个来闹事儿的，可是眼见着事儿就要闹起来了，他又突然出面平息，眼下要是不拿出那壶陈醋来，倒显得她成了闹事儿的了。

正犹豫之际，身边的伙计忽然撞了她一下，小声嘀咕道："要不还是小的来？"

她这才反应过来，立时端起那最后一壶醋道："不用，你先出去，见机行事。"

说完，便又提着那壶陈醋说道："凉皮不比面条带汤水儿，口感稍稍偏干，所以醋汁儿尤为重要，尤以酸度在六度之上的陈醋配汁儿，口感最佳。如今我手中的这壶醋，酸度在十一度之上，且入口绵柔，回甘深厚，所以满足您的口味，应该是富富有余了。"

小伙计说话时，还特意留意了一下周围人的反应，在她说出这壶陈醋有十一度时，大多数人也都眉毛高挑，一脸震惊。

镇江香醋因为酿造工艺与山西老陈醋不同，通常三十七天即可成醋，酸度虽比其他醋种要高上一些，但大多也是在六点五度左右，比起其他地区的陈醋来讲，新醋的酸度是最低的。

一来因为销量大，所以没必要放得太久。二来镇江府的百姓口味清淡，浓度大的醋价格昂贵，销量却并不太好。只有像镇江饭店这样规模的大酒楼，才会在制菜时搭配使用。

所以当小伙计说出她手里的醋有十一度时，在座的本地人都吃了一惊，至此，也都知道这是个肚子里有货的人，便都老老实实地缩在一边不插嘴了。

小伙计对众人的反应十分满意，随即便要往凉皮里加醋，却被王晋昇一把扇子给挡住了。

“哎？凉皮来得不容易，还是先让我尝尝醋再说吧。”

说话间，已经取了身边的干净酒盅递了过来，等着小伙计给他倒醋。

小伙计倒也没犹豫，毕竟这人在她心里已经成了闹事儿的了，会让她那么顺顺利利地把醋加进凉皮里那才奇怪呢。

于是左手拖住壶底，右手稍稍一抬，只给王晋昇倒了一小口。

“此醋酸度过高，一般人不易空腹食用，少食为妙。”

这脸不红心不跳的模样，就好像刚刚在外头路上兴冲冲地喝了一大口的那人不是她一样。

但其实她是舍不得给王晋昇多喝，毕竟这醋可是她和苏芸河两人窝在一起研究了大半年的方案，之后又一起酿了大半年才酿出这么一小坛来，名字都还没来得及取，怎么能全给了这个闹事儿的喝了？

可这话听到众人耳朵里，却是叫他们倒吸了一口凉气，山西老醯儿本就钟爱食醋，别说是十一度的醋了，十八度的醋也食得，更何况王晋昇还是山西醋业商会的会长呢？小伙计这么说，分明就是在挑衅啊。

可王晋昇倒也没介意，道了声“无妨”之后，抬起小盅一饮而尽。

随即双唇轻启，似乎是在品味儿，脸上总算是比刚刚多了点儿笑意，这叫周围的人都松了一口气，觉得这个事儿总算是了了，之后也该能谈正事儿了，但是很快，他们就笑不出来了……

“酸而不涩，香而微甜，色浓味鲜，说起来也算是上乘了。”

“至于原料，从甜度上看，该是丹阳产的上好酒米，小曲的用料并没有选择镇江香醋普遍用的药酒，这种特殊的味道大概是——”

王晋昇说着，眼神不禁朝桌边摆着的一坛百花酒看了一眼，这是镇江饭店的镇店之宝，对于这种皇家贡酒，也只有镇江饭店这样规模的大酒楼有专供权，而且还不是一般人能喝得到的。

想到这里，王晋昇不由又朝小伙计瞧了一眼，个子不高，还有点儿尖声细语，一开始还以为是个没长毛的愣头小子，如今看来，倒也没那么简单了。可他也并未直接戳穿，而是微笑着继续说道："大概用的便是这百花酒了。"

一听这话，在座的便又是吃了一惊。

竟然用皇家贡酒来酿醋？这是要把这醋也弄成贡醋的节奏吗？

小伙计更是吃了一惊，脱口问道："你是怎么知道的？"

镇江饭店虽然有百花酒的专供权，但毕竟是贡酒，也不能太过招摇，所以对此酒的管制还是极其严格的。小伙计当时也是费了好大的劲儿，才弄来了这么一坛来酿醋的。

如今被王晋昇轻而易举地给尝出来了，心里立时咯噔一下，忙左右看了看，生怕饭店掌柜的突然乱入，再去打个小报告什么的。

王晋昇却只是轻笑了一声，又继续说道："只不过你们的麦曲选的是生麦曲，水分过多，所以即便是用了半年陈酿，酸度也才到了十度左右，刚刚说成了十一度，大概是你夸张了。下次若要再酿，建议你们考虑熟麦曲。"

王晋昇说完，也不给小伙计插嘴的机会，又继续补充了一句道："不过好在你们后期的淋醋工艺和杀菌工艺做得还到位，不然有可能连这勉强的十度也够不上了。"

王晋昇这一句话，直接解释了小伙计之前对于自己酿的醋和苏芸河酿的醋之间的差异所在，虽然最开始的所有工艺，小伙计都是和苏芸河一起在苏家完成的，可是陈酿阶段为了方便看护，她就把醋坛搬回家来放置了，因此后面的淋醋和杀菌工艺也都是按照苏芸河教的步骤自己在家完成的，没有专人从旁监督指导，难免会有所偏差。

但是王晋昇的这一席话，着实又更让小伙计大吃一惊了。

这次是真的大惊失色地问道："你——怎么知道的？"

说着，还又仔细上下打量了一下王晋昇，若不是当真毫无印象，她都有点儿怀疑这人一直混在苏家当内奸来着。

可王晋昇却只是咧嘴笑笑，偏头对自己的随从曹宝说了几句话后，又继续笑着说道："既然你也自称懂醋，那我倒是刚好带了一点儿醋过来，不如你也来品一品如何？"

话音刚落，曹宝已经掀开窗户，对着底下候着的车夫说道："管伯，上醋！"

虽说王晋昇对于苏芸河这坛醋的门道说得头头是道，但若论品醋，小伙计自认为也是不输他的，毕竟各地的酿醋工艺并无特意隐瞒，南小曲、北大曲、南糯米、北高粱和豌豆，这些主料配方基本都是不会变的，至于配料产地，既然要拿出来炫耀，自然要选最好的，所以小伙计觉得王晋昇能猜中他们的原材料，多半也是蒙的，根本不足为奇。

所以听到王晋昇的挑战，她也一点儿都没含糊，直接挺直了腰板说道："乐意奉陪！”

不一会儿，王晋昇的人便带着一个白底青花的小罐子上来，恭恭敬敬地递到了王晋昇的面前。

“爷，您要的醋膏。”

王晋昇接过那小罐子，又吩咐来人下去候着，随即用筷子蘸了一点儿，在曹宝一早准备好的装着三分之一酒盅的凉白开里搅了一搅，便给小伙计递了过来。

“小哥有请。”

小伙计也并未客气，刚刚王晋昇打开小罐子时，她就已经对那罐里的东西跃跃欲试了。

普通陈醋不好保存，不易长途携带，所以一些爱醋之人常喜欢带一些更为黏稠的醋膏在身上，需要食用的时候用水化开，不过是调个自己喜欢的口味罢了。

镇江府也有类似的东西出现过。

但是王晋昇带的这一罐东西似乎更特别，盖子一打开，竟然也有一股奇特的香气扑面而来，对于不喜欢醋的人来讲，似乎还有些刺鼻，但是对于爱醋心切的小伙计来讲，就有着格外致命的吸引力了。

所以王晋昇一给她递过来那盅调好了的醋，她就迫不及待地接过来一饮而尽了。

简直不可思议，不过就是用筷子蘸了一下而已，竟然也能有这么高的酸度？凭着小伙计的初判，这稀释了的醋，差不多也有四五度的样子了。

而且这醇厚的口感，这优异的色泽，还有这奇特的清香，这——这个味道她好像是尝过的！

想到这里，小伙计的眼睛立马又盯上了王晋昇手里的那罐醋膏。

“再给我尝一口！这次不要稀释，直接尝！”

“哎？这就是你的不对了，既然你说要比试，那就得公平公正，你刚刚只给王会长尝了一小口，如今自然也要凭这一小口来辨醋啊。怎么能耍赖要再尝一口呢？”

立即有旁人出来数落她破坏规矩。

“那我若全猜对了，可否能叫我再尝一口？”

小伙计一双眼睛直勾勾地盯着那个小罐子，思绪已经不自觉地飘到了很久以前的一件事儿上去了。

王晋昇呵呵笑道：“自然可以。”

“高粱、豌豆、玉米、大曲——汾酒大曲？不对，这个味道，应该还有另外一种材料，到底是什么？”

小伙计皱了皱眉，脑子里忽然闪进了小时候的一个声音，那两个字在她的脑海里荡来荡去，直到脱口而出。

“花椒？是花椒！”

在座的人立时哈哈大笑。

“小伙计，你怕不是被逼急了，乱说一通吧？谁会在醋的原材料里放花椒啊？根本也不对口味儿啊。”

可是王晋昇却突然不说话了，因为，这个小伙计——猜对了！

花椒确是他这醋膏里的秘密武器，原本味道太冲的东西，在经过熏醋工序之后，味道会损失一半，而剩下这一半的香气反倒会使醋的味道更加清香。

这于他家醋坊来讲，本是秘而不宣的秘法，如今竟然被一个小伙计给猜出来了。

可到底是猜出来的，还是她本来就知道呢？

瞧着王晋昇不说话了，众人也都愣住了。

请客之人立时出来缓和气氛。

“仲文兄，难道这小伙计——猜对了？”

虽说算是秘法，但是酿醋从来都不是只知道配方就能酿得好的事情，中间的工序才是关键，所以被人猜出了配方，倒也不是什么要不得的事儿。

因此王晋昇也并没有故弄玄虚，而是很随意地点了点头。

小伙计一听这话，随手拿起一个银勺子，冲着那小罐子就去了。

“如此，就再给我尝一下！”

结果碰都没碰到那罐子，曹宝手疾眼快，一把就将罐子给抱走了。

“哎？我家老爷出门就带了这么一罐宝贝，带在身边可有大用处呢，怎容你说尝就尝？”

小伙计也有点儿急了，印象中的味道就在眼前，她却有些不能确定，若是能再尝一口该有多好。

“不是说好了，我全猜对了，就再给我尝一口的吗？我又不贪心，就一口还不行吗？”

曹宝也不甘示弱：“我家老爷刚刚既猜对了你的配料，又猜对了你的工艺，如今你却只说配料不说工艺，又怎么能算是全猜对了呢？怎么着？你们店里拿不出我们老爷满意的醋来，如今还要来抢吃我们自己带的醋不成？”

众人也立即应和道：“是啊，这位小哥，你若真有本事，就把酿造工序也说道说道，若是说对了，王会长一言九鼎，自然也会给你尝的。”

小伙计倒是想说出来，可是这么多年，她要真猜得出来，早就酿出小时候那种味道的醋了，也不必到现在过了十年了，还在苦心研究。

“我——我猜不出来，不过你要再给我尝尝的话，兴许能成！”

这话立即引发众人轻笑，小伙计在他们的眼中，俨然已经成了一个愿赌不服输、无理取闹的家伙了。更有人直接到了门口，要把掌柜的叫过来把她打发了。

与众不同的是，王晋昇倒是觉得眼前的这个小伙计有点儿执着得可爱，随口问道："小哥喜欢酿醋？"

小伙计立即点了点头道："嗯，总有一天，我会酿出天下最好的陈醋的，所以你敢不敢给我再尝一口？"

小伙计说话的时候，下巴扬得老高，一脸傲娇的模样让王晋昇为之一振，似乎许多年前，在一个危机四伏的夜晚，他也曾经历过如此一幕，可当时给他这种感受的那位，分明是一位八岁的小女孩儿啊。

"放肆！你可知王会长是谁？这是守御所千总大人，统领镇江府往来江西省的漕运的！岂容你在这里大放厥词？"

正当王晋昇看着小伙计发愣的时候，忽然有人亮出了王晋昇的又一层身份，想要就此吓退小伙计。与此同时，刚好门外的伙计忽然给小伙计递上来一张纸条。

小伙计定睛一看，上面写了几个歪歪扭扭的字："小姐，先生拿戒尺了，救我啊！"

一瞧见这个，小伙计倒也顾不上再执着于那口醋膏了，毕竟写纸条这人可是家里给她安排的第十八个丫鬟了，要是再因为替她上课被先生给打跑了的话，那她以后再想逃课，岂不是孤立无援了？

"那个，几位客官慢用，小的先告退了！"说完，小伙计就慌慌张张地退出门去。

弄得在座的几位又惊又喜，惊的是刚刚还在胡搅蛮缠的人竟然走得这么莫名其妙，喜的是这人总算走了，好在也没有闹出什么大事儿，反倒还叫王晋昇的脸上多带了几分笑意来。

王晋昇也确实有些意外，原本因为自己身上的这点儿官职，商场上想搭上他这条线儿的人很多，但他当初捐了这个官位的时候，也不过是为了自家生意能得到点儿便利而已，至于其他人，则是多一事不如少一事。

就连今日这局，若不是与请客之人相熟，王晋昇原本也是不愿来的，至于局上要说的事儿，他也并不想搭理，所以才有了方才一直换醋的风波。

可如今这小伙计出来搅了局，倒叫他轻松了不少，随口笑了几声说道："哈哈，倒还是个有趣的小哥。"

请客之人一听这话，摸着自己的山羊胡笑道："仲文兄有所不知，她可不是什么普通小伙计，而是这镇江饭店的幕后东家，李家的嫡出幺小姐，李家老太太的掌上明珠——李婉婉！"

一听这话，王晋昇忽然朝已经跑得快没影了的小伙计瞧了过去，惊讶之余，嘴角又略带了点笑意似的说道："哦，一晃都长这么大了。"

一听说小伙计是李婉婉，桌上其他人也都朝李婉婉远去的背影望去，更有话多者还一脸惊讶地说道：“竟然是她？难怪刚刚那般伶牙俐齿，一点儿都没个小伙计的样子了。”

“可不是吗？要说这李家家风也是太不严谨，从前年纪小也就罢了，如今都这么大了，还这样抛头露面，与咱们一群男子共处一室，斗醋争嘴，成何体统啊？”

也有没听说过李婉婉的，这会儿一脸错愕。

“宇霆兄此言当真？长了那么一双大脚，竟然是李家嫡女？以后谁人敢娶啊？”

这一句发问立时引来哄堂大笑。

当下就有人给那人解释道：“长石兄，这就不劳你费心了。在咱们镇江府，向来苏李不分家，这李家的女儿，自有苏家接着呢。如今李婉婉已经十八岁了，依我看啊，不出一年，那苏家二公子苏芸河，就该上门提亲了。”

众人的议论纷纷倒是让刚刚一直很紧张的气氛热闹了不少。

虽然王晋昇并未参与其中，但也再未像刚刚那般板着个脸，只端着个酒杯，饶有兴致地回味着什么。

这叫请客之人也跟着放松了一些，趁着众人都未在意，小声问道：“仲文兄，算起来，兄嫂过身也有七八年了，就没想过再续弦吗？”

这会儿王晋昇的随从曹宝正在帮他倒酒，一听这话，手忽然一抖，整杯酒就都洒在了请客这人身上。

“哎呀，实在对不住了，邱老爷。这可如何是好啊？”

说话间，人已经掏了帕子出来给那人擦衣裳，却只是越擦下去，那酒水沾衣的面积就越大，弄得这位邱老爷十分狼狈。

可曹宝毕竟是王晋昇的随从，邱老爷也不好对他发火，只得接过帕子自己处理了一番。

虽说王晋昇立即责备了曹宝，但请客之人衣冠不整，终归是有失礼数。

这个局也就不好再坐下去，众人又寒暄了两句之后，就纷纷散了。

邱老爷陪着王晋昇出门时，还不忘尽地主之谊地问道：“仲文兄，住处是否安排了？不然到我家里小住如何？”

王晋昇下颌略微低了低，随即礼貌笑答：“多谢宇霆兄记挂，只是这次来镇江府是有公务在身，还是改日再到你府上拜访为佳。”

邱老爷心里知道王晋昇所说之事，再加上自己这会儿实在狼狈，倒也没再多说，一句“先行告辞”后，便坐着马车离开了。

到这会儿，曹宝才捧着那罐刚刚让李婉婉垂涎欲滴的醋膏站到了王晋昇的身边，一道望着邱老爷的马车，洋洋自得地说道：“总算是把他们打发了！按理，老爷这次南下的行程并没有通知多少人，如今一到镇江府的地界，这邱老爷就找上了门。看来这次的事儿，不好办哪。”

曹宝正兴致勃勃地说着，忽然觉得头顶凉风习习的，偏头往上一望，就瞧见王晋昇一双深不见底的眸子正瞪着他。

“我倒是觉得你更不好办，毛还没长全，就敢往邱朦的袍子上倒酒了？回头自己到管伯那领十板子去！”

王晋昇说话时的表情不怒自威，话音没落地，人便掀着袍子上了马车。

曹宝吓得哆嗦，跟在后面哭丧着求饶道：“别啊爷，小的还不是听那邱老爷又提给您续弦之事，怕您耳根子不清净，才出此下策的吗？爷您可不能这么过河拆桥啊！”

【3】

李婉婉一进家门，就被奶娘沅穗挡了路。

“穗娘娘，有什么事儿稍后再说，我这救命去呢。”

李婉婉说着，便绕过沅穗要走，却被沅穗一把给拉住了。

“小姐，好歹也换身衣裳再过去啊。”

沅穗说着，便将李婉婉拉到了边上的门房里，叫人把事先准备好的衣裳拿来给她换上。再要整理发鬓时，李婉婉忽然取了根钗子，一边胡乱挽了下头发往出走，一边说道：“来不及了，我若再不过去，小小肯定就要撑不住了。”

说话间，人已经夺门而出了，沅穗想拉住她都没来得及。

沅穗正在探头观望还有哪里疏漏了，身后一个小丫鬟忽然惊慌地抓着一双绣花鞋说道：“糟了，小姐鞋还没换呢！”

沅穗这会儿也正好瞧见了李婉婉脚底的那一抹突兀的灰黑布鞋，而且更要命的是，裤腿还是散的。

全然不知的李婉婉火急火燎地赶到书院时，就瞧见先生手里正拿着戒尺，怒视着丫鬟小小问道：“婉婉呢？”

小小吓得浑身直哆嗦，支支吾吾地说不出话。

李家两个庶出小姐李思思和李菁菁，还有李婉婉的亲弟弟李钟琪都坐在下面，战战兢兢地盯着先生手里的戒尺，大气儿都不敢喘一下。

“把手伸出来！”

眼见着小小就要挨罚，李婉婉忙跑上前，一边咳嗽一边求饶道：“先生且慢，咳咳。”

说话间，人已经走到了小小的身边，一脸埋怨地说道：“你这丫头嘴也真笨，明明是我一早起来忽感不适，叫你来和先生告个假，说晚些时候再到。如何就说不出口了呢？咳咳。”

李婉婉说着，还忙给已经目瞪口呆的小小使了个眼色，接着又猛咳了几声。

小小这才好像明白了什么似的，立马瞪大了眼睛一本正经地说道：“对，我们小姐一早——就很不舒服，特意叫我来和先生告假的，我也是——也是——”

小小说着，就见李婉婉又朝她使眼色，眼神一直往先生手里的戒尺上瞄，便又壮了壮胆子说道：“我也是看见了先生的戒尺，一时害怕，就什么都不敢说下去了。”

“大胆狂徒，还敢说谎！”

小小话音未落，先生已经怒发冲冠，吓得小小直接就把手给伸了出来等着挨打，一边伸手还一边闭着眼睛哭唧唧地说道：“小姐，你忘了换鞋啦，呜呜呜——”

这时，也不知是被先生吓的，还是李婉婉本来就没有绑好，头上的发钗一松，她的头发就全散了。

弄得底下坐着的李思思和李菁菁皆掩面笑了起来。

李思思更是忍不住挤对李婉婉道：“要说这穗娘娘做事是越来越不上心了，婉妹都已经病成这样了，还能放你去酒楼抛头露面呢？不如回头我和我阿娘说说，叫我屋里的兰娘娘过去帮帮她？”

一听这话，这会儿年仅十岁的李钟琪忙替李婉婉打抱不平道：“三姐，我姐姐都已经病成这样了，您就不能少说两句？”

可他这话立时遭来了李菁菁的嘲笑。

“六弟，你是真没看出来吗？婉妹哪里是病了？分明又是到镇江饭店当小伙计去了！”

李婉婉听到小小说自己没换鞋，也立即低头瞧了一眼，才发现裤腿都还是散的，只得咬唇皱眉，自认倒霉，立时乖乖地伸出一双手来，拿眼偷瞄着先生委屈地道：“婉婉知道错了。”

李婉婉常年混在醋坊和厨房里，酿醋的工序经常亲力亲为，那一双手早已不似寻常富贵人家的小姐那般娇嫩，手掌处更是明显。

这一伸手，又叫先生想起来李婉婉逃课的原因，心里恼怒这个女弟子的顽劣，一时倒懒得打她了。

“小姐是老夫人的掌上明珠，自然是打不得的。正好今日你缺了大半日的《中庸》第二十篇，你便回去抄写一百遍后，再来上课吧。”

“第二十篇？”

李婉婉猛一抬头，有点儿回忆不上来《中庸》第二十篇到底是哪一篇。

还是她弟弟李钟琪悄悄提醒道：“姐，就是哀公问政那一篇。”

“啊？”李婉婉吃了一惊，立时张口说道，“先生，这一篇可有数千字之多，抄一百遍？那我可就一连几日都不能出门了！”

先生一听她还想出门，立时怒目而视，一脸无奈地捋了捋自己花白的胡须说道：“孺子不可教也！”

这会儿，李思思又在下面笑道：“婉妹，先生罚你抄书，就是叫你好好闭门思过，收收心啊，怎么竟还想着出门？你再这样下去，怕是连我和菁妹也要一块儿被人笑话了。”

李菁菁也跟着阴阳怪气地说道：“是啊，要真是那样的话，咱们也得到祖母那里去说道说道了。”

李婉婉还想再说些什么，刚刚带人赶到的沅穗忽然上前来，先是给李婉婉使了个眼色，随后又给先生行了个礼道：“先生自老爷那儿起就一直在李家讲课，自是一言九鼎，我们这就带小姐回去领罚，还请先生消消气儿。”

沅穗说完，就亲自把李婉婉给拉走了。

李婉婉还有些不服气，一出了书院的门，就把沅穗的手一甩，不大高兴地说道：“穗娘娘为何不叫我把话说完？我本就不爱读这些弯弯绕绕的，只想一门心思把醋酿好。”

“小姐——”沅穗又重新拉起了李婉婉的手，朝书院的门口瞧了一眼，见没人跟出来后，才一边拉着李婉婉朝前走，一边语重心长地说道：“您没见三小姐和四小姐一直在旁边看热闹吗？先生也是好面子的人，真要闹到老夫人那里去，咱们也未必就能捞到好处。再说您也到了该出嫁的年纪了，是该收收心，好好学点儿东西了。”

李婉婉一听这话，忍不住轻笑了一声道：“穗娘娘净会说笑，三姐四姐都还未嫁，怎么就轮得到我呢？我还想在您身边多待几年呢。”

李婉婉说着，便把沅穗的胳膊一拉，和沅穗亲密地回了她自己的住所。

一进院，沅穗就和人一起忙前忙后，先是给李婉婉换了舒适的常服，之后又叫人摆了笔墨纸砚，添了茶果，服侍李婉婉开始抄书。

头天晚上都还相安无事，院子里的人也都放松了警惕。

到天放亮的时候，瞧见李婉婉累得伏在案子上睡下了，就连沅穗派过来看着李婉婉的小丫鬟也都靠着门睡着了。

小小不敢睡，便去帮李婉婉铺床，想待会儿服侍她入睡，谁知道一个转身，就瞧见李婉婉已经脱了衣裳，又开始换男装了。

忙转过身来要开口，却被李婉婉捂着嘴拖到了一边。

“嘘——”李婉婉打了个手势。

小小吓得不行，在李婉婉松手后，小声说道：“小姐，这书连一半都还没抄完呢。再说这么一大早的，您这是要干什么去啊？”

小小说话的时候，李婉婉已经换好了男装，踮着脚来到了窗户边上。她回头观望了一下门口那两位睡得死死的小丫鬟之后，才转过身来一边轻轻掀开窗子，一边对小小说道：“你不知道，我昨天在镇江饭店尝到了我小时候尝过的那种醋味儿，这要是几天不出门，那味道可就淡了，我得赶紧找芸河说说去。”

说完，便转身要翻窗。

小小又急又怕，忙一把拉住她道："可是小姐，您就这样走了，回头肯定会被发现的啊。"

李婉婉眼珠转了一圈，立时凑到小小耳边密语了几句，之后又咧嘴笑道："放心，最迟到午时，我肯定就回来了。"

说完，人就已经翻着窗户落到院里。

既是逃出来的，自然不会大摇大摆地走正门，好在平日里李婉婉以酿醋为由，总喜欢弄些个瓶瓶罐罐的放在自己的院子里，随便挪腾两下，便也踩着东西上了墙，瞧那动作就知道是翻墙的惯犯了。

【4】

李婉婉骑在墙头上往下望了望，见下面没什么磕磕绊绊的，便一个翻身下去，估摸着脚尖离地还有两尺高的距离时，才缓缓地松手落了地。

正打算拍拍屁股走人的时候，却忽然听见耳朵后面"乒乒乓乓"的，好像有刀剑比拼的声音。

心里咯噔一紧，转身偷瞄的时候，忽然瞧见一人骑着一匹马直直地朝她飞奔而来。

胡同狭窄，一人行走尚且不能展开双臂，这马要是直接冲过来，李婉婉肯定必死无疑了。

情急之下，李婉婉只得下意识地往前跑，可人腿哪里比得上马脚？没一会儿就被追上了，她再胆子大，也只是个十八岁的弱女子，如今眼睁睁地看着自己要被马踩踏，也只有叫嚷的份儿了。

千钧一发之际，马上之人忽然丢出一根鞭子来。

"姑娘，快抓紧鞭子！"

李婉婉害怕归害怕，反应还是很灵敏的，鞭子一给甩出来，她就条件反射似的扯住了那根鞭子。

结果还是给吓了一跳。

因为马上之人随手一拉，就将她整个人都给拉上了马，正坐在那人怀里。

"看来得委屈姑娘一会儿了。鄙人这会儿被人追杀，如今你上了我的马，脱离危险之前，怕是不能放你下马了。"

"追杀？"

李婉婉听得目瞪口呆。

忙回头往这人身后瞄了一眼，一路刀光剑影的，一群人像是要追过来，却被两个人死死地拦在了胡同口似的。

“你疯了吧？明明被人追杀，为什么还拉我上马啊？”

“姑娘小心！胡同口恐有埋伏！”

说话间，这人已单手勒紧了缰绳，马儿一双前蹄高高扬起，果然从上面房顶上冲出两个蒙面人要朝他们砍过来。

虽然这人随手一挥鞭甩开了一个，可另外一个的刀却直直地朝李婉婉劈了过来。

“姑娘快趴下！”

那人随手一推，将李婉婉压在马脖子上的同时，左手食指和中指瞬时钳住了歹徒的刀尖儿，竟堪堪把那刀停在了半空中。

片刻之后，右手长鞭一甩，卷上了歹徒握着刀的手腕，猛然一拉手，便将那人撞上了墙角，撞晕了过去，正好压在了其同伙的身上。

这人也便带着李婉婉趁机快马奔出了胡同，往大路上奔去了……

经过这么一折腾，李婉婉也不敢再提下马的事儿了。刚刚那伙人已经看到两人在一起，要是这人这会儿把她放下了，那不就等着让人抓去做人质吗？

可是就这么不知根底地跟着这人走，也不是回事儿吧。

“那个，你该不会是犯了法的江洋大盗吧？”

“哈哈哈！姑娘放心，等到了安全的地方，鄙人自会叫人送你回家的。”

刚刚经过了那么激烈的打斗，这人说话连喘都不带喘的，李婉婉觉得这人肯定是个厉害角色，倒是稍稍安心了一些。

可是很快，她就反应过来有什么不对劲儿。

“等等，你怎么知道我是个——咳咳——”

李婉婉说着，还立时放粗了一些嗓子说道：“你才是个姑娘呢！”

“哈哈哈！”

那人又笑了几声道：“姑娘若想叫人认不出来，还得多练练嗓子，刚刚胡同里那两嗓子，未免太过洪亮了些。”

这人说话总是一针见血，一点儿不给人留余地，而且还总叫李婉婉觉得像是长辈在教训小辈似的，刚想要反驳几句，却忽然觉得这个声音好生耳熟，立时又回头往这人的脸上瞧了一瞧。

“是你？你怎么会被人追杀？”

那人一听这话，也朝李婉婉的脸仔细瞧了一下，忙哈哈笑着说道：“原来是你！看来你我二人缘分还真是不浅啊。不过这么一大早的，你一个姑娘家，女扮男装还翻墙出来，到底是要干什么去啊？”

“你还好意思问？还不是——”

李婉婉一见到王晋昇，便就一肚子火。

要不是他一直嚷嚷着换醋，自己也不会耽误了回去上课的时间，被先生罚抄书。

要不是他拿出那醋膏来勾搭了她，又不肯给她多尝一口，她也不会大早上跑出来去找苏芸河，还遇上这档子事儿。

而且就连这档子事儿，也是因为他王晋昇偏要选了她家边上的胡同逃命才有的。

可是仔细想想，自己要真的把这一大通埋怨都讲出来，倒有点儿小家子气了。

于是她立马收了口，噘着嘴说道：“关你什么事儿？你到底要把我带到哪儿去啊？”

李婉婉一边发问一边瞧着这条路的走向，再这样下去，怕是要往南郊去了。

“放心，出不了城的，姑娘待会儿只管抓紧了鄙人的手臂即可！”

说着，王晋昇便快马加鞭地往前走了，因为就连李婉婉都能清楚地感觉到，危险正在从四面八方来临。

眼见着到了城门边上，李婉婉又吃了一惊，怎么这偌大的城门，竟连个守门的都没有？而且鼓楼上也没有岗哨？最要命的是，王晋昇到了城门墙头，竟然一点儿要下马的意思都没有。

“喂，你该不会是要硬闯吧？这可是犯法的！你找死也别带上我啊！”

可李婉婉说完这话就知道自己说得有些多余了，一时间，也不知道是从哪儿冒出那么多黑衣人来，拿剑的拿剑，举刀的举刀，纷纷朝他二人迎来，嘴里还一直念叨着：“抓活的！”

眼下怕是只有闯进城门才是唯一出路了，可这要是一直没有援手，怕是也坚持不了多久吧……

李婉婉不知道的是，这处城门处在镇江府南面，因为是旧朝遗址，所以平时很少使用，且它是座瓮城。

王晋昇纵马带着李婉婉冲进了城门，引得那一群黑衣人也跟着进了瓮城。

“王大人，你我都不过为了给自己谋一条生路而已，你若是愿意把东西交出来，兄弟自会放你离开，若是不然，也就别怪大伙儿刀剑无眼了！”

其中一个站得比较靠后的黑衣人趾高气扬地说道，一副他们肯定赢了的模样。

谁知他话音刚落，身后的城门竟然关上了。

“爷，抓着！”

李婉婉他们头顶上忽然落下一根绳子。

说时迟，那时快，王晋昇一手抓住绳索，一手挽住了李婉婉的腰，两人就一起被人拉上了城墙。

李婉婉还不及反应，身边就忽然冒出一圈士兵来，为首的一个将领模样的人举着火枪说道：“逆贼！今天就是你们的死期！”

说话间，子弹横飞，眨眼之间，下面那帮黑衣人就成了筛子了。

刚刚和王晋昇喊话那人临倒地还一直念叨着：“不可能！这不可能！我们明明——”

话还没说完，胸口便中了一箭。

而这射箭之人刚好就在李婉婉身边，射完了那人之后，还兴冲冲地说道：“爷可真是神机妙算，竟然知道这帮人会里应外合，提前通知了巡防营的人过来帮忙绞清了占领瓮城的匪徒，引得这帮人肆无忌惮地跟着您进来，然后一网打尽。这次回去之后，总督大人总该提拔提拔您了吧？”

说话这人便是曹宝，他兴致勃勃说完这些，偏头一看，才发现听他说话之人竟然不是王晋昇，而是李婉婉。

“怎么是你？这种时候，你在这儿做什么？我们爷呢？”

李婉婉这会儿也恍恍惚惚的，才一睁眼就看到死了那么些人，没晕过去就不错了，哪里还有心思想着王晋昇呢。

“曹宝，爷受伤了，快把醋膏拿来！”

管伯的声音从他们身后不远处传了过来，吓得曹宝立刻往那边走去，查看王晋昇的伤势。

“怎么会？凭爷的本事，还能被这些乌合之众伤到？”

李婉婉也不相信王晋昇会受伤，便也跟着过去瞧了瞧。

旁的地方都还好，只是左手的两根手指连接处受了伤，血流得满手都是，管伯和曹宝急得不行，他本人倒还无事一样地靠墙坐着，一脸凝重地听着瓮城底下那些逆贼因为受了枪伤而发出的哭喊声，忍不住叹着气说道：“唉，天亮之后，又该有一批人失了父母妻儿了。”

“哎呀，爷，您都这样了，还管他们死活呢！曹宝，醋膏呢？”

管伯一心只惦记着给王晋昇处理伤口，这可不是一般的手，这是随手一摸便可识人病痛的圣手。

一听这帮人老提那醋膏，李婉婉的耳朵也跟着凑了过来。

只见曹宝随手在身上摸了摸，便就一脸慌张地说道：“糟了，我没带在身上，怕是落到马车上了。我这就回去取！”

“不必了！”

听着周围枪响趋于平静，王晋昇也忽然站了起来说道：“也不是什么大伤，待会儿回去再处理吧。”

说着，朝李婉婉看了过来，微笑着说道：“待会儿管伯随我回去处理伤口，曹宝送姑娘回李府去吧。”

王晋昇说着，便要随管伯离开，可李婉婉立马拦在他前头说道："是你把我带过来的，现在就随随便便把我丢给陌生人了？你们山西人，都是这样不负责任的吗？"

曹宝正不愿意送李婉婉呢，一听这话，立马跟上来说道："这位姑娘，话可不能这样讲，您是怎么上的我们爷的马，这我们谁也不知道。可如今我们爷受伤了，难道还要亲自送您回去不成？我今儿话还放这儿了，您要是不愿意叫我送，我倒更乐意随我们爷一道回去治伤呢。"

"曹宝！"

管伯挨着王晋昇近些，早看出来曹宝数落李婉婉的时候，王晋昇的脸色就不大好了，这会儿趁着主子的脸色没全黑下来，连忙给曹宝提了个醒。

曹宝也就缩在一边不出声了，毕竟昨天那十板子的罚可还欠着呢。

到这会儿，王晋昇才叹了口气道："原本是应该等鄙人伤口处理好后，再送姑娘回府。但恐怕天亮了以后人多眼杂，只不知姑娘的名节会否受影响啊？"

"是啊，这位姑娘，您还是赶快让曹宝送您回去吧。不然这兵荒马乱的，您家里人找不见您，心里也着急不是？"管伯也上来相劝。

可李婉婉一心只念着王晋昇的那罐子醋膏，哪还顾得上那些繁文缛节的东西？依旧拦着王晋昇说道："我不管！是你把我带出来的，就得你把我送回去，不然这兵荒马乱的，旁人的实力我可信不过！你若要先处理伤口，我便陪你一道去就是了，我又不差这点儿工夫。"

"嘿！你这娘们儿——"

"曹宝！"

曹宝一听李婉婉贬低他的实力，立时也有点儿不乐意，刚要往下说，就被王晋昇给喝住了。

王晋昇说着，稍稍沉了口气后，才又心平气和地与李婉婉说道："既然如此，那自然是好。曹宝，你去与郭参将打声招呼，就说我先告辞了。今日之事，按照先前说好的上报即可。"

一听这话，曹宝便立时有些不服气。

"爷说话当真？那不是太便宜他们了？计是咱们想的，人是咱们引来的，他们就在这儿坐收渔翁之利，凭什么功劳就全变成他们的了？"

"曹宝！"管伯又给曹宝使了个眼色，随即小声威胁道，"你再这么不懂事儿，下次爷出来，就不带着你了！还不快做事儿去！"

管伯说完，就又扶着王晋昇要下城墙，李婉婉自然是寸步不离地跟着。

至于他们刚刚说的那些什么功劳不功劳的，她也不想知道，她现在就想着能再尝尝那醋，若是能拿回家去研究研究，就再好不过了。

下了城墙，管伯便牵来了早早准备好的两匹马，有点儿不好意思地问道："姑娘可会骑马？"

李婉婉倒是想试试，可若是她一个人骑马走丢了，到时候醋没尝成不说，反倒还惊了马伤到自己，可就得不偿失了。

于是她立马诚实地摇了摇头。

管伯一听，也有些犹豫了。

"这，你一个姑娘家，和我一个老头子共骑一匹马，怕也不是回事儿吧？"

李婉婉一听这话，立时走上前去，牵了一匹马说道："有什么不合适的？我现在穿的是男装，你不说他不说我不说，谁知道我是女儿身啊？"

说着，她便踩上了马镫准备上去，结果马背过高，马儿也有点儿不服管教，却是试了几次也没成功，最后一次的时候，王晋昇忽然从身后扶了她的腰一下，便将她推上了马，随即自己也坐了上去，说道："既然如此，就与我同乘一匹马吧。正好我手不利落，你可以帮我驾马。"

刚刚在胡同里的时候一时着急被王晋昇拉上马时倒没觉得有什么，这会儿再像刚刚一样坐在王晋昇的怀里，李婉婉的身子不觉一紧，就连说话都有点儿结结巴巴的了。

"哦——那你可扶好了啊。"

说着，李婉婉便拉了拉缰绳，想要驾马前行，结果折腾了一会儿，马儿巍然不动，弄得她好生尴尬，低着个头，脸羞得通红。

最后还是王晋昇咧嘴一笑，双腿一夹马肚子，喊了声"驾"，马儿才猛然向前冲去。

李婉婉连点儿防备都没有，身子向后一靠，便撞进了王晋昇的怀里，眼见着李婉婉的手就要脱了缰绳，王晋昇右手一拉缰绳，就彻底将李婉婉整个儿抱在怀里了。

李婉婉羞得不行，只想着快点儿挣脱王晋昇，好自己控制缰绳，却被王晋昇识破。

"先别动，待会儿马儿跑稳一些，我再给你缰绳。"

李婉婉听了这话，默默地收回了已经抬起来的手，就那么静静地缩在王晋昇的怀里，动也不敢动一下了。

不过王晋昇却是再也没有把缰绳给她，就这么一直单手驾马到了客栈。

此时天已大亮，管伯立即从马上下来，赶到两人跟前说道："爷，小的这就去马车上取醋膏，您先到楼上房间歇着吧。"

王晋昇瞄了一眼依旧缩在他怀里一动不动的李婉婉，轻笑一声道："李公子，地方到了，也该先醒醒了。"

原来因为一夜未睡，刚刚王晋昇驾马又特别稳，他怀里也很暖，李婉婉竟然就这样靠着他的臂弯睡着了。

听了王晋昇的话，李婉婉缓缓睁开双眼后，才意识到自己都干了啥，忙伸手抹了一下嘴边的口水，坐直了身子回头看着王晋昇说道："我可没睡，我就是——就是——"

王晋昇却笑着下了马，一边伸手准备把李婉婉扶下来，一边咧嘴笑道："知道啦，你只是在闭目养神而已。不过既然到了城里，就难免会有人认得你了，还是先随鄙人上楼，等处理了伤口，再送你回家吧。"

说话间，李婉婉已经从马上下来，两人上楼行至房门前时，刚好管伯也取了醋膏上来，便抢先给二人开了门，之后又利落地准备了温水和干净的绢布。

"老爷，您快坐下，让小的给您处理下伤口。"

管伯说着，已将醋膏的罐子打开，取出一勺来用温水化开，随即用化开的醋水在王晋昇的手上冲洗。

李婉婉在旁边看得目瞪口呆。

"醋也能清理伤口？"

"那可不？醋疗之法自古有之，在《本草纲目》《金匮要略》等大家医书上都有记载，不光能杀菌消毒、处理伤口，还能治疗伤寒、百日咳甚至是妇科疾病等四十多种疑难杂症呢。而且我们家的这个醋膏，还是配药的上成药引呢。"

管伯一边说着，一边已经给王晋昇包扎好了伤口。

可李婉婉却直接愣住了，一双好看的桃花眼，一直巴巴地盯着那罐醋膏，若有所思地说道："我小时候，好像也曾见过有人用醋疗伤。"

王晋昇听了这话，立即饶有兴致地朝李婉婉看了过来，却只是勾唇笑着，并未开口。

"姑娘去过我们山西？"

管伯倒是笑眯眯地开了口。

李婉婉恍然清醒，冲着管伯微笑着点了点头道："八岁的时候去过一次，只是当时不知道发生了什么事儿，记忆全部模糊了，只依稀记得一些片段和一种醋的味道。"

李婉婉说着，一双眸子又盯上了王晋昇面前的醋膏，心里琢磨着，要怎么开口再尝尝那醋。

管伯却已经上来要收起那罐子。

"那便是了，姑娘要真是到过山西，必定会对那里的醋味念念不忘的，我们山西人酷爱食醋，几乎家家都有小醋作坊，各个家里都存着一坛好醋呢。"

李婉婉听得两眼冒光，口水都快流下来了，要是能把那些醋都给尝一遍，应该是非常美好的一件事儿吧。

想到这里，她就控制不住地咽了下口水，下意识地伸手过去拦住管伯道："既然传得这么神，那便把这醋膏给我尝尝吧。"

管伯听了李婉婉的话，着实吃了一惊。

"这？"

立即往王晋昇那边瞧他的意思。

王晋昇早看出来李婉婉一直对那醋膏心怀不轨，这会儿听她直接讲了出来，只歪头轻扯了一下唇角，依旧不发一言。

管伯见状也只好一脸歉意地说道：“姑娘也看见了，我家老爷这次出来就带了这一小罐醋膏，如今他又受了伤，就指着这醋膏疗伤了。所以——”

管伯说着，便把那罐子往自己怀里一拉，离得李婉婉远远的，生怕她抢走了似的。

李婉婉也是急了。

“真是抠门儿，我又不多要，只尝一口都没法子吗？”

这话刚说完，楼下人群忽然乱了起来。

“快走快走，听说今早巡防营在瓮城剿灭了几个逆贼，这会儿正把尸首挂在城墙上示众呢。快去看看！”

“天哪，我刚刚打李家那边过来，听说一早在他家门口就躺着几具逆贼的尸体，吓得李家人都不敢出门儿了。”

一听这话，李婉婉立时慌了起来，站在原地自顾自地踱着脚说道：“糟糕，这样一来，穗娘娘该不会发现我偷跑出来了吧？”

这样想着，人便想走，可是心里又念着那醋膏。

正是左右为难之际，王晋昇终于开了口道：“鄙人伤势已经处理好，也该立即送姑娘回府了。”

说话间，人已起身，并吩咐管伯去备马车。

直到坐上马车的时候，李婉婉还是有些不死心，一直嘟着个嘴在心里想着怎么能再吃一口那醋。

王晋昇却忽然勾唇笑道：“姑娘好生回去歇着，再等几日，或许能心想事成。”

一听这话，李婉婉眼眸灵动，立时转身朝王晋昇看去。

“再过几日，你就能叫我尝尝那醋？”

李婉婉迫切的神情叫王晋昇又一次咧嘴一笑，随即隐晦地说道：“世事难料，一切随缘吧。”

听了这话，李婉婉脸上的希冀瞬间冰住了，很快便气呼呼地转过头来，嘟着嘴说道：“哼，故弄玄虚。”

王晋昇瞧她那模样，越发觉得可爱，微微轻笑了几声后，随即问道：“凭姑娘的身份，世间好醋该是想吃便吃的，为什么非要执拗于鄙人那罐用于疗伤之醋呢？”

“我告诉你原因，你就再给我尝一口？”

李婉婉立时又燃起了希望，甚至眼睛里还直冒光。

这又把王晋昇给惹笑了，可他还未及说话，马车就已经停了。

“爷，李府就在前面了。”

如此，王晋昇脸上的笑容也淡了一些，似乎是第一次觉得时间会过得这样快。

可他毕竟已经到了而立之年，做事不会再像少年时那样犹犹豫豫、拖拖拉拉了。

“男女有别，我等外人不便再往前相送了，就与姑娘就此别过吧。”

不知为何，听到“就此别过”这四个字时，李婉婉的心里忽然紧了一下，在原处呆滞了足足半盏茶的工夫，才皱眉吐出一句“果然是逗我的”，便推开车门下了马车，头也不回便要走。

如此爽利的性子，又叫王晋昇忍俊不禁，目光禁不住往李婉婉的背影望去，结果却发现她衣襟上竟不知何时沾了大片血迹。

“姑娘且慢！”

李婉婉听到后面叫她，本不想理，但又怕王晋昇是又改变主意想要给她尝一口那醋，于是突然脚步一停，转过身来，挑着吊梢眉看着王晋昇问道：“干吗？乐意给我尝一口那醋了？”

王晋昇又轻笑了几下后，随手解掉了自己身上的大氅，下了马车，走到了李婉婉的身前，轻轻一甩便披在了李婉婉的肩上。

“刚刚鄙人不小心将血渍染到了姑娘身上，为避免落人口实，姑娘还是披着这件大氅进门吧。”

王晋昇说完，见李婉婉仍旧愣在原地不说话，便又扯了扯唇，自动帮着李婉婉把带子也系好了，因为左手受伤，王晋昇几乎是用右手单独完成的，整个过程中，动作很轻很慢。

李婉婉说不上来此刻心里的这种感觉到底是什么，她更惊讶的是，这个场景，竟然有点儿熟悉。

所以她愣在了原地，就那么呆呆地仰头看着王晋昇，有那么一瞬间，她觉得这个人好像并不是完全陌生的，可她分明是没见过他的，这到底是怎么一回事儿呢?

可不过是系个带子而已，能有多久?

没一会儿，王晋昇就又翘唇对李婉婉说道：“都弄好了，后会有期。”

到这会儿，李婉婉都还在纠结着王晋昇给自己的这种熟悉感到底是怎么回事儿，所以听到王晋昇的话时，她还愣了一下。

“啊？哦。”

她本来还在犹豫要不要说声谢谢，但是身体忽然不由自主地紧张起来，于是她立马转过身往家走，直到走到大门口，才忽然转过身来往王晋昇在的地方望去，却看见人家已经又重新上了马车，叫管伯赶车走了……

【5】

看到这里，李婉婉禁不住又噘了下嘴，心里顿时有些不是滋味。

“五小姐？五小姐回来了，快去通报老夫人！”

门房里凡是瞧见李婉婉的人，个个激动得不得了，连忙相互奔走，有到里面通风报信的，有上来围住李婉婉怕她跑了的，场面好不热闹。

弄得李婉婉都惊着了，身子直往后退。

“放肆！你们这一帮人围着我，想干什么？”

“哎呀，小姐，您还是快和我们进院儿去见老夫人吧，您要再晚回来一步，小小姑娘怕是就要被打死了！”

“你说什么？祖母也知道我跑出去的事儿了？”

李婉婉一听这话，忙迈开步子往内院跑去，四五个小厮愣是没跟上她。

刚走到内院门口，就听见里面哭嚎震天，像是小小的求饶声，其中甚至还掺杂了沅穗的声音。

“老夫人，小姐出逃一事，皆因沅穗办事不力，对下管教不严，还请老夫人看在小小自幼进府，又尽心尽力服侍过您三年的分上，饶她一命吧。她本就胆小体弱，再这样下去，怕是真的要撑不住了。”

紧接着，李思思的生母周姨娘也发话了：“沅穗，你就先别给她求情了，今天要是找不到婉婉，你们这院子里的人，怕是一个也活不了呢！”

“这——”

之后，又有先跑进去报告的小厮说道：“回老夫人，苏家的人说他家二公子昨日已经去了苏北采办酒米去了，而且并未见五小姐到过苏家。”

之后又是老夫人哭丧的声音：“呜呜呜，我的心肝呀！不行了，报官吧！”

“不可！不可啊，母亲！”这是李婉婉的生母李郑氏，只听她又继续说道：“今早刚发生了匪徒在咱家门口暴毙之事，若是这个时候报官，世人必将把婉婉失踪一事与匪徒联系在一起，到时候婉婉的名节可就保不住了啊！”

老夫人像是气得不轻：“糊涂啊，是婉婉的名节要紧，还是她的性命要紧？我的心肝要是有个三长两短，那我也不活了！还不快去报官？”

“不可！”一时间，又多出了李思思的声音，“不可啊，祖母！婉妹是您的孙女，我和菁妹就不是了吗？要是婉妹名节不保，以后我和菁妹也会被人瞧不起的，甚至还会连累已经出嫁了的大姐啊。”

接着，李父的声音也夹杂其中：“是啊，母亲。李家的名节至上，婉婉自作孽，也只有听天由命了！”

“什么听天由命？若是不能报官，就赶紧把府里的人都派出去悄悄地找啊！今早那些逆匪不是已经被抓住了吗？你花些银子去打听打听，难道还打听不到婉婉的下落吗？还不快去！”听这声音，像是老夫人发了脾气，用拐棍抽人了。

到这会儿，追着来给老夫人报信儿的人才跑了过来，愣愣地看了呆在门口的李婉婉一眼，又马不停蹄地冲进去说道：“老夫人，老爷，夫人，小姐回来了，就在门外呢！”

一听这话，老夫人为首的一群人都纷纷朝门外奔来，一瞧见愣在门口的李婉婉，老夫人第一个冲上来一把将她抱住了。

“我的心肝啊，你可回来了，快给奶奶瞧瞧。”

说着，还双手捧起李婉婉的脸仔细看了看，紧接着又把李婉婉的手拿起来也看了看。

“好好的，都还好好的呢。我就说嘛，咱们婉婉的八字那样好，能有什么事儿呢？！”

老夫人立即喜极而泣。

看得身边两位庶出小姐好生尴尬，祖母的这般宠爱，她们二人怕是这辈子都享受不到了。

李婉婉却一直愣在原地，目光从眼前的每一个人身上扫过。

从前她只知道，自己是老夫人宠在心窝里的，父母也愿意纵着她，在李家她能横着走。

所以，她可以那样肆无忌惮地穿着男装在自家酒楼里晃来晃去，做自己想做的事儿。

可今天无意间听见的那些话，却叫她有点儿心寒了。

危急关头，在自己的亲生父母心里，她的性命却比不上那些虚无缥缈的东西，她甚至可以被毫不含糊地牺牲掉。

仿佛除了祖母，整个李家，就没有一个是真心疼她的了。

这会儿瞧见祖母为了她而落了泪，她也跟着心疼了，忍不住抬起手来给老太太擦起了眼泪。

“祖母别哭，婉婉就是在家里闷得无聊，出去转了一圈，从前不也经常这样的吗？没事了，我这一身男装出去，能有什么事儿啊？”

这话一出，周姨娘立时在旁边掩面笑道：“说到婉婉这一身男装，我倒是从刚刚就注意到了，好气派的一身大氅啊，快叫姨娘瞧瞧。”

周姨娘说着，便几步上前来在李婉婉的身上摸了摸，一边摸还一边意味深长地笑着说道：“不过瞧这绣工，倒不像是咱们李家的活呢。”

一时间，众人的目光也都聚集在了李婉婉身上的这件大氅上了，人们纷纷开始窃窃私语。

周姨娘看着看着，又补上一句道：“看起来，也不像是苏绣呢！”

李婉婉眉头一皱，绣工之类的，她向来是不懂的，但也不能由着她一个姨娘在这儿带风向。

于是她立即站直了身子，面带微笑地说道："自然不是，今早出门的时候穿得单薄了些，偏巧路过裁缝店，便瞧见了这件大氅，觉得配我这身男装实在威风，便买下来披上了。"

李婉婉说着，还特意转了一圈，之后又笑呵呵地看向老太太问道："祖母，您瞧着我是不是威风许多了？"

"逆女！闯了这么大的祸，一点儿认错的态度都没有，竟然还在这里耍宝？"

李父忽然黑了脸，指着李婉婉怒骂道，一时间，众人看热闹的看热闹，担忧的担忧，都不敢说话了。

只见李父继续瞪着李婉婉说道："你且闭门思过半月，没有我的允许，不得再出房门半步，否则你院里的那些人，我就全打出去！"

李婉婉一听自己又要被禁足，忙要向老太太求情，谁知老太太却也故意板着一张脸说道："也别想着求我了，这一次，我和你爹爹的想法是一样的。你呀，是该好好收收心了！"

老夫人折腾了这一上午，心焦体乏的，这会儿李婉婉回来了，一时有点儿受不住了。

可到底是宠惯了李婉婉的，临走还不忘吩咐道："沅穗，婉婉终归是受了些惊吓的，就算是这会儿被她爹爹禁了足，也不要觉得可以怠慢了她，待会儿记得给她弄些好吃的压压惊，听到了吗？"

沅穗应了声是，老夫人便被下人搀着走了。

李父瞧着老夫人走了，又瞪了一眼李婉婉，闷哼了一声，便带着自己的其他妻儿也走了。

出了门，与李父等人分开后，李思思便跟在周姨娘身后抱怨道："祖母可真是偏心，婉妹自己跑出去乐了大半日，她受的哪门子惊？受惊的是咱们好吧。"

李菁菁跟在后面，也是一脸的怨气。

周姨娘的心思却不在此，扇着团扇皱眉寻思了一会儿，才略偏了下头扫了她姐妹二人一下，有点儿恨铁不成钢地说道："你们哪，就喜欢掐这些小醋来吃。有这工夫，倒是也学学婉婉怎么去讨老太太欢心啊？"

一听这话，李菁菁便有些不服气："阿娘这话说的，婉妹为什么讨祖母欢心，外人不知道，您还不知道吗？还不是因为她的八字能旺李家？我俩想要得祖母这番宠爱，也得先有个好八字才行啊。"

"混账东西！又在这儿编派上你娘了是吧？"

李菁菁这一句话，可是把周姨娘气得够呛，骂完了李菁菁，立时又咬着牙若有所思地说道："什么八字旺不旺的？要真是做出了让李家蒙羞的事儿，那才真是成了天大的笑话呢。”

这边李郑氏跟着李父出了院子，心里还是有些不放心。

“老爷，婉婉这不是好好地回来了吗？她那样野惯了的一个孩子，你这样足足关她半个月，那不是要活活闷死她吗？”

李父一听这话，刚刚压下的火气立时又涌了上来，转过身来指着李郑氏的鼻子说道：“你还好意思替她求情？她半夜跑出去，正赶上匪徒在家门口闹事的时候，没去镇江饭店，也没去苏家，那这大半日她上哪去了？难道你就一点儿都不怀疑吗？再说她身上那件大氅，难道你看不出来门路吗？岂是街边小店能挂出来卖的？”

一听这话，李郑氏也立时吃了一惊，忙朝周围扫了一圈，见没人跟着，才掩着面说道：“老爷是说，婉婉今日是和别的男子出去的？”

李父气得胡子直飘，却又不敢声张，只用手指着李郑氏的鼻子又道：“瞧瞧你教出来的好女儿！这要是再不关着叫她收收心，早晚是会闹出大事儿的！”

李父说完，便又要走。

李郑氏倒是吓得不轻，忙又跟着说道：“可是老爷，这可如何是好啊？要是被别人给看见了传出去，那婉婉这一辈子，可就全完了啊。”

李父也是气得没脾气了，只得叹着气说道：“这些日子你多留意着点儿，等芸河那孩子回来，便请他来府上坐坐吧。”

【6】

瞧着人都走了，李婉婉这才上前去扶起了已经被打得血肉模糊的小小，心情大不好受地说道：“我这不就出去半日吗？他们怎么就发了这么大的火，对你下了这么重的毒手啊？穗娘娘，快找人去请大夫！”

嫌弃下人房躺着不舒服，李婉婉还特意叫人把小小扶到了自己房间。

“快过来，当心着点儿。”

说话间，已经有人把热水送了进来，李婉婉便想要帮小小擦身子。

“小姐，还是我来吧。”

沅穗立马拦住了她，想要取过毛巾，可李婉婉又不肯。

沅穗只好又好言相劝道：“小姐，待会儿大夫来了，要是给人瞧见您亲自给小小擦身子，最后受苦的，可就是小小了。”

李婉婉听了这话，也只得松了手，叫沅穗去做事，自己则坐在桌边，瞧着奄奄一息的小小，酸着鼻子说道：“又是这些尊卑贵贱的说辞，都是娘生父母养大的，谁又比谁高贵了去呢？祖母也真是的，怎么就打得这么狠呢？”

沅穗也是心里装着话，觉得不得不和李婉婉说说，便一边给小小擦身子，一边叹着气说道：“五更的时候门房开门，正瞧见两具尸首躺在门前，吓得赶紧回来通报。主子们怕家里混进贼人，便开始在各院搜寻。搜到咱们院，小小这个脑子蠢的，还依旧照着您先前教她的，假说您抄了一晚上的书，在里头睡觉，愣是不叫人进去打扰。可关乎贼人，岂是儿戏？嬷嬷进了门，没瞧见您，便一下子炸开了锅。一时间，老夫人、老爷、夫人都赶了过来，小小顶不住压力，便说您是去了苏家。周姨娘借着机会添油加醋，说您和苏家二少爷自小一块长大，情投意合，一时想念，出去私会什么的，也是情有可原。老夫人为了掩住她的口，便说小小口无遮拦，污蔑您的清白，于是叫人打了她。小姐也别怪老夫人心狠，说到底，也都还是为了您着想的。”

沅穗一边说一边给小小擦着头上的汗，小小也是意识一会儿清醒一会儿恍惚的，到这会儿，忽然就来了一句：

“小姐，都是小小的错，怪不得任何人的！”

沅穗听到这话，心里也有些不忍。犹豫了片刻，终于又忍不住说道：“小姐，奴婢从您呱呱坠地起就跟在您身边服侍您，知道您是个心比天高的人，不喜欢受这些繁文缛节的束缚，所以并不以寻常小姐的样子教导您。只是经了今天这档子事儿以后，您还是——就把心收收吧。”

沅穗说完，也禁不住抹了抹眼角的泪，不再说话了。

李婉婉在一旁听着这些，心里是又气又悔，老半天才咬着牙拍着桌子说道：“真是弯弯绕绕害死人！我早晚改了这些混账规矩！”

这话一出，吓得周围服侍的人都吃了一惊，生怕李婉婉再要出去惹出什么祸来，都纷纷求着道：“小姐，您就当是可怜奴婢们这几条贱命，千万好好待够这十五天吧。”

瞧着众人战战兢兢的模样，李婉婉也只好收敛了一下脾气，缓着声说道：“好啦好啦，我是说迟早，又没说立时就要改。看把你们吓得。”

说话间，外面有人在门口通传道：“小姐，大夫到了，还请您回避一下。”

“回避？你没听老爷说叫我半个月不能出门吗？我跟哪儿回避去啊？”李婉婉想想就气。

还是沅穗性子沉些，立时叫人拉了屏风，将西边窗子边上隔出了一个小空间后，又行至李婉婉身前挽着她的手说道：“小姐，就算是为了快些给小小医治，也先进去回避一下吧。”

李婉婉没法子，也只好气呼呼地进了屏风处，但心里还是担忧小小的安危，所以也暂时收敛了火气，隔着屏风，观察着大夫的一举一动。

大夫早知这是小姐闺房，进来后也不敢东张西望，直接跟着引导行至榻前，开始给小小瞧病。

半晌之后，才拿着帕子擦了擦满额的汗，转过身来扫了一圈问道：“你们这儿谁是管事儿的？”

沅穗上前笑道：“先生就和我说吧。”

大夫上下扫了扫沅穗的穿着打扮，瞧着倒像是个有身份的，便就捋了捋胡子说道：“皮外伤，好在没伤到经脉，稍后我开些生肌活血的药来，三天的量，每包一碗水分三次煎服即可。”

大夫说着，又往小小身上瞧了一眼，心中有个疑问解不开，便就直接问了：

“这位妈妈，不知受伤这位姑娘在府上是什么身份啊？”

“先生只管瞧病，问那么多干吗？”

立时有小丫鬟训斥了大夫。

大夫虽吓了一哆嗦，但还是壮着胆子开了口：

“老朽其实是想说，若是实力上还允许，最好再配上一些外用药，以免后期伤口结痂时，奇痒难耐。”

“这——”

沅穗倒是当真犹豫了一下，大夫提的时候既然十分犹豫，说明这外用药必定价格昂贵，以小小的月例，怕是负担不起。

“有这等好药，当然要给小小用上。先生只管拣药效最好的方子用，我们李家还用得起。”

屏风后面忽然传出了声，大夫才知道原来屋子的主人在屏风后面，心里也便有了底，不多时就跟着下人出去写方子去了。

他人一出去，李婉婉才像是松了口气似的，随手将屏风一推就走了出来，还顺带着活动了一下筋骨，嘴里直念叨：“真是麻烦，在自己家里还要受这等委屈。”

这时，耳边忽然传来了小小的哭声：“小姐，小小给您闯了这样大的祸，您竟然还给小小用好药？您待奴婢这样好，以后奴婢的命都是您的！呜——”

李婉婉听了这话，无奈地直叹气，摇着头走到小小跟前说道：“你呀你，如何一天天地净想着这些？我待你好，你以后也待我好便是，为何总想着把命给我？我要你的命有何用？”

这话一出，周围伺候的人都偷偷笑了，自家小姐一向这样不论尊卑，她们也都习惯了。

正说着，只听咕噜几声，就在大家互相找寻发出这不雅声音之人时，李婉婉忽然摸了摸自己的肚子，嬉笑着对沅穗说道：“穗娘娘，是不是该用膳了？我都饿了一早上了。”

沅穗闻言，立马朝李婉婉看了过来，心下一紧，吩咐旁人道：“小小既是没有伤了经脉，就还是回到下人房休养，以免影响了小姐休息。秋菱、夏荷，去准备些小姐吃的东西过来，其他人也都退出去吧。”

等到人都散出去之后，沅穗依旧皱着眉，四下观望了几下，才把李婉婉又拉到身前问道：“小姐您跟我说实话，这一早上，您到底到什么地方去了？”

沅穗是自己人，李婉婉没必要和她藏着掖着，立时瞧了下四周，倒也不言语，直接将大氅解了下来，转身给沅穗看了眼自己身上的血迹。

沅穗大惊，忙要去检查李婉婉的伤势，却发现似乎不是李婉婉的血迹。

“快，先把衣裳换下来。”

沅穗动作利落，并未多问，已经去拿了李婉婉的常服，开始给她换衣裳了。

李婉婉一边任她摆弄，一边忍不住问道：“穗娘娘也不想知道到底是怎么回事儿吗？”

“我想不想知道又有什么重要的？这种事情，我能看得出来，你当老夫人、老爷、夫人甚至是周姨娘看不出来？有些话大家心知肚明即可，烂在肚子里最好。”

说话间，沅穗已经给李婉婉换好了衣裳，随即取了炭盆来，直接把那带了血迹的坎肩给烧了。

李婉婉看得目瞪口呆，忍不住问道：“穗娘娘，真的有这么严重？”

沅穗叹了口气道：“只怕是已经迟了呢。”

【7】

数日之后，在西津渡古街上，才买好干粮的曹宝走到马车边上，掀开窗帘，乐呵呵地说道：“爷，干粮都备好了，这下好上路回山西了。”

王晋昇坐在马车中，微微点了下头，曹宝便跳上了马车，准备和管伯一起驾车了。

这时，身边忽然传来一阵窃窃私语。

“你听说了吗？前些日子有匪徒闹事儿，刚好李家五小姐丢了一个早上，回来的时候，身上还披了件男人衣裳呢。”

“李家五小姐？李婉婉？她披男人衣裳有什么奇怪的？”

“诶，奇就奇在这不是一般的男人衣裳，我听说有人看见她一大早上和一个男人共骑一匹马进城的！”

“共骑一匹马？该不会是苏家二公子吧？”

“不是，若是苏家二公子，大伙儿还有什么好说道的？听说为了这个事儿，李老爷还禁了她的足呢！”

与此同时，街对面的一辆马车边上，赶车的人立时往马车里说道：“少爷？”

马车里的苏芸河忍不住皱了下眉，急急地说道：“走，我得赶紧瞧瞧婉婉去！”

都是打过两次照面的关系了，虽说两次都不大愉快，但是听到众人这么议论李婉婉，说的事儿还和自家老爷有关，曹宝也不再急着赶车，而是回过头去朝王晋昇望了望。

“老爷，那位李家小姐好像遇到麻烦了。”

管伯也在旁边乐呵呵地说道：“要说这位李家小姐和咱们还真是有缘，这才短短几日，她的大名，我都听见过数次了。上次还偏偏在咱们行动的时候赶上她翻墙逃走，这次也是，偏偏在咱们要离开的时候，听到她出事儿。”

王晋昇在马车里听到这话，摆弄着拇指上的扳指连转两圈，禁不住又勾唇一笑。

“是啊，确实很有缘分。”

这会儿，李父刚在李郑氏房中摔了个杯子。

“你养的好女儿！真是丢尽了李家的脸！”

李郑氏性子温良，被李父这么一凶，也是怕得直接从椅子上站了起来。

但她毕竟是大家闺秀，脑子转得倒是快。

“老爷，事情的真相还没出来，怎么能不听听婉婉怎么说，就全信了外人之言？再说，婉婉回来披的那件衣裳不寻常，又岂是外面那些人扫一眼就能看出来的？我瞧着这件事儿，分明就是有人见不得婉婉好，特意传出去的。您可得给婉婉做主啊！”

“回老爷、夫人，苏二公子回来了，这会儿正在外求见。”

李父一听，忙惊讶地朝李郑氏看了过来，李郑氏也是慌得一塌糊涂，一副没主意的模样说道：“你看我做什么？我这些天一直派人到苏家盯着的，今早还说没回来呢。”

李郑氏说着，像是想到了什么似的，立即脸色难看地说道：“该不会是听到了什么风声，过来兴师问罪的吧？”

李父一听也是急了，立时指着李郑氏的鼻子说道：“要真是这样，我回来再跟你算账！”

说完，转身出了门，一边走，还一边整理了一下衣襟。

等到了前厅，就见苏芸河人正坐在桌边喝茶，脸上一点儿怨气也没有，依旧是平常那副彬彬有礼的样子，一下子放心了不少。

笑呵呵地进来说道：“芸河来了。”

苏芸河见他进来，立即放下茶盏，起身相迎。

李父一边摆手示意他不必拘谨，一边极其自然地在主位上坐了下来，接过下人递上来的新茶，笑呵呵地说道：“听你父亲说，你前些日子往苏北去采买酒米了，何时回来的？”

苏芸河立时答道：“半个时辰前，刚到了镇江府的地界——”

苏芸河说着，便又往里面望了望，有点儿不好意思地问道："有阵子没见婉婉了，不知道她最近过得好不好呢？"

"咳——"

苏家也是规矩繁多的大户人家，若不是从小和李婉婉闹在一起的，关系比旁人近了许多，苏芸河也不会在李父面前这样失礼。

可如今李父的表现倒是有些叫他讶异了，于是李父这一咳嗽，苏芸河立时就收回了眼神，朝李父望了过去。

就见李父又重新整理了一下袍子，重重地沉了一口气道："芸河，你和我家婉婉从小一起长大，关系自是比旁人要亲厚许多，从前你们老在一起打打闹闹，我们这些做长辈的，也都睁一只眼闭一只眼了。但毕竟是男女有别，现在你们都大了，也到了该注意一些的年纪了。婉婉也到了该出嫁的年纪，总叫外面那些人风言风语乱传了去，我李家的脸面不好看不说，日后你们苏家的面上也挂不住不是？"

一听这话，苏芸河立时又抬起头来朝李父瞧了过去，上面那段话明面上是叫他注意分寸，和李婉婉保持距离，实际上却是间接默许了李婉婉日后会嫁到苏家去，并暗示要他们苏家上门提亲啊……

梅园之内，李婉婉正无聊地缩在屋子里，趴在桌上摆弄着文墨，前些日子起码还有先生教下来的抄书任务可以打发时间，这会儿是连抄书的心思也无了。

自从她的那些流言不胫而走之后，李思思和李菁菁几乎是每天都要从她院门前过一过，说道说道外头人都怎么说了的。

奈何她这会儿半步都不能迈出门去，只能任那些人继续造谣，真是气都气得没力气了。

李婉婉正趴在桌上生闷气，接替小小贴身伺候她的冬儿忽然兴冲冲地从外面跑进来说道："小姐，苏二公子来了，这会儿正在前厅和老爷说话，兴许过一会儿就能来瞧您了。"

一听这话，李婉婉周围的小丫鬟也跟着说道："这就好了，老爷和夫人向来喜欢苏二公子，要是他肯为小姐求情，小姐的禁足说不定就解了呢。"

一听这话，李婉婉的眼睛里就直冒光。可是没过一会儿，就又忽然把手里的毛笔一甩，不大高兴地说道："这个苏芸河，也不早点儿回来，我现在就算能出去又有什么用？说不定那伙山西人，早就回家去了！"

一想到这里，李婉婉就气呼呼地朝她屋子里挂着的那件大氅看了一眼，嘟着嘴自言自语道："骗子！什么心想事成啊？根本就是事事不顺！"

看着自己小姐在一旁自顾自地说着自己听不懂的话，冬儿有些目瞪口呆，但是她的眼珠转了一圈，便立时有些尴尬地笑着说道："那我再去前院候着，等老爷发了声，就引着苏二公子过来。”

说着，也不等李婉婉发话，就自顾自地转身跑了。

可还没过去一炷香的工夫，冬儿便垂头丧气地回来了。

院儿里的人瞧见她，也都讶异地问道：“冬儿，你怎么自己回来了？苏二公子呢？”

冬儿苦着脸愁着眉，一脸同情地瞧着李婉婉说道：“老爷发了话，说小姐已经到了出嫁的年纪了，请苏二公子以后千万注意，要和咱们小姐保持距离。”

“啊？那苏二公子怎么说？”

立时有人围了上来等着听答案。

冬儿一想到这里，就更是替李婉婉气闷。

“苏二公子非但没有反驳什么，反而还乐呵呵地跟老爷道了别，转身回去了。”

“这——”

众人都像是受了惊吓，纷纷朝李婉婉看了过去，心里有些讶异。

“难道连苏二公子，也会因为外面那些谣言，就放弃小姐了？”

李婉婉倒是没她们想的那么多，只是听到苏芸河就这么回去了，心里有些怨他。

在屋子里自言自语道：“废物！被我爹说了两句就这么退缩了，见死不救，亏我还把你当好兄弟来的！”

【8】

次日良辰吉时，镇江府最有名的媒人程媒婆忽然领着一大队人马，搬着东西来到李家，笑盈盈地递上了拜帖。

“谁？你说谁要来求亲？”

李父一听来人姓名，立时惊得回了头，往拜帖上仔细一瞧，随即竟哈哈乐了起来。

弄得李郑氏脸上一片茫然：“老爷何事这样开心？难道苏家当真来提亲了？”

李父却是一脸神秘：“不，是比苏家还要好的人家，是山西王家。”

“山西？嫁那么远，怎么使得？”李郑氏立时有些犹豫。

李父却是一脸兴奋：“妇人短见！你可知道这山西王家是什么门第？那可是当地的百年富户。你又知道他们现在的掌舵人是谁？是王晋昇王大人，如今管着镇江往山西的漕运。咱们家要是能搭上这条线，以后生意方面的事儿，就方便许多了。”

李父说着，便又一边往外走，一边吩咐下人道：“快去请老夫人出来会客，就说有人来求亲，请她来做个主吧。”

李郑氏也要跟着一道过去，却被李父嫌弃道：“你跟着我做什么，还不快去把咱们的女儿都领到前厅来，给人家瞧瞧？”

李郑氏一听这话，心里总有些不舒服，立时又问道：“这王家就真有这么显赫？竟叫老爷这么重视？还得叫咱家的女儿都站出来给那媒人遴选？”

李父这会儿正激动得有些上头，也懒得和李郑氏多解释。

“哎呀，你待会儿就知道了，还不快去把孩子们领过来？”

李郑氏刚想叫人去，又有些犹豫地问道：“老爷，婉婉还在禁足，这次就不带过来了吧？”

“都这个时候了，还管什么禁足不禁足？要是真能成事儿，那可就是一辈子的荣华富贵了。”

说完，李父便出了门，往前厅去了。

李郑氏见李父这样上心，便知这王家定是来头不小。虽说不舍得李婉婉远嫁，但若真叫李思思或者李菁菁嫁了过去，怕是周姨娘以后就要骑到自己头上来了。所以也便有了私心，只叫人去寻了李婉婉，却并未叫人去通知李思思和李菁菁。

李婉婉正在屋子里躺在榻上数自己被禁足的天数，冬儿忽然从外面进来说道：“小姐，夫人叫人来传话，请您去前厅一趟。”

李婉婉初还没反应过来，生无可恋地说道：“去什么前厅啊？没见我现在禁足呢吗？”

但是很快，她便忽地一下坐了起来，兴冲冲地问道：“你刚刚说，谁叫我去前厅？”

李婉婉高兴了，冬儿也便跟着高兴起来。

“回小姐，是夫人请您过去，听说，还是老爷首肯的。”

李婉婉这会儿彻底高兴了起来，立时跳下床来，一脸激动地说道：“快，快给我换身衣裳，马上就又能出去了！”

李婉婉说着，便自己取了一身男装来准备换上，还是冬儿极力劝解，说是刚刚解了禁，别触了老爷的逆鳞，才肯乖乖地换了身女装，跟着李郑氏派来的人去了前厅。

远远地就瞧见李郑氏一人躲在屏风的后面，正往里面看着什么，忙大步走上前去问道：“母亲，这是来了什么人，派头这样大，连您也不能到前厅坐着？”

李婉婉张扬惯了，如今又是在自己家里，所以说起话来底气十足，并不懂得藏着掖着，李郑氏一听她声音，忙转过身来掩住了她的嘴。

“哎呦，你可小声些吧。”说完，一把将她拉到身边，望着前厅的方向说道，“母亲才不是要躲在这里，而是要陪着你在这儿听听的。”

李婉婉一听这话，忙也朝前厅看了过去，名玩字画、珍珠美玉、美酒佳肴，堆了满满一屋子，程媒婆坐在厅上，满面春风。

李父和李家老太太像是也没想到会有这样大的阵仗，一时有些给唬住了，眼睛只在对方送来的东西上面扫着。

李婉婉却只像是看热闹似的问道：“母亲，这是哪个富贵人家，来向我哪位姐姐求亲了？看这阵仗，还挺气派。”

李郑氏也被这一屋子的珠光宝气晃得眼晕，他们是商贾之家，自是喜欢这些东西的。

这会儿瞧着李婉婉的神态，李郑氏便笑着开口问道：“你先别管这个，你只先说，你对芸河到底有没有想法？”

李婉婉闻言吃了一惊：“苏芸河？我对他能有什么想法啊？做事优柔寡断的，比我还像个姑娘家。我们可是要做一辈子的好兄弟的。”

李郑氏一听这话，心中便有了些数，立时又微笑着问道：“那若是这家人条件合适，你可愿嫁？”

“我？”李婉婉一脸讶异，立马撇嘴笑道，“母亲就别说笑了，我虽说是已经到了该出嫁的年纪，可三姐和四姐尚未出嫁，怎么就轮得到我了？”

“哎？你是嫡女，她们是庶女，你若是有这个心思，她们俩又能奈你何？”

“呦，姐姐乃是李家当家主母，在婉婉面前说出这种话来，实在是有些上不了台面吧？就连老夫人也常说，不论嫡庶，她们也都是李家的女儿，也都要喊您一声母亲的。真要是叫婉婉先嫁了，以后谁还能瞧得起她们上门求娶啊？”

周姨娘话说得很轻，却是句句落到重点上，叫李郑氏羞得浑身发紧，忍不住瞪着周姨娘和她两个女儿问道：“放肆！也不看这是什么场合？未经传唤，也是你们能来的？”

周姨娘倒也不甘示弱，依旧上前一步，直逼李郑氏近前，也跟着用力瞪着眼珠问道：“那我倒是要问问姐姐，老爷明明说的是叫她们三个都过来候着，怎么姐姐偏叫了婉婉，却不叫我的思思和菁菁呢？”

“就凭你，也配和我争？”李郑氏被气得浑身发抖，恨不得把眼前这个敢对自己瞪眼睛的小蹄子亲手撕了。

可周姨娘却像是吃了秤砣一样，一点儿都没有要退缩的意思，依旧瞪着眼珠说道：“妹妹自然是不配，但妹妹必须要为我的孩子们争一争！”

李婉婉一直看不惯李郑氏和周姨娘争来争去的样子，所以周姨娘一来，她就把两人的对话自动屏蔽了，随手拉着李思思和李菁菁一起，藏在屏风后面偷瞄厅里的情况。

李思思和李菁菁虽平日里总喜欢与李婉婉争风吃醋，但偷窥提亲事宜倒也是第一次，所以也顾不得那么许多，倒是和李婉婉一样，平平静静地透着屏风观望了起来。

就听老太太开口问道：“你刚刚说，是什么地方的人家？”

程媒婆又耐心回复道：“回老夫人，是山西清徐人士。”

“山西清徐？”

老太太一听这话，立时朝李父看了一眼，随即又问道：“那不是我那远房侄女当年下嫁的地方吗？我记得当年婉婉作为花童还跟着去了一次呢。”

李父立即笑着说道：“母亲说得是，算起来，那边也算是有娘家人在了。”

老太太听了，倒是也放心了些，随即又问道：“家里还有些什么人啊？妯娌之间可还和睦？”

程媒婆又立时笑道：“这个就更不必担心了，王家系三代单传，王老爷一人掌家，咱家小姐过去，是绝对不用担心会有妯娌之间的烦恼的。”

老太太一听这话，满意地点了点头。李父瞧着老夫人这般满意，心里也跟着高兴，随即也问了一句道：“老夫与王老爷虽然素未谋面，但也久仰其威名，只听说他是有位公子，却不知今年已经到了成婚的年纪了，呵呵呵。”

程媒婆原本笑着的脸立时尴尬了几许，随即又勉强笑道：“李老爷说笑了，公子今年年方十四，确实还没到成婚年纪呢。”

一听这话，厅里的和屏风后面的人，都跟着吃了一惊，就连正在斗嘴的李郑氏和周姨娘也都挤过来一道往厅里听风来了。

李父和李家老太太面面相觑，随即李家老太太一脸不解地问道：“那你今日——到底是替谁来求亲的？”

程媒婆一听这话，脸色也变得尴尬了许多，随即又耐心解释道：“可能是我们的求亲帖写得不够清楚，我这次来，是替王老爷求亲的。不瞒两位说，王老爷的结发夫人已经过身八年了，身下也就剩下这么一位公子。王老爷这样的条件配您家的小姐，确实差了些，不过王老爷说了，只要您家肯应下这门亲事，什么条件尽管提的。”

听完这话，老夫人气得直接站了起来，瞪着李父问道：“这就是你说的，条件极好的人家？”

屏风后面，李思思也跟着轻笑一声道：“看来阿娘还真是错怪了母亲了，条件如此之差，确实不该叫我和菁菁过来相瞧的。”

说完，就要带着李菁菁走。可周姨娘却一手将她拉住：“等等，先听听你爹爹怎么说。”

李父也没想到是王晋昇本人要来求亲，但是他心里实在放不下这条大鱼，这会儿瞧见老太太动了怒，便一边想着如何安抚一边说道：“母亲少安毋躁，这王老爷虽然年纪大了一些，但是算起来，也才是刚过而立之年。叫我一声岳父，倒也不是不可以。”

话还没说完，李家老太太又瞪了眼睛。

李父只得改变方向道：“条件确实是差了些，可是凭着王家的地位，思思或者菁菁嫁过去，也未必就是委屈了的。”

听到这里，周姨娘母女三人都跟着握紧了拳头，如此明显偏心她们早已见怪不怪，但这毕竟是女儿的终身大事，李父竟然如此不顾惜她们，她们也算是彻底寒了心。

倒是李郑氏立马松了口气儿，笑呵呵地说道："婉婉，我瞧着再听下去也没什么意义了，娘前两天刚得了几块好缎子，你快随娘一起去挑挑吧。"

可李婉婉却还不愿意走，依旧津津乐道地说道："别啊，我倒是想看看，到底是谁这么有勇气？这样的条件，也好意思到咱家来提亲？"

总算把老太太安抚得又坐了下来，李父才又缓和气氛地笑了两声道："如此，我家倒确有两位女儿还尚未出嫁，不如现在就叫她二人出来，给你瞧瞧，递了生辰八字，日后好挑选吧。"

程媒婆倒也不拐弯抹角，直接隐晦一笑道："不必了。"

这一句不必了，又叫众人的心都提到了嗓子眼儿，目光紧紧聚在了程媒婆的身上，就见这人气定神闲地甩着帕子说道："老婆子没记错的话，咱们家五小姐，应该也到了成婚年纪了吧？"

听了这话，李父都有点儿傻眼了，不敢相信地问道："你的意思是，王大人是想要求娶我家婉婉？"

"正是！"

程媒婆笑得皮动肉不动的，因为她是知道李婉婉在李家的地位的，也知道这趟活儿并不好干，所以当初可是和王晋昇要了天价保媒费的，原想着对方知道了难处也就退缩了，谁知道王晋昇竟还一口答应了，还说什么要是说成了这趟媒，后面还另有高额赏赐，这叫人如何能不心动呢？

果然，李家老太太一听这话，直接摔了杯子。

"糟婆子！这两年混得风生水起，就得意忘形了？如今竟然敢爬到我们李家头上撒野！这样差的条件，你也敢往我家来带？我告诉你，婉婉是李家嫡女，是我的心头肉，她就算一辈子不嫁，我李家也养得起她，由不得你这个婆子来糟蹋侮辱！来人，还不快给我连人带东西一起扔出去！"

程媒婆也是一下子被吓到了，但毕竟是见过大世面的名媒，关键时刻，倒是一眼瞧见了屏风后面的那一双女子的大脚。

心里感念一声天助我也，便立时取出一个小罐子来，托在手中，看上去像是在对老太太和李父说话，实际上却是直勾勾地盯着屏风后面。

"老爷，老夫人，王老爷还说了，若是能应了这门亲事，不光这整罐醋膏都是五小姐的，以后还允她进醋坊学酿醋！"

早在程媒婆拿出那罐醋膏的时候，李婉婉的眼睛就亮了，听她说完，身子已经控制不住，竟直接冲出了屏风，几步走到程媒婆身边，一把夺过了那个小罐子，打开瞧了一眼，果真是先前那醋膏。

她这一冲出来，原本要上来赶人的人都愣住了，很多男丁也都立时回避了起来。

就连李父和老夫人都傻了眼，半天反应不过来她要做什么。

只见李婉婉二话不说，先用小指挑了一口醋膏放进嘴里，随即特满足地问道："你刚刚说的那句叫我进醋坊学酿醋的事儿，可当真？"

程媒婆见王晋昇当初所言不虚，也是吃了一惊，愣了一下之后，立时点头笑道："王老爷亲口相允，岂会有假？"

李婉婉闻言又问道："那他能否答应，日后我若嫁过去，不准有人给我立规矩，不准拿那些繁文缛节的事宜圈着我，我想去哪里便能去哪里，整个王家我最大？"

"这——王家并没有老夫人，自然没人给小姐立规矩，小姐既以正室身份嫁过去，王家内院，自然是您最大。至于平常人家大概都有的那些争风吃醋也是没有的，王老爷和先夫人是少年夫妻，感情甚好，也未曾纳妾，先夫人过世之后，这八年间他也未有过娶妻之意。小姐嫁过去之后，自然也不会有这方面的烦恼的。"

"我嫁了！你且回去，叫他择良日上门迎亲吧。"

李婉婉这一爽快答应，惊得李家上下都目瞪口呆。

还是李家老太太第一个反应过来，气得腿软心梗，扶着胸口靠着椅背说道："胡闹！胡闹！婉婉，你可知你在说什么？那王家老爷可是大你十四岁有余，都快做你爹的年纪了！"

李父此刻心情复杂，他虽也不舍李婉婉远嫁山西，但又实在舍不得王晋昇这条大鱼，只得连忙在旁小声嘀咕道："娘，其实也没那么夸张，我这还大着他一旬呢。"

"你这混孩子，自古儿女婚事都是父母之命为之，岂容你在这儿胡乱应了，还不快跟娘回去？"

李郑氏也终于清醒了过来，冲出屏风来拉着李婉婉就要走。

这会儿，倒轮着周姨娘和她两个女儿在一旁看笑话了。

李思思掩着面窃窃私语道："虽说婉妹行事向来出人意料，非寻常思维能料，不过今日这事儿也未免对自己太不负责了吧？"

"是啊，毕竟是终身大事，这王老爷的儿子都快和她一样大了，嫁那么远去给人家当个继母，何苦来呢？"

李婉婉虽然行事鲁莽，不大考虑后果，但脑子也是很灵的，在屏风后面看了这么久，家里人对这门婚事的态度，她也算摸了个门儿清。

既然已经打定了主意要嫁，她也就不再拖泥带水，直接甩开了李郑氏的手，几步冲到李父的面前说道："爹，您倒是说句话啊，说到底您才是李家掌事的，这王家我到底能不能嫁，得您说了算啊。"

"这——"

李父这会儿正犹豫不决，忽被李婉婉这么一问，立时又道："婉婉，你是当真想嫁他？”

李婉婉忙点了点头道：“只要能叫女儿专心去学酿醋，嫁就嫁了！”

“你瞧瞧！她这是说的什么话？婉婉，婚姻大事，岂同儿戏啊？”李家老太太又开始捶胸顿足了。

李婉婉实在心疼她，便上前去扶住她道：“祖母，您身子不舒服，婉婉还是扶您回乾园休息去吧。”

临走，还给李父使了个眼色，像是叫他当机立断的意思。

老太太这会儿确实是老大不舒服，见李婉婉拉着她就走，也并没有反对，只是怒目瞪着李父说道：“志儿，你虽是李家掌事的，却也是婉婉她爹，这件事儿你要是没有个妥善的处理，休怪我和你没完！”

李父吓得浑身哆嗦，立时赔笑道：“母亲，您这不是折煞儿子吗？我哪敢啊？”

好容易等到李婉婉和老太太出了门，李郑氏也哭哭啼啼地扶着椅子坐下了，直看着李父说道：“老爷，你可不能脑子一热，就下了决断了，咱们婉婉可是还有后路的，那苏家——”

“是啊，老爷，再不济，咱们婉婉还有苏家接着呢，像王家这样差的条件，实在是没必要理会了吧。”周姨娘的声音飘进来。

李父刚要呵退李郑氏，叫她不要再继续说下去，结果周姨娘竟突然也从屏风后面走了出来，还说了这番风凉话。

李郑氏还纳闷儿周姨娘怎么开始替婉婉说上话了，李父却忽然大声呵斥道：“你这个时候又出来捣什么乱？婉婉和苏家未曾有过婚约，你又在这里捕风捉影做什么？”

【9】

李婉婉将老夫人扶回了乾园之后，老夫人便立即屏退了旁人，将门一关。回身拉着李婉婉的手说道：“婉婉，你快和祖母说，是不是有什么难言之隐，才叫你做了这种决定的？你尽管和祖母说得明明白白，放心，只要我老太太还在一天，只要咱们李家还在一天，就没人能把你怎么样！”

瞧着老太太这副焦急又担忧的样子，李婉婉不禁轻笑一声道：“祖母，您怎么也和我母亲一样，动不动就胡思乱想起来了？”

说着，李婉婉便又把刚刚从程媒婆那里接过来的那罐醋膏拿了出来，挖了一勺出来送到了老太太嘴边说道：“不如您先尝尝这醋，看看味道如何？”

老夫人知道这醋是王晋昇送来的，当时瞧见了，就知道这人是费了一番心思，竟然还提前了解到了李婉婉的喜好。

但当时也未将此事放在心上，若论良醋，这整个镇江府，哪有能比得上苏家的？

所以也就随便尝了一口。

谁想到当时就有一股强烈的刺激感冲上了天灵盖，弄得她两眼泛金光，好半天才乐呵呵地说道："这酸度，好通透的感觉！应该算得上是极品了。"

"对吧？"

李婉婉又一脸得意地继续说道："您是知道的，我从小就酷爱食醋和酿醋。尤其是自从去了一趟山西，回来就一直对一种醋味念念不忘，如今总算让我找着了，我又怎能错过这个学习酿醋的机会呢？"

老太太一听这话，也是惊讶不已，不禁往那醋罐子望去。

"你说的，就是这罐醋？"

李婉婉笑着点了点头。

老太太又立时拧眉说道："可你若想学酿醋，有千种万种法子，何必搭上自己的终身大事呢？"

"不然又该如何呢？祖母您是知道的，我的性子本就不受约束，这世间有哪个像样的门第，能够让我嫁过去之后既不受繁文缛节的束缚，又能安心做我自己喜欢做的事儿呢？"

"这——苏家——"

"苏家若是真能容得下我，也不至于到现在都不来提亲了，我的十八岁生辰也都过去数月了呢。"

老太太一听这话，忽然轻轻捶了下桌子，也是一脸无奈。

"可是这王晋昇的条件，也实在太差了些。放你一个人去那么远的地方，祖母实在是不放心啊。"

李婉婉又伸手握住了老太太的手说道："祖母放心，这人先前与我打过两次交道的，生得一身正气，人坐在那儿，气势上就压了邱朦叔父他们一头。更难得的是，他这样的人物，对待孙女也很有礼数，人还很细心，算起来，还救过我一命呢。"

"救过你一命？"

"嗯。"

李婉婉点了点头，就把昨天的经过都和老太太说了。

"不瞒您说，我昨天披回来的那件大氅，就是他的。"

老太太一听这话，也只得深呼一口气出来。

"如此，也就全都对上了。这人要真是你说的那样，于你而言，倒也算是个不错的归宿了。"

老太太说着，忙又想到了什么似的说道："哎呀，得赶紧出去和你爹爹说，叫他别直接回了这门亲事，不然可就耽误了大事儿了！"

"老夫人放心，老爷刚刚并未把话说死，只说叫程媒婆回去与那王大人说，叫他抽空上门坐坐，也和咱们相熟一下。"

话音刚落，沅穗便从外面进来，手里还端了些老夫人和李婉婉都爱吃的梅花酪。

"穗娘娘，你怎么来了？"

李婉婉吃了一惊，顺手上去拿了一块儿就要放到嘴里，想了想，又送到了老太太嘴边说道："祖母也最爱吃这个，您先吃。"

结果老太太随手一拍，笑呵呵地说道："去去去，我自己手脚健全，偏要捡你这沾了口水的？"说着，自己拿了一块吃着，顺带着还看了一眼沅穗说道："你这是听说有人来给婉婉说亲，心里着急了吧？"

沅穗却只是垂手站在一旁微微一笑，并不言语。

毕竟是自己身边伺候了几十年的人，老太太对她也是熟悉得很，摆了摆手，对李婉婉说道："行了，你便跟着沅穗回去吧，可别把她给急坏了。至于你爹娘那边，等见到了那王晋昇，真过了我这一关，我去和他们说！"

李婉婉这边跟着沅穗回了梅园，路上无事，便问起了她从前厅离开以后的事儿。

沅穗瞧了瞧四周，叹了口气道："我瞧着老爷的意思，是想应下这门婚事的，只是周姨娘忽然站了出来，特意在程媒婆面前提了苏家一事。怕那王家要是因此多了心，这门亲事倒会坎坷些。"

李婉婉一听这话，立时哼了一声，随即又笑嘻嘻地挽着沅穗的胳膊说道："无须理会这些，这些人也就是能在这种事情上使点儿绊子罢了。母亲膝下还有二哥和六弟，谅她们也翻不了天。"

沅穗却无奈地叹了口气道："你呀，说的是你的终身大事儿，你竟又开始惦记上夫人的地位了。"

可李婉婉却一副无所谓的模样，依旧嬉笑着说道："我的终身大事有什么好惦记的？那王晋昇若真是只听了流言便妄下决断之人，那周姨娘这一举动，倒是帮我试出了他的人品，也算是帮了我的。我又有什么好损失的呢？"

说着，李婉婉便急急地拉着沅穗往梅园走，边走边说道："哎，也不知道二哥这次上京科考是否顺利？要真是能中，父亲、母亲一高兴，说不定就把我的事儿给应下了呢。"

【10】

这边程媒婆出了李家，便径直往王晋昇一行人住的客栈去了。

曹宝站在王晋昇身边听完全程，第一个发了话。

“老爷，咱们好心帮那李家小姐解围，没想到他们家倒好像还不领情，还嫌弃咱家条件差？如此，不如就还是算了吧？何必还要屈尊到他家去受窝囊气？”

可程媒婆毕竟是镇江名媒，看事儿可要比曹宝这个毛小子透彻多了，她一眼就瞧出来王晋昇对这门婚事的看重，绝不仅仅是帮李婉婉解围那么简单。

所以便又试探性地透露道：“不瞒王老爷说，关于这李家小姐，有件事儿不知当讲不当讲？”

曹宝这会儿还在气头上，立时说道：“你想讲便讲，不想讲便不讲，何必故弄玄虚，吊人胃口？”

“曹宝！”王晋昇忽然发声呵斥了曹宝，随即又一脸平静地看着程媒婆说道，“程婆不妨直言。”

程媒婆闻言立时心领神会，随即上前一步说道：“听李家人的意思，苏家近日也是要上门提亲的，王老爷要是真有意结成这门亲事，可就要抓紧了。”

王晋昇嘴角微微翘起，随即给管伯使了个眼色，见管伯拿出一包银子来递到了程媒婆的手里后，才又含笑说道：“今日上门提亲之事，没有张扬吧？”

程媒婆见了银子，自是乐开了花，忙甩着帕子说道：“没有没有，送彩礼过去的时候，天已见黑。走的又是人烟稀少的水烟街，就算偶尔有人瞧见，也不会知道咱们是去了谁家的。”

程媒婆说着，又犹豫了一下道：“不过李老爷也说了，眼下他们对婚事未有定论，所以咱们送去的聘礼就先暂存在他家，要是您三日之内不到府上，便就原路送回了。”

王晋昇又点了点头，只是不再说话了。

管伯见状，忙上前去把程媒婆带了出去，并又嘱咐了许多事儿。

等管伯再回来示意程媒婆已经走远了，曹宝才靠过来问道：“爷，既然这李家小姐有人接手，那咱们是不是接着上路回山西？”

话还没说完，后脑勺就被管伯拍了一下。

“你个傻小子，爷过去八年未有续弦之意，岂是为了帮那李家姑娘解围，就动了续弦之心的？”

曹宝还有些目瞪口呆，禁不住朝正懒散地靠在榻上坐着的王晋昇看了过去。

“您的意思是说，爷是真的瞧上李家小姐了？”

瞧着王晋昇不言语，只一味地玩弄着拇指上的扳指，曹宝更是惊诧，忙又问道：“那咱们接下来该怎么办？难不成，还要和苏家抢亲不成？”

王晋昇忽然哼笑一声，随即极其潇洒地站起来说道：“若是必须要抢，那便抢吧。准备一下，明日一早，便往李家走一趟。”

【11】

得了那罐醋膏，李婉婉可是得意得不得了，恨不能夜里睡觉都抱在身边。

睡着睡着，她便梦到了一辆独自在乡间小路上狂奔的马车。车夫一直猛烈地抽打着马腿，似乎是在追赶着什么。外面大雨滂沱的，甚至看不清路面。忽然，马儿双脚一抬，发出撕裂天空般的叫声后停了下来，马车里的人点了火折子推开车门一照，马掌底下，竟然躺了个浑身是血的男人！

梦到这里戛然而止，因为李婉婉直接给吓醒了。

忽地一下坐了起来，满头大汗地喘了好一阵子的气，直到感受到了手里的醋罐，才发觉是做了一场梦，还禁不住自言自语道：“奇怪，好端端的，怎么竟然做了这样奇怪的梦？”

她这一起来，立时有人上来询问缘故。

“小姐，您这是怎么了？”

李婉婉这会儿已经静下心来，便尴尬地摇了摇头道：“没事儿，就是刚做了个噩梦。”

说着，便又随手遮了下正刺着自己眼睛的阳光问道：“现在什么时辰了？”

冬儿立时笑道：“小姐今日贪睡了些，已是巳时二刻了，奴婢先去叫人给您准备早膳，随即再给您梳洗更衣。”

冬儿说着，便就离了李婉婉出了门。

谁知道一出门就与迎面跑过来的小丫头撞了个满怀，两人都坐到地上了，可来人甚至来不及回应冬儿的埋怨，就依旧爬起来往李婉婉的屋子里面跑去。

“小姐，来了！昨天来提亲的那位，刚刚找上门来了！”

一听这话，整个梅园的人都跟着朝这边竖起了耳朵。

李婉婉更是吃了一惊，愣在床边上喃喃自语道：“来得还挺快。”

可是一想到昨天沅穗说的周姨娘从中作梗的话，便不禁又朝身边的醋罐看去，生怕王晋昇是来悔婚，想要回那醋膏的。

于是灵机一动，便把那罐醋膏交给了上门报信儿的春儿说道：“你把这个拿去藏起来，藏在什么地方也不需告诉我，等我跟你要的时候，你再拿出来给我。”

春儿不知道李婉婉要搞什么名堂，只懵懵地“哦”了一声，便要伸手去接那罐子，可李婉婉还好像不大愿意给似的，纠结方许，才警告似的说道：“不过你得保证，到时候可得是完璧归赵，这可是我命根子一样重要的东西。”

春儿一听这话，立马怕得收回了自己的手，哭丧着脸说道：“哎呀，小姐，这么重要的东西，您还是自己收着吧。”

李婉婉倒是来了倔脾气，直接把罐子塞到了春儿手里说道：“叫你收着你就收着，哪那么多废话呢？冬儿，给我梳洗更衣，我们也到前院瞧瞧去。”

李婉婉到了前厅时，李思思和李菁菁早躲在屏风后头有一会儿了。

只见两人扯着脖子踮着脚，皆是一副脸痴面红的娇羞模样。

看到忘情处，李思思更是喃喃自语道：“从前只叹苏二公子言谈举止，举世无双。如今见了这王老爷，才知道什么是世间真男人。”

李菁菁也跟着感慨道：“是啊，听说这王大人是武将出身，瞧这身子骨，想是十分硬朗呢。”

李婉婉在后面站了几许，听到的竟全是些对王晋昇的赞美之词，两个人昨日听到王晋昇的家室之后那般嗤之以鼻的模样几乎已经找不见一点儿踪影了。

不禁哼笑一声，走上前去道：“那就多谢两位姐姐这样看好我未来夫君了。”

说话间，人已经走上前去。

李思思和李菁菁还被她吓了一跳，不知不觉，竟给她腾出了整块屏风。

李思思先反应过来，随即轻笑一声道：“婉妹也别得意得太早，未来夫君？父亲可还没应下这门婚事呢。”

可李婉婉却已经不再理会她二人，目光竟全被王晋昇吸引去了。

与前两次见面不同，王晋昇这次穿了件深灰色带吉祥暗纹的长袍，外罩一件月牙白翻毛皮马褂，白色的毛领衬得他的脸也亮堂俊朗了许多，一眼望去，不光尽显华贵之感，竟然还挺意气风发的。

周身并没有其他男子喜欢佩戴的耳挖子、牙签、镊子和兵器模型等多余的挂件儿，只是单单坠了一块女子拳头大小的金牌，下坠着时下比较流行的绛红色流苏，倒是简约得好看。

老太太和李父、李母瞧着，似乎也很是满意，老太太冲着王晋昇微笑着点了点头后，随即笑道：“都说晋人简朴，如今瞧着，这简朴一些倒也没什么不好的。”

李郑氏也立时笑道：“是啊，王大人的这身行头要是穿在一般人身上，是绝穿不出这种气势来的。”

李郑氏说完，还又盯着王晋昇看了一会儿，直到李父瞧见后轻咳了一声，才发觉自己失态，忙别过脸来拿帕子遮住了脸。

王晋昇也立时低头浅笑一声道："我今日既是来求亲的，身份自然是晚辈，伯父伯母与老夫人也不必如此拘谨，直接称呼我为仲文即可。"

瞧着王晋昇竟愿意放低姿态，李思思和李菁菁又互相欣喜地对望了一下，轻声说道："身份如此非凡，竟还这般谦逊，如何能叫人不喜欢呢？"

这时，跟着李婉婉过来的冬儿却有些看不下去了，随口说道："三小姐、四小姐如何这样不知羞？这王大人分明是来向我们小姐求亲的，你二人当着我们小姐的面就这般轻浮，又将我们小姐置于何地？"

冬儿是李郑氏放在李婉婉身边的，从前是李郑氏身边的大丫鬟，很看不上周姨娘屋里的这两位，这会儿自然也不愿纵着她们。

可李思思和李菁菁毕竟是李家小姐，如何能忍得了被一个丫鬟辱骂？当即就骂了回去。

女子的声音本就尖利些，生气时就更是不顾东西，一时间，屏风后面吵吵闹闹的，好不热闹。

连带着王晋昇的注意力也转移到了屏风那里，便是一眼就瞧见了屏风后面立着的那一个妙影，往下看去便见是一双大脚，心下欢喜，忍不住翘了下唇。

王晋昇坐得远些，尚且听得到吵闹，李父又岂会听不见？立时给李郑氏使了个眼色，叫她去处理。随即又立马笑道："仲文啊，你和婉婉的婚事，该说的也都说得差不多了，不如到我的书房一叙，咱们再聊些要紧的？母亲觉得如何？"

老太太见了王晋昇，心里喜欢得很，一听李父向她询问，知道他是怕屏风后面那几个丫头闹过了头，再吓跑了王晋昇，便只连道了三声好，便先撤了。

王晋昇早料到李父会有所求，也提前做了些准备，听他这栏一问，便又往屏风底下那一双大脚看了一眼，就带着曹宝一起，跟着李父走了。

【12】

李郑氏一直赔笑目送他们进了门，脸上的笑便立时冷了下来，转过身去瞪着屏风说道："还不快随我去瞧瞧，到底是哪些个浪蹄子在这种时候闹事儿？"

李郑氏这一嗓子，倒是把正在与冬儿斗嘴的李思思和李菁菁吓了一跳，忙摺着褂子转身跑了，等到李郑氏气势汹汹地冲出来，就只瞧见了两个灰溜溜的背影。

李郑氏还有些不依不饶的，掐着腰说道："我就知道是她们俩见不得我们的好，是时候要让她们知道谁才是李家的当家主母了！"

"母亲，哎呀母亲——"

李郑氏刚要追过去，李婉婉却一把将她拉住，继续解释道：“算了，也怪冬儿多嘴，先得罪了两位姐姐，母亲要是真要怪罪，就先怪罪女儿治下不严吧。再说今天家里还有客人在，也不便生事端的。”

李郑氏听了这话，也便立时又咧嘴开心上了，拉着李婉婉的手说道：“说的是呀，今天这样的好日子，咱们不生气，不生气的。”

李婉婉瞧着李郑氏那高兴的模样，便也噗嗤一笑道：“母亲昨日不是还嫌弃他条件差，哭着喊着叫我三思的吗？”

李郑氏脸色一顿，立时又尴尬地说道：“是呀，这乍一听下来，年纪大，又是续弦，身边还带着个十四岁的儿子，任谁听了，都不是良配啊。可是娘仔细一想，这人夫人去世后八年都未有续弦之心，也未曾纳妾，足见其专情，如今既然瞧上了你，日后也定会对你从一而终的。更何况他们王家是清徐首富，他又有官职在身，这对咱们商贾之家的女儿来讲，嫁过去，那是何等的荣耀啊？再说他家里的那位公子，听说也是个知礼懂事的小神童，小小年纪，已经都是个举人了。再加上如今也懂事了，只要你好好待他，总不会刻薄你的。而且你自小就喜欢倒腾那些醋，正好他家就有醋坊，你以后泡在醋缸里都没人管着了。所以算起来，这仲文的条件，也还是很好的啦。”

“呦，仲文？叫得倒亲切！”

李婉婉开始打趣起李郑氏来了，李郑氏假意凶了李婉婉几下，便笑呵呵地说道：“都已经是定了亲的人了，以后可要注意着些，快些回梅园吧，娘也要去后院张罗张罗，可以的话，就留仲文在这儿吃饭。”

李郑氏说着，便就笑呵呵地走了。

剩下李婉婉一个，倒是有些醋得慌。嘟着个嘴说道：“切，这人哪就有你们说的那么好了？我看不过就是有钱有颜又有点儿小权罢了，也值得你们这样吹捧？不知道的，还以为他是你们亲儿子呢。”

“噗——”冬儿立时捂嘴笑了一声，还是有些忍不住地说道，“小姐，怎么听着，您还有点儿沾沾自喜的感觉呢？”

可是李婉婉却已经不理会她，自己晃晃悠悠地走了，弄得冬儿一脸疑惑地跟在后头。

“小姐，夫人刚刚分明说是要您回梅园，您这是要往哪去啊？”

“管我往哪儿去？我自己家里，我还不能随便逛逛了？”

主仆二人一直走到了枫藤小路，李婉婉便不再往前走了，只坐在最中间偏左一个的石凳上仰头看着头顶的枫藤叶子，双臂撑在身后，双腿慢悠悠地前后荡着。

冬儿看看前头，又看看后头，这处小径在修园子的时候，就只有一排空荡荡的石拱柱，后来守院子的人在下面种上了枫藤，这两年长得日渐茂盛，缠得满拱柱上都是，倒是个隐匿的好地方了。

想到这里，冬儿才恍然大悟道："哦，小姐莫非是要在这里等王老爷？可是，虽说这里是从老爷的书房往门外的必经之路，但夫人刚刚不还说，要留王老爷在家里吃饭吗？咱们在这里等下去，就不怕扑空吗？"

李婉婉却只是哼笑一声。

"虽然世事难料，但可以一切随缘啊。"

等了没一会儿，果然瞧见王晋昇和曹宝往这边走来，冬儿几乎是目瞪口呆地说道："小姐，你到底是怎么知道他们不会留下吃中饭的？"

可李婉婉却全然不解释，只看着同样有些惊讶的王晋昇主仆二人说道："冬儿，带曹宝兄弟去吃些点心再来吧。"

曹宝本还不愿意，结果被王晋昇斜睨了一眼，便就乖乖地和冬儿走了。

见李婉婉一直看着自己也不说话，王晋昇微微一笑，主动走上前来，坐在与李婉婉隔了一个石凳的位置上，同样看着头顶的枫藤说道："心里有话便直说吧。"

李婉婉偏头注视着他，半盏茶的工夫后，开口问道："我们的亲事，和我爹说好了？"

王晋昇点了点头。

"嗯，下个月初六是个好日子，到时候我找人来迎你。"

"你自己不来？"

李婉婉有些不爽。

王晋昇笑笑说："我们山西的规矩，迎亲的时候，男方不出面的。不然，不吉利。"

李婉婉却嘟着一张嘴道："我不管，我嫁的是你，你不来，我不放心。"

王晋昇不觉微笑着朝李婉婉看了过来，随即点了点头道："好，到时候我亲自来。"

李婉婉的嘴角稍稍向后扯了一下，随即又问道："我爹跟你提什么过分的条件了吧？"

王晋昇却又低头笑笑。

"小事，不必放在心上。"

李婉婉又朝王晋昇看了一眼，随即又立即低头看着自己依旧荡来荡去的脚尖问道："你——为何要娶我？"

"因为我想。"

本以为王晋昇会犹豫一会儿再回答，可他的回答几乎是一瞬间就出来的，这又叫李婉婉吃了一惊，忍不住又朝王晋昇看了过来，这一次，她久久地盯着他的脸看着，因为那种温暖的笑容，就好像一颗磁石一般，正疯狂地吸引着她。

可她最终还是将目光挪回到了自己的脚尖，继续说道："那若是我心里没你，你又当如何？"

王晋昇又轻笑一声道："你喜欢酿醋就行，至于你心里有没有我，何时有我，就都随心吧。"

"合着你娶我进门，是想让我去给你家醋坊当免费长工的？"

李婉婉忽然转过头去瞪了王晋昇，这叫王晋昇愣了半许，随即又忽然笑着说道："若真是这样，那你恐怕是我家醋坊近百年来挖角费最高的免费长工了。"

王晋昇说到"免费"两个字的时候，还特意加重了声音，倒是让李婉婉一下子想到了王晋昇送来的那些堆了一屋子的聘礼。

可她却也不甘示弱。"你倒不用拿那些聘礼来压我，我身为李家嫡女，又是我祖母的心头肉，我出嫁的时候，嫁妆一定不会比你送过来的少的。"

王晋昇听了这话，不禁又笑了，随即点头说道："好吧，你心里舒服便好。"

李婉婉又瞄了王晋昇一眼，不过这一次很快就偏回了头，又继续说道："有些话，虽然昨天那个媒人已经应下了，但我心里不放心，必得听你亲口说。你便讲一讲，我嫁到你们王家，到底做不做得了你家的主？"

王晋昇不禁朝李婉婉看了过来，她表面上一副无所谓的样子，但其实双臂绷得很直，双脚也极其不自然地前后摆动着，这些小动作都无一不在表达着她对于这个问题的答复的在乎。

于是他微微翘了下唇，浅浅地笑道："你做得了我的主。"

听到这话，李婉婉缓缓转过头来，就与王晋昇对视上了。

这人的面部神情十分坦然，眼神似乎也一点儿没有闪躲，看着就叫人安心，愿意相信他说的。而且，这样近距离地盯着他看，李婉婉总觉得有点儿熟悉，而这种感觉又很久远，久远得叫人想不起来到底发生在何时何地，所以她就一直这样盯着他看着，却是一点儿都不觉得尴尬似的。

直到一阵脚步声突然传来，两人才各自转过头去，轻笑着看着别处。

"爷，再不出去的话，怕是要耽误下面的行程了，咱们还是赶紧走吧。"

曹宝急急地过来催促着。

冬儿也上前说道："是啊小姐，夫人那边，也该过来请您去用饭了。"

李婉婉听了，便一下跳下石凳，整了整衣襟后，才对王晋昇低声说道："那你路上小心吧。"

说完，便踩着碎步，一溜烟地走了。

瞧着王晋昇一直微笑着望着李婉婉的背影，曹宝倒是有些不顺心地说道："爷就真的这么中意这李家小姐？刚刚李老爷说的那个事儿，您从前不是一直都不愿意插手的吗？"

王晋昇闻言，又哼笑一声，边转身往出走，边道："多嘴。"

【13】

没两天，李婉婉与山西王家定亲的事儿，就传得满城皆知了，众人惊讶的点都各有不同。

有与李家相熟的，惊叹于李家竟然会委屈李婉婉应下这门亲事。

有与王晋昇相熟的，惊叹于王晋昇竟然动了续弦之心，而且要娶的还是名声在外的李婉婉。

更多的人，惊叹于竟然不是苏家。

这么多年口口相传的苏李不分家，世人最看好的就是李婉婉和苏芸河这一对儿，没想到竟然一夜之间成了泡影。如今李家大小姐早五年便嫁了金陵柳家，李婉婉这又定了山西王家，就只剩下李思思和李菁菁两位庶女，配苏家二公子，是几乎无可能的了。

更何况李家这样一搞，苏家人被人在背后多有指摘，更是颜面无存，想来两家的关系，也是会受到影响的。

李父虽然和苏老爷表面上都未对此事多说什么，但心里面也难免生了些隔阂，不过生意场上哪有永恒的友谊？都是为了相互之间的利益才绑在一起罢了。

倒是苏芸河听到消息后直接疯了，当天晚上就找到了李家，说什么也要见上李婉婉一面。

“苏二少爷，您就别为难我们了，如今我家五小姐已经是许了亲的人，怎么还能与您私下见面呢？您还是请回吧。”

“你们不能这样对我，既然不叫我见婉婉，那便叫我见一见老夫人和夫人也是好的！”

因着苏李两家的关系，苏芸河自小就是李家的常客，门房的人瞧着他这样也实在是不忍心拒绝，便替他进去通传了一下。

结果李郑氏假称身体不适，避不见客，倒是老太太叫人把他请了进去。

苏芸河一见到老太太，便直接上前去给她跪下了。

“祖母，您向来是最疼婉婉的，还请您务必劝说伯父收回婉婉的婚书，不要将她推进火坑啊。”

老太太吓了一跳，忙叫人去把苏芸河扶了起来：“你这孩子，为何竟这样冲动？你对那王晋昇又了解多少？如何就知道婉婉要去的，就是一个火坑了？”

苏芸河一边站起来一边说道：“听说他人比婉婉大了足足十四岁，年纪这么大了，净想着老牛吃嫩草，实属无耻好色之徒！更何况他家里还有一位十四岁的独子，仅比婉婉小四岁，若是不服管教，婉婉日后如何能降得住他？到时婉婉在他家吃了亏、受了气，人却又远在山西，又有谁能替她出头？条件如此之差，又如何不是火坑呢？况且——况且我和婉婉——”

“芸河啊，有些事情，你也只是道听途说，而我和你李伯伯，却是当面见了人，也派人去打听了具体情况的，你又如何比我们更了解具体情况呢？”

“我——”

“另外，既然婉婉已经与王家说了亲，你自己心里的那点儿一厢情愿，以后就不要再挂在嘴边了吧。”

“一厢情愿？”

老太太几句话便点得苏芸河哑口无言，甚至有些不敢相信。

可姜还是老的辣，老太太也并未给苏芸河更多的时间思考，又继续说道：“我知道你心里不愿意承认，但我且问你，你伯父明明先前提点你，叫你来李家提亲，为何迟迟不来啊？”

“这——婉婉的性子，我母亲还有些担忧，但是我一直在努力说服母亲，她真的已经快要松口了。”

苏芸河说话的时候一脸的不甘心。

“芸河啊，你这么多年和婉婉之间的感情到底是怎样的，你以为我们李家看不出来吗？你真的以为我们在应下这门亲事之前，不会先问过婉婉的意思？她若是真的与你有意，你以为就算你伯父有意这门亲事，这门亲事就能定下来吗？你觉得我会同意吗？”

苏芸河听到老太太的话，直接愣住了，不敢相信地退后了两步说道：“老夫人的意思是——这门亲事，婉婉也是同意的？”

老太太是看着苏芸河从小长到大的，也一直把他当成是自己的亲孙子一般疼爱，如今看着他这般难受，又如何不心疼？只是毕竟李婉婉才是她的亲孙女，李婉婉不能直接和苏芸河说的话，她必须要替她说了。

“芸河啊，你可知道，婉婉为何一直对你没有男女之意啊？”

“没有男女之意？”

苏芸河又是一惊，一直以来，他都理所当然地觉得李婉婉以后必定是他的妻子，倒是从没想过婉婉对他的情到底是什么情的事儿。

老太太冲着他点了点头，又继续说道：“婉婉曾亲口对她母亲说过，觉得你做事优柔寡断，没有大丈夫的决断，并不是她心目中未来夫君的样子，她是只把你当作兄长，当作亲密无间的伙伴看待的啊。”

老太太这话一出，苏芸河整个人都要崩溃了，可老太太的话却依旧还没完。

“你再仔细想想，王晋昇虽然年纪大些，但却还是王家掌事的，婉婉嫁过去，便是当家主母，头上再无人管束，该是何等的自由？但若是嫁入你家呢？凭你现在的实力，你保证得了婉婉在苏家能不受公婆管教、兄嫂欺凌吗？你若是保证不了，那于婉婉而言，你家里就不是火坑了吗？”

“这——”

老太太的话像鞭子一样一鞭一鞭地抽在了苏芸河的身上，叫他无力反驳也无处藏身，只得瘫坐在地上大喘气，他不甘心就这样失去李婉婉，但他也知道木已成舟，凭他现在的实力，是绝对没法子逆转此事的。

老太太瞧着苏芸河这副样子，心里也是难受得很，她怕把苏芸河打击得太厉害，再毁了他，于是缓身走上前去，蹲下身去拥抱了一下他。

“芸河啊，祖母知道你是个聪明孩子，也知道你是一心向着婉婉的，但你也要好好看清现实，以你现在的情况，和你与苏家千丝万缕的联系，你终归不是婉婉的归宿的。”

苏芸河丢了魂似的出了老太太的门，却瞧见李婉婉正守在门口等着他。见他出来了，忙站起身来。但她并没有走进老太太的院子，而是一直在门前等着，神情复杂地看着他。

如此熟悉的一张脸、一个人，如今再看，却好像从未真正熟识过一样。

苏芸河有点儿想哭，但他最终还是选择了对李婉婉微笑。

不知不觉地，他走到了李婉婉的身边，无奈地笑着说道：“恭喜你，说了亲。”

但他并未停下脚步，因为他害怕自己要是就这样停下来，会忽然失控，会丧失自尊地抱住李婉婉，叫她回心转意，不要和别人成亲。

李婉婉也极其自然地跟在他旁边，随着他的步子一道往前走，这是他们从小一起长大的默契。

“嗯，我就不说多谢了。这样——见外。”

苏芸河脚步顿了一下，但很快又继续往前走着，眼神游离地问道：“心里——有他吗？”

李婉婉抬起头来深深地呼了口气。

“暂时——还不知道。”

苏芸河眼眸一亮，立时偏过头去一脸不解地看着李婉婉。

“既是如此，为何要嫁？”

李婉婉哼笑一声，似乎也觉得自己的冲动有点儿傻里傻气，但好在目前为止，她还并没有看到这个冲动有什么不好的后果，于是她又轻松地迈出了一步，随即有点儿得意地看向苏芸河说道：“还记得我和你说过的，小时候吃过的那种醋吗？我找到了。”

“在他家？”

苏芸河更加惊讶了，但与此同时，他还觉得有点儿无力，看到李婉婉点了头，他突然有点儿控制不住愤怒地说道：“但我分明说过我也可以酿出那种醋的，只要给我尝过——”

可是当他看到李婉婉惊恐的眼神时，他终究是没办法再说下去，老太太说得对，就算他可以酿出那种醋，他们苏家也容不下李婉婉，既然是无能为力，又何必破坏自己现在和李婉婉之间的情感呢？

想到这里，他忽然偏过头去，看着正前方说道："之前咱俩一起酿的那醋，我想了个名字。"

"哦？说来听听。"

李婉婉倒是饶有兴味。

"万和香醋，取了你我名字的谐音，万和，万事和顺之意。"

李婉婉听到这话，心里也升了许多感慨，半晌，才点头笑道："嗯，挺好的。"

苏芸河咬了咬唇，眼中泛光地看着李婉婉说道："那个人何时来迎亲？"

李婉婉与苏芸河自小一起长大，又怎会看不出他现在的难过？

迟疑了一会儿才仰头看着他的脸说道："下个月初六。"

苏芸河拼命地紧闭着双唇，像是努力地控制着自己即将失控的情绪："不巧，下个月要随我叔父进京一趟，不能来给你送亲了。"

李婉婉终于停住了脚步，虽说她对苏芸河从未有过男女之意，可毕竟是从小玩到大的伙伴，在自己人生最重要的时刻，而且自己还是要去那么远的地方生活，竟然不能在自己身边送上最后一程，心里总难免有些凄凉的。

可她理解苏芸河的苦楚，所以只是微微点了下头，便又勉强笑着说道："嗯，保重。"

苏芸河的情绪忽然被这一声"保重"推到了顶点，眼泪一下子就落了下来，嘴角控制不住地颤抖了两下，再说不出什么话来，只对着李婉婉点了点头，便直接转身走了。

【14】

冬月初六这天，王晋昇带着浩浩荡荡的迎亲队伍来了李家接亲，上花轿盖盖头之前，李家老夫人和李郑氏一齐扑上来，拉着李婉婉的手哭得死去活来。

"哎呀，我的心肝儿啊，你这一去，是叫我何时才能再见着啊？"

李婉婉一时也心酸不已，立时与老太太和李郑氏哭作一团，看得王晋昇都有些动容了。

最后是程媒婆上来提醒道："哎呀，新娘子，再哭下去这新娘妆可就花了，还是赶着吉时，尽快上轿吧。"

老太太和李郑氏这才放了李婉婉的手，等着人给她加盖头。

李婉婉便最后扫了一眼自家宅门和那些前来送亲的亲朋，大抵上该来的都来了，就连李思思和李菁菁都站在门前直抹眼泪，却独独不见苏芸河，心中未免有些遗憾，但吉时不能误，便也叫人加了盖头，转身进了轿门。

因是两大商贾结亲，李婉婉的送亲队伍用一句话描述尤为贴切：“十里红妆车马上，一日占尽西津渡。”

光是送亲的船队，就整整装了十艘之多，再加上王晋昇带来迎亲的五艘护卫船，整整十五艘船，在大运河和黄河之间流转，后又经过了一段陆路，足足花了一月有余才到了山西地界。

一路上一直盖着盖头坐在轿子里，吃喝拉撒都在轿中解决，尤其从南到北，又是寒冬腊月，对于李婉婉这个正儿八经的南方娃来讲，可是吃尽了苦头，憋屈得够呛。

这日半夜才到了清徐的地界，送亲队伍一行便待在郊外等吉时进城。

随行来的小小和沅穗便在轿前给李婉婉说道：“小姐，前头来传话了，说是今晚便在这里歇脚，等明日里到了吉时再进城。”

李婉婉听到这话，心里烦闷：“知道了，要知道成亲是这样麻烦的一件事儿，我才不这样犯傻呢！”

紧接着，便听到“啪”的一声，竟是李婉婉轿中的脚炉被踢出来一个。

弄得沅穗忙劝道：“小姐这可使不得，这脚炉可是给您压轿趋煞的！俗话说得好，百年修得同船渡，千年修得共枕眠，这会儿曲折一点儿，以后您和老爷的日子就会过得舒坦些，还是先忍耐些吧。”

沅穗在劝说间，小小已经端着那被踢翻了的脚炉到前头去取炭火去了。

正赶上王晋昇为了抚慰送亲诸位，和大伙儿一起在火堆边烤火，瞧见小小急匆匆地过来，便叫曹宝去询问了情况。

曹宝没一会儿便回来，一边低头烤火一边笑呵呵地说道：“爷，夫人是在轿子里待闷了，气儿不顺，一脚把脚炉给踢翻了。依我看，也是正常，就夫人那个性子，能在轿子里头这样待一个月，也是太为难她了。”

可是曹宝兴冲冲地说完这些，才发现王晋昇人已经没影了。

李婉婉正单脚踩在坐榻上，拄着下巴生闷气，因是在轿子里待得太久，盖头早给摘了，妆也早就懒得补，这会儿竟是素面朝天的。

忽觉一阵冷风吹进轿中，随后，轿中便顿时升起一股暖意。李婉婉便知道是有人把脚炉给送进来了，随口凶道：“出去！你们去和王晋昇说，要是明日还不能让我出了这轿子，也不用给我送什么脚炉了，直接把我送回家去得了！”

“你若想出来，那便出来吧。”

一听说王晋昇在外面，李婉婉立时抬起了头，放下了腿，甚至还端正了坐姿，但是没一会儿，又觉得自己凭啥怕他？反正刚刚说的也全部都是心里话。

于是便向前一倾，双手把轿帘扒开了一条小缝，只悄悄露出一张脸来往周围瞧了瞧，刚刚似乎还在边上转悠的那些人，这会儿竟一个都看不见了。

这让李婉婉不禁又将头探出来一些，到这会儿，余光里才好像有了一个人影。

还没来得及往那边看，那人便笑呵呵地说道："放心吧，人都被我请去烤火了，你就算这会儿出来放放风，也不会有人知道的。"

李婉婉一听这话，直接把轿帘一拨，就从里面跳了出来，一边抻着懒腰一边说道："终于能出来了，快憋死我了！"

正说着，身边却突然出现了一个手炉。

她这才开始注意形象，收回双手垂在身侧，偏头瞧了一眼递上手炉的王晋昇。

王晋昇对她微微一笑，随即说道："北方冬日天凉，夜里更甚。没有手炉和脚炉傍身，你们南方人是很难过得去的，所以像踢掉脚炉这种事儿，还是三思吧。稍后我再叫人在你轿里放些其他东西，好给你在气不顺的时候丢着玩。"

虽说是有点儿憋得难受，但王晋昇这样给她台阶下，也没有伸手打笑脸人的道理，所以李婉婉立时就软下来了，接过手炉有点儿尴尬地说道："知道了，也不用给我再添其他东西了，就不给轿夫添麻烦了。"

说完，便拿着手炉转身往别处转了。

他们所在的地方，刚好是一处小河边，背靠河流，前面是大路，不远处有熙熙攘攘的小树林，但视野却还开阔，比较适合歇脚。

正赶上前些日子下了场雪，原本已经上了冻的小河这会儿积了些雪，反射着月光，倒是照得周围一片亮堂堂的。

李婉婉站在小河边，瞧着那一片白茫茫亮晶晶的雪，心里也惊奇得很。

"都说北方的雪很美，与我们南方的不同，都是大片大片的。如今亲眼见了，才知道还可以这样积成一片，许久不化，倒真是别有一番风趣了。"

王晋昇也顺势走到了李婉婉的身边，背着手看着那一片皑皑白雪，微笑着说道："看来明年又是一年丰收季，正是屯粮的好时候了。"

"屯粮？"李婉婉有点儿不解地朝王晋昇看了过去。

王晋昇点了点头："粮食丰收，粮价便会下调，醋坊虽是做食醋生意的，但高粱和豌豆却是必需的原材料，所以若是能够低价买进，对醋坊自然是有好处的。"

李婉婉听到这话，立时明白了什么似的跟着点了点头。

"我平时只知道研究酿出良醋的法子，却从来没有想过这些生意上的事儿呢。"

王晋昇一直盯着眼前已经冰冻了的河看着，随口说道："无妨，慢慢学，总会精通的。"

"呃？"李婉婉有点儿愣然，又好像并没有完全听清王晋昇说的话，可是王晋昇也并不继续刚刚的话题，而是笑嘻嘻地朝李婉婉看过来问道："想来，也没有在河上行走过吧？”

“呃？”李婉婉又是一惊。

却只见王晋昇已经伸手过来，示意她搭上自己的手。

李婉婉倒也没想那么多，便鬼使神差地牵上了王晋昇的手，结果就被他拉着上了冰河。

“啊——啊啊啊啊！这冰结不结实，到底能不能撑住咱们俩啊？”

李婉婉一时重心不稳，几次想要跌倒，却都被王晋昇给稳稳地托住了。

“你先稳住自己的身子，不要惊慌或者一味地想要找个支撑，身体尽量向前倾。”

王晋昇一边说，还一边给李婉婉做了示范，三五下就已经滑出好远去了，弄得李婉婉好生羡慕，且她又是个好强的，便也学着王晋昇的动作滑了起来。

但李婉婉的嫁衣十分繁重，且动作又并不熟练，实际上是很难保持平衡的，所以虽然刚开始进展还不错，但是没过一会儿，正得意满满的她就脚底一滑，身子向后坐去，与此同时，她觉得自己还听见了冰块撕裂的声音，心里一时无比后悔。

怎么办？难道半路下轿真的会发生不吉利的事儿？这样下去，我会不会成为史上第一位新婚路上掉进冰窟的新娘子？要是嫁衣湿了，我该怎么办？也不知道他山西王家明天到底有多少人要来吃喜酒，这样一来，我们镇江李家的脸，怕是就要被我丢尽了吧？

可是千钧一发之际，一个人影忽然灵魂一样移了过来，伸手将李婉婉拖住之后，一个飞身便将她带上了岸。

身后噼里啪啦的冰河炸裂声，和水花渐起的扑通声，但李婉婉却很清楚地知道，没有湿，她的身上连一滴水都没有溅上。

而救起她的人，正是她的夫君——王晋昇。

她目瞪口呆地看着王晋昇气定神闲地带着她轻轻落了地，并立刻问她是否有事，却只是恍恍惚惚地说道：“你——又救了我一次。”

王晋昇瞧着她那痴痴的样子，禁不住又笑了一下，却并未将她放下，而是特温柔地说道：“这次不算，毕竟是我拉你下去的，只能算是——将功补过。”

这时，两人的身后忽然出现了一阵急切的脚步声。

“小姐，前头刚烤了一头鹿，穗娘娘叫我给您端了一些过来暖暖身子。呀——奴婢什么都没看见，真的没看见！”

听到小小的声音，王晋昇和李婉婉也是尴尬得很，李婉婉更是直接从王晋昇的怀里跳了下来。

迅速地整理了一下衣裳之后，才背着手昂首挺胸地走到了小小身后，随手掀开盖在鹿肉上的绢布，夹起一块鹿肉放入口中，边嚼边道：“你看见了又能如何？我又不是偷了别人的男人了。”

小小一听这话，倒是也觉得说得有道理，虽说李婉婉现在还不算正式嫁进王家，但瞧着这架势，日后也肯定不会有什么意外发生的。

人家小两口夜深人静荒无人烟时，互相抱一下又能怎的？你又怎知王老爷不是怕小姐冷了，抱着她暖和暖和？

这样安慰了自己之后，小小便转过身来，给王晋昇请了个安后，又转身要走。

“等等。我过来这些时候，也该回去了，你便在这里陪着你家小姐吧，待会儿守轿子的人也就回来了。”

王晋昇说完，便背着手走了。

小小伸着脖子一直注视着王晋昇的背影，有点儿欣慰地说道：“小姐，老爷待您可真是好，刚刚一听说您在轿子里发脾气，便亲自给您送来脚炉，如今见我来了，又怕您尴尬，主动离开。都说上了年纪的男人知道疼人儿，可像老爷这样又有本事又能体恤妻子的男人，小小觉得还是非常难能可贵的。”

话还没说完，小小的嘴里就被李婉婉塞了一块鹿肉。

“你又知道了？还是好好吃你的鹿肉吧。”

李婉婉一边说着，一边也探头朝王晋昇的背影看去，手里暖炉的温暖，竟然直接暖到了心尖儿上去了。

【15】

还在睡梦中的李婉婉，是硬生生给晃醒的，睁开眼睛的时候，耳边已是锣鼓唢呐与炮竹声齐飞了，轿门外还忽然传来了媒人的声音。

“新娘子，王家可就快到了，若是还没戴好盖头，也该准备一下了。”

李婉婉一听，忙伸手去拨了一下轿帘，道路两旁站满了人，媒人站在轿夫前头，一边嘴里念叨着什么，一边往路两边的人群中撒着彩头。

再往远处望去，前头半里处，便是一处上面挂着“王宅”二字牌匾的大宅，宅门正中，站着一男一女。

男子个子不矮，却是一脸稚气，李婉婉估摸着，应该就是王晋昇的独子王咏炎。

女子个子比男子稍高一些，穿的一身黛青色的袍衫，外披一件白色水貂披肩袄，双手插在同款水貂暖手抄里，身后立着一众下人装扮的人，更显得这名女子很是贵气。

这倒是叫李婉婉有些纳闷儿。

不论是王晋昇还是程媒婆，都曾明明白白说过，王家没有女主人，王咏炎的生母也早早去世，那这名女子又是什么人呢？

李婉婉这边在打量着王家的人，此刻王家的人，又何尝不在打量着她？

“来了，总算来了！姨母，也不知道这位新娘子是个什么样的人，以后会不会待我爹爹好，会不会待我好？”

这名女子便是王晋昇先夫人的妹妹阎芷凌，三年前其父亲与弟弟生意失败躲到太原府去避债，她一个未出嫁的女儿家不便跟着，便来投奔了自己的外甥。

王晋昇与先夫人感情很好，虽不大看好阎家人行事，但对这位小姨子却没什么偏见，于是便收留了她，顺便请她帮忙照看王咏炎。

这会儿听到王咏炎问出那种话来，阎芷凌不禁冷哼一声。

“她不远万里嫁到咱们家来，你爹爹便是她唯一的依靠，她若是聪明些，自会待你爹爹好。但凭她枉顾规矩，硬是要你爹爹往镇江府去迎亲，便知她是个脾气倔强的厉害角色。你毕竟不是她亲生，她每次见到你，必定会想起你爹爹曾为你母亲坚守八年的事情，你觉得她会如何待你？”

王咏炎一听这话，不禁又朝正一步步往这边赶来的轿子看去，双拳忍不住紧紧握在一处，忽然哼了一声，便转身离开了。

李婉婉远远地看到这里，总觉得哪里有些不对劲儿，又想着今天毕竟是自己的好日子，不该被这些没依据的猜想搅乱了心思，便就放下了轿帘，将盖头一遮，准备待会儿进门拜堂了。

没过一会儿，轿子便落了地，媒人笑呵呵地掀开轿帘，喊她下来。

李婉婉便伸手搭在了媒人身上。

因为山西的规矩是新郎不去迎亲，而是在家里等候，所以这会儿王晋昇已经进了礼堂，在正厅等着了。

李婉婉一下轿，便瞧见脚下一个长麻袋，听媒人口里念叨：“一代传十代，十代传百代！”

走过那个麻袋，又跨过一道高高的门槛儿，李婉婉便在媒人的指引下进了正厅。

没一会儿，手里便被塞了一把红绸，随手牵牵，还挺重，李婉婉也是见过别人成亲的，知道这红绸的另一端，正是王晋昇了，心里也便放心了些。

王家自王晋昇的父亲那一代起，便是三代单传，如今王晋昇的父母也已经不在人间，高堂便只有两个牌位，敬茶的环节也不过是和天地环节一样，都洒在了地上，倒是节省了不少时间。

到夫妻对拜后，新人便被引入洞房，家中族老便端来一盆红枣和一盆栗子，叫李婉婉和王晋昇抓来往床上撒，两人一边撒嘴里还一边念叨：“一把栗子一把枣，闺女小子满屋跑！”

随即，又有一帮小孩子涌了进来，沅穗和小小便把提前准备好的红蛋和糖果分给了他们，闹哄哄的孩子们得了红蛋和糖果，也便蹦蹦跳跳地散开了。

如此，王晋昇便去前头招待来宾，李婉婉则独自坐在洞房里，等着王晋昇来掀盖头。

可李婉婉哪是那样老实的性子？屋里才一静下来，她就自己把盖头给摘了，先是打量了一下屋子周围，洞房并不很大，正适合两个人居住，外头还连着一个厅，布置上倒是和她家差不多。

这会儿沅穗和小小也被请到前头去吃喜酒了，她一个人倒是闲得很，往桌边一坐，随手捡了几个醋泡花生吃了起来。

谁想到这醋泡花生的味道竟还不错，让她一发不可收拾，不一会儿就见了底，倒还觉得不够，筷子在盘子里戳了老半天，又把剩下的醋也一并端起来喝了。

“噗——”

“谁在外面？”

这话一出，东边的窗户口一阵噼哩噗噜的声音，像是谁在逃跑，李婉婉偏头一瞧，只发现东面的窗子上被人捅了一个指尖大小的窟窿，像是谁刚刚在那里偷窥她来的。

李婉婉心里一紧，立时又从头上拔下一根钗子，藏在手里，又坐回到了床上。

可是等了半天，好像又没什么动静了，周围又是那样的安静，她竟不知不觉地，倚在床边上睡着了。

恍恍惚惚地，好像又进入了梦境。

梦里，一个八岁左右的女孩儿坐在马车之中，身后被一群黑衣人追杀，看不见前面赶车那人的脸，但可以很清楚地看见他裹着绷带的肩膀，由于抽打马腿太过用力，受伤的地方已经沁出了红色。

忽然，一个黑衣人一跃飞上天空，一刀朝女孩儿坐的马车劈了下来，整个车身被砍得飞溅了出去。

女孩儿在马车中发出了撕心裂肺的尖叫声，连带着李婉婉也跟着大叫着醒了过来，因为梦中的那个女孩儿，就是小时候的她！

“婉婉，这是怎么了？”

一直到听到王晋昇的声音，李婉婉才总算清醒了过来，目视着王晋昇的形象在自己脑海里越来越清晰，李婉婉忽然开口问道：“十年前，你可曾遇到过一个被人追杀的小女孩儿？”

“呃？你说什么？”

王晋昇一脸讶异地看着李婉婉，似乎想从她的脸上看出点儿什么来。

可是李婉婉这会儿已经清醒了许多，随即又笑着摇了摇头说道：“算了，我这是在做什么？不过是我做的一个噩梦，我怎么还问起你来了？”

李婉婉说着，又仔细将王晋昇的脸打量了一番，随即问道：“你家的客人对你还挺好的，竟然都看不出来你有一点儿醉意呢。”

王晋昇微微一笑，刚要说话，忽然一根筷子从窗户外被人扔了进来，“啪”的一声落了地。李婉婉还没搞懂是怎么回事儿，接着又是许多双筷子一同被扔了进来，与此同时，外头还传来了大伙的笑声和念叨声。

“一戳一托，养儿一窝。哈哈哈哈——”

没一会儿，那纸糊的窗户便成了个筛子，大伙也便笑哈哈地走开了。

王晋昇微笑着看着他们离开，再回过头来的时候，就瞧见李婉婉正双手握着个钗子，高高举着，原本应是想要防卫什么，可是听了大伙儿说的话，又觉得自己好像很傻的样子，这一双手是收起来也不是，放下也不是，直接就有点儿怀疑人生了。

王晋昇看了，忙轻笑一声，上前去将李婉婉的手压了下来，轻轻地取下那钗，耐心地给她解释道：“你别怕，大伙这是在给咱们闹洞房呢，你仔细看，那丢进来的筷子，到底是谁家的？”

李婉婉顺便瞧了一眼，那筷子根上还包着镀金的双喜，正是她出家门前一夜，李郑氏教她挑的那一副筷子。

立时又有些不悦地说道：“你家人怎么这样？就算看不上我家的东西，也没必要当面这样羞辱我吧？好好的筷子，扔地上作甚？还非要扎破了窗子扔进来？”

王晋昇瞧着李婉婉气呼呼的样子，却只是轻笑了一声，随即又立时解释道：“看来岳母先前也并未与你讲清这里面的门道啊。听说这是你们江苏的婚俗，若是我记得没错的话，窗户外面，应该还会有筛子和扫帚。”

王晋昇话音刚落，窗外就传来咚咚两声。

李婉婉也没管三七二十一，直接推门出去瞧了一眼。

“还真的有筛子和扫帚！”

正好被正在放筛子和扫帚的沅穗瞧见了，忙赶过来将她推进了门。

“夫人，洞房花烛夜，岂能随意开门，也不怕花烛被吹熄了？”

说完，人已经又将房门关上，站在门外说道：“奴婢们都在不远处伺候着，夫人和老爷若是有什么需要，尽管吩咐吧。”

李婉婉愣愣地站在门前，瞧了一眼那一地的筷子，突然朝王晋昇望了过去。

“你是成过一次亲的，不如你来说说，这到底什么情况？”

听到李婉婉提到了自己先前的那段亲事，王晋昇眉心一皱，但也并未过多表露，而是轻叹了口气后，继续笑道：“筷子快子，应该是祝咱俩早生贵子的意思吧。”

李婉婉一听这话，立时羞红了脸，随即又很快走到床边坐下，随口说道：“谁要给你生儿子？你又不缺儿子。”

说着，又指着窗户说道：“那这筛子和扫帚呢？”

王晋昇便又不厌其烦地解释道：“据说筛子是千只眼，扫帚是万根辟邪棒，放这两样在窗上，一来自然是为了辟邪——”

王晋昇话还没说完，李婉婉便忽然想到什么似的，瞧着自己刚刚放在床上的钗子自言自语道：“那难道最开始那人也是来闹房的？”

王晋昇闻言，皱着眉说道：“最开始那人？”

李婉婉点头应道：“对啊，刚刚你出去不久，我一个人闲着无聊，便坐在桌边上——”

李婉婉本想说自己在桌边上偷吃醋泡花生，但又觉得会叫王晋昇笑话，所以便直接省略掉这一块儿，直接说道：“结果就听到外面有人在笑，再看过去，东边窗户上便有个洞。”

李婉婉说着，便往东面的窗户上一指，忽然有些纳闷儿地摸了摸头说道：“奇怪，怎么这些人扔筷子都是从南面窗子扔的？独独这个人来闹房，要在东面窗子呢？”

王晋昇听了李婉婉之言，眉心立时皱了一下，却还是安慰她说道：“别想了，兴许是他走错了方向，闹到东边去了。对了，我刚刚还有半句没讲完。如今窗户上已有了筛子和扫帚，再有人来的时候，便知道闹房已经结束了，也就不会再来打扰咱们了。你若想歇着，现在便歇着吧。”

“这样甚好！”李婉婉此刻心情大好，便自己脱了鞋，躺到了床上说道，“这下终于能歇着了。”

说话间，人已经在床上睡成了个大字。

看得王晋昇既有些惊讶，又有些想笑，最后却只坐在桌边看着她笑。

李婉婉闭着眼睡了一会儿，才偏头朝他看过来问道：“你还坐在那儿干啥？不歇着吗？”

王晋昇指了指桌上的花烛说道：“家里的规矩，新婚当夜，新人要守着花烛，不能叫它熄了，花烛燃的时间越长，新人在一起的日子也便越长越顺利。”

李婉婉一听这话，忙又爬了起来，整了整衣襟，也坐到了桌子边上，拄着腮帮子，眯缝着眼睛盯着花烛看。

王晋昇瞧她这样子，便又哼笑一声道：“不过都是些风俗习惯而已，也未必就有先人说的那样邪门，你若真是累了，便先去歇着吧，我来守着便好。”

李婉婉却摇了摇头，随即揉着肚子说道：“既然是有祈求和顺之意，那自然是该守着的，不过你们这里娶亲，都不给新娘子吃饭的吗？我从镇江府一路颠簸来这儿嫁给你，进门到现在，就一盘醋泡花生，就想把我给打发了？”

王晋昇闻言，立时往桌上瞧了一眼，原先准备的小零食果然已经被洗劫一空，禁不住又咧嘴笑了一下，随即冲着门外喊道：“曹宝！”

“哎！爷有什么事儿要吩咐？”

“还不快给夫人上点儿吃的？”

王晋昇说着，又细心地向李婉婉问道：“想吃点什么？”

“醋！配你们家最好的醋的好吃的！”

李婉婉说话的时候，头也一直朝门外那个人影望着，眼睛里直冒光，就好像已经瞧见了好吃的似的。

王晋昇闻言便对窗外喊道：“告诉厨房，上醋粉。”

李婉婉津津有味地吃着沉穗端上来的醋粉，一边吃一边直接竖大拇指。

“嗯，要说粉皮，还得是你们这边的味道要正宗许多。”

说着，她便挑起一根醋粉来，心满意足地说道：“瞧着色泽质感，根本就像是直接用醋制成的粉儿一样，吃起来简直太爽了！”

李婉婉说完，就将那最后一根醋粉也一口吞了。

“这还真是直接用醋做的。”王晋昇笑言道。

“直接用醋做的？怎么可能？”

在李婉婉的印象中，醋再稠也是液态的，像这样凝成粉状，除非冰冻，可冰冻了之后，也不是这般口感啊。

“确切地说，是用醋糟做的，咱家的醋糟本身就有极高的酸度，所以混了面粉制成粉儿之后，不用配醋也很好吃。”

王晋昇说完，又盯着李婉婉手边的空盘问道：“可吃饱了？若是没吃饱，再让人给你做一份儿？”

李婉婉下意识地点了点头，但是很快就又摇了摇头说道：“不用了，不用了。”

其实她心里是想吃的，但是一想到自己毕竟是李家嫡女，虽说王晋昇已经是自己的夫君了，但这么早就暴露了自己，未免也有些难为情，于是只得偷偷地在桌子底下揉了揉肚子，脸上的表情也拘谨了许多。

可王晋昇却忽然笑了笑，又对着窗外说道：“曹宝，再来一碗醋粉！”

“呃？你怎么知道我还想再吃的？”

李婉婉一时惊讶便说漏了嘴，于是连忙又捂住了嘴不说话了。

王晋昇却又笑了笑，伸出手来拉住了李婉婉的胳膊说道：“婉婉，如今你已是我的妻，在我面前，无须在意那些虚的事情，直言相告便好。”

李婉婉忽然被王晋昇拉住了手，心里还有点儿慌，听他说完这话，愣了一小会儿，又忽然把手撤了回来。

“那个，虽然我现在已经是你的妻了，但是在我确定自己的心意之前，我希望我们还是要约法三章的。

“第一，以后尽量不要对我动手动脚，尤其是在只有我们两个人的时候。

"第二，希望可以尽快实现诺言，叫我进醋坊学习酿醋。

"第三——第三——第三等我想到的时候再和你说。"

李婉婉一口气说完这些，便开始瞪着一双大眼等着看王晋昇的反应，结果王晋昇却只是又低头轻笑了一声。

这弄得她直接急了："你先前可是都说了，我做得了你的主！所以约法三章这件事儿，你答应也得答应，不答应也得答应。不然——不然我就到处和人家说，你堂堂山西醋业商会会长，言而无信，欺骗女人！"

王晋昇听到这话，立时又笑了，随即点了点头说道："好，都随你。"

对方答应得如此爽快，反倒叫李婉婉有些不适应，忍不住又朝王晋昇望去，这人总是这样谦和有礼，看着自己傻乐，也不知道心里到底装了些啥，总让李婉婉觉得有些不安。

好在这时曹宝把醋粉给送来了，两人之间才缓解了尴尬。

第二碗醋粉囫囵吞枣地下了肚，李婉婉只觉撑得不行，脑子里却还想着再来一碗。

还是王晋昇劝她说若是喜欢，以后有的是机会吃，才作罢。

填饱了肚子，又是夜深人静，李婉婉没守一会儿花烛，便已经困得不行，干了几次下巴磕到桌子角的事儿之后，便干脆趴在桌上睡了。

王晋昇早几个时辰便拿了书在看，这会儿瞧着她彻底睡着了，便小心翼翼地将她抱上了床，唤沅穗来给她脱了衣裳安置。

本打算再坐一会儿，结果曹宝忽然急急地进来，在王晋昇的耳边说了几句之后，王晋昇便又朝李婉婉看了一眼，随即叹了口气说道："走吧，事不宜迟。"

说完，又给沅穗交代了几句之后，便要和曹宝一起出门。

谁知道房门一开，一股邪风吹进来，桌上的花烛竟就直接熄了。

看得曹宝和沅穗呼吸都停了。

"这，爷？"曹宝脸上露出一抹担忧。

王晋昇回头瞧着那熄了的花烛，眉心微锁，低头沉思了一片刻方道："再重新点上吧，这个事情就不用叫夫人知道了。"

"是。"

沅穗应下之后，王晋昇和曹宝便匆匆出门去了。

贰 取经：百年老号规矩多

【1】

夜半三更，王咏炎忽然来到了阎芷凌的院门前，叩了两下门之后，忽然又转身离开，结果也不知为何，这个时辰了，阎芷凌的永馨阁门前竟然还有人值守，一听到叩门声，便开了门，把王咏炎给叫住了。

“表少爷这是有事找我家小姐？”

说话这人是阎芷凌身边的丫鬟——茑萝。

一听她说话，王咏炎立时站住了身子，转过身来特别迷茫地看着茑萝点了点头说道：“我心里有些疑问，花了一夜都未参透，想要请姨母帮我解解。”

王咏炎跟着茑萝进了永馨阁时，阎芷凌正在桌边读书。

瞧着桌上已经燃了三分之二的红烛，王咏炎一脸惊讶地问道：“姨母怎么到这会儿还没歇下？”

阎芷凌放下手中书卷，伸出双手，示意王咏炎靠近一些，等到王咏炎过去之后，便一把将他揽在怀里，轻轻拍着他的后背说道：“我家咏炎前途未卜，姨母又怎能安心入睡啊？”

王咏炎立时感动起来，仰起头来看着阎芷凌的下颌说道：“姨母是因为担心我，所以才到了这会儿还没入睡的？”

阎芷凌微微低了低头，极其深情地看着王咏炎的双眼说道：“你外祖母去世得早，我和你舅父，一直是你母亲抚养长大的。如今你母亲也早逝，你舅父和你外祖父又出门逃难，生死未卜，你便是我身边唯一的亲人了，姨母不担心你，又能担心谁？”

阎芷凌这一番话说得王咏炎眼泪横飞，一头扎进了阎芷凌的怀里哭了许久。

阎芷凌瞧着他一直不说话，便开口询问道："咏炎还没说，这么晚了来找姨母，到底是为何啊？"

王咏炎这才又坐直了身子，抽着鼻子犹豫了一会儿方道："姨母白天曾说，父亲的新夫人不会真心待我，所以咏炎偷偷去瞧了她一眼。可是咏炎觉得，她能一口气吃光一盘醋泡花生，定是个单纯之人，所以，若是我能先真心待她，是不是她也不会找我麻烦？正所谓家和万事兴，我二人若是能和睦相处，父亲也会少些后顾之忧，岂不是两全其美？"

阎芷凌听了这话，眼角忽然泛起一丝凛冽的光，随即又特别温柔地拉起了王咏炎的手说道："好孩子，你能这样为你爹爹着想，自然是好的。只怕咱们有心忍让，那李婉婉却不肯哪，你想想，她如今能一口气吃光一盘醋泡花生，你又怎知道，她今后不会一口气生吞了你呢？"

王咏炎被这话吓了一跳，又扑到阎芷凌的怀里哭了一通。

"姨母，我——我想念我母亲了。"

阎芷凌眼角微微一挑，随即也跟着哭哭啼啼道："你这孩子，如今你爹已经娶了新夫人，你母亲便是那李婉婉，你若想在她身边过得舒坦些，以后可不能再随便提你生母，只能叫那李婉婉为母亲了。你可记住了？"

到这里，王咏炎终于忍住了哭声，倔强地看着窗外的某处说道："想让我叫她母亲？休想！这世上没有任何人，能够替代我母亲！"

阎芷凌闻言，微微扯了下唇，随即又忙一脸慌张地拉住了王咏炎的双手说道："好孩子，这种话你便放在心里就好，可不能当着那李婉婉的面讲出来的。这样吧，姨母明日就把那李婉婉请过来，咱们一起试试她的态度，若她真如你说的那般，是个单纯良善之人，一切也便都好说了。"

王咏炎听到这话，也觉得妥当些，便冲着阎芷凌点了点头，只是心里刚刚被阎芷凌的那番话激起的仇恨，却已经在他心里发了芽……

【2】

李婉婉睁开眼睛的时候，只觉得周围的阳光特刺眼，伸了个懒腰之后，才意识到自己如今已经嫁人了，虽说没有公婆在世，免了要去敬茶的流程，但也不好叫自家夫君等太久的，于是忽地一下坐了起来，向身边人问道："现在是什么时辰了？"

小小立时上前答道："回夫人，已经是巳时了。"

"怎么不早叫我？老爷呢？"

李婉婉说着，便跳下了床，伸开胳膊，准备叫小小帮她梳洗更衣。

小小一边帮李婉婉穿着衣裳，一边笑嘻嘻地说道："夫人放心，老爷临走前特意交代了，说夫人这一路车马劳顿，着实是累坏了，今日想睡到几时就睡到几时，特意不叫我们打扰的。"

李婉婉吊梢眉一挑，得意地笑了一声后，忽然神色一转，不解地问道："临行前？老爷出门了？"

小小也有些无奈地叹了口气道："可不是吗？天还没亮，就被官家叫走了，说是要出门半月执行公务，要说这官家也太不通情达理了，哪有叫人新婚第二日就出去做事的道理？"

李婉婉一听说王晋昇连句话都没留就直接走了，禁不住冷哼一声道："也别只怪官家，说不定因为人家是再婚，不在乎这种事儿了，所以也没个反驳就去了呢？"

李婉婉说完，便一个转身坐在了桌边，气呼呼地拔掉了小小刚刚插在她头上的钗子，随手拍在了桌上。

"弄这些复杂玩意儿作甚？反正也没人看！"

"还是要好好打扮一下的，毕竟如今您已是王家的当家主母了，门外可好些人候着您呢。"

沅穗忽然从外头走了进来，随手拿起刚刚被李婉婉拍在桌上的钗子，美美地给李婉婉插上了。

"候着我？谁啊？"

李婉婉有些不解地朝沅穗望过来。

沅穗便冲她点了点头，笑着说道："都是王府上下做事的一些人，辰时便已到了，到这会儿，已经在外头候了一个多时辰了。"

李婉婉一听，又来了活力，往镜子里瞧了瞧自己的形象，便就站了起来说道："既是如此，总不能叫人家苦等，还是快带我出去瞧瞧吧。"

沅穗却一把将她拦住，随手递出一张帖子来。

"夫人，在此之前，还是先看看这个吧。"

李婉婉低头一瞧，帖子用一张紫色的封纸包着，角落里印着永馨阁的字样，打开瞧了瞧内容，便皱眉问道："阎芷凌？谁啊？"

沅穗还未及说话，小小便上前来道："我知道我知道，昨天在喜宴上瞧见了，听说是老爷前头那位的娘家妹妹，三年前家里出了变故，来投奔少爷的，昨天晚上在席间一直陪在老爷的身边，不知道的还以为她才是王家的当家主母呢。"

"小小，休得胡言！"沅穗立时训斥了她。

可李婉婉却微微皱了下眉，随口问道："先夫人的妹妹？可是穿了一身黛青色的袍衫，外披一件白色的水貂披肩袄？"

“夫人是如何知道的？”

见李婉婉不回答，沅穗便在旁问道：“上面可说了什么？”

李婉婉本就心里有气，气这王晋昇不诚实，明明家里有一位小娇娘，却秘而不宣，吃喜酒的时候拉着她到处给人认识，这是为何？

难道碍于面子不方便把人扶正，所以不远万里娶了她李婉婉，好仗着她娘家路远，在当地无依无靠，以后好任他们揉捏？想得美！

想到这里，李婉婉便随手将那帖子丢到了桌上，哼笑一声道：“说是想聊一聊小少爷的生活习惯，方便我们以后相处，请我过去一叙。”

“这——”沅穗立时皱起了眉。

小小也在旁边气呼呼地说道：“这位阎姨娘好生不懂规矩，如今夫人新人上任，她不来拜会也就罢了，反倒叫咱们上门去拜她，还以少爷之事相要挟？这不是明摆着要占山为王，想要将夫人一军吗？”

沅穗一直在旁听着，这会儿才开口问道：“夫人可有什么打算？”

李婉婉哼笑一声，随口说道：“小小，去拿纸笔过来。”

李婉婉便随手写了几行字，落了自己的款，折好了又重新交给小小，说道：“把这个送到那人的永馨阁去，就说我既已嫁了老爷为正室夫人，照顾少爷乃我分内之事，怎能麻烦阎姨娘大费周章款待我？务必请她和咏炎一道来咱们这儿用晚饭，也顺便尝尝咱们镇江的美食。”

李婉婉来之前，李家老太太怕她初到山西，饮食起居不适应，特地从镇江饭店给她调了个厨子过来，如今倒是正好用上了。

“回来之后，再顺便通知佟叔，晚上准备一桌小型家宴，但也不要全是咱们镇江菜，务必请他同王家的厨子一道商量着完成。”

“是。”小小听着，便兴冲冲地走了。

瞧着李婉婉自己在揉太阳穴，沅穗便上前来帮着她揉，一边揉一边叹着气道：“原本是觉得老爷待小姐体贴心细，家里头才应下这门亲事的，如今看来，倒是也没那么安生的。”

李婉婉却跟着哼笑一声道：“来都已经来了，也只有走一步算一步了。左右我的想法很简单，只想专心在他家学好酿醋，旁的事情，只要不太过分，睁一只眼闭一只眼，倒也使得。”

说完，便站起身来，拖着沅穗的手说道：“走吧，可别第一天就叫那些伺候的人说咱们远道来的架子大，不把人家当回事儿，如此一来，可就更给人家留下把柄了。”

李婉婉和沅穗一道从屋子里出来，到了庭院前，才瞧见院子里乌压压站了好几排人，因为天气冷，个个跺脚哈气的，脸色已经有些不好了。

李婉婉便向沅穗问道：“这么些人过来，都是有事儿要找我说的？”

沅穗也朝那些人瞧了瞧，从穿着上看，从最底层做事儿的到上面管事儿的，都有。

便又回过头来悄声说道：“大概是怕您有什么吩咐和调任，所以一应上下全都叫来了吧？”

李婉婉听了，也便叹了口气，又和沅穗说了几句之后，沅穗便走上前来，对着下面的人说道：“夫人昨日初来山西，身子有些乏，起来晚了些，叫各位久等了，实在过意不去，待会儿大伙儿每人到管家那里去领一斤红罗炭，账从夫人的私账上走。夫人还说了，不要耽误大伙做事，除了管家和醋坊管事的留下之外，其余人等就都回去吧。夫人若有什么事儿要麻烦各位，稍后会请管家另行通知的。”

一听这话，底下那群人无不窃窃私语起来，但个个都相互看看眼色，却是谁也不敢先走。

直到打头的一位年近五旬的中年男子转过身去说道：“既然夫人都已经发话了，还不快按夫人说的办？等到用了晚饭过后，都到我这来领炭火吧。”

如此，这些人才谢过了李婉婉后散了，只留下这位男子和一位差不多年纪的老妇人，还有五名和小小差不多年纪的小丫头。

李婉婉瞧着还有这么多人，便看着那五个小丫头问道：“不是叫你们现在就回去了吗？为何还要留在这儿挨冻啊？”

中年男子回头瞧了瞧那五个丫头，随即笑道：“回夫人，这五个小丫头，是老爷一个月前吩咐小的去街上精挑细选买回来，特意给夫人使唤的，分别是锦葵、豆蔻、卷丹、萱草和橘香，以后就在您院里服侍了。”

“一个月前刚买的？”

李婉婉有些讶异。

“难道咱们这偌大的王家，就挑不出来几个丫鬟给我使唤？”

中年男子立时又笑道：“回夫人，咱们王家虽然不缺使唤丫头，但这些年来院子里并无女主人，老爷又常年不在家中，所以府上的丫鬟难免手脚生疏，怕入不了您的眼。今日这五位，都是家里有镇江亲戚的，知晓镇江习俗，且在外头由教养嬷嬷教了规矩后才领进来的，日后定能好好伺候夫人。”

李婉婉听到这话，心里忽然一暖，一下子便有些慌了神。下面那七人被晾在下头好一会儿，一愣一愣的，也不敢讲话。

还是沅穗瞧出不对劲儿，在旁边提醒了一句，她才缓过神来，自言自语似的说道：“老爷真是有心了。”

随即又站起身道：“既是如此，就都别站在外头受冻了，随我进屋里暖和暖和吧。”

这五个小丫头面面相觑，却都不敢跟着李婉婉进屋，一齐跪地说道：“夫人，奴婢们是来做事的，还请您给奴婢们吩咐事情做。”

李婉婉对于这些杂事最是头大，一听这话，便已有些烦躁了，好在小小刚刚送了帖子回来，李婉婉便指着她说道：“如此也好，那你们以后便跟着小小做事，该做什么，能做什么，也都一应听她和穗娘娘的。”

瞧着几个小丫头一脸懵懵的模样，管家立时上前说道：“夫人，在我们这边，不叫娘娘，叫姑姑。”

李婉婉听了，便无奈地叹了口气道：“好——以后便都听穗姑姑和小小的便是。”

说完，又转过身来看着管家和那位姑姑说道：“两位这下可以随我进去了吧？”

【3】

等到了里间之后，李婉婉立时化了原形，一改刚刚的端庄模样，痞痞地坐在椅子上说道：“以后都是一家人，两位快请坐。”

对面两个人面面相觑，却是谁也不肯入座。

李婉婉急了，立时上来拉住了管家的胳膊说道：“哎呀管伯，咱俩也是生死之交了，何须与我这般客气？难道刚刚在外头当着那么多人的面，不好与你相认，你这会儿生我气了？我倒还纳闷儿，怎么这次老爷出门，没有把你带在身边呢？”

一听这话，身边那老妇人忽然掩着面轻笑了一声，但却也并没有明说什么。

反而是管家吓了一跳，连忙将胳膊从李婉婉的手里拉了出来，一脸尴尬地说道：“夫人说的，怕是小的那与我长得一模一样的胞兄，我俩虽然都得老爷器重，但却是一文一武。我兄长拳脚本事厉害些，便随着老爷出门做事，我没有那拳脚本事，书倒是读了一些，便留在家里帮着老爷管家了。”

管家说着，便立时又改口慢慢道：“不过老爷临行前吩咐过了，以后家中大小事务，皆由夫人做主，所以小的今日来，是想请夫人尽快熟悉下家中业务的。夫人要是有空的话，我这就带您去四处熟悉一下？”

李婉婉立时摆了摆手道：“这个不急，我且问你，我没来之前，家里谁管事儿？”

“这——”

管家犹豫了片刻，才又答道：“自然是老爷管事儿。”

“那他不是常年在外吗？他不在的时候，大事小事儿谁来处理？”

管家这会儿也有点儿摸不清李婉婉的门路，便只得实话实说。

“一般的事务都是由小的凭经验处理，若是老爷在家，多半会请他批复，不在家的话，我也就直接做主了。特别重大的事儿，这个小的也不敢乱拿主意，就要派人给老爷传信儿来做决定了。”

“如此，那以后你也这样办吧，你从前怎么做的，现在也怎么做便是了。”

“这——可是老爷说了——”

“老爷还亲口跟我说了，我做得了他的主，我说叫你管，你继续管就是了，老爷信得过你，愿意把这么大一份家业交给你管，我又有什么可信不过你的？”

“这——”

管家还想再说点儿什么，可是李婉婉却再不让他说了。

“你不要说了管叔，以后你在王家就放心大胆地好好做事儿就成了，只要你诚诚恳恳，兢兢业业，不会有人能动摇得了你在王家的地位的。”

管家一听这话，也是感激涕零，又答谢了李婉婉几句之后，便出去做事去了。

如今厅中只剩下那位老妇人，李婉婉上下打量了她一番，穿着虽然简朴，但周身却有着和她第一次见到王晋昇时一样的气质，且老妇人明明看起来已经年近五旬，脊背却依然笔直，这不卑不亢的架势，叫李婉婉好生喜欢。

立时笑着问道：“这位姑姑贵姓？”

老妇人给李婉婉行了个礼，开口答道：“回夫人，老身姓季，是王家醋坊——美醯居后庭的掌事姑姑。”

李婉婉一听这话，立时吩咐道：“来人，快给季姑姑上茶。”

“不必了，老身是受老爷所托，特地来带夫人去熟悉醋坊生意的，今早夫人贪睡已经耽搁了许多时辰，夫人若是这会儿方便的话，还是尽快和老身去一趟吧。”

“你这老太太，怎么说话这般无礼？这王家还有没有规矩了？”

“小小！休得无礼！”

小小听着季姑姑说话张狂，很是不爽利，想要教训季姑姑几句，却被李婉婉给拦了下来。

不仅如此，李婉婉还站起身来给季姑姑道了歉。

“小小这丫头是我带过来的，只知道护着我，却从不论我的错处。姑姑是个做事之人，眼见着大把的时间因为我这贪睡之人而白白流掉，心中自然有气，如此，就还是别耽搁了，我这就随您往醋坊去。”

李婉婉说着，便要出门，可季姑姑却有些诧异地看着李婉婉说道：“夫人当真要穿这身过去？”

李婉婉低头瞧了一眼自己的着装，因为是新婚，穿着十分艳丽却不适宜活动，且小小怕她冷，还给她披了件紫云貂的大氅。

再瞧瞧季姑姑的穿着，虽说是简朴了一些，但上身四开衩短衫，下身着绑腿长裤，确实比较适合做活。

李婉婉立时明白了什么，随即赔笑说道："姑姑且稍等，我换身衣裳便来。"

说完，便拉着小小进去换了一身从前在家里酿醋时穿的一身工衣，头发也重新在脑后编了一根长辫后，利落地盘了起来。

季姑姑上下打量了一番，才没再说什么，转身便要带着李婉婉走。

"醋坊重地，不好众多人去打扰，夫人到时若是需要什么，说与老身即可，就不需要带旁人跟着了。"

李婉婉这会儿一心只想着进醋坊瞧瞧他们都是用了哪些工序，其他的什么都好说，听季姑姑说着不让带人进去，也只是哼哼哈哈地答应着。

小小却有些不放心，一把将李婉婉拉住说道："夫人，也不知这人根底，您这样一个人过去怎么行？"

小小的声音并不小，季姑姑显然是听见了，却也不说什么，只偏过身来瞧着李婉婉的反应。

只见李婉婉随手推开了小小的手说道："无妨，季姑姑既然能进得了咱们府上，自然是在王家有名望之人，再说我是去学习的，又不是去给大伙儿当夫人的，若是还带着你们过去端茶送水的，又叫旁人怎么能专心做事儿呢？"

李婉婉说着，瞧着小小还不放心，便安慰她道："好了——大不了你随我一道过去，守在美醯居门外，若是听见里面有什么大的动静，再回府来叫人便是了。"

如此，李婉婉总算是得偿所愿，跟着季姑姑到了美醯居的醋坊。

进门之前，只瞧见隔壁一家醋医坊的店面前面人头攒动，里面还时不时地冒出一股好闻的醋香，李婉婉便好奇地问道："季姑姑，不是说咱们美醯居是全清徐生意最好的醋坊吗？怎么隔壁这家醋坊的生意，好像比咱们美醯居还要好上许多啊？"

李婉婉的话音刚落，身边就有个狂吐不止的孕妇被人扶着，急急地往那家醋医坊走，扶着的人边走边说："大夫，快给我娘子瞧瞧吧！"

小小闻言，便一脸惊讶地说道："满屋子的醋味儿？竟然是个医馆？"

到这会儿，季姑姑才含笑说道："醋疗是我们美醯居的一大特色，夫人可知这醋医坊的当家大夫是谁？"

李婉婉探头往那医馆里瞧了一眼，放眼望去，全不认识，便扯唇笑道："我一个外地人，怎会知道这种事儿？"

可这话说完，她脑子里忽然浮现出了管伯给王晋昇疗伤的画面，而且季姑姑既然这样问她，那这人必定是她认识的。

"难道，是管伯？"

季姑姑立时哼笑了一声："就他那点三脚猫的本事，也不过在馆内做个学徒罢了，又岂会是当家大夫？"

“不论是谁，季姑姑也不该这样瞧不上老爷身边的贴身护卫吧？难不成这当家大夫，还是咱们老爷不成？”

小小这话一出，季姑姑倒是不再说话了，双手恭敬地叠在身前，脸上一副讳莫如深的模样。

李婉婉瞧着也一脸惊奇：“当真是咱们老爷？他还会医术？”

季姑姑便含笑点了点头道：“王家祖上便是行医世家，这美醯居的老陈醋最初也是祖上为了行医治病才酿出来的，结果口味竟比市井卖的那些陈醋都要好，才有了今日的盛世。咱们老爷可是清徐一带最有名的大夫了，但因为老爷有公职在身，好多人慕名来瞧病，却都难见上他一面。”

李婉婉听着，不觉又朝醋医坊的牌匾看了一眼，嘴角下意识地向上翘了翘。

季姑姑是个不喜欢拖沓之人，说完那句，便直接迈进了醋坊，边走边道：“夫人若是对醋医坊的事情感兴趣，日后等老爷回来，自己随他去了解便是，这会儿还是先与老身进去瞧瞧吧。”

说着，季姑姑还回头拦住了也想跟着进去的小小说道：“这位姑娘还请留步。”

小小只得可怜巴巴地望着李婉婉说道：“那夫人您可千万小心，小小就在外面等着您。”

一进醋坊，李婉婉就被混杂在一起的醋香味吸引住了，站在原地转了好些圈儿，脸上更是乐开了花。

与她在家里瞧见的不同，美醯居的老陈醋都是开盖儿存放的，有客来买醋，才从不同酸度的醋缸中舀醋，经过纱漏过滤后装瓶卖给顾客。

李婉婉光是在厅里瞧着小伙计给顾客舀醋，都已然瞧呆了，跟着小伙计走了数圈，瞧着他在不同的醋缸里舀醋，还在旁边探着鼻子闻了许久，弄得小伙计一脸茫然，忙向季姑姑问道：“姑姑，您带来的这人是来干啥的？再这样下去，咱们家的客人都快被她吓跑了。”

季姑姑也在旁边瞧了半天了，一开始听王晋昇说李婉婉要来醋坊学酿醋，她是一百个不赞成的，心想酿醋又不是一时半刻能学会的，山西老陈醋陈酿时间又是几种名醋里面最长的，最少需要九个月之久，岂是她一个从小娇生惯养的富家小姐能承受的？

所以即便是应下了王晋昇的请求，她也只是想着带李婉婉过来瞧瞧，将酿醋的困难都让她看清楚，让她能知难而退便是最好了。

可如今瞧见她竟这般爱醋，倒是也吃了一惊，所以一时也愣住了，这会儿被小伙计提醒，再瞧出来瞧李婉婉的模样，哪还有点儿豪门大户家的小姐、王家当家主母的模样？根本就是一个被醋迷了心窍的小鬼儿，便忍不住轻笑一声，招呼着李婉婉道：“夫人，还是快随老身往里面走吧。”

李婉婉闻言应了一声好，却还是依依不舍地瞧着那小伙计手里的醋勺，闻着这个味道，真是恨不得能尝上一口啊。

但是季姑姑一再催促，她也只得三步一回头地跟着往前走了。

【4】

一进后庭，李婉婉就被摆了满满一院子的几百个醋缸给震撼到了，忙要冲过去围着瞧，却被季姑姑拦住。

“夫人，陈酿缸乃我美醯居重地，非当值人士，不得靠近。”

正说着，隔壁不远处忽然传来一阵间隔有序的啪啪声，李婉婉闻声望去，却瞧见一个比季姑姑略年轻些的姑姑正手拿藤条，抽打一名紫衣少女的小腿。

周围站了三位同穿紫衣的少女，后面又是两排白衣少女，各个吓得面如白纸，姑姑每抽打那少女一下，大伙儿的身子就跟着抖一下。

李婉婉立时不解地惊叹道：“为何在这里动用私刑？”

季姑姑像是也不知道缘由，便带着李婉婉一同往那边过去，随口问道：“望春，缘何这样惩罚紫烟？”

那名被唤作望春的姑姑见季姑姑来了，又向她身后的李婉婉瞧了一眼，可能是觉得李婉婉穿得不伦不类，把她当成了刚进来务工的小丫头，也不理会她，只给季姑姑行了个礼道：“回姑姑，今日是三月那批醋陈酿满九月的日子，奴婢刚刚带人来查味道，却是差了一些，查找原因，原来是紫烟这丫头偷懒，每当她当值时，便擅自将原来的一日三捞冰，减为一日两捞冰。美醯居的规矩，一应上下不论身份，偷工减料致醋味损失者，一律要受罚，故今日才当着大伙的面，重重罚她的。”

紫烟是季姑姑的亲侄女，原本也是一富户家的小姐，后来家道中落，走投无路，便来醋坊投奔了季姑姑，一开始学徒十分卖力，又与季姑姑有这层亲戚关系，很快便成了醋坊里能够负责陈酿醋缸的紫衣醋女。谁知道她的心思并不纯粹，也不知是听谁说了王晋昇偶尔会带着王咏炎来醋坊视察，所以每日花很多时间打扮，虽然季姑姑几次三番好心告诫，却是屡教不改。

如今犯了这种事儿，大伙儿都等着瞧季姑姑的反应。

紫烟也知道自家姑姑的性子，刚刚望春姑姑罚她的时候，她还争辩几句，如今季姑姑来了，她却连疼都不敢喊一声了。

李婉婉在旁边看得云里雾里的，心里开始思考为什么少捞了几次冰，就能影响了醋味儿。等等，捞冰又是啥意思？

季姑姑走到紫烟跟前，冲着紫烟微眯了眯双眼，这一动作看似没什么，却是吓得下面一应人等连呼吸都快停了。

只见季姑姑手一抬，竟是朝紫烟的脸伸了过去，许多人都直接闭上了眼睛，生怕瞧见季姑姑打紫烟。

但是只听见紫烟“啊”了一声，可那该有的巴掌声却是没发出来，众人睁开眼睛，正瞧见紫烟单手捂着耳朵，泪光闪闪，浑身颤抖地看着季姑姑，手指缝里，还渗出些血迹来。

季姑姑手里正拿着一粒还带着点儿血迹的珍珠坠子，皱眉说道：“若没记错的话，今日也是你当值吧？”

紫烟知道季姑姑要说什么，自是不敢说话，只低着头，一双细长如柳叶的眸子左右摆动，像是在思考该如何脱身。

倒是望春姑姑一副不怕事的模样说道：“姑姑好记性，今日正是紫烟当值。”

“望春姑姑，紫烟素来与你无冤无仇，为何一而再再而三地瞧我不顺眼？莫不是因为觊觎姑姑的位置，又碍于难撼动，我又是姑姑亲侄女，才一直为难于我？”说着，紫烟便又上前来拉着季姑姑的胳膊说道，“姑母，紫烟真的是冤枉的，只是当日太困，忘记记录捞冰次数而已，绝对未敢有偷工减料之举啊。”

李婉婉听到这儿，才知道这里面的弯弯绕绕，这会儿便全将目光放在了季姑姑的身上，若是她当真要袒护紫烟，那这人在自己心里的形象，可就要折损不少了。

旁人不知李婉婉身份，自是以为季姑姑便是这醋坊后庭位分最大之人，纷纷以季姑姑马首是瞻，心里也开始替望春姑姑担心起来。

虽说望春姑姑平时总是一脸严肃相，有时候甚至要比季姑姑的脸还臭，可心地却是不错的，醋坊里的小丫头们都是自小便被家里送进来学酿醋的，没有爹娘在身边，难免有思念家乡的时候。也都是望春姑姑时常给大家缝补衣裳，送些好吃的过来，有时候还给她们唱歌谣助眠。

若真是被紫烟挑拨成功了，那以后大家该也难在醋坊待了。

“啪！”谁知道季姑姑竟然当着众人的面，给了紫烟一个重重的巴掌，直接把紫烟给打傻了，捂着脸痴痴地说道：“姑姑？”

“哼！”季姑姑像是气得不轻，立时将手里的珍珠耳坠扔到了紫烟身前，怒声训斥道，“大胆狂徒！还敢信口开河，避重就轻？醋坊明文规定，当值人士不得佩戴首饰，不得发丝不整，不得涂脂抹粉，若有一样不符，当场赶出去！你已是在醋坊待了数年的紫衣醋女，又岂会不知规矩？如今还有什么好说的吗？”

听了这话，李婉婉立时朝紫烟瞧了过去，又扫了周围那些女工一眼。

一开始瞧见紫烟的时候，确实觉得她比其他女孩儿要美上许多，李婉婉还惊艳了一下，心里纳闷怎么醋坊选人竟这样参差不齐？现在总算想明白了原因，原来是因为紫烟化了妆，自然比这些未施粉黛的小姑娘要出彩许多了。

“这——姑姑，紫烟也是——”

“也是什么？老身念你是我娘家哥哥的独女，已经多次劝阻过你，但你却不听劝阻，自以为是，一意孤行，如今终于闯出如此大祸，正所谓自作孽，不可活！你便收拾收拾，今日便出了美醯居，回家去吧！”

“姑母！您可是我亲姑姑啊！”

“就是因为你是我的亲侄女，所以把你这样的人带进醋坊，老身也有连带责任！”

说着，季姑姑便俯下身去，卷起了自己的裤腿，冲着望春姑姑说道：“望春，你便按照规矩，行刑吧。”

李婉婉一直在旁边瞧着，心下也开始佩服起季姑姑来了，真是人狠起来，连自己都打，难怪能把这么大的醋坊管理得井井有条的。

只是为难了望春姑姑，哪有以下犯上的道理？就不怕季姑姑以后瞧见她别扭？

所以愣是迟迟站在一边，不敢行刑。

季姑姑也是个狠人，立时又喊道：“既是如此，夫人，就由您来吧！”

一听这话，众人的眼睛都开始四处寻找。

夫人？难道是老爷的新婚夫人来了？可为何这么大的人物过来，竟然一点儿动静都没有？

众人找了半天，终于将目光锁定在这会儿已经惊呆了的李婉婉身上，可瞧着她这身打扮，分明就是个新晋的女工，怎么看都不觉得像夫人啊。

李婉婉这会儿是真的蒙了，这王晋昇也没说她进了醋坊，还要干这种得罪人的事儿啊。于是她不敢相信地指了指自己的鼻尖问道：“我？这样——不好吧？”

“为何不好？醋坊规矩，工人犯错，不论身份，均需受罚，就算是老爷、夫人在此犯了错，也当受罚。如今望春念我身份，不敢动手，若是夫人也不愿动手，那老身也只有辞去醋坊的工作，另谋出路了！”

“使不得啊！季姑姑掌管我醋坊三十余年，从未犯过错，岂能因这种事情辞工？”

众人纷纷求情。

李婉婉没法子，只得走上前去，瞧着大伙那一张张惊恐的脸，蹙着眉接过了望春姑姑手里的藤条，狠了狠心说道：“如此，那我替望春姑姑执行便是了。”

说着，李婉婉便盯着季姑姑的小腿问道：“要打几下？”

“按理，治下不严，当打十下小腿。偏袒护短罪加一等，当打二十下。可姑姑是醋坊老人，此事又确与她关系不大——”

望春姑姑正想着替季姑姑求情，季姑姑却直接喊了话：

“就打二十下！醋坊规矩，不论身份，一应受罚！夫人，打！”

李婉婉被季姑姑的一身正气给吓到了，听到这一声命令，立时便在季姑姑的小腿上抽了一下，力气之大，当即就将季姑姑的一双小腿抽出了一道连在一起的红痕，弄得季姑姑的额头直接渗出了豆大的汗珠。

吓得李婉婉也有些不敢相信这是出自自己之手，忙道歉道：“对不住了季姑姑，我之后下手轻点儿。”

说着，便又连抽了四五下，却都是不痛不痒的，别说是没有红痕了，甚至与抓痒无异。

“夫人是在嘲笑老身吗？请您狠狠地打吧。”

李婉婉一听这话，立时又鬼使神差地往季姑姑的小腿上狠抽了五六下，抽得季姑姑差点儿支撑不住摔倒。

看得众人也都跪下开始求情。

望春姑姑更是跪下求情道：“夫人，季姑姑毕竟为美醯居效力多年了，没有功劳也有苦劳，还请您看在她曾是老爷的师父的份儿上，就到此为止吧。”

望春说着，又狠狠地瞪着这会儿已经吓傻了的紫烟说道：“都是紫烟不听劝阻，一意孤行，咱们把她赶出去便是了，何必叫姑姑受此委屈呢？”

李婉婉也是一脸为难，心想又不是我要打她，是她非让我打的，何必这样苦苦求我？弄得倒像是我成了恶人似的。

“不要理她们，夫人，还有九鞭，继续打吧！”季姑姑这会儿已经又勉强站了起来。

李婉婉瞧了瞧季姑姑的小腿，又瞧了瞧依旧苦苦求情的众人，再瞧了瞧缩在一边想着后路的紫烟，忽然将手里的藤条猛地往地上一丢，随即瞪了紫烟一眼道：“我虽然初来乍到，不知醋坊规矩，但既然两位姑姑都说你有错，那你必定就有错，也不用在这儿哭哭啼啼地碍人眼，且快去收拾东西离开醋坊另谋出路吧。”

瞧着紫烟还不走，望春姑姑立时唤了两个小丫头把她拖走了。

紫烟心有不服，一路骂骂咧咧的极其难听，李婉婉也都左耳进右耳出，全当没听见，转而面向季姑姑说道：“至于姑姑，您若还当我是王家主母，便立即去处理伤口吧。”

“夫人——”

“季姑姑先听我说完。我今日出来这大半日，不是来看你们打来打去的，还请您立时安排人带我进醋坊转转，不然若真是耽搁了我的工夫，到时候才真的是要罚你的。”

“我来吧。”望春姑姑立时走了上来，又唤了两个小丫头把季姑姑扶回房去处理伤口，随即才给李婉婉行了个礼道：“夫人想先到哪里转转？望春带着您去。”

李婉婉瞧了瞧季姑姑踉踉跄跄的背影，随即又指着院中的那几百口敞着盖子的醋缸说道：“我想过去瞧瞧，可季姑姑刚刚不许，你便来给我说说，这里面有什么门道？”

望春姑姑闻言，又仔细打量了李婉婉两眼。

今日为了来醋坊，李婉婉是特意重新整理了妆发的，虽然没有佩戴什么首饰，但还是稍稍抹了一些脂粉。

穿着打扮倒很是朴素，虽然与醋坊里的女工不同，但也还算符合规矩。

看到这里，望春姑姑便有些犹豫地说道："脂粉之类的东西，夫人稍后洗掉即可。只请问夫人这半月之内，可有饮酒食肉啊？"

李婉婉听了这话，立时笑道："姑姑说笑了，我昨日才刚刚大婚，又岂会没有饮酒？至于肉食，更是无一日不可缺了。"

望春姑姑一听这话，脸色便就有些为难，双手叠在身前，低眉淡道："若是如此，那夫人今日便只能站在此处观望一下，最多就由老身陪着给您描述一番了。"

"为何？"李婉婉一脸惊奇。

望春姑姑微微扯了下唇，开口说道："醋坊规矩，凡入坊之人，半月之内不得饮酒食肉，否则会使原料腐烂，影响醋味儿。同时也会影响到自身嗅觉，失去判断力。"

李婉婉听得目瞪口呆，不禁问道："当真？我在家里也经常自己酿醋，从未听过这种规矩。"

望春姑姑又微微扯了下唇，停顿了片刻方道："夫人若是觉得家里的醋要更好些，又何必不远万里，到我们美醯居来学习呢？"

这一句话怼得李婉婉哑口无言，甚至有点儿羞得慌，于是立时又改口，指着那一院子的醋缸说道："那你先给我说说，这陈酿醋缸为何不加盖？"

望春姑姑又扯了下唇，脸上似乎很是得意："一般来讲，其他品种的陈醋都是加盐后用泥浆封盖，陈酿完成后，再进行淋醋杀菌工艺。但我们美醯居的老陈醋是正好反过来，加盐调味儿后，先行淋醋，再进行我们山西老陈醋特有的熏醋工艺。之后才是陈酿，至于陈酿，我们也有天底下独一份儿的方法。夏伏晒，冬捞冰，经过三伏一冬的陈酿之后，形成醋色浓、味感稠的好醋，这也是为什么我们美醯居的老陈醋能做到天下第一酸的缘故。"

李婉婉听得一愣一愣的，又开始摩拳擦掌，想要走进去看一看，可是想着刚刚那个因为坏了规矩被赶出去的紫烟，立时就懊恼地直叹气。

"有劳姑姑了，如此，我便戒酒戒肉十五日后，再来叨扰吧。"

【5】

望春姑姑瞧着李婉婉这就要走，倒是也有些讶异，先前得知王晋昇要娶个镇江女子回来，大伙儿都有些微词，担心两地文化差异巨大，新人上任三把火，会给醋坊带来麻烦事儿。可如今见了李婉婉，觉得不过是个挺爱醋的小丫头，且也听得进大伙儿的进言，和王晋昇一样，一点儿主子的架子都没有，挺好的。便微微扯唇笑道：“那我去请前头备车马，送夫人回去。”

“姑姑不用麻烦了，我来时带了人过来，就在外面候着呢。”

如此，望春姑姑还是亲自把李婉婉送到了门口，可李婉婉却找不到小小了。

不得已只得又回身去问美醯居的小伙计。

“这位小哥，你可瞧见刚刚和我一起来的那位姑娘了？”

李婉婉一边说，一边就着自己比量着小小的身形。

小伙计瞧了李婉婉半天，才想起来什么似的说道：“啊——您是说刚刚季姑姑带过来的那个姑娘？不过我这里成天这么多人出出进进，确实没工夫留意一个姑娘的去向啊，要不您到别处找找？”

李婉婉听了也觉无奈，便欲离开，可是临走又忽然回过头来，一脸笑意地看着小伙计说道：“小哥，把你们店里最好的醋，给我来两瓶。”

小伙计瞧了瞧李婉婉的着装，双眉禁不住一挑：“最好的醋？那价格可不便宜，您当真掏得起银子？”

李婉婉一听这话，立时来了脾气，说着便要掏银子出来吓死小伙计。

“嘿！你这是瞧不起谁呢？”

结果掏了半天，才想起来钱都在小小身上，当时心里那个火啊，真是丢人丢到家了。

于是也顾不上形象，立时大声尖叫道：“小小！小小！还不快给我出来？”

这一声尖叫仿若河东狮吼，就连方圆十里的大街上，都有人寻着声音望过来，更别提小伙计被吓成什么样了。

躲在柜台后面瑟瑟发抖地说道：“这位姑娘，您要是想打劫可是找错地方了，咱们这里可是美醯居，我家老爷，那是有官职在身的！”

“怎么了夫人？出什么事儿了？”

已经快要气傻了的李婉婉听到小小的声音，立时转过身来问道：“说好了在外面等着我，你人跑哪去了？”

结果一瞧见小小的脸，李婉婉当时就愣住了，瞧着小小糊的一脸的白色泥状物，又气又愣地问道：“你这是——搞什么鬼？”

小小立时摸了下自己的脸，有些不好意思地说道：“夫人，隔壁那家醋医坊真的很神啊，还有驻颜术，奴婢刚刚瞧见几个女子卸了这层泥后，肤如凝脂，面若桃花，好像一下子年轻了好些，一时心痒便也试了一下。”

小小说着，立时又想到了什么似的说道：“没有耽误夫人的事情吧？若是您方便的话，我还有一炷香的工夫就可以洗掉了，要不您再等会儿我？”

李婉婉听到这话，自己也是惊奇得不得了。

“还有这等好事儿？”

“姑娘，这两瓶本店最好的醋，您还要不要了？”

“要！当然要！小小，还不付钱？”

李婉婉当机立断，今天是定要把刚刚在小伙计面前丢掉的脸给争回来的。

可是小小却直接蒙了。

“夫人，咱们府上还缺好醋？何必在自家的醋坊里花钱买醋？”

李婉婉眨了几下眼之后，忽然觉得小小的话好有道理，于是便再不理会小伙计，几步上前来拉着小小的胳膊说道：“做驻容术的人可多？要不我也去试一下吧？”

说完，便拉着小小往隔壁醋医坊去了。

【6】

主仆二人在美醯居做了个护脸全套，正美滋滋地往自己院子走，远远地便瞧见沅穗站在门外，像是朝这边望着什么。

“夫人？”小小瞧见沅穗冲她二人招手，便有些不解地朝李婉婉看去。

李婉婉脸上的笑容便开始渐渐转淡，嘴角微微翘起道：“哦，原来这么快，已经到了该用晚饭的时候了。”

果然一进院门，沅穗便提醒李婉婉道：“夫人，少爷和阎姨娘三炷香前已经到了，这会儿正在前厅等候。”

李婉婉勾唇一笑，仍继续往自己的卧房走道：“好，容我去换身衣裳，去会会这俩人。”

此时此刻，前厅里，王咏炎正惴惴不安地坐在椅子上，手里的茶水端了放下，放下了又重新端起来，只是每次到了嘴边，却都烫嘴似的喝不下去。

终于忍不住问道：“姨母，你说分明是她引我们来的，为何到了这会儿却还不出来见我们？”

阎芷凌轻轻端起茶碗，随手掀开盖子往茶碗里轻轻吹着，喝了一口品了品，才轻笑一声道：“新夫人不愧是江浙一带来的，也只有她们才能拿得到真正的天下第一茶了。”

王咏炎急得不行，立时问道：“姨母怎么还有心思品茶？难道你都不好奇，这个人到底是什么意思吗？”

阎芷凌这便将茶碗放下，似笑非笑地盯着王咏炎看，看得他甚至有些心慌，忍不住把眼睛挪到一旁去了。

“咏炎啊，既来之则安之，当初她不顾你的习惯，拒绝了咱们的邀请，非要咱们到她这来的时候，你心里就该清楚她想干什么了。”

“实在是过意不去，刚去醋坊走了一趟，方才回来，没有及时出来招待你们，是我的不是。”

李婉婉说着话，人已经站在了门前。

听到声音，王咏炎吓得立时站了起来，转过身瞧着李婉婉，心里知道作为晚辈该先打招呼，可又不愿意称她做母亲，而且这人分明就没有多大，只比自己大四岁而已，母亲二字，又如何叫得出口？

所以干脆愣在原地盯着李婉婉看，一双手却因为过度紧张，垂在身侧无从安放。

与此同时，李婉婉也在打量着王咏炎，粗眉大眼的，与王晋昇几乎是一个模子刻出来的，但是低头或者侧颜的时候，某些角度又会有别人的影子，仔细瞧瞧，倒是与身边的阎芷凌有几分相像，想来是受其母亲影响。

“你很像你的父亲。”

王咏炎听到李婉婉这样评价他，心中似乎受到了鼓舞，也瞬间有了和李婉婉对话的勇气。缓缓抬起头来看着李婉婉说道：“父亲是文武双全，胸怀大志且有作为之人，咏炎还差得远。”

李婉婉闻言，便微微翘了唇角，有些欣慰地问道：“你很崇拜你的父亲？”

王咏炎立时又朝李婉婉看过来，很认真地说道：“真若认真去了解，这世间又会有几人不崇拜我父亲？”

阎芷凌在一旁瞧着王咏炎似乎和李婉婉越来越谈得来，眼角忽然一抖，随口笑道：“咏炎，还不快和你母亲打声招呼？别叫人笑话了咱们王家人不懂礼数。”

咱们王家？王咏炎自是王家人无可厚非，可你阎芷凌算是哪门子的王家人？

阎芷凌这话一出，就连王咏炎也有些纳闷儿地朝她看了过来，更别提随着李婉婉一起过来的小小了。

可小小刚要上前驳斥，便被李婉婉给伸手拦住了。

李婉婉依旧春风拂面地笑着说道：“阎姨娘不必心急，我初来王家，与咏炎之间还没什么情感，他叫不出口也是情理之中的。若不习惯叫我母亲，便叫我——”

李婉婉想了想，随即又问道：“在我家乡，常把关系亲密又没有血缘关系的女性长辈叫作娘娘，不知咱们家里是怎么称呼的？”

李婉婉说着，便看向了身边候着的萱草，她是在本地生活了数年的镇江人，自然要比李婉婉熟悉本地的风俗。

“回夫人，通常称呼姨或者姑姑。”

李婉婉冲她点了点头，便又笑道：“如此，咏炎以后便称呼我为婉姨吧，于你我也方便些。”

王咏炎立时抬起头来瞧着李婉婉，目光中有些感激，天知道李婉婉给的这个称呼，于他这个读了近十年圣贤书的人而言，是给了他多大的解脱。

“婉——姨。”

他甚至还立时试了一下，确实要比直接叫母亲要好开口多了。

这倒是叫阎芷凌吃了一惊，忍不住朝李婉婉盯了过去，那犀利的目光，就差把李婉婉给钉在墙上了。

但是她很快便勾了勾唇，微笑着说道：“刚刚尝了一下夫人带来的明前龙井，所谓‘院外荷风西子笑，明前龙井女儿红’。如今真尝到了，果真味道不同凡响，让人回味无穷呢。”

王咏炎刚刚没喝那茶，如今听阎芷凌说得这样夸张，心里有点儿不解，随口问道：“真有姨母说的这样好？”

李婉婉却直接轻笑一声，探身笑道：“咏炎不必迷惘，依我看，也就那么回事儿，于咱们山西老醯儿而言，还不如每顿饭前喝的那一碗醋爽口。”

这一句话，立时引得王咏炎大笑不止，却是看得阎芷凌眼波凛凛，心里感慨竟小瞧了李婉婉。

这时，去厨房传话的沅穗走上前来，在李婉婉耳边说了几句话后，李婉婉便含笑说道：“后厨传话，说是可以上菜了，眼下天凉，菜放冷了便不好吃了，阎姨娘和咏炎快随我一起到饭厅来吧。”

【7】

一进饭厅，王咏炎和阎芷凌都吃了一惊，因为饭厅里并没有平时吃饭的圆桌，而是摆了三张围成了一个圆的小方桌，朝着门的方向还有个缺口，从王咏炎和阎芷凌的方向看起来，就好像一个大袋子的形状似的。

这叫阎芷凌禁不住朝李婉婉看了一眼，心里开始犹豫了起来，因为她突然觉得，这顿饭倒有种鸿门宴的感觉了。

忍不住嗤笑一声说道：“夫人初来乍到，怕是不知道我们这里的风俗习惯，咱们的家宴，一般都是要一家人围坐在一张圆桌上吃饭才好的，取团团圆圆之意。如今这般四分五裂的，可是不大吉利啊。”

王咏炎听了这话，也跟着又瞧了瞧那三张桌子，互相之间隔得那么远，确实不像是一家人该有的样子，倒好像是他现在心里的状态。

父亲没有与他商量，便给他找了个这样的继母，某种意义上讲，算是和他站在了对立面。继母又是远道来的，并不知根知底儿，暂时也是对立面上的。父亲新婚之夜便丢下继母出门办事，想来也并不太紧张这位继母，所以两人也该是暂时站在对立面上的，如此一来，这从前父子相依的王家，倒真的因为李婉婉的加入，变得有点三分天下的意思了。

李婉婉眉梢一挑，随口笑道："是吗？特地找了人帮着一起弄的，还是且看看再说吧。"

其实李婉婉这会儿也不知道佟叔要搞什么名堂，只是佟叔毕竟是李家老太太精挑细选出来给她带过来的，自是身经百战，经验丰富，李婉婉觉得自己先前交代了那几句之后，他便一定什么都明白了。

果然，等到三人落了座，佟叔便带着人直接推了一口直径三寸长的大锅进了三张方桌的中间，从锅里咕噜噜滚着的开水来看，锅下面放置的青铜器皿里面似乎还放了烧得正旺的炭火。

佟叔自己手里还托着一块儿大面板，上面放着一张已经压好了的、差不多有锅口那么大的面皮。

等到佟叔将面板放置在锅边的灶台上时，立时有人往三张方桌上摆了一盘水晶肴肉和一小份儿糖醋萝卜干。

"听说少爷身子弱，吃不得硬食，正好我们镇江府有道有名的面食叫作锅盖面，该是很合少爷的胃口，不过这个面得现做现吃，所以老夫也只能在各位主子面前献丑了。"

佟叔说着，随手一抓那面皮向头顶上一扔，随即抄起双刀，在空中快速挥舞了数十下，竟无一根面条落地，全部齐刷刷地进了那滚水中了。

"好！"王咏炎乐得直接鼓起了掌，又继续兴冲冲地说道，"本以为我们晋陕两地的面食手艺才是天下一绝，如今瞧见这位师父的刀工，竟是一点儿都不输呢。"

原本阎芷凌也是看得有些入迷，这会儿瞧着王咏炎这般夸赞，心里倒有些不舒服起来，忙在一边提醒道："咏炎这是夸张了，你平日里一门心思窝在房里读书，又能见过多少咱们山西民间的厉害本事？可不要长他人志气，灭自己威风了。"

王咏炎听了这话，才发现自己不知不觉，好像又被李婉婉带来的新鲜玩意儿给吸引过去，而忘了自己这趟来的目的了，便立时缩了缩身子，不出声了。

李婉婉听了阎芷凌那话，岂会不知道阎芷凌的用意，却也不直接发作，只微笑着说道："话却也不能这样讲，咏炎虽是个专注于学业的好孩子，但毕竟身为男子，见识总要比咱们这些足不出户的女子多上许多的。"

听了李婉婉这话，王咏炎的眼睛立时闪出了兴奋的光，他就觉得佟叔的本事比他在街头瞧见的那些师傅都要好些，刚刚才会一时激动夸赞出来的，他王咏炎十四岁便成了举人，到哪里不是众人捧着叫他说话？要是今日家宴里不能畅所欲言，直抒胸臆，那不是要憋坏了他？

李婉婉如今给他找了个台阶下，他心里还是感激不已的。

被李婉婉这样将了一军，阎芷凌却也不是吃素的，立时又道："夫人此言差矣，芷凌虽为女子，却也是自小生活在这片土地之上的，也比咏炎多吃了十一年盐，于山西的地界上，若论见识，自认还是比在座的各位都要多一些的。"

"姨母快看，竟然连锅盖也一并放在里面煮了！"

阎芷凌说的那番话，本是要提醒李婉婉，自己才是地头蛇，你就算再强，也根本不是我的对手，谁承想中途竟被王咏炎这样打断了，一时间，众人的眼光都瞧向了佟叔扔到锅里的锅盖，就连李婉婉也都对她的话丝毫没有了反应，气得她忍不住在桌下将自己的袍子捏成了朵花。

再说这边锅里面，锅盖被滚水顶得一上一下的，没一会儿，锅里面就散出了香喷喷的面香味儿。

这时，三张方桌上又分别被人摆上了一个比刚刚那锅盖再小一圈的大碗，之后，便有三个丫鬟分别拿了块儿对角足有一寸长的绢布过来，直接挡在了李婉婉他们三人的面前。

"各位主子躲远着些，老夫这便给各位上面了。"

因为佟叔站的位置高些，所以虽然被绢布挡住了眼前，但王咏炎看得很清楚，佟叔用工具夹起锅盖以后，只用一根三寸长的筷子随手一挑，那面条便乖乖地飞到了阎芷凌的碗里面，甚至连一滴汤水儿都没甩出来。立时又开始拍手叫好道："好！师傅真是好本事。"

说话间，他甚至还嫌自己面前的绢布碍眼，直接用手拨开了，又瞧着佟叔用同样的方式给李婉婉挑面，随即又轮到了他，整个过程中，他都是神色飞扬的，似乎还未吃到面，就已经心满意足了。

等到三碗面条全部到位，立时又有人端着汤壶上来，往三人的面碗里加汤，汤汁淋在面上那一刻，一股浓浓的豚骨香散发出来，勾得人口水直流，忍不住就想拿起筷子吃上一口。

佟叔瞧着李婉婉冲他微笑，便知道自己这趟活没白干，也伸手指着桌上的水晶肴肉和糖醋萝卜干说道："常言道，不到长城非好汉，不尝'三怪'太遗憾。如今镇江府的'三怪'，各位主子已是见到两个了。"

王咏炎一听这话，立时低头朝桌上看去，此刻桌上便有三样东西，佟叔却说只有两样在"三怪"之中，王咏炎生得聪明伶俐，自然很快猜到，笑着说道："这锅盖面做法如此奇特，自然算得上是一怪。至于另外一怪，这萝卜干是寻常吃食，应该算不上怪，所以便一定是这卤肉了，这般光滑晶莹，肉红皮白，却也少见，当是'三怪'之中的第二怪。"

王咏炎说着，便又兴致勃勃地看着李婉婉问道："婉姨，我说得可对？"

李婉婉没想到这一顿锅盖面的演示效果竟然这样好，心里也是高兴，立时点头笑道："咏炎果然聪明伶俐，一点就透。"

王咏炎听见自己全猜对了，心里也是得意，但是很快又道："可既然已经给我们见识了两怪，为何不把第三怪也端上来瞧瞧？还是这第三怪，其实不是吃食？"

这一问倒是正中了李婉婉的下怀，到这会儿，她才明白佟叔为何要提镇江"三怪"一事，忍不住朝佟叔望了一眼，心里感念他的经验丰富。

随即又冲着王咏炎笑道："那倒也不是，只是这第三怪在咱们山西遍地都是，几乎家家的饭桌上，顿顿饭里都离不开，所以实在算不上怪了。"

"遍地都是？"王咏炎得了李婉婉的提醒，稍稍思索了片刻，立时又有了主意，"莫非——是醋？镇江香醋？"

李婉婉立时点头笑道："是了，就知道根本难不倒你。"

一直在边上沉默不言的阎芷凌立时哼笑一声道："若是这样，那倒也是真称不上是什么稀奇的东西了，难怪没有一起摆在台面上来。毕竟咱们美醯居的老陈醋乃天下第一醋，这会儿要是把镇江香醋拿上来，不是关公面前耍大刀，不自量力吗？"

在场的众多人士，都是镇江人士或者祖籍在镇江的，听了阎芷凌的话，心里都有些不舒服，但碍于她是李婉婉的客人，也都忍下了这口气，却是脸色都开始不怎么好了。

李婉婉原虽想找一个和王咏炎的共同点，表明两人都是爱醋之人，进一步拉近关系，结果却一下子被阎芷凌搞成了镇江香醋和山西老陈醋之间的较量，一时间也是心里气闷，忍不住越过锅子朝阎芷凌望了一眼，瞧着她这会儿得意的样子，就知道这个女人又开始捣乱了。

此刻要是顺着她的话往下说，无论是替镇江香醋说话，还是替山西老陈醋说话，事后或许都会成为她手里的把柄。

正犹豫之际，王咏炎却忽然开口说道："姨母也不能这样讲，父亲经常说，虽然在山西人的心中，咱们美醯居的老陈醋凭借绝高的酸度被评为天下第一醋，但镇江香醋在省外的名声，却是远远高于咱们的老陈醋的，既然能有这样的影响力，便一定有它的过人之处。"

王咏炎说到这儿，便开始摩拳擦掌道："只不知婉姨身边有没有带一些过来？咏炎这会儿倒是忍不住要尝一下，比一比个中长短了。"

李婉婉闻言，心中也是感念王咏炎的懂事，知道他这是在还自己刚刚的人情，也便点了点头说道："虽然我也比较喜欢吃山西老陈醋，不过这镇江香醋是我家乡之物，我倒还是带了些过来的。"

说着，李婉婉又看向佟叔说道："不如现在就上醋吧，不然面也该凉了。"

最后是李婉婉调了美醯居的三年陈醋，王咏炎用了李婉婉带过来的镇江香醋，阎芷凌却是窝了一肚子的气，只夹了几个糖醋萝卜干嘎吱嘎吱地嚼了两口，面更是一筷子未动，就更别提用醋了。

瞧着王咏炎吃得差不多了，李婉婉便放下筷子，含笑说道："其实算起来，我与老爷是新婚，又是远道来的，对山西甚至家里的事情也都不甚了解，所以今天早上老爷叫我管家，我也全交给了管叔去做。我的想法其实很简单，我来之前咱们王家什么样，希望我来之后也还保持原样，左右咱们各自有各自的院阁。至于什么寻常人家的晨昏定省之类的，我是个不喜欢立规矩的人，咏炎呢，若是瞧着我这儿的新鲜物件儿好，想多了解了解，平日就多来我这儿逛逛，若是自己事情多，便有空过来，也无妨。于我而言也是一样的。毕竟咱俩之间，日子还长着呢，慢慢相处就好。"

李婉婉的这番话叫王咏炎是彻底放了心，他本就不是个爱惹事儿的孩子，只是担心李婉婉的到来会影响到他原本平静的生活，如今吃下了李婉婉给的这颗定心丸，心情更加好。他忙笑着说道："若真是这样，那便太好了！"王咏炎说着，还立时往阎芷凌那边望去，乐呵呵的样子好像在说，"看来姨母是多虑了，婉姨确是个很好相处的人。"

可他也是个有脑子的人，这种话自然不会当着李婉婉的面讲出来的。

阎芷凌一见王咏炎的模样，便知道她费尽心思在王咏炎心里打的结，已经轻而易举地被李婉婉给解开了。心里十分不爽利，正想着后面该如何做，李婉婉却又发话了：

"至于阎姨娘，你既然是咏炎的姨母，和我自然也是一家人，听闻你是家中出了变故才到了我们家来的。之前老爷的身份尴尬，耽误了你的婚事，如今既然我来了，阎姨娘便放心吧，我定尽心竭力，早日给你找个好归宿的。"

阎芷凌听到这话，气得差点儿没把自己的嘴唇给咬破了，脸上青一块红一块的，难看得很，却只能打碎了牙往肚子里咽。

毕竟她一个尚未婚配的女儿家常年住在自己前姐夫家里，之前虽然她姐姐过世，但还有王咏炎这层关系，别人倒也不好说什么。如今李婉婉既然已经进了王家做了当家主母，她在王家的身份就显得十分尴尬了，若是还要当着李婉婉的面说自己不想嫁出去，那便是其心昭昭，怕是连王咏炎也不会站在她这一边了。原本就怕李婉婉在王家站稳了脚跟后针对她，她才这么积极地挑拨王咏炎和李婉婉之间的关系，谁知道李婉婉竟然这么早便搞到她的头上来了。

阎芷凌想着这些，一双手却在桌子底下狠狠地捏着袍子，离得近些的人，甚至能听到衣料摩擦的声音。但嘴上却还尬笑着说道："那就多谢夫人垂怜了。"

李婉婉又岂会看不出来阎芷凌这笑容中到底真假几分？她只是一概不理，依旧春风拂面地说道："阎姨娘说的哪的话？听闻我来之前，都是你在尽心竭力照顾咏炎，我虽非他生母，但也喜欢这孩子懂事、细心、有见识，忍不住想要多疼他些，想来也都是阎姨娘的功劳。若能在你的终身大事上尽些心，我们咏炎心里也自然高兴，咏炎高兴了，我和老爷自然也就舒心了。”

王咏炎没想到李婉婉竟还想了这么多，立时又感激地朝李婉婉看了过去，心里对李婉婉的好印象加深了不止一倍两倍。

倒是阎芷凌吃了一大惊。好厉害的一张嘴，竟然几句话，就把她阎芷凌彻彻底底地划在了王家之外，而她李婉婉才是王咏炎和王晋昇的亲人。这样想来，她倒是当真低估了这位年仅十八岁的新人了。

李婉婉说到这里，忽然面露困意，似觉不雅，便只是提起帕子遮住口鼻来了这么一下哈欠。

王咏炎是个细心之人，忙站起身来说道：“时辰也不早了，咏炎便不在此叨扰婉姨，先行告辞了。”

王咏炎提出要走，阎芷凌自然也不能继续待着，只得起身也跟着走了。

【8】

出了李婉婉的永安居后，王咏炎似心情大好，当即便要与阎芷凌道别，回自己的永仁居歇息：“今日多谢姨母陪我来这一趟，姨母也先回去安置吧。”

阎芷凌面冷若霜，随口说道：“咏炎这下放心了？”

王咏炎立时点了头笑道：“没想到婉姨竟是这样爽快之人，咱们当初真是以小人之心度君子之腹了。”

“你当真信她能够说到做到，言而有信？”阎芷凌立时又道。

这倒是叫王咏炎一下子愣住了：“姨母这是何意？”

阎芷凌哼笑一声，继续说道：“我倒觉得，她刚刚席上一番言论，表面上处处大方得体，为你我二人着想，实际上却是狼子野心，其心险恶！”

王咏炎被阎芷凌说得目瞪口呆，根本就不敢相信：“不会吧，先不说婉姨特意叫人打听了我的饮食习惯，请佟叔来做了锅盖面给我吃。就说她不想打扰我们王家原本的宁静和安定，免了我的晨昏定省，还要为您则良偶、定归宿这些事儿，难道不都是为了咱们好吗？姨母这样背后说人家，在我看来，倒是有点儿——不够光明磊落！”

王咏炎说话的时候，一脸的不屑，话说完了，甚至把身子别到了一边去，不愿再多看阎芷凌一眼了。

“你们王家？咏炎，你要知道这个世上，谁才是你的亲人。你父亲虽是你的血亲，可你终究是从你母亲的肚子里面出来的，我与你母亲一母同胞，又岂会没有那李婉婉为你着想？你仔细想想，不尊父母，是何等罪名？”

王咏炎皱了下眉，随即说道：“当乃不孝，而罪莫大于不孝，是会影响仕途的。可这又和婉姨刚刚那些话能扯上什么关系？”

阎芷凌又哼笑一声：“你还不明白吗？她如今好言相说，叫你不必遵守晨昏定省的规矩，却也不直接说叫你一定不必来，而是叫你想来便来，不想来便不来，你若真的中了她的计，没有日夜过来，将来你父亲回来，她随便吹个枕边风，你这个不孝的罪名，还跑得了吗？”

“这——”王咏炎立时吓了一个踉跄，随即又摇了摇头道，“不会的，婉姨不像是这样的人啊。”

“哼！”阎芷凌立时又道：“你心思单纯，凡事不愿往坏处去想，觉得她不像是这种人，也是情有可原，可姨母身为你眼下最亲的人，必定要凡事多为你想一步，我倒觉得她李婉婉像极了会有这种心思之人。不然你以为她为何急着要谈我的婚事？”

王咏炎一听她又扯到了她自己的婚事上头，立时又不解地问道：“难道不是因为姨母如今已经二十有五了，若是再不谈婚论嫁，以后怕是更难了吗？”

阎芷凌听到这话，差点儿一口老血吐出来，随即又哼笑道：“你这孩子，你以为姨母一直未嫁人，是因为嫁不出去吗？还不是怕你一个人在家里受欺负，才一直陪在你身边的？”

本以为王咏炎会像从前那般感激涕零，立时又站回到她这一边，结果王咏炎却依旧不解地说道：“姨母这样讲，咏炎便越发不懂了，从前我与父亲相依为命，家中并无其他女主人，父亲不在时，我便是府中位分最高之人，谁人敢欺负我？姨母之前的担忧，又从何而来啊？怎么竟把您的婚事被耽搁一事怪在了我的头上？”

阎芷凌自觉失言，立时改口道：“那如今呢？如今来了个李婉婉，姨母若不在你身边，谁来给你撑腰呢？你当她为何这般好心，急着帮我张罗婚事？她是想先赶走了我，再专心对付你啊。”

“对付我？我与婉姨无冤无仇，也并未反对过她进家门，婉姨又何必要对付我？难道就因为姨母之前所说的，瞧见了我，就会想到父亲对我母亲的神情？可我瞧着，婉姨也绝非这样的人啊。”

阎芷凌从未有过像现在这般和王咏炎如此难沟通的时候，简直有点儿想要撇下王咏炎自己单干的冲动。

可想了想王咏炎的重要性，她又忽然站直了身子，哼笑一声道：“现在或许会相安无事，可若是她怀了身孕呢？你父亲比她大许多，你又是家中长子，若是她日后生下儿子，你觉得自己又该如何自处？她又会如何待你？你们本就该是水火不容的关系啊，咏炎。”

王咏炎听到这里，心里也开始有些担忧，可他想了一会儿，却单手一背道：“姨母为何总要将我拉进这些钩心斗角的勾当中？先不说我的这位弟弟尚且没有踪影，就算以后婉姨真的生下他，我也会好好待他，让他感受休戚与共、肝胆相照的手足亲情。至于家产不家产，以后各凭本事，相信我父亲也不会有失偏颇的。”

王咏炎说完这话，便又给阎芷凌行了个礼道：“姨母还是早些回去歇息吧，咏炎这便先走了。”

茑萝瞧着王咏炎的背影，小心翼翼地向阎芷凌问道：“小姐，没想到那李婉婉竟这般厉害，三言两语就离间了您和少爷？”

阎芷凌并没有说话，而是一直微眯着眼睛盯着王咏炎的背影在看。

王咏炎的步子迈得很大，一开始右手一直端在身前，走了几步之后，又把右手垂在身侧，两只手又开始无处安放起来，步子也越来越快，没一会儿就消失在阎芷凌的视线中了。

阎芷凌嘴角微微一翘，哼笑一声便转身走了。

【9】

李婉婉正坐在饭厅中揉着太阳穴，门房上的豆蔻便匆匆进来回话。

“夫人，少爷和阎姨娘已经走了。”

“是直接走的，还是待了一会儿方走的？”李婉婉随口问道。

“门口待了一会儿方走的，开始的时候少爷心情还不错，只不知阎姨娘和他说了什么，分开的时候，像是心情不大好。”

李婉婉揉着太阳穴的手稍稍一顿，缓缓睁开眼睛思夺了片刻。

“知道了，去忙吧。”

说完，李婉婉便也站了起来，准备往自己的卧房走。

小小立时伸了手过来扶着，顺嘴问道：“夫人，这阎姨娘明摆着从中作梗，夫人真要以德报怨，给她张罗亲事？”

李婉婉哼笑一声：“要，当然要。穗娘娘，明天就把消息放给全县的媒人，这件事儿可得尽心地办呢。”

沅穗含笑点了点头，道了声“是”。

李婉婉行至卧房门口时，又回头对小小说道：“对了，今日醋坊季姑姑受了点儿皮外伤，明天一早，就把咱们从家里带过来的疗伤药送过去一些，另外再送些补身子的汤过去，切忌荤汤。”

小小连连点了几下头之后，又有些不情不愿地说道：“还从咱们私账上走？”

李婉婉偏头瞧了小小一眼，点了点头。

小小便立时有些不乐意了："夫人来了王府不过两日，私账上便走了五十斤红罗炭，如今又要给人送汤送药的，家里头给您的嫁妆是厚得很，可照这样下去，不出一年，也是要见底的。这哪里是他们王家娶媳妇？分明是掉了个财主进来。"

"小小！"

小小话还没说完，沅穗便吼住了她，同时朝着身边正在掌灯的锦葵扬了扬下巴，小小也便不再出声，独自走在前头给李婉婉铺床去了。

【10】

一宿无话，又到天明。

李婉婉起床梳洗的时候，便见小小兴高采烈地端着一箩东西进来。

"夫人，你说管叔的耳朵是不是长在了咱们的院墙上？昨天刚刚讲了月例的事儿，今天一早，他便派人把月例给咱们送来了。"

李婉婉瞧了那一箩小盒子里装的银子，又朝窗外正在忙活的锦葵望了一眼，哼笑一声道："只怕这耳朵还是个会走路的呢。"

小小一听这话，立时也明白了什么，心里不大自在地说道："吃里扒外的东西！夫人，要不要小小把她打出去？"

李婉婉又朝锦葵望了一眼，嘴角微微翘着说道："先放着吧，免得打草惊蛇。"

没一会儿，李婉婉的早饭便送了进来，都是她平时爱吃的。

可是这会儿瞧见，李婉婉却直接一脸嫌弃地说道："都端出去吧，换些清淡的过来，以后半月之内，都不要肉了。"

小小吃了一惊："夫人，这些东西你吃腻了倒也有可能，可是怎么连肉也戒了？是不是哪里不舒服啊？"小小说着，还要伸手去捡个炸肉丸吃，结果被李婉婉一把拍掉。

"不光我不吃，你也不能再吃了。"

"啊？夫人，小小若是有什么事儿做错了，您尽管打我骂我，为何不让小小吃肉啊？"

李婉婉瞧着小小那天都要塌了的神情，不禁叹了口气道："如此，确实为难你了。那半月之后我进醋坊学工的时候，就不带着你好了。"

"进醋坊学工？要去多久？"小小立时来了兴趣。

"学成为止。"李婉婉想也不想就道。

这可叫小小吃了一惊，立时又问："可是一直待在里面不出来的那种？"

李婉婉点了点头。

小小缓了一会儿，才又道：“既然是这样，夫人又怎能不带着我？小小怎能放您一个人在里面生活呢？”

“你若想去，那便随我一起戒酒戒肉啊。”

“这——”小小又开始犹豫。

李婉婉便叹了口气，转身无奈地道：“哎，从小一起长大有什么用？亏我把某人当成亲姐妹一样看待，可我在人家心里却连一碗肉都比不过呢。”

小小一听这话，急得都快哭了。

“夫人，您快别这么说了，不吃肉就不吃肉吧！总该不会是一辈子都不吃了吧？”

李婉婉倒是也没想过这个问题，忽然愣了一下，随即又道：“应该——也不至于吧，那就说好喽，半个月戒酒戒肉，和我一起进醋坊学工？”

“夫人，少爷来给您请安了。”外面有人喊道。

李婉婉禁不住朝小小看了一眼，随即又不解地看向窗外道：“这孩子？难道还真对我这个继母有点儿感情了？”

等李婉婉来了前厅，瞧见王咏炎的时候，却是吃了一惊。昨夜瞧见的时候，还是风清气爽，渐入佳境，今日一瞧却是颓丧了许多。

“咏炎这是怎么了？是不是哪里不舒服？”

王咏炎原本呆呆地坐在椅子上，一听见李婉婉的声音，便立马站了起来问好：“婉姨万福。”但他说话时的眼神十分闪躲，说完了之后又立即低下头去，再不看李婉婉了。

李婉婉眉心一皱，随即走上前来笑道：“你这么早来，可用了早饭了？若是没用，刚好我正要用，就和我一起用吧。”

王咏炎立时摇了摇头道：“不用了，咏炎刚刚来之前已经稍稍用过。既然婉姨要用早饭，那咏炎便不打扰了。”王咏炎说完，便匆匆告退了。

弄得小小一脸懵懵地瞧着王咏炎的背影说道：“夫人，少爷今儿这是怎么了？好像被什么吓破了胆似的？”

李婉婉也盯着王咏炎的背影瞧了一会儿，禁不住哼笑一声道：“看来，是得把那个鬼再看牢一些了。”

“呃？夫人说什么？”小小不解地问道。

李婉婉却换了话题，随口问道：“穗娘娘可把咱们要给阎姨娘求亲的消息放出去了？”

小小点了点头道：“嗯，一大早便已经派人分头去办了，还说了会有咱们王家置办的丰厚嫁妆，重赏之下必有勇夫，想必用不了多久，永馨阁的门槛都要被人踏平了。”

李婉婉闻言，哼笑一声，又道：“走吧，用过饭之后，随我上街逛逛，好熟悉一下这边的风土人情。”

【11】

和上次去醋坊不同，这次两人为了安全起见，是穿着男装出门的。

原以为李婉婉是真的要出来了解风土人情，小小还带了个好大的包袱，想着买点儿什么喜欢的，顺便再给沅穗也带一些。

结果李婉婉却带着她净往醋坊钻，走了大半日，蹭了一身的酸气，弄得小小自己都开始嫌弃自己，一路抱怨道："公子，说好了了解风土人情，您却净往醋坛子边上走，要知道是这样，便叫穗娘娘陪您出来好了。"

可李婉婉却一点儿反应都没有，自顾自地说道："若论醋味儿，美醯居当属魁首。可若论醋坊规模，其他的一些小作坊暂且不论，整个清徐却只有三家美醯居分店，而益延庆的分店却有八家，这到底是为何呢？"

李婉婉百思不得其解，便随手拉了一位路人问道："这位大哥，平时可喜欢食醋？"

路人上下打量了一下李婉婉主仆二人的穿着，随口说道："这位小哥不是本地人吧，在我们清徐，甚至几乎家家都有醋坊，又怎么会有人不喜欢食醋呢？"

"家家都有醋坊？那你们平时可会上街买醋？"

"自然是会的。虽然我们自己也酿醋，但味道终归不如大醋坊的好，家中有讲究醋味儿的，便会上街买醋。不然这益延庆和美醯居的生意又怎么会这么好？"

李婉婉点了几下头后，当即又问："那您平时买醋是会去益延庆还是美醯居呢？"

路人像是觉得李婉婉问得太多了，随即又打量了李婉婉一会儿，才又问道："小哥缘何对醋这样感兴趣？"

李婉婉忙解释道："不瞒您说，我自幼喜欢食醋，听说山西老陈醋乃天下第一醋，便慕名而来，准备买一些回去尝尝的。"

"那你可找对人了。你且听我说，若是你要买回去送亲朋好友，自然是益延庆的名气大一些，毕竟是五百年的老字号，背后又是个官字头，拿回去送人也有面子。但你要是对醋味儿很讲究，那就建议你带些美醯居的五十年醋膏或者三十年醋膏回去，若是实力不允许，带些三年陈酿也好。"

一听这话，李婉婉的心里立时得意起来，随口又问道："这美醯居的醋当真有你说的这么好？可我瞧着益延庆的排面更大，分店更多啊。"

"哎，这你就不知道了。在我们当地，遇上人生四大喜事，谁家的席面上都要摆上一瓶美醯居的。益延庆这种店，也就是骗骗你们这些外地人罢了。至于店面，所谓醋香不怕巷子深，益延庆是比不过美醯居受欢迎，才遍地开店的。有些人家菜到了锅里发现没了醋，便就近买了。若是换作平时，再远，也是要到美醯居去打上一瓶老陈醋的。"

李婉婉听了这话，一脸得意，谢过了路人之后，便随手揽过了小小的脖子说道："走吧，今儿高兴，请你吃大餐去。”

小小的两眼直冒金光，立时问道：“吃肉去吗？”

李婉婉立时摇了摇头道：“自然不，吃面！”

本以为吃面也还好，结果李婉婉竟带着小小走遍了整条街上的饭店和小摊位，而且刀削面、剔尖、擦面、揪片、河漏、拨鱼、猫耳朵、头脑等带荤腥的面一律不点，光是沾片子就点了十几遍，每次李婉婉都加了醋后尝一口，剩下的全部给小小解决。

小小虽是个大胃王，但耐不住山西人民淳朴大方啊，正常南瓜大的一碗面，一开始她还实实在在地全吃了，后来发现李婉婉去了一家又一家酒楼，便也不那么实在了，每碗面也只尝个一两口。

山西民风勤俭，上桌收碗的小伙计瞧见两人剩了大半碗面在桌上，难免还要骂上几句，声音倍儿大，分明就是说给二人听的。

李婉婉虽然若无其事，可小小是个脸皮薄儿的，一听这话，立马就灰溜溜地拉着李婉婉走了。

“公子，您若是再这样，那我可不跟着您了，您下次自己迼去吧。”

可李婉婉根本不理会小小，而是一个箭步过去，便在一个人特多的小摊位上坐了下来：“老板，一碗沾片子，要加多多的醋哦。”

小小这会儿听到“沾片子”三个字，就有点儿想吐，但是瞧着那些膀大腰圆的男子在李婉婉身边挤来挤去，心里又不放心，只得硬着头皮过去，将一个正要在李婉婉对面坐下的男子挤到了一边去，自己坐在了李婉婉的对面，可嘴上还是不情不愿地说道：“公子，就算我坐过来了，也别想叫我再吃了，真吃不下了。”

“放心吧，这次是给我自己点着吃的。”没一会儿，桌上便摆上了一份沾片子，李婉婉轻轻嗅了两下，有些不满意地说道：“老板，都说了要多加醋，怎么竟一点儿醋味儿没有？”

老板一听这话，便拿了一个醋壶过来又给那沾片子淋了些醋上去。

刚要转身离开，却被李婉婉一把拉住了手腕。

“老板稍等，给我瞧瞧您这醋。”说话间，人已经把醋壶盖子掀了起来，拿眼一瞧，那醋色淡的，也不知是添了多少水，“老板，您这醋可不怎么实诚啊。”

小小一听这话，便也接过醋壶来闻了闻，却是一脸纳闷儿地说道：“这不是和刚刚几间酒楼里差不多的醋味儿吗？”

老板倒也不遮遮掩掩，随口说道：“世道艰难，生意难做，况且这是免费调料，就是这么个操作。您要是愿意多掏钱，好醋也有啊。”

李婉婉眉梢一挑：“哦？要加多少钱？”

老板随手又从案底拿出两壶醋来：“益延庆一钱加一次，美醯居三钱加一次。”

李婉婉大惊：“老板你休要唬我，我刚刚去过益延庆和美醯居，益延庆的醋价分明比美醯居要贵些，怎么到了您这儿，却是正好相反了？”

话音刚落，旁边一个吃面的小哥便已掏出三文钱拍在了桌上：“老板，加点美醯居。”

而且不止他一人，周边来吃饭的很多人都拍了三文钱在桌上，要美醯居的醋。

老板忙着去做生意，便敷衍地解释道：“醋坊便宜你便到醋坊买去，在我这儿就是这个价，爱买不买吧。”

老板说完，便端着美醯居的醋壶给其他客人加醋去了。

瞧着李婉婉依旧有点儿不甘心，身边的一位大哥忙给她解释道：“这位公子也别犹豫了，益延庆的醋壶里都是加了水的，你就是花了这一文钱，也还是吃不到纯醋。要想这顿饭吃得好些，就还是要加美醯居。”

李婉婉大惊：“既然益延庆的醋壶里会加水，大哥又如何确定美醯居的醋壶里不会加水呢？”

这位大哥呵呵一笑，继续说道：“小哥怕是不常来我们清徐吧？美醯居一向注重回头客，所以和采买他家醋的商铺签订了极其严格的契约，若是发现谁家在醋里掺水，轻则取消折扣，重则终止契约。所以一般的商贩是不敢在美醯居的醋里做手脚的。”

李婉婉恍然大悟，随即又问道：“原来如此，不过难道你们都不觉得为了一口醋多花这些冤枉钱，很不值吗？”

大哥又笑了：“我们山西人无醋不欢，且又极重诚信。多加三文钱能吃一顿放心饭，又有什么不值的？”

大哥说完，便就端着自己的面到一边坐下，随即也拍了三文钱在桌上，找老板加了美醯居。

李婉婉这会儿心里得意，冲着小小直挑眉，却是看得小小云里雾里的，忍不住可怜巴巴地问道：“公子，您今天到底是出来干吗的啊？”

李婉婉却也不回答，而是一直低头傻笑道：“还不快交钱给我加上咱们美醯居的醋，我都饿了。”

吃过饭后，李婉婉终于满足了小小的心愿，带着她去街上买东西，两人一直逛到申时三刻才晃晃悠悠地回了家。

小小还对买到的东西颇有微词。

“夫人，要说这清徐的东西和咱们镇江的是真的没法比，颜色土里土气不说，种类也少得可怜。吃的东西倒是还丰富，只可惜咱们又不能吃肉。”说着，便又端起了自己一路捧回来的一盆朱梅，微笑着说道，“还好遇见了这盆朱梅，从前小姐就最喜欢梅花，小小还一直怕您到了这边后会不适应呢。”

两人正要往永安居走，树丛里却忽然跑出个人来，吓得李婉婉和小小差点儿叫出了声。

“夫人莫怕，是奴婢。”

李婉婉闻声缓了缓心神，摸着胸口往来人看了一眼。

“卷丹？你怎么好端端地躲在树丛后面？”

卷丹立时答道：“回夫人，是穗姑姑叫奴婢在这边等着夫人回来，说是家里来了猛兽，叫夫人先到别处躲躲，等猛兽走了，再派人去唤您。我怕旁人瞧见我傻站在这儿奇怪，便干脆躲到树丛后面去了。”

李婉婉闻言微微翘了下唇，随口说道：“知道了，你便去和你穗姑姑说，我先到永仁居去了，只别叫旁人听见了。”

等到卷丹走了，小小才怕怕地问道：“小姐，好端端的，猛兽怎么会跑到咱们院子去呢？”

李婉婉一边往永仁居走，一边咯咯笑了两声：“你说是为什么呢？”

小小愣在原地猜了没一会儿，才发现李婉婉都已经走远了。忙又追过去说道：“夫人，难道这猛兽不是真的猛兽，而是人？不然咱们王家守卫这么森严，怎么会有猛兽给放进来？”

【12】

王晋昇的住所和王咏炎的永仁居其实只是隔了一条石子路而已。

李婉婉没和小小说几句话，便已经到了永仁居的门前。

小小探头往永仁居大门里望了一眼，立时皱眉说道：“奇怪，这个时辰，少爷的门前怎么连个把门的都没有？”

李婉婉却已经迈脚进去了。

“到底是因为什么，进去看看便知道了。”

结果一路走过去，也没瞧见一个下人，这倒是让李婉婉大为吃惊，难道堂堂王家独子，竟然也会受下人欺凌？还是这些人因为她来了，以为王咏炎会就此失势，才会这般怠慢的？

这样想着，李婉婉的脚下一滑，却不小心踢到了一个不知道谁放在院子中央的铁皮戳子，发出了一声“咚”音。

“是谁还没去用晚饭吗？”

王咏炎的声音从屋子里面传了出来，紧接着，屋子里又传出几声脚步声，没一会儿，王咏炎便从里面开了门，瞧见李婉婉的时候，却是大吃一惊。

“婉姨？”

李婉婉倒忽然有种做贼被抓了包的感觉，立时站直了身子，有些不好意思地说道：“未经通传就硬闯进来，吓到你了吧？”

说着，她还又扫了一眼周围继续说道：“不过，也确实是因为实在没瞧见旁人，所以才直接进来的，咏炎便念我是初犯，莫要怪我吧。只是不知你这院子为何如此清静，连个伺候的人都没有？”

王咏炎这会儿也从惊奇中缓过神来，立马解释道：“婉姨莫要怪他们，我向来觉得有手有脚，能自己完成的事儿就不必麻烦旁人，这会儿刚好是晚饭时间，所以就叫他们都用饭去了。”

王咏炎说完，又有些犹豫地看向李婉婉问道：“不知婉姨可用饭了？若是没有，刚好我屋里摆了饭桌，不如——一起用些？”

王咏炎说完这话，心里十分忐忑，若是平常知礼人家，像李婉婉和他这样的关系，听到这种话，该是找个理由离开才是正常举动，所以王咏炎已经在心里想好了要如何送李婉婉出门了。

“好啊，正好我刚在外头跑了一天，正空着肚子呢。”

李婉婉说着，便大步往王咏炎的屋子里走了。

弄得小小一脸蒙，看了看永仁居的大门，又看了看已经走远的李婉婉，不敢相信地小声嘀咕道：“这个姑奶奶又是在闹哪样啊？不是刚刚吃了一大碗沾片子的吗？”

李婉婉进了王咏炎的门，便一屁股坐在了榻上，往小饭桌上的吃食瞧了一眼。

王咏炎没想到李婉婉竟然直接答应留下吃饭，瞧着她这会儿一身男装，就连落座的动作也像个男人一样，单腿踩在榻上，盯着自己的小饭桌看，忙结结巴巴地说道：“不知道婉姨要过来，还没准备碗筷，我这就叫人——”

王咏炎本想转身叫人，却又突然回过身来，一脸为难地说道：“下人们都去用饭了，没人可以送上碗筷了。”

“无妨，正好刚刚在街上买了套餐具，洗洗就能用了。”

李婉婉说着，便朝着小小伸手。

小小眉头一皱，心里暗道：“刚买的时候一顿嘲笑我，这会儿用的时候倒又面无惭色了。”

随即从包裹里拿出那套餐具，胡乱地用茶水冲了一下，还是恭恭敬敬地摆在了李婉婉的面前。

李婉婉拿起筷子，便夹起了一个饺子，刚要蘸着醋吃，才发现味碟里面的醋已经所剩无几。

王咏炎这会儿还没摸清李婉婉的门路，立时又尴尬地说道：“因为我喜欢吃饺子，所以贪嘴了些。这会儿下人们都不在，却也没人帮着舀醋了。”

“无妨，刚好我们从外面带了一些回来，小小，加点儿醋。”

小小在背后白了李婉婉一眼，便又往味碟里加了点儿醋，因为这点儿醋也是她刚刚先三文钱五滴醋花了好长时间和老板讨价还价得来的。

当时李婉婉还嫌她丢人，在旁边一直唠叨叫她不要斤斤计较来的。

味碟里有了醋，李婉婉也便心满意足地吃起了饺子。

看得王咏炎一愣一愣的，忽然忍不住轻笑一声。

而这一声笑，却叫李婉婉和小小同时朝他看了过来，可他却还没有察觉。

“何事引得咏炎这般发笑？”

王咏炎被李婉婉问得嗓子眼一梗，立时不敢出声了。

李婉婉只得又慈眉善目地说道：“咏炎但说无妨，反正我今天过来，就是想和你说说话的。”

李婉婉说完，还又冲着王咏炎翘了翘嘴角，直接叫正盯着她看的王咏炎放松了警惕，忍不住说道：“也没什么，只是咏炎还是第一次瞧见有女子像您这样坐姿吃饭，而且餐具调料都自己带的。”

到这会儿，小小终于忍不住说道：“公子有所不知，这于夫人而言，不过是冰山一角，从前在家里的时候，活脱脱的街头一霸。外面的人，都以为夫人是个男娃来的。”

“噗——”王咏炎听到这里，忍不住又是一笑，随即说道：“就连婉姨身边的人，也叫咏炎长了见识，能够这样肆无忌惮地数落主子的不是，想来婉姨平时对她们一定十分仁厚。”

小小一听这话，忙缩到了一边不再说话了，她也是忍了很久，又听见王咏炎说到了点上，才打开了话匣子，但因为王咏炎的身份特殊，所以在他面前这样数落李婉婉，也不知道是不是应该，万一给李婉婉惹了麻烦，那可就是吃不了兜着走了。

可李婉婉却也没有嗔怪于她，只是冲着王咏炎招了招手说道：“别光站在门口了，这是你的院子，为何这般拘谨？眼下天凉，菜凉得快，还是快坐过来一块儿吃吧。”

王咏炎于是坐到了李婉婉的对面，却仍未拿起筷子，只是盯着李婉婉在看，看得李婉婉都不好装作感觉不到了，只得抬起头来也放下筷子说道：“嗨，看来想在你这儿躲会儿清闲，也并不是那么简单的啊。小小，拿上来吧。”

小小又是一脸蒙。又拿？一共只买了这几样东西，如今给穗娘娘带的餐具也拿出来用了，醋也拿了，就只剩下那盆朱梅和她给自己买的一块儿绣片，可那是她要留着给自己缝肚兜用的，总不能叫她把这个也拿出来吧？

于是她只得轻轻拉了拉李婉婉的袖口，小声问道：“夫人，到底还要拿什么上来啊？”

李婉婉偏头用余光瞧了她一眼，随口说道：“当然是那盆朱梅啊，难不成是你的绣片不成？”

小小的脸立时羞得通红，一边把那朱梅端起来往桌上一放，一边埋怨地说道：“夫人，您可太讨厌了，小小还是到门外去等您吧。”

瞧见那朱梅的时候，王咏炎也是一愣，半天只盯着那朱梅回不过神来。

李婉婉瞧见此状，便知先前打听的事情并无虚假，随即又笑道：“今早瞧见你气色不大好，如今过来，又瞧着你屋里太过素气，你如今正是心火旺、长身体的时候，屋子里摆些新鲜有活力的物件最好，故我在外头瞧见这盆朱梅，第一眼便想着带回来给你拿过来了。”

王咏炎这会儿已经眼角泛泪，似乎也不大知道自己到底在说什么，只随口说道：“您可知道，我母亲生前最爱何物？”

王咏炎说着，目光不禁又朝李婉婉扫了过来，继续说道：“就是这朱梅。”

可当他看清楚了李婉婉的脸时，才又忽然想到了之前阎芷凌和他说的话，立马又抹干了眼泪低头说道：“对不起婉姨，我不该在您面前说这些话的。”

“你很想念你母亲吧？”李婉婉忽然问道。

王咏炎猛一抬头，惊恐地观察着李婉婉的脸，却并没有看到一点儿怒色，于是也没说什么，又低下头去点了点。

“那就正好，你说你母亲最喜欢朱梅，而朱梅却不是山西应有之物，却在我出去的时候刚好遇见，又刚好带来给了你，这是你的母亲舍不得你，才借我之手，把这盆朱梅带过来给你的啊。以后你瞧见这盆朱梅，就好像你母亲陪在你身边，心里是不是就会没那么难过了呢？”

李婉婉这番话又叫王咏炎吃了一惊：“您不反对我想念我的母亲？”

李婉婉微微挑了下眉：“为何要反对呢？她是你的亲生母亲，你思念她是人之常情，我自己也是爹生娘养的，才来了这些天，便已经开始思念我母亲，又何况是你呢？”

李婉婉这话说得王咏炎好生感动，他忍不住便又哭了。

“婉姨，您真是个好人。”

两个人正说着，小小忽然又从外面进来了。

“夫人，穗娘娘派人来传话，说阎姨娘等不到您，这会儿已经离开了，恐怕她会往少爷这边来，叫您尽量回避一下。”

李婉婉闻言哼笑一声，又掏出帕子去给王咏炎擦了擦眼泪道：“好孩子，男儿有泪不轻弹，要是你爹瞧见你这样，该笑话你了。”说完，自己便站起身来说道：“好了，你这里眼见着也要不清闲了，我也该走了。”

李婉婉人刚走到门口，王咏炎忽然将她叫住：“婉姨为何执意要给阎姨娘求亲？”

李婉婉回过头来，在王咏炎的脸上打量了许久，才含笑说道：“咏炎不希望阎姨娘早日找到自己的归宿，有情人终成眷属？”

王咏炎忙摇了摇头说道：“那倒不是，姨母这些年尽心竭力地照顾我，我当然希望她也能遇到个知心人。只是若是姨母自己不愿意现在求亲，婉姨是不是也可以，不要勉强于她？”

李婉婉眉间隐隐露出为难之色，皱眉说道：“阎姨娘不愿意？可昨天在席上，也未见她表明自己不愿意啊？这可如何是好？如今阎姨娘要求亲的消息都放出去了，要是这会儿咱们再放消息说没有求亲这回事儿，一来会损了咱们王家的信誉，二来怕是对阎姨娘的名声不大好，以后她若是真想嫁，也只怕再难成事了。”

王咏炎虽然年纪不大，却也已经是举人出身，这点儿道理倒还是懂的，所以也不再为难李婉婉，给她行了个礼后说道：“如此，若是阎姨娘来找我，我便知道该怎么说了，婉姨慢走。”

李婉婉冲着王咏炎点了点头，便带着小小匆匆离开了。

时间错得刚刚好，几乎是她前脚刚走，阎芷凌就后脚进了王咏炎的院子，那走路带风的气势，甚至连脚边的落叶都给卷起来了。

李婉婉回到永安居时，橘香她们给阎芷凌续的茶都还冒着热气儿呢，瞧见李婉婉人进来，忙上前说道：“夫人您可回来了，永馨阁那位在咱们这坐了足足两个时辰，正主倒还没什么，身边那位茑萝忒讨厌，冲着我们指手画脚的，俨然一副她才是王家主母大丫鬟的模样，真是想想都有气。”

李婉婉还没说话，小小却先皱眉说道：“那你们也让着她？都且记着，下次这号人若再来咱们永安居，直接说夫人不在，拦在外头就得了。回头我再在院子里养条牧羊犬，谁要敢硬往里面闯，你们就把狗绳松了，咬伤了还是咬死了，概不负责！”

“小小，说谁是羊呢？”李婉婉觉得小小的火气太旺，及时出来断了她的话。

小小愣了一下，又立即改口道：“那就不养好了。”

“倒也不必，只是我比较喜欢松狮，摸起来手感好，看着也挺唬人，只不知道山西这边能不能找到？”

小小一听可以养狗，也来了兴致，随即说道：“如何找不到？若是山西找不到，便托人进京找去，想要对付猛兽，必得养条好狗才行。”

小小说着，还把阎芷凌坐过的垫子拿起来扔了出去：“锦葵，凡是今天她们动过的东西，一样都不留通通扔出去，免得后面惹上什么是非。”

于是众人又开始行动起来。

李婉婉也只是在旁边睁一只眼闭一只眼，等到大伙都收拾得差不多了，便伸了伸懒腰说道：“行了，今天在外头逛了这些时候，我也乏了，都歇着去吧，明日还有许多地方要去呢。”

后面几日，永馨阁依旧门庭若市，大小媒人纷纷上门，各色聘礼络绎不绝，阎芷凌想要闭门不见，却又像李婉婉之前所说，若是就此拒绝，传出去叫人笑话不说，以后她若是真斗不过李婉婉，便就连条后路都没了。要命的是王咏炎也不知道被李婉婉灌了什么迷魂汤，竟然和她一个鼻孔出气儿，还劝阎芷凌不要抗拒，认真挑挑，兴许就能找到终身伴侣。

气得她当场摔门而去，也只得趁着没人来的时候来永安居堵李婉婉，想请她解决了此事。

可李婉婉却总是不在住处，短短半月，把王家库房、厨房、浣衣房、账房、柴房以及各地的几个园子转了个遍，将王家的生意往来、内部运作以及各房管事儿的都摸了个门清，就是不着家。

阎芷凌来得早，她走得比阎芷凌还要早；阎芷凌走得晚，她回来得比阎芷凌还要晚，甚至还有一夜未归干脆住到了别的园子里的时候。

阎芷凌在永安居候了几天候不到她，便干脆自己也出去躲清静去了，说什么年下回老家，给母亲上坟。

如此，王家这根搅屎棍，总算是暂时给拔了，李婉婉也终于清静了几天，一晃，半个月便过去了。

【13】

这天夜里，正托着腮帮盯着桌上的红烛发呆的李婉婉，忽然向身边正在给她绣鞋样的沅穗问道：“穗娘娘，老爷走之前，说什么时候回来了吗？”

沅穗放下手里的绣样，回忆了片刻方道：“说是顺利的话，半月便能回来。算起来，也应该快回来了吧？”

说完，沅穗便又拿起手上的绣样，就着烛火绣起来，才绣了两针，线到了头，她便剪了线，又重新挑了根线开始对着烛火穿针，一边穿一边笑呵呵地问道：“夫人这是想老爷了？”

李婉婉嘟了嘟嘴，嗤笑一声道：“我想他这个新婚之夜招呼都不打一声就走的负心汉作甚？”

说着，便转过身来，接过沅穗手里的针线说道：“我来吧。”

沅穗瞧着李婉婉认真穿针的样子，眼角的褶皱向上翘了翘，禁不住说道：“换作从前，小姐要帮我穿针，我是绝对不会让的。现在不行了，现在我老了。”

话音刚落，李婉婉手里的线头便穿进了针孔，随手递给了沅穗，又不大高兴地说道：“穗娘娘怎么会老？在我心里，你永远年轻，永远都是我的穗娘娘。”

李婉婉说着，便从沅穗的手里把绣样扯下来放在了桌上，一头扎进了沅穗的怀里，抱着沅穗的腰又道：“永远都是这个味儿。”

沅穗轻轻拍着李婉婉的后背，一边回忆一边说道：“要是可以的话，我又何尝不想一直待在小姐身边呢？从我家里遭了难，相公和两个儿子被洪水冲走，老夫人就叫人又把我接回了李家，就这样一直服侍你到现在，你是我的主子，也是我的女儿。我这辈子唯一的盼头，就是你能有个好归宿，能有个知你懂你疼你的好人照顾你的余生。如今这一脚迈了一半进来，到底能不能遂了我的愿，也只有再观察看看了。”

原本李婉婉次日便要带着小小进醋坊学工，可管叔前来劝阻，说是年关将至，府上不可一日无主，请她等王晋昇回来，一起过了年再去不迟。

李婉婉想想也是，便留在家中主持相关事宜，说是主持，可她一个新媳妇，上面也没有长辈指点，哪里就懂得许多规矩了？不过是管叔说什么，她应允便是了。

可年下事务繁多，即便只是应允几声，李婉婉也是忙得不可开交，永安居从早至晚进进出出的人络绎不绝，总也落不得闲。

可眼见着除夕将至，王晋昇却一直不见踪影，说好的半月就回，如今已经一月有余，仍旧音信全无。

这天，李婉婉把管叔叫到了永安居，却只是叫他坐在一边，叫人一杯一杯地给他续茶，自己却在一旁看连环画。

管叔每次想要询问李婉婉把他叫来的用意，李婉婉便会冷声冷语地说道：“小小，管叔的茶碗空了，还不快给续上？”

要不就是：“小小，管叔的茶凉了，换一杯吧。”

逼得管叔满头大汗，本就是粗人一个，又没有帕子，只得用袖口不停地擦汗，却再不敢抬头看李婉婉，没有半个时辰，领口就已经湿了一片。

李婉婉瞧着管叔已经足够狼狈，才忽然哼笑一声道：“看来还是我这里的人手脚笨拙，没把管叔伺候好，瞧瞧，这寒冬腊月的，竟把管叔热成这样？”

管叔一听这话，立马站起身来低头哈腰地说道：“不不不，夫人这就吓死小的了。”

说着，管叔又抬起头来偷瞄了李婉婉一眼，却瞧见李婉婉正在瞪着他，立马吓得直接跪了下去。

“夫人，您有什么想问的、想说的，不如还是直说吧，小的多少也是上了些岁数的，再这样下去，怕是要给吓死了。”

李婉婉不禁又哼笑一声：“真是笑话，管叔都敢往我身边安耳朵，又怎么会胆子小呢？”

“这——”管叔一听这话，便以为李婉婉是在怪罪锦葵向他通传李婉婉和小小之间的谈话一事，立马解释道，“老爷走之前，确实有交代过，要时刻了解夫人的需求，不论何事，尽量满足。至于月例一事，确实是之前主母的位置一直空置，所以府上人一时也不知道该给夫人分多少月例，小的也是参照了从前那位的月例，多加了些，便立即送过来的。至于其他，实在是老爷不放心夫人初来乍到，会有诸多不便，才会特意叫小的多留意些的。”

管叔的解释和李婉婉之前的猜测其实大致相符，自从发现锦葵会向管叔通报一些永安居的事以后，李婉婉也叫小小多留意了锦葵，发现她每次从管叔那里回来，永安居里就会多点东西，也都是李婉婉喜欢的。所以对于锦葵这件事儿，李婉婉是根本不在意的，她今日想问的，其实是另外一件事儿。

“你还敢和我提老爷？我且问你，老爷到底去哪儿了？如何到现在都还不见人影？”

“这——原来夫人是在为这件事情担心？”管叔一听这话，倒像是轻松了许多，弄得李婉婉一脸的莫名其妙。

“你这个语气是什么意思？难道我男人新婚之夜突然出门，一月不归，我这个做妻子的，还不能担心一下？”

“夫人误会了，小的真的没有这个意思。”管叔立即解释道，但是表情却比刚刚轻松了许多，“只是老爷这十几年来出门办官差，归期向来不定，别说是一月不归，半年未归的时候也是常见，夫人也不需太过担心了。”

“不需要太过担心？你家主子那么久都不回来，你们都不担心？你还有良心吗？”李婉婉有点儿生气，她才和王晋昇相处了一个多月，就担心成这样，管叔可是伺候了王晋昇数十年的人，竟然说得这般云淡风轻的。

可管叔却还轻笑了一声：“夫人切莫着急，老爷一身本事，医术又了得，虽说不能起死回生，躲避一般伤害和危险的本事却是有的，再加上我那兄弟与曹宝两人从旁保护，能有什么事儿啊？如今尚未归来，许是中途有了什么变故，耽搁了些许时候，也是有的，但是绝不会有什么生命威胁的，夫人放心吧。”

瞧着管叔说得那么胸有成竹的，李婉婉都有些快被说动了，坐在一边将信将疑地问道：“你说这话，可当真？他王晋昇，就真有这么厉害？”

管叔立时点了点头道：“可不吗？”

随即就开始给李婉婉讲了王晋昇的各种英雄事迹。

“……最危险的一次，是老爷当年第一次办官差的时候，那一次朝廷答应北面扩大商贸点，北面为了感谢朝廷，派人送来一件稀世珍宝，总督大人委派老爷负责押送回京，结果北面首领的对头派人来抢，企图破坏朝廷与北面的联盟。当时护送队伍几乎全军覆没，老爷一人带着东西躲避贼人，听说后来是被一个小姑娘救了，才得以脱险。那一次，算是老爷这么些年，最惊险的一次了，不也成功完成了任务？而且还一夜之间威名远扬了呢。”

管叔兴致勃勃地说完，抬头往李婉婉那里一看，却发现她正发着呆，心里摸不透她在想什么，便试探性地问道：“夫人？”

“被一个小姑娘救了？在哪里，哪一年？”

管叔不知李婉婉为何这样问，却也并未多想，只实话实说道：“具体地点，我那兄弟倒也没说过，不过年头我倒是记得清清楚楚，是光绪爷十四年，那一年刚好是帝后大婚。所以北面才会特别送了一件大礼过来的。”

听到这话，李婉婉手中的帕子直接落了地，脸上的神情也更加扑朔迷离，吓得管叔以为自己又说错了什么话，忙又跪下说道：“夫人，您要是有什么不满意，不如就直说了吧，小的是实在猜不透了。”

李婉婉这才意识到身边还有人，缓缓地朝管叔看了过来，摆了摆手说道：“没事了，去忙吧。”

【14】

管叔走了之后，沅穗才走过来，帮李婉婉捡起了地上的帕子，担忧地问道：“夫人这是怎么了？”

李婉婉恍恍惚惚地扭过头来看着沅穗，似乎花了些时间才看清楚她的脸：“穗娘娘，你可知道十年前我来山西那一次，到底发生了什么事儿？为什么我最近脑子里，总会梦到自己八岁时的样子？”

沅穗眉心拧到一处，回忆着说道：“这我倒不是很清楚了，我虽是在你八岁那年被老夫人重新接回李家的，但你去山西时，我还在老家。只是听说当时送亲的时候，你的车马掉了队，你那远房表姑的婆家发动了全家之力也没找到你，结果三天后你自己出现在了她家门口，被发现的时候不省人事，可身上的伤口也都被处理过了。没过几天便痊愈了，只是受了惊吓，问你中间发生了什么事，你也再不记得了。”

李婉婉听着沅穗的话，回忆着自己这些天做的噩梦和刚刚管叔说的话，脑子里忽然有了一个不可思议的想法：“穗娘娘，你说我和老爷，会不会很早以前就认识？”

“很早以前便认识？”沅穗对李婉婉的说辞表示十分惊诧，很快便摇了摇头道，“应该不大可能吧，你是镇江人，他是山西人，即便你小时候来过清徐，也没那么巧当时就见过老爷，而且十年之后又在镇江相遇吧？”

李婉婉听到这话，也觉得自己的想法有些荒诞，因此便把这想法丢到了一边，拉着沅穗去忙别的事了。只是心里却一直有个疙瘩似的，总是犯着膈应。

好在王晋昇的书信在除夕那天被送到了李婉婉手里。

从信的落款上来看，大概是在出发几天后写的，因为各驿站信件积压，驿使繁忙，辗转近一个月才送到了清徐来。

大致内容便是事情有变，需要走更远的地方，归期未定，或许不能回来过年，问了王咏炎和阎芷凌好，特别问了李婉婉好。

李婉婉看完那封信，欲放回到信封里时，忽然瞧见里面还有样东西，便拿出来瞧了一眼。

一张樱草色的方硬纸下面坠着一条红色流苏，看上去，像是个书签。

小小在旁边瞧见，嬉笑着说道："老爷的功课做得实在太敷衍，连夫人是个不爱读书的都不知道，竟然送张书签给您。"

李婉婉却是勾唇一笑，轻轻将那书签放在鼻尖闻了闻，没有普通书签上的那种叫李婉婉觉得厌恶的油墨香气，而是散发着淡淡的醋香，而这种东西买是买不来的，必得是人亲手做的。

想到这里，李婉婉便又是一笑，随手将信封丢在一边，却将那书签夹在了自己最近一直拿在手上看的连环画里。

"谁说我不爱读书了，我以后便爱了。"

正说着，外面便有人来传话，说是阎芷凌回来了。

小小还有些不大高兴，嘟着嘴向李婉婉问道："夫人，她走都走了，您又何必自找麻烦，叫人去把她接回来呢？"

李婉婉还未及说话，沅穗便将小小拉到一边道："你呀，就只知道逞一时口舌之快，怎么不想想那阎姨娘是何许人也？那是先夫人的亲妹妹，是少爷的亲姨母。她若有家有室也便罢了，奈何又家道中落，无依无靠。老爷在先夫人去世之后，八年不曾再续，可见他对先夫人用情之深，自然爱屋及乌，对阎姨娘也照顾些。如今夫人嫁进王家，遇到这种事儿，两人的身份都尴尬，偏在这个时候阎姨娘离开王家回了老家，若是让她独自在外头过年，你叫外人怎么想，叫老爷回来以后会怎么想？到时候，谁还会记得夫人为阎姨娘的婚事不辞辛苦之事？"

沅穗说着，又伸手在小小的额头上戳了一下。

"你呀，年纪也越发大了，再不能像小时候那般做事不过脑子了，也该事事想在夫人前头才是。"

好在阎芷凌这次回来，也老实了许多，还主动上门来给李婉婉拜年，送了好些节礼，也再不到王咏炎那里说三道四，老老实实地待在自己的永馨阁里吟诗作对，请些未出阁的闺密来唠唠家常什么的。

偶尔也叫李婉婉过去坐坐，但李婉婉素来不喜欢这些附庸风雅之事，过去了也插不上嘴，只因为自己是当家主母，去会了一两次面，坐了片刻，便假说有事就走了。

【15】

如此拖拖拉拉的，到了正月十六这天，小小忽然从外面端了两套衣裳进来，一脸好奇地说道："夫人，门房刚送进来两件衣裳，说是美醯居的季妡姑姑派人送过来的。"

正仰在椅子上无聊地望着天的李婉婉，一下子从椅子上跳了下来，捡起其中一套衣裳展开一看，立时笑呵呵地说道："是醋坊的白衣。小小，进醋坊学工的时候，到了。"

小小一脸惊奇，眼珠滴溜转了两圈后方道："那个——不是说要等老爷回来以后，再去的吗？"

李婉婉这会儿已经迫不及待地捡了自己的衣裳换了下来，对着镜子照着，听小小提到王晋昇，随即冷哼一声道："管他呢？难道他一辈子不回来，我还缩在这个家里一辈子了？说得跟我嫁进来是为了他似的。"

小小又吃了一惊，一边跟在李婉婉身边，帮她束好了衣裳带子，一边问道："夫人这话说的，那您要不是为了老爷，您为了什么啊？"

"废话！当然是为了来他家学酿醋了！你忘了我的毕生心愿是什么了吗？"

收到了季姑姑送来的白衣，李婉婉一下子神清气爽了起来，也等不及到第二日，当天下午就把管叔叫过来交代了一番，到傍晚的时候，就迫不及待地拉着小小往美醯居去了。

见到李婉婉的时候，季姑姑却是一点儿都没惊讶，只淡淡地说了句："既然来了，就跟着望春去处所吧，以后她便是你们的师父了。"

小小每次见到季姑姑都有点儿怕怕的，这会儿听见季姑姑叫她们走，立马就要转身跟着望春姑姑出去，可是李婉婉却仍旧站在原地不动弹，还不屑地嗤了一声。

季姑姑瞧见李婉婉的模样，往丹田里沉了一口气，便冲着望春摆了摆手说道："先把小小姑娘带下去吧。"

等到两人走后，季姑姑才开口说道："可还有什么话要说？"

李婉婉也不等着季姑姑让，自己在墙边上的椅子上坐下，单脚踩在椅子上，痞痞地说道："姑姑可是记恨婉婉年节前打了您？"

季姑姑瞧了一眼李婉婉的做派，像是有些不入眼，却也不直说，只别过头去看着别处说道："夫人缘何这样想？"

李婉婉当即又道："若不是这样，那为何您做了老爷的师父，却不愿做我的师父？虽说我不愿拿夫人的身份压您，但难道在您心里，觉得我这个新夫人是好欺负的，所以才随便找了个人来敷衍我的？”

季姑姑却是轻笑了一声，这下也不管李婉婉的坐姿入不入眼了，只转过头来看着李婉婉的脸说道：“夫人觉得望春的位分没我的高，就可以称她为随便的什么人了吗？望春虽然小我两岁，但进醋坊也有二十五年了，比我在美醯居的年头还多了十余年，却也比夫人的年纪还要多了七年。

“她对醋坊的热爱，对酿造手法和程序的熟练程度可不是您说一句随便，就能随意抹杀和小瞧了的。”

“这——”李婉婉自觉自己刚刚失言，立时改口说道，“我当然不是这个意思，只是望春姑姑再厉害，难道还能有您厉害？婉婉只是想和技艺最高的人学本事，难道这样也有错吗？”

“哼！”季姑姑一副“孺子不可教也”的神色冷哼了一声，随即冲着门外喊道，“外面有谁在？进来一下。”

立时有一位白衣女工推门进来，瞧见李婉婉坐在一边，便先过来给李婉婉请了个安，随即又转向季姑姑问道：“姑姑有何吩咐？”

季姑姑瞧了那白衣女工一眼，嘴角忽然微微一翘，随口说道：“是彩女啊，正好，就带着夫人去你屋里歇着吧，以后她便跟着你了，不论何事，只要与酿醋有关，都可以使唤她去做——”

话还没说完，李婉婉立时皱眉说道：“姑姑，您这是蓄意报复我吧？”

可季姑姑完全不理会李婉婉，随即又道：“也不必在乎她夫人的身份，若是她有任何抵触情绪，便来告诉我，我会将她从醋坊赶出去，毕竟身为醋坊的掌事姑姑，这点儿权力我还是有的。”

“你——”

“怎么？夫人这便受不了，气得想走了？如今是否还想拜我为师呢？”季姑姑目光凛冽地盯上了李婉婉，倒是硬生生地把她肚子里的火气给压下去了。

不争馒头争口气，李婉婉忽然握紧了双拳咬着牙说道：“好，走着瞧，我早晚会叫您愿意收我做徒弟的！”

说完，便自己气冲冲地出了季姑姑的屋子，再要去找小小，哪里就找得到了？早被望春那个铁面罗刹给带到一旁管教起来了。

“夫人，夫人。”

彩女从季姑姑的屋子里面跟出来，生怕李婉婉一气之下走远了，一开始的声音还大声些，瞧见李婉婉时，便又担心起她的夫人身份，声音越发小声了。走到了李婉婉身边的时候，就直接缩在一边不敢出声，但又好像有什么必须要说的事情一样，总忍不住要朝李婉婉看上几眼。

李婉婉瞧着她那欲言又止的模样，也只得把心里的火气先压一压，随口说道："我既要进来学徒，就是要来学真本事的，既然季姑姑叫你以后带着我，你便是我的师父了，所以你也不用觉得我是王家主母，便对我低声下气的，直接称呼我婉婉就好。"

一听这话，彩女也是吃了一惊，可却还是不敢直呼李婉婉的名讳："这——夫人，小女怎么敢当您的师父啊？"

"哎呀，你怎么这么啰嗦？还是连你也和季姑姑一样瞧不起我？不愿意教我东西？"

彩女立时又吓得不轻，忙说道："不是的，夫人，小女怎么敢呢？只是小女——"

"不要小女小女的了，你是我的师父，你是小女，那我成什么了？"

李婉婉这会儿烦闷得不行，只想快点儿回到住所好好安静安静，于是气得转身就要往里走。

彩女抬头瞧见，忙在后面追着说道："夫人——夫人！"

"都说了要叫我婉婉了！"李婉婉有些生气，这个彩女一看就不怎么聪明的样子，季姑姑竟然让她来教自己，明显就是不想教她东西，想把她逼走。

由此，她便更生王晋昇的气，当初说好了嫁进王家，就让她来学酿醋，结果她们却百般刁难，而且这个人说好了半个月就回来，如今都快两个月了，却仍不见人影，留她一个人在他家醋坊任人欺凌。骗子！根本就是个彻头彻尾的大骗子！

李婉婉一时气愤忍不住，再加上彩女纠缠，便一下子将气都撒到了彩女的身上，吓得彩女又不敢说话了。

可瞧着李婉婉的脚马上就要踩了红线，彩女只得硬着头皮说道："夫——婉婉，现在已经过了酉时，醋坊规矩，不当值的人是不能随便在醋缸边上晃悠的，否则被当值的紫衣姐姐们撞见，会被扣分处置的。而且每个人只有一百分，每次犯错会被扣一分到十分不等，若是扣光一百分了，便会被赶出醋坊的。"

彩女说着，便小心翼翼地伸出手来拉了一下李婉婉的袖口说道："婉婉，我们还是赶紧回住所去吧。"

李婉婉立时想到了之前在院子里瞧见的那些没加盖的大醋缸，便往醋缸边上瞧了一下，果然瞧见有穿紫衣的女工正在捞冰，眼见着正要朝她瞧过来的时候，李婉婉立时退后一步，别过脸来拉着彩女问道："那你还愣着干吗？还不快带我回去？"

【16】

到了彩女的住所之后，李婉婉吃了一惊，因为偌大的一个屋子里，却并未瞧见其他女工。

“这间屋子，就你一个人住？”

彩女立时摇了摇头道：“只有紫衣姐姐们才可以享有一人一间屋子的权利，我们这样的白衣女工都是睡大通铺的。”

李婉婉听了，又瞧了瞧屋子里的摆设，倒像是还有别人在住的样子，立时又问道：“你刚刚不是说，过了酉时便不能再在院子里闲逛了吗？怎么还不见她们的人呢？”

彩女一边帮李婉婉拿出被子来铺床，一边说道：“白衣女工虽然是睡大通铺，但也不是所有的白衣女工都睡一间，我们是按照工种分房间的，而且还分为不同的等级，一个技能一个技能地向上学习，只有学会了所有的技能，才能升上紫衣女工的。我现在的等级，刚好就只需要一个人，又因为人手需要日夜轮换，所以还有一个叫青女的姑娘这会儿正在当值呢。”

李婉婉听到这里，也帮着彩女收拾起床铺来，随口又问道：“只需要一个人？那你到底是做什么工的？你知道美醯居的老陈醋是怎么酿出来的吗？”

彩女立时又摇摇头，甚至还有些不好意思地说道：“就连技能最多的紫衣姐姐，也未必就能熟悉了所有的工序，况且，我如今还在第一步苦苦练习呢。姑姑常骂我脑子不好，和我一起进来的姐姐们有的都已经进了酵场做工了，我却还在料场里推磨呢。”

“推磨？”

李婉婉也是酿过醋的，自然知道推磨是所有酿醋工艺里的第一步，当然，这是要把选料排除在外的，但在醋坊里，选料是外头人和管事儿的人的事儿，对于真正做事的人来讲，推磨就是第一步。

所以李婉婉这会儿开始严重怀疑彩女的资历了。

“那你来美醯居多久了？半个月？三个月？”

李婉婉的问题叫彩女十分尴尬，半晌，才偷偷地将原本按在床榻上的五根手指收回了三根来，喃喃地说道：“两——年。”

“两年？”

李婉婉简直不敢相信自己的耳朵，光一个推磨就学了两年，这样愚钝的人，季姑姑竟然叫她来当自己的师父？李婉婉这会儿已经认定了季姑姑就是在整她。

瞧见了李婉婉的神情，彩女立时也有些自卑了，又开始缩在一边不敢出声。

好在李婉婉很快发现了彩女的不对劲儿，立即反思了一下自己，忙安慰她道：“对不起师父，我并不是觉得——”

但是说到这儿，李婉婉又有点儿圆不下去。

不是什么？她甚至到现在都还觉得彩女不像是个聪明的人，又怎么能违心地去夸赞她呢？

于是干脆直接拍了拍彩女的肩膀说道："总之咱俩明日就一起努力吧！我努力让季姑姑认可我，你努力——升到下一个工位去！"

彩女倒也是个简单的人，被李婉婉这么一鼓励，立时也好像有了力气，当即就笑呵呵地去帮李婉婉打了水，两人洗漱了一番，便一起睡下了。

似乎才没睡了多久，李婉婉就觉得有什么东西在朝自己的脸逼近，隐隐约约地觉得是个人，因为对方的呼吸都打到她的脸上来了。

这样想着，李婉婉猛一睁开眼睛，果然瞧见两只黑亮的眼睛在离她只有一寸的距离上正盯着她看，吓得她尖叫了一声后，忽地一下便坐了起来。

对方似乎也被吓了一跳，忙也跟着叫了起来。

直到听到了对方的声音，李婉婉才反应过来，缓了缓心神说道："师父，你大半夜的不睡觉，偷偷瞧我作甚？"

彩女也吓得不轻，回话的时候声音还跟着颤抖着。

"夫——婉婉，不是我故意吓你，只是我当值的时候就要到了，季姑姑叫我凡事都要带着你，所以就唤了你几声，可却无论如何也叫不醒你，方才靠近了一些，想瞧瞧你怎么样了的。"

这话说完，门外立时传来了其他女工的声音。

"彩女，何故在屋子里尖叫？可需要我们帮忙？"

彩女立时看着门外摆了摆手说道："不——不需要了，已经没事儿了。"

门外便又传来声音道："那便快些出来吧，待会儿错过了夜点，又该饿着肚子做事了。"

李婉婉跟着彩女出了门，就瞧见隔壁的几间屋子门前，已经站了一排女工，望春姑姑手里提着一个箩筐，挨个给女工们分发食物，没什么新奇的东西，大概就是个窝头。

发到李婉婉的时候，望春姑姑忽然端出了一碟烧麦来说道："季姑姑说了，夫人是大家小姐，又是王家的当家主母，吃不惯粗粮，故特地叫人做了盘烧麦，您且慢用吧。"

不知道是不是因为李婉婉拒绝了和望春姑姑学习酿醋的原因，李婉婉总觉得望春姑姑说这话的时候，是话里带刺的。而且她这话一说出口，周边那些津津有味儿地啃着窝窝头的人都别过头来看着她，弄得她好生尴尬，脸羞得通红。

李婉婉碰都没碰那烧麦，随手从望春姑姑的箩筐里拿出一个窝头说道："我是来做学徒的，不是来当夫人的，以后不需要对我特殊照顾。"

说完，便直接在窝头上咬了一口，窝头并不像李婉婉从前在家里吃的那般是用面粉加上少量磨得细细的玉米粉，再添加细砂糖和蜂蜜还有果脯的那种餐后茶果，而是用高粱和荞麦粉混制而成，口感粗糙，于李婉婉而言根本很难入口。

可她却硬生生地当着望春姑姑的面，几口就吃完了。因为她心里知道，这个女人和季姑姑一样，都在时时刻刻准备看她的笑话，而她，绝对不能被人看扁了！

望春姑姑显然对于李婉婉的表现也十分满意，点了点头后，开口笑道："既是如此，那我便原话回复季姑姑吧，夫人慢用。"

望春姑姑一走，彩女便立时送了小半块窝头过来说道："婉婉，这个窝头好吃吧？再给你半块？"

"好吃？"李婉婉一脸的不敢相信，若不是瞧着彩女的表情是那般真诚，她都有点儿怀疑这孩子是在嘲笑她了。

彩女却立时点了点头道："嗯，我家是晋北的，第一次进醋坊吃到这个夜点的时候，简直都快哭了，因为在我的家乡，只有在逢年过节的时候，才能吃到这么好、这么软的干粮。而在醋坊，却是只要我能勤勤恳恳地工作，就每天都能吃得到呢。"

李婉婉一听这话，立时又朝前面的几个女工看去，见大家每个都吃得津津有味儿的，她的心里忽然一梗，下意识地问道："来醋坊做工的，都是穷苦人家出来的？"

"大部分都是吧。"彩女说着，又有些不好意思地笑着说道，"如今世道不大好，其实也并非所有穷人家的孩子，都有机会像我一样找到一份工来做，大部分女娃，有点儿姿色的，不是被嫁给有钱人家当了小老婆或者童养媳，就是被卖到有钱人家做了丫鬟。像我这样长相平庸的女娃，多半也是换到别人家里，给哥哥或者弟弟换个婆娘回来，总归是没了自由身。所以我特别感激美醯居，感激老爷，每年都会到我们晋北去选工，虽然能入选的人不多，但是如今这世道，能过去招工就已经不错了。"

彩女说到这儿，瞧见身边的人都走了，便忙拉着李婉婉说道："开工了，快走。"

【17】

等到了料场门口，李婉婉还顺便往后看了一眼，料场后面还有四间屋子，虽然上面有字，但天太黑，李婉婉根本看不清楚。

"婉婉，你快进来，像这样挡在门前，会碍着别人做事的。"

彩女说着，便要过来拉李婉婉进去，李婉婉便顺势指着那几间屋子问道："那边四间屋子都是做什么的啊？"

彩女一边将李婉婉拉进料场，一边说道："那是蒸房、酵场、淋屋和熏室，等我们完成了料场的练习，才可以按照次序逐个进去的。平时你可不要偷跑进去了，不然一旦被望春姑姑发现，轻则要打小腿，重则是要被赶出去的。"

彩女说着，又想到什么似的说道："不过你是夫人，你若去和季姑姑说自己想进去看看，应该也是可以的。"

李婉婉这会儿忽然很讨厌别人管自己叫夫人，于是突然很生气地说道：“都说了别再叫我夫人了，我就不信了，不靠夫人这个头衔，凭我自己的能力，走不到醋缸边上去？”

“彩女！你来了怎么也不赶紧过来换我？这样偷懒下去，什么时候能有资格走进蒸房啊？”

“哦。”彩女立时转身朝料场边上的石磨走去，李婉婉跟在她后面，只见一个和彩女长得差不多大也差不多高的白衣女子一脸疲惫地站在原地伸腰。

瞧见她的时候，还一脸惊讶地说道：“醋坊又招新工了？奇怪，往年不是开春才去招的吗？”

上次紫烟出事的时候，说话的青女在当值，所以并不认得李婉婉。

“不是——”

彩女忙要解释，李婉婉却上前说道：“嗯，我是今天新招进来的学徒——李婉婉，眼下跟着彩女师父，以后叫我婉婉就好了。”

“李婉婉？怎么听得这么耳熟？”

青女想了半天，实在想不起来李婉婉到底是哪个，便又笑着伸出手来拍了拍李婉婉的肩膀说道：“我叫青女，是这里的房长，好好干吧，不过你跟着彩女的话——”

青女话没说完，便又重重地拍了下李婉婉的肩膀，随即便又伸着懒腰走了。

李婉婉回头瞧了青女的背影一眼，随即问道：“师父，从你们名字上看，青女和你应该是一个时期进来的，而且她也不过就是个推磨的女工，怎么还好像很看不上你的本事似的？”

彩女这会儿已经开始往磨心加好高粱，开始推磨了。

听到李婉婉这样问，禁不住叹了口气道：“她当然有资格瞧不起我，她本来是有资格当紫衣女工的啊。可是不知道为何，马上就要晋升紫衣女工的时候，忽然自己退了下来，要回到料场来推磨，季姑姑可惜她的才华，便叫她做了我们料场的房长。算起来，我们这一屋子人的本事，都是她教的。”

彩女说着，便又低下了头，一边推着磨一边说道：“说起来我也真是笨，一起来的好友都已经做了房长，我却还在原地踏步。”

眼睁睁看着彩女的情绪越来越低落，李婉婉立时扶上了彩女手里的磨柄，冲着她微笑着说道：“师父，让我来吧，你把推磨的要领教给我，以后我来替你扬眉吐气。”

彩女一听这话，立时憨憨地笑了起来。

“嘻嘻，这倒是个好办法。”可是很快，她便又低下了头，脸上的笑容渐渐消失，“只怕我这个笨师父，会拖了你的后腿。”

李婉婉生怕她又开始说丧气话，忙开始推起了磨来，一边挂还一边说道：“不会的，我可是很聪明的哦。”

可是还没推两下，彩女就忙过来拉着李婉婉说道："太快了，太快了。你这样，是会影响醋味的！"

"影响醋味？"

李婉婉一脸莫名其妙地看着彩女，甚至还有点儿不服气地说道："推磨而已，怎么就会扯到影响醋味上了？"

彩女却是一本正经地说道："具体缘由，我也不甚清楚，只是醋坊的规矩上就是这样写的。而且根据我的经验，正常步子，五步一圈，一炷香的工夫刚好走六十圈，这样可以使每粒高粱都刚好分成四到六瓣，而且粉末也很少，对醋味影响就会很小。"

彩女正得意洋洋地说着自己的推磨心得，李婉婉却已经一脸的不可思议："刚好走六十圈，还刚好就能每粒高粱都分成四到六瓣？怎么可能呢？"

"怎么不可能？不信我来给你做一遍。"彩女说着，便从李婉婉的手上接过了磨柄，将磨上的这批高粱清理了之后，又数了五十粒高粱装进磨心后，一边开始稳定有节奏地推着磨，一边对着李婉婉说道："你来帮我看着香，看我是不是一炷香烧完，刚好走了六十圈，又刚好磨出了二百五十粒？"

说着，彩女便开始推起磨来。

李婉婉一边给彩女数着步数，一边瞄着那炷香，刚好六十圈到的时候，香头也掉下来了。

可李婉婉还是不敢相信，又立时上前去数磨碎了的高粱粒，果真是二百五十粒，而且不是近二百五十粒，也不是二百五十多粒，是刚刚好二百五十粒。

到这会儿，李婉婉简直目瞪口呆。

当即问道："你有这等本事，难道还不能说是已经把推磨学好了吗？为何还是一直停在原地升不上去呢？"

彩女一听这话，立时又像个泄了气的蹴鞠，又不说话了。

这时，身边一个一直在加水名叫阿丽的姑娘催促道："彩女，快着些，马上到寅时了，该泡下一批料了，不然该耽误蒸房的人做事了。"

李婉婉立时朝说话那人望去，只见那人面前两口大缸，一口缸里装的是她们现在正在磨的高粱，另一口缸里装的是豌豆，都是用水浸泡着的。

只听彩女叹了口气道："料场想要升上其他工种，必须要把推磨和泡料两件事情都学会，可我总是试不好水温，每次到了规定的时间，都交不了泡料，青女怕我再失误会被扣光分赶出醋坊，所以干脆不让我再做泡料的事了。"

阿丽听了立时说道："真是邪门，醋坊规矩，每两百斤高粱和豌豆，加上不冷不热的水一百斤，搅拌均匀后，泡上三个时辰就可以了。可是她试出来的水总是不对，经常到蒸房的人来领泡料的时候，不是把料泡得太胀就是还没泡开。青女不叫她再碰水，也是为了她好的。原本这个屋子里只需要一个人，就是因为她试不好水，青女才把我要过来帮忙的。”

阿丽说完这些，便就擦干了手说道：“我得先回蒸房做事了，你们动作快着点儿哈，不然待会儿来取泡料的姐姐，可就不像我这么好说话了。”

阿丽走后，李婉婉才若有所思地小声向彩女问道：“师父，你感觉不到水温吗？”

彩女双眼一怔，老半天才朝李婉婉看了一眼，慌慌张张地说道：“怎么会？这世间哪有人会感觉不到水温的？”

说着，她便又开始推起磨来，一边推还一边语气稍稍强硬地对李婉婉说道：“我虽然试水温总是试不好，但是要领我都是记得的。你去瞧瞧那边的沙漏，等到沙子全部漏到下面，就把两口缸里的高粱和豌豆都舀出来，打散后，在簸箕上堆成立形，待会儿蒸房的人会来取的。”

李婉婉知道彩女对她有隐瞒，却也并未挑明，只“哦”了一声，便去做自己的事了。

【18】

各道工序十二个时辰都不能缺人，除了料场的人只有两班外，其他屋子里都是三班倒，每隔四个时辰轮换一次，但也并不是时时刻刻都在做工，有些工种不过加加水、记记工时，看起来轻松，但却是个技术活，很多人就是因为技术掌握不好，所以一直卡在原地上不去，就比如彩女。

而像彩女这样的人，每道工序里都会有那么一两个。

李婉婉是个有资质的，彩女教了她要领之后，很快便能得心应手。只是推磨是个体力加技术活，她想做到彩女那样，还是要多加练习，想要一夜飞升也不现实。

两人一边说话一边干活，没一会儿也就天亮了。

“各房派人值守，其余人出来吃早饭了。”

彩女听到外头人传饭，忙对李婉婉说：“婉婉，你先去吧，我在这里看着，待会儿你再来换我。”

李婉婉原本是想再多练习一会儿的，可是她还不知道小小去了什么地方，所以也没有反驳，就直接出来了。跟着队伍一边去领饭，一边四处张望，寻找小小的影子。

“夫人！夫人我可找到您了。”

小小话还没说完，李婉婉就立时堵住了小小的嘴：“嘘！还有很多人不知道我的身份，别声张了。”

小小虽然一脸不解，但李婉婉既然不愿意声张，那便不声张好了，不然给沅穗知道了，又该骂她凡事不能想到李婉婉前头了。但她要开口的时候，又遇到了困难："既然不能叫夫人，那该叫您什么啊？"

李婉婉这会儿已经领了吃食，走到边上一边吃东西一边说道："就直接叫我婉婉。"

小小又吃了一惊，刚想反驳，李婉婉又威胁她道："你要是不听话，那你就回家吧，反正现在你在我身边也像不在一样。"

小小立时急了。

"夫——"瞧着李婉婉瞪她，又立马改口道："婉婉，可千万别赶我回去，我就算现在不在您身边，但好歹还在一间院子里，要是万一出了什么事儿，我也好有个照应啊。"

李婉婉没有太多时间耽搁，便也不和她周旋这些，直接问道："不说这个了，你先说说，你昨天晚上去哪了？"

小小大眼睛转了一圈，随即说道："望春姑姑知道我从前一直帮着小姐酿醋，说我有酿醋功底，所以派我去了酵场，做加水的工作。"

"酵场？望春姑姑竟然直接派你去了酵场？"

小小嘻嘻笑了两声，随即又道："毕竟我是跟着姑姑的，总该有点特殊待遇吧？对了，您应该是跟着季姑姑直接学整套工序了吧？"

小小问完这话，就觉得气氛特别不对劲儿，因为李婉婉的脸都快鼓成球了。于是又开始试探性地问道："难道季姑姑没有收下你？"

这会儿，李婉婉的身后忽然伸过来一只手，一把拍在了她的肩膀上："新来的，吃饭的时候麻利点儿，不要闲聊。吃完了就赶紧回料场换你师父，不然待会儿过了饭点，你师父又要饿着肚子做活了。"

说话的是青女，说完这话，她便端着饭碗走了。

李婉婉瞧着她的背影，又想到彩女说的关于她的经历，总觉得这个人的背后一定有什么故事。

"料场？非但没有收下你，反而还把你弄到最基本的料场去做事？这不是欺负人吗？这帮人就不怕老爷回来怪罪她们吗？"小小一时气愤，说话便大声了些，立时引得周围人朝这边看过来。

李婉婉立时白了她一眼，小声说道："提他作甚？我就不信，不靠他，我李婉婉不能在这个醋坊立足？你等着吧，用不了多久，我就会和你在酵场见面的！"

说着，李婉婉又啃了几大口馍，喝了几口汤，随即又问道："对了，你在酵场的时候，有没有发现什么特别的？我是指，和咱们在家里的时候处理得不一样的地方？"

小小仔细回忆了一下，随即说道："当然有啊，就比如他们用的原料是高粱和豌豆，而咱们用的是糯米啊。还有酒曲用的也不一样，他们只加大曲，但咱们还要先加药酒的。加水的多少也不一样。还有一些其他细节，大家都对于自己的口诀三缄其口，所以我也还没有比较出来。”

“好，那你再继续好好观察，下次发现什么新的特点，再来告诉我。”李婉婉说着，便站起身来又往打饭的人那边走去。

“婉婉，你这是干什么去啊？”小小有点看不明白。

“没什么，我要证实一件事情。”

李婉婉把早餐端回去给彩女，一进料场，她便笑嘻嘻地说道：“师父，我听说饭点马上就要过去了，所以就直接给你带回来了，你快趁热吃吧。”

彩女一见她把东西拿了进来，立马上来拦住了她道：“千万别进来，做事的屋子里面是不可以带东西进来吃的，要是被望春姑姑发现的话，咱们都要被扣分的。”

说着，彩女又回头瞧了一眼身后的漏斗，刚好这会儿不需要推磨，料也还没泡好。她便干脆坐在门前，准备吃饭。

李婉婉在边上瞧着彩女手捧汤碗喝得津津有味儿，随口问道：“师父，这汤是我刚刚打出来的，您都不觉得烫吗？”

彩女一听这话，立时又将汤碗放回到托盘上，忙尴尬地说道：“烫啊，当然烫了，只是我刚刚肚子太饿，所以才饥不择食的。”

说着，彩女又开始舀起一口汤，放在嘴边吹了好半天，才放在嘴里喝掉了。

李婉婉瞧见这个场景，有点儿不敢相信地哼笑了一声道：“现在是数九寒天，领饭的地方又是在外面，没一会儿汤就会凉的，即便是我从底下给你捞的汤，也勉强算是温热，怎么会烫呢？”

彩女一听这话，立时有些傻眼了，手里的汤也一下子洒在了地上，一脸惊恐地看着李婉婉，慌张得不知所措。

李婉婉瞧着她这副样子，便知道心里的想法是真的，立时将彩女拉进了料场。

一进门，彩女便直接给李婉婉跪下了。

“夫人，求求您不要赶我走，我要是被赶出去了，我家里人一定会用我去给弟弟换媳妇的，那样的话，我这一辈子就全完了！”

李婉婉还未及说话，青女就忽然走了进来，也跟着彩女一起跪到了地上。

“我就觉得您的名字耳熟。夫人，彩女虽然感觉不到温度，但若论推磨，醋坊里没有一个人能比过她的，还请您念在你们相识一场的分儿上，就留下她吧。我愿意把我工钱的一半分给她。只求你们留下她。”

彩女不敢相信地看着青女，随即说道：“青女，这怎么行？你家里也是一家老小等着吃饭，怎么能让你分给我工钱呢？”

“你别说话。咱们俩从小一起长大，又一起从山里出来的，我怎么能眼睁睁看着你再回去受罪？”青女说话的时候特别坚定，眼神里没有一丝含糊，看得李婉婉很是感动。

李婉婉忽然叹了口气问道：“你们如何就觉得我就会是个不讲情面的恶夫人？难道我家老爷不远千里，跋山涉水去把你们招进来，就是为了赶走你们的吗？”

“这——”彩女和青女一脸的讶异，并不知道李婉婉接下来要说什么做什么，只是呆呆地等着她发话。

李婉婉却蹲下身去把她们俩扶了起来，语重心长地说道：“放心吧，我有办法叫彩女能试出水温来。”

“夫人此话当真？”两人异口同声地问道。

李婉婉冲二人点了点头，随即又对彩女说道：“你有了这个毛病，该去早些医治，地方远，不方便也就罢了，如今醋医坊就在隔壁，又何必耽误了自己？你若是缺银子，尽管和我说，若是能将你的病医好，花多少银子也使得。”

彩女听得感激涕零：“夫人，您可真是个好人，是我的救命菩萨。”

李婉婉立时摇了摇头道：“菩萨算不上，我也是有私心的，你把你推磨的本事用心教教我，我的这点儿银子，花得倒也值了。”

原本青女出门的时候，是想帮着彩女把洒在地上的粮食清理一下的，可她出门的时候却发现门口已经干干净净，就好像什么都没发生一样，虽然心里有些疑问，可也都是猜测，愣了一下，便也没再声张，回去休息了。

【19】

当天休息的时候，李婉婉给苏芸河写了一封信，苏芸河曾经和她说过，他的叔父是张香帅的幕僚，曾在他的府上见过一种小玩意儿，能够测量温度，若是能够弄来一个，合理校对之后，拿给彩女用，该是正合适的。

两个月之后，苏芸河叫人送来了温度计，以及相应的使用说明，李婉婉立时找来彩女，帮她试了水温，从此彩女再泡料时，便再没出过差错。期间彩女也开始接受醋医坊的针灸治疗，身体虽没有很快像常人那样灵敏，但也已经开始慢慢恢复了。

正好新的一批女工也进了醋坊，彩女便升上了蒸房。青女也忽然说在料场待腻了，还是管理陈酿醋缸更好些，季姑姑便叫她做了紫衣女工，顶了紫烟之前的空缺。

如今偌大的一间大通铺，就剩下李婉婉和几个新来的女工一起，女工们不知李婉婉的身份，互相之间又都是相熟的，难免会将李婉婉孤立了起来。

这天轮到李婉婉休息，一个人坐在屋子里洗脚，想着自己忙活了好半天，似乎都是在给别人做嫁衣，心里难免有些惆怅。

当时壮志凌云说一定要让季姑姑刮目相看，如今竟然连个料场都出不去。想要人家看见自己的本事，也得有机会拿出真本事才行啊，人家连机会都不给你，你又能有什么法子呢？

想着想着，又想到了王晋昇身上。如今距离除夕收到信的时候，又过了两个月了，这次别说是人没回来，就连书信都没有一封。王家人又不着急，只有她自己干着急罢了。

想想也是无趣，便干脆拿起抹布擦脚，准备躺下睡了。

结果一只脚尚未擦完，门外就传进来一个声音："你倒是还安稳得很。"

话音刚落，季姑姑人便已经进来了。

李婉婉这段时间被她打压，心里已经老大不服气，这次见到她，也不像从前那般恭敬了，照样擦着自己的脚丫子说道："不安稳又能如何？难道还真要被季姑姑赶出醋坊不成？真要那样，到时候别说是醋坊，整个王家我怕也没脸待下去了吧。"

季姑姑瞧着李婉婉这不修边幅的动作和谈吐，禁不住又皱了下眉，终于忍不住说道："听说你还是个大户人家的嫡出小姐，怎么行事做派竟是这副德行？"

这满是嫌弃的口气叫李婉婉立时火了，将袜子往炕上一摔，一脚踩在水盆里，溅了一地的水花，却也全不在意地说道："姑姑瞧不上我就直说，不要老是拿我行事做派说事儿，我家里自小将我宠成这样的，不成？"

季姑姑望了望那一地的狼藉，禁不住又摇了摇头，又是一副"孺子不可教也"的模样别过头去说道："我只问你，你到现在还觉得，一定要和我学，才能真正学到东西吗？"

李婉婉刚想点头，但是想到彩女的本事之后，她便忽然眉毛一拧，心里忽然揪了一下，好像一下子明白了季姑姑的用意。

"姑姑是怕我心气浮躁，好高骛远，所以才把我送到彩女这里来的？"

"哼！"季姑姑脸上总算带了点儿笑意，"总算是说到点子上来了。你便继续说下去，让我听听你的理解吧。"

李婉婉听到季姑姑承认了，便又开始说道："姑姑觉得我是富家小姐，便先入为主，以为我只是觉得新鲜，想来玩玩的？再加上我那日不满您叫望春姑姑带我们，还口出狂言，所以您觉得我的性子不够沉稳，怀疑了我的决心和诚意？"

季姑姑稍稍偏了下头，却还是斜睨了李婉婉一眼道："你倒是会计较这些小事，就只想到了这些吗？"

李婉婉立时摇摇头道："自然不是，不然姑姑今天也不会来了吧？只是您若不告诉我您到底来做什么，那我也便不再往下说了。"

李婉婉说着，便一屁股坐在了炕上，随手拉了被子做出要睡觉的样子说道："左不过就是继续待在料场推磨呗，反正我也有的是时间。"

"你——"季姑姑瞧着李婉婉这副德行，真的是不怎么想理她，但毕竟是受了自己的爱徒王晋昇的托付，便就要忠人之事。所以还是硬着头皮说道，"你先把你的手拿出来我看看。”

李婉婉听到这话，把头往被子外面一探，两眼一睁，看到的全是季姑姑的倒影，于是又翻了个身看着季姑姑问道：“要看我的手——做什么？难道能不能把醋酿好，还和我手好不好看有关？”

“少废话，你便给我看看就是了。”季姑姑已经有些不耐烦了。

李婉婉便也一脸莫名其妙地伸出手来给她瞧了瞧。

虽然已经做好了心理准备，可是瞧见李婉婉的那一双手时，季姑姑还是吃了一惊，这哪里是一个大家闺秀的手？分明比穷苦人家的洗衣女的手还要粗糙些：“这些老茧，都是这段日子推磨磨出来的？”

李婉婉瞧了一眼自己的手，一脸无所谓地说道：“您也说了是老茧，怎么可能是一两个月就成了这副样子的？这可都是我钻研酿醋十几年的辉煌印证。”

李婉婉说话的时候，简直一脸傲娇，仿佛在酿醋这件事儿上，她就是彻头彻尾的王者一般。

倒是叫季姑姑的心里一下子亮堂了许多，一时间连她的无礼也不大计较了：“连个推磨都做不好，还好意思说自己已经酿了十几年的醋了？”

被季姑姑这样数落，李婉婉的脸立时红了，但还是不服气地说道：“那不是没有专人指导吗？要是有个厉害的人愿意教我，我早成大师了都说不定。”

“如此，就跟着我来吧。”季姑姑说完这话，便转身走了。

李婉婉还以为自己听错了，隔了一会儿才不敢相信地胡乱穿了个鞋追过去说道：“您说什么？叫我跟着您走？您这是答应要收我为徒了吗？”

“如何？不愿意？”季姑姑也不停下来，一边走一边问道。

“愿意，当然愿意，但是——为什么？”

这一切都来得太突然了，李婉婉有理由怀疑这位姑姑又在整她了。

季姑姑脚步一顿，随即哼笑一声道：“因为你心善，我得谢谢你帮了彩女和青女，也算是间接帮了醋坊吧。”

季姑姑说着，脸色立时又忽然变得很严肃，继续往前走道：“但是你若觉得我是在整你，那你大可以继续这样认为，因为我就是在整你，而且以后在我的手下学习，你绝对会比现在更难受，你若受不了，现在反悔还来得及。”

季姑姑说完，便看向了李婉婉，等着她的回应。瞧着李婉婉眉心紧皱，似乎是在犹豫，她的心里还有些紧张，想着是不是自己刚刚的话讲得太狠，就要把李婉婉给吓跑了？

结果李婉婉竟然忽然咧嘴一笑，一把搂住了季姑姑的脖子说道：“反悔？怎么会？我不远万里嫁进王家，可不是为了反悔的。您尽管对我严厉好了，看我会不会跑？”

这一下亲近来得猝不及防，季姑姑差点儿没站稳被李婉婉扑倒，但很快还是伸手拍掉了李婉婉的手说道："第一条规矩，便是要恭敬些，见到长辈、起码的礼貌总要有的。"

李婉婉也立时退到了离季姑姑有一步远的地方紧紧跟着，俯首说道："是，师父教训的是。"

季姑姑住的地方并不与醋坊各作坊相通，而是一处独门独户的小院儿，但麻雀虽小五脏俱全，泡、蒸、酵、淋、熏的工具一样也没少，就连原料也都是最好的。

李婉婉进来的时候，还一脸的惊奇，随口说道："没想到醋坊里还有这样的好地方？"说着，李婉婉又想到什么似的看着季姑姑说道，"师父，老爷给您的工钱一定很高吧？"

季姑姑哼笑一声，随即说道："别胡说！不要以为这美醯居就全是你们王家的，我也是有三成股份在里面的。认真说起来，这也是我的醋坊。"

季姑姑原是太原府另一家比较有名的醋坊——聚能庆的掌事姑姑，后因聚能庆内部管理混乱，当家的又不喜欢季姑姑的强硬，她便被排挤了出来。

当时正值醋业商会会长改选，多数醋坊认为醋业商会会长的益延庆大掌柜福来顺是管家代表，担心他不能全心全意为了商会的利益着想，所以想要选出一个新的有手段的会长，既能带领醋业商会重回巅峰，又能与官字头抗衡，从朝廷那里为平民醋坊争取到更多的权益。

这个时候，王晋昇找到了季姑姑，并拜她为师，迎她进醋坊精进酿醋工艺，令美醯居名声大噪。同年他又捐了个守御所千总的官职，并因护送北面的贺礼有功，而备受朝廷嘉奖。

因此被选为了醋业商会的会长，为了感谢季姑姑的鼎力相助，王晋昇分了三成美醯居的股份给她，让她在美醯居安享晚年。

也正因为如此，季姑姑在李婉婉的面前，腰杆子才可以挺得这样直。

而听过了季姑姑的故事之后，李婉婉也更加佩服季姑姑，更加佩服王晋昇了。

忽然忍不住向季姑姑问道："姑姑当年，为什么会选择老爷呢？"

季姑姑一想到王晋昇，嘴角便忍不住翘了一下，随口说道："昇儿是个胸怀大志，而又取之有道的好孩子。他当年只有二十四岁，却已经想到了要用自己的力量去帮助更多的人，每年都会亲自带着人到晋北去挑选合适的孩子回来用心培养，而且也很注重美醯居的声誉，坚决不为了蝇头小利就弄虚作假。我提出的许多要求，他想也不想就全答应，只因为信任我。他自己分明已经是技术很高的酿醋大师，却为了多学一样技术，便自降身份拜我为师。有这样的好雇主，我还有什么好挑剔的呢？"

季姑姑说完，瞧见李婉婉在发呆，猜她是有些想念王晋昇了，怕她一个人待着想不开，便冷声说道："也别光站着了，随我来看看当年昇儿酿醋的地方吧。"

李婉婉一听这话，立时来了精神："老爷当年，就是在这里学习酿醋的？"

季姑姑这会儿已经走到前头，听她这样问，便随口笑道："不然呢？院子里都是女孩子，难道和她们一起同吃同住同工？"

李婉婉自觉失言，也不说话，便跟着季姑姑一道走去。

先是进了一间小屋子，里面尽是些酿醋需要的东西。

季姑姑一边走一边说道："下面的话我只说一遍，你好好记着，若是再来问我，可是要打小腿的。"

李婉婉倒是信心满满，立时拍着胸脯说道："姑姑尽管说，我记性好着呢。"

季姑姑斜眼睨了李婉婉一下，随即哼笑了一声，便一边顺着屋子走，一边说道："你毕竟在料场待过两个月，泡料的事情我就不和你说了，泡好的料捞出来打散装甑，在这里蒸到熟透、不黏手、无生心后，取出来置于冷却池中冷却，同时加水，扮成软饭，焖一炷香的工夫，水温和水量比例都记在了工具上，到时候你可以自己看。"

说完，季姑姑瞧了李婉婉一眼，见她依旧直愣愣地盯着她看，连念都没跟着念一声，心里还是觉得李婉婉这人不够踏实，过分卖弄。

摇了摇头，便又走到一口大缸前，打开盖子说道："等到软饭焖好了，便是拌酒曲，大曲需提前一个时辰加水浸泡，有多少大曲，便加多少水。软化后，再将其磨细，拌入冷却好的软饭中。最后再加好相应的水后，盛装于大缸之中，进入酿酒的过程。"

季姑姑说完，便又走到了一排浅缸跟前继续说道："酿酒的过程，我过几日会亲自教你做一遍，你这会儿且先知道有这么个过程即可。等酒成了，才是真正开始酿醋。"

说着，季姑姑又指着身边的浅缸说道："在酒醪中拌入麸皮和粗谷糠后，将其平均置于浅缸中发酵，具体步骤，到时候我也会亲自指导你一遍，你心里有个数即可。"

季姑姑说完，又朝李婉婉瞧了一眼，见其还是刚刚那副模样，终于有些忍不住地问道："你都记下了？"

李婉婉笑着点了点头道："嗯，我可是酿了十几年醋的人了，这些步骤早就烂熟于心了，姑姑。"

季姑姑一听这话，立时又皱了一下眉，但也摸不清李婉婉的虚实，只得继续讲道："等到八日之后，醋醅已成，此时可加盐进去调味。"

接着，季姑姑又走到了一个加在炉灶上的大缸边上说道："等调好了味后，便取出一半醋醅来，置于熏醋缸中，用文火加热，在缸口盖上瓦盆，每天翻拌一次，制成黑醅。"

季姑姑说着，忽见李婉婉到这会儿方有了动作，竟然从袖口掏出一个小本本来记录了什么。

随即又问道："不是记性好得很吗？怎么这会儿又开始记录上了？"

李婉婉一边记着东西，一边轻笑着说道："姑姑别抬杠，只继续讲便是了，我觉得需要记一下的地方，自然会记的。"

季姑姑虽不喜欢她这样说话，但也没有说什么，又继续走到下一个工序说道：“另一半醋醅用来淋醋，共分三次完成，后面我也会指导着你做一遍，你记着便是。”

季姑姑说着，还想再往外走，李婉婉忙开口问道：“姑姑，您只说一半的醋醅拿来淋醋，那另一半熏成的黑醅用来做什么呢？”

季姑姑单眉一挑，随口笑道：“你倒也有会发问的时候啊？”

李婉婉抓着脖颈笑道：“不懂自然是要问的，不然下次再问，您岂不是要打我小腿了？”

季姑姑哼笑一声，当即给了解释：“这一半醋醅完成淋醋之后，要将醋液与黑醅混合，再进行淋醋，最终完成的，才是半成品新醋。到那会儿，便有七度的酸度了。”

李婉婉听到这儿，忙点了点头道：“嗯，我们镇江香醋到这会儿，也差不多是这个酸度。可咱们美醯居的老陈醋，又是怎么达到十八度的酸度的呢？”

季姑姑勾唇一笑，随即说道：“随我来吧。”之后便带着李婉婉出了门，往院子里的几列醋缸去了。等走到了缸边，季姑姑便冲着李婉婉说道：“不如你看着这些醋缸，自己想想是为何？”

李婉婉盯着那缸里的醋看了一会儿，大脑开始飞速地运转起来，没一会儿她便想到什么似的说道：“我知道了，所谓夏伏晒、冬捞冰，其实就是借助自然条件，将醋液中的水分蒸发出去。同时又让里面的醋液继续自然发酵，这样一来，醋味自然也就提升上去了。姑姑我说得对不对？”

季姑姑瞧着李婉婉那股子兴奋劲儿，依旧觉得她这人有点儿性子野，不像个大家闺秀。但相处了这几次之后，发现也改变不了，只好试着习惯了。

于是也只是点了点头，便又说道：“今日该说的我都说了，时候不早了，进门右手边是你的卧房，你便早点歇着去吧。”

季姑姑说完，便自己走了。

李婉婉再想问什么的时候，季姑姑人都已经出了门，她也只好撇了撇嘴，进了季姑姑说的那间房去了。

一进门，瞧见里面一尘不染的，收拾得很是整洁，李婉婉心里便是一暖。

因为心里明白季姑姑叫她来并不是一时冲动，而是一早就有所准备了。

可是瞧着这屋里的摆设，又觉得怎么都不像是要给女孩子住的，倒像是——王晋昇？

想到这里，李婉婉不觉往书桌上绕了一圈，果然瞧见了些许王晋昇的痕迹。

“原来是他住过的地方。”李婉婉这样想着，便又往屋子周围扫了一圈，随即便瞧见身后挂了一幅字，一开始见的时候，只以为是什么名人字画之类的，现在仔细看来，才知道上面写的是酿醋要求：“人必得其精，水必得其甘，曲必得其时，高粱必得其实，器具必得其洁，缸必得其保，火必得其暖，管理必得其严，计量必得其准，记录必得其真。”

李婉婉一瞧见这个，立时拿出小本本，又抄了一遍。

躺在床上的时候，李婉婉都还在回忆着季姑姑刚刚讲的事情，不知不觉地，就这样睡着了。

梦中，她又回到了自己八岁的时候，那会儿她正坐在一个男子的身边烤火，两人为了醋的事情发生了争执。

李婉婉与那人说："镇江香醋是天下最好的醋。"

那人却嬉笑一声道："萝卜白菜各有所爱，实在没必要争这种高下的。"

李婉婉心里不服，便又笑着说道："你这样讲，也不过是因为镇江香醋确实是天下第一，而你又不想承认山西老陈醋不如镇江香醋罢了。其实不管你们承不承认，天下第一醋的名号摆在那里，也是改变不了的事实。"

那人却只是轻笑一声，并不与李婉婉一争长短，而是从怀里掏出了一个小罐子，弄了些醋膏出来吃下了。

李婉婉一闻便知那是好醋，在旁边馋得直流口水，随即说道："你这人怎么这样？我好歹救了你一命，你有好东西不和我分享？"

那人随口笑笑："我这醋不比你们镇江香醋威名远扬，怕拿不出手，也只好自己先用着了。"

当时只有八岁的李婉婉还是个脸皮极薄的，被这话噎得满脸通红，在旁边憋了老半天，愣是想不到该怎么再和那人讨一口醋吃。

那人倒也大方些，瞧着她一个小姑娘急成了这样，便把自己带的小勺子清理了一下，又舀了一口醋膏递到了李婉婉的面前。

"不过看在你救过我的分儿上，还是给你尝尝吧。"

李婉婉生怕那人反悔，当即张口将整个勺子含在了嘴里，吓得那男子以为李婉婉要把勺子一口吞掉。

忙往回拽着说道："你这女娃娃如何这样粗鲁？这可是我身上唯一的勺子了，我还靠它吃饭呢。"

可李婉婉却全然没心思理会他，整个人直接就愣住了，半晌才不敢相信地说道："天哪，太好吃了，这天下竟有这样好的醋？"

男子哼笑一声，随即调侃道："不敢不敢，比起威名远扬的镇江香醋来讲，应该还是差得远吧。"

李婉婉的脸立时又羞得通红，不过这一次，她并没有像刚刚那样憋了老半天才发声，而是一下子站了起来，冲着男子一脸傲娇地说道："走着瞧，我早晚也会酿成天下最好的醋的！"

想到这里，李婉婉忽然睁开了眼睛，因为这一次她很明显地看清了那个男子的脸，这个人就是王晋昇，所以当年被追杀的人不是她，而是王晋昇？所以他们俩果然像她之前猜测的那样，是一早就见过的？那王晋昇到底有没有认出她来呢？他会不会也像她一样，已经忘记了当年的那个小女孩儿了呢？还是说，就是因为他认出了她，所以时隔八年，才忽然动了续弦的心思？

想到这里，李婉婉心里越来越憋得慌，所以翻来覆去地睡不着了。

季姑姑是个非常严厉的人，她不光要教李婉婉学酿醋，还要教她如何做人，李婉婉虽然资质聪慧，却总是喜欢冒尖儿，不拘小节，因此时常被她骂得狗血淋头。

好在她意志坚定，抱着不叫季姑姑满意便一直做下去的信念，经常和季姑姑死磕到底，半年来，虽然季姑姑从未给过她一个笑脸，但她心里知道，这位老人家已经开始在渐渐肯定她了。

可王家的形势却并不那么乐观……

叁 掌家：浪子回头金不换

【1】

王晋昇一去不复返，近三个月来没有一封回信，这下就连王咏炎也有些坐不住了，开始找自己做官的同窗去官府了解情况，却都无功而返。

李婉婉也开始想法子寻找王晋昇的下落，甚至还托了娘家人去打听。

甚至还有人散布谣言，说是李婉婉和王家八字不合，克夫，成亲时破坏规矩，叫王晋昇去女方家接亲，才使王晋昇遭遇变故。

美醯居也人心惶惶的，若不是还有季姑姑坐镇，恐怕已经有人开始要找下家了。

而这天李婉婉做完了手上的活，便穿了男装在街上走，忽然瞧见美醯居对面一家店面里人头攒动，几乎每个出来的人手里，都提着一个小葫芦，脸上兴高采烈地，相互都在说着什么。

李婉婉便随手拉了个人问道："这位小哥，对面那家店，是做什么的啊？"

小哥随手提起手里的小葫芦说道："是益延庆开分店，这会儿在搞促销，凡是在他们店里登记了名册的人，都能领到一小壶益延庆的新醋呢。"

那人说着，便就要提着自己的小葫芦走，可是李婉婉却又把他拉住了，继续问道："益延庆开分店？怎么没见他们挂招牌呢？"

小哥又道："说是还没有正式开业，提前给大伙打声招呼的，好像是下个月初六就正式开业了。"

小哥说着，还有点儿替李婉婉着急道："小兄弟，你要是也想要醋的话，就赶紧过去瞧瞧吧，不然待会儿可就抢不到了。"

李婉婉一听这话，便也想过去瞧瞧。

结果还没进那铺子，就瞧见季姑姑带着望春姑姑一道先进去了。

季姑姑腰杆子一向挺得直，走路自带凉风，她一进来，周围人就自动给她让开了一条路，而且是直通到了益延庆分店掌柜那里。

对方瞧见季姑姑来了，也是一点儿都没慌，还顺带着舀了一勺醋递过来说道：“哟，这不是美醯居大当家的——季姑姑吗？难道是我这醋太香，竟然把您也给引来了？既然来了，也别客气，尝一口？”

季姑姑像是生了大气，手都没伸一下，随即往铺子周边瞧了一眼，货架、醋坛和柜台都已经准备齐全，应该是就差开张了，最大的竞争对手在自己眼皮子底下开了家店，可她先前竟然没有得到一点儿风声，这分明就是有意密谋之事，缘何能不生气？

于是她只是冷哼一声道：“我当是益延庆谁来了呢？区区一家分店，也要益延庆的大掌柜福叔亲自坐镇，看来这家铺子的战略意义不小呢。”

福来顺听到这话，手忽然一抖，其实他也不知道为什么背后的主子非要他来看顾这家铺子。

虽说这铺子选到美醯居的对面，就是为了挑衅美醯居在清徐乃至整个山西省的权威的，但他堂堂大掌柜的，被下放到清徐县一个分店来掌事，也未免太委屈了些。

可是自从新主子上任以来，一系列的举措又有哪一样是他能猜得透的？先说这醋吧，自家上好的山西高粱醋不用，偏要用糯米酿醋，而且手法和传统的法子也不一样，光是重新培训工人就花了足足数月的时间，如今好容易酿成这些新醋，还要免费送？用他的心里话讲，分明就是有钱烧的！

李婉婉来了王家这么许久，除了之前自己摸索了一下当前形势之外，生意上的事儿倒还没怎么接触过，只一心学习酿醋来的。

这会儿瞧着季姑姑带着人气势汹汹地上来，那福来顺倒也还算客气，所以也没打算暴露自己，只在一边瞧着那些免费领了醋的人的表情。

见到各个尝了醋之后，都很满意的样子，李婉婉的好奇心立时就上来了，也跟着要了一口醋尝了尝。

“这是？！”心中的一个想法不能确定，李婉婉便又要了一口醋，这次尝过之后，她便彻底确定了心里的想法，“万和香醋？而且还比第一次尝到的时候，味道要更精进了许多！”

这样想着，李婉婉便又仔细瞧了一眼对方小伙计递过来的小葫芦上的红纸上写的字，果然是“万和香醋”。

这叫李婉婉立时愣住了。

万和香醋怎么会在这里出现？难道——芸河？

这样想着，李婉婉便又四处望了望，却没有瞧见苏芸河的影子。

季姑姑倒是突然开口训斥道："福来顺，你少跟我装糊涂！你们益延庆枉顾醋业商会方圆一里之内不得出现两家醋坊的规定，把分店建在我家百年老字号的对面，而且还偷偷摸摸的，到底居心何在？"

福来顺随手将醋勺放下，依旧笑眯眯地说道："季姑姑这话说的，您也知道您美醯居是百年老字号呢，你们在清徐可是地头蛇，我们这种小铺子就算开在您家对面，也只是苟延残喘不是吗？依我看，醋业商会这种护短的烂规矩，早就该改改了嘛，这儿好的地段就这么几个，总不能你们美醯居一家占了，就不让别人活了嘛。"

"你——！"季姑姑像是气得不轻，忍不住伸出手来指了福来顺一下后，又极其克制地收回了手说道："你少在这儿充当弱者，若论老字号，你益延庆可是五百年老字号，背后还是官字头。若论地段，你益延庆的西关街分店，可是占据了全城最好的地段，还不是享着商会的这项规定才在西关街上独霸一方的？眼下又凭什么到我们这里来说三道四？"

人群中也不免混了些其他醋坊的人，听到季姑姑说的这话，立时道了声好。

毕竟他们这些小醋作坊，就是仗着商会的这个保护规定，才能得以保留一些就近的客源的，不然每条街上都是美醯居和益延庆，醋价又差不多的情况下，谁还会去他们这些小醋作坊买醋啊？

可是福来顺毕竟是做过上一届醋业商会会长的人，完全没有被季姑姑的话给吓到，只哼笑一声道："姑姑若是不满意，大可以到商会去告我们益延庆啊，只怕是现在你们当家的不在家，也没人给你们做主了吧。"

"你——！"季姑姑被气得不轻，可福来顺却并没打算停止挑衅，仍旧歪着鼻子继续说道，"既然告不起来，那就各凭本事呗，俗话说得好，醋香不怕巷子深，你们美醯居不是号称山西第一醋坊吗？是骡子是马，拉出来遛遛，你若醋比我们好，也自然不用怕我们；若是醋没我们的好，便想法子改进，何必非要与我们的一个新店面较真？"

对方话都讲到这个份儿上了，季姑姑要是再继续说下去，倒有点显得自己输不起了，立时扫了扫周围那些看热闹的人的眼神。

随即冲着福来顺说道："好，那便各凭本事好了！"

说完，便甩袖离开了。

【2】

李婉婉没找见苏芸河的影子，便也跟着季姑姑等一块出来，就在她们迈进美醯居之前叫住了季姑姑："姑姑，姑姑不先尝尝益延庆的醋吗？"

季姑姑瞧见李婉婉的时候，还有点儿惊讶："你是何时跑出来的？"

李婉婉也不多做解释，只拿出自己刚刚领的葫芦，倒了一小盖儿醋给季姑姑递了过去：“姑姑还是先尝尝醋吧。”

望春姑姑刚刚一直被季姑姑拦着没说话，这会儿瞧见李婉婉也开始长别人志气，忙气呼呼地说道：“夫人，您又何苦长他人志气？就益延庆这种偷工减料的作坊酿出来的醋，季姑姑还需要尝吗？”

李婉婉也不急，而是依旧端着那盖子醋，含笑冲着季姑姑问道：“姑姑也是这样认为的吗？”

季姑姑鼻孔里呼出一口气来，随手接过了李婉婉手里的醋一饮而尽，随即眉心忽然舒展了一下，立时朝李婉婉看了过来问道：“糯米醋？”

望春姑姑一听，也跟着吃了一惊，当即也从李婉婉那里要了一小口来尝了一下，立时向季姑姑问道：“因为地域问题，益延庆素来和咱们一样，都是用高粱做原料的，为何突然改成了用糯米酿醋了？这样一来，光是漕运，便就要花费不少的成本啊。”

季姑姑拧了拧眉，随即又朝李婉婉看了过来：“夫人可是知道什么？”

望春姑姑也立时朝李婉婉看了过来。

李婉婉并未立时回答，只含笑问道：“姑姑不如先说说，这醋如何？”

如今三句话已过，季姑姑的口中却还留有那醋的回甘，且还有一种淡淡的香气，她是个十分耿直之人，向来有一说一，从不喜欢护短偏袒。

于是拧着眉开口说道：“倒是好醋，比起益延庆从前的醋味，确实强了不少。”

“那比起咱们美醯居的呢？”李婉婉立时又问。

望春姑姑却抢着说道：“夫人这是何意？这糯米醋，虽然风味儿还算独特，但从酸度上讲，又岂能与咱们美醯居的三年陈酿相比？比醋味，他们倒还差得远呢！”

“那若是半年陈酿呢？”李婉婉又继续问道。

“半年？”望春立时愣住了。

倒是季姑姑反应快些：“夫人是说，这个酸度的糯米醋，只用了半年陈酿？”

李婉婉随即点了点头。

“夫人明知道咱们的醋都是至少九个月陈酿的，他们那半年陈酿，又如何能比得上？”望春傲娇地扬起下巴说道。

“但却也差不了多少了吧，若不是专业人士，怕是根本尝不出来优劣。反而还会觉得这万和香醋风味独特、味道新鲜吧？”

听到这话，季姑姑和望春姑姑都齐齐朝李婉婉看了过来，似乎她们也意识到了问题的严重性。

没错，半年就酿出这种味道来，比美醯居的陈醋在时间上就压缩了一半甚至更久的时间，正好可以弥补漕运的成本，再加上他们味道独特，于本地人来讲，算是新鲜物件儿，醋价相同的情况下，万和香醋很容易就能在短时间内占据大众市场。如此一来，倒是美醯居有些吃亏了。

但望春姑姑却还是不大服气：“怕什么？咱们又不是只有一年陈酿，随便拿出个三年、五年、十五年的，不比他们这新酿的糯米醋强上百倍千倍？”

“可是客源比例呢？会买这些陈酿的人到底有多少呢？醋者，食总管也，最终只有家家户户都能摆在桌上的那瓶醋，才是咱们制胜的关键啊。”

李婉婉的问话叫望春姑姑甚至是季姑姑都沉默了。

如今世道苍凉，百姓生活并不富足，在醋味差不多的时候，能花更少的钱买，才是硬道理。

季姑姑掌管美醯居十余年，自然是经验丰富，这种事情李婉婉只要一点，她便明白了。当即看向李婉婉道：“夫人可有法子应对？”

望春姑姑却是一脸的不解，忙惊讶地看向季姑姑问道：“姑姑，夫人不过是个十九岁的闺阁女子，哪里就懂得这些？不如咱们还是先告到醋业商会去，拖延些时间，等老爷回来再处理吧。”

“那也要确定老爷真的能回来才行呀！不然真要启动投票表决机制，没有了老爷的一票否决权，你以为凭咱们，就能让聚能庆和福元昌都站在咱们这一边吗？若是他们也站在了益延庆那一边，你觉得那些没实力的小醋作坊会站在哪一边？”

季姑姑说得望春姑姑连退三步，一句话也说不出来，随即又瞧向了在旁边一副无所事事模样的李婉婉问道：“夫人既然说得出来这醋的年头，且这醋里又有镇江香醋的味道，想必一定知道这醋的来历吧？若是有什么想法，便也别卖关子，赶紧说出来吧。”

望春姑姑一听这话，才知道季姑姑为什么要问李婉婉的意见，立时也朝李婉婉看了过来。

李婉婉却只是微微翘了下嘴角，随口说道：“我倒是有些想法，不过在行动之前，得先确认一件事情。”

说着，李婉婉便走上前来，在季姑姑的耳朵边上说了两句话。

【3】

今日不过是按照新主子的意思在新店铺搞下宣传，季姑姑带着人来闹过一次之后，后面也就不会有什么大事了，所以季姑姑一走，福来顺也便不愿在铺子里面多待了，交代了几句，便打算回自己在清徐的小娇娘那里歇脚去了。

结果人才刚出了益延庆的后门，就被两个壮汉按在了胡同口的墙上。

“别动！”

吓得他立时趴在墙上求饶道：“别杀我！爷，你们想要什么我都给！”犹豫了一下，又耍了个机灵说道：“只是小店还尚未开张，今日一切商品都是免费送的，暂时未有盈利，爷不如叫我先欠着，下月初六我们开了张有了盈利，再来取啊？”

生怕两人不答应，他还立时解释道：“反正跑得了和尚跑不了庙嘛，爷到时候来店里直接喊我的名字拿钱即可，三百两够不够？若是不够，还可以再商量啊？”

“哼！你倒是愿意给自己脸上贴金？拿益延庆的钱，买你的贱命，三百两，你值吗？”

“不值！不值！爷说什么就是什么，爷说不值就不值——女的？”

福来顺说着，忽然觉得不对劲儿，刚要回头瞄一眼，却又被壮汉一把按住了头说道：“老实点儿！”

福来顺身形较胖，被按到墙上倒是不大疼，奈何他胆子不是很大，莫名其妙被人这样对待，心里实在慌得很，再加上忽然感觉到自己的腰间好像被什么东西戳着，立时就给吓哭了。

“我的爷，您要是不想要银子，那您到底想干什么啊？”

李婉婉还是头一回瞧见一个大男人给吓成这样的，在旁边看了好一会儿的戏，才粗着嗓子说道：“苏芸河呢？带我去见他！”

“苏芸河？”

福来顺有些摸不着头脑，似乎是完全没有听说过这个人似的。

李婉婉以为他不愿意老实交代，立时又给季姑姑帮忙找来的两个家丁使了下眼色，两人一齐往福来顺的身上使了使劲儿道：“少装糊涂，老实交代！”

弄得福来顺吱哇乱叫的，又不敢太过声张，脑子一转，忽然大声说道：“爷是不是记错了？我们老板确实姓苏，但是不叫苏芸河，而是叫苏天海啊！苏芸河我是真的不认识啊！”

两个壮汉一听这话，立时又朝李婉婉看了一眼，李婉婉也是吃了一惊。

苏天海？她自小在苏家院子里跑到大，苏家上上下下也没有这号人物啊？难不成是苏家的远房亲戚？可要是这样，那这人为什么又会有万和香醋的配方呢？

李婉婉想了想，不禁又皱眉问道：“这人可是镇江人士？”

福来顺立时尴尬地说道：“嘿呦，爷，您可把我的本事想得忒高了些，我哪有资格去询问主子的根底啊？不过您既然知道我的身份，就该知道我们益延庆背后可是官字头。这位爷据说是张香帅的人，我劝您还是不要轻易得罪了才是。”

福来顺一把自己主子搬出来，腰杆子也一下子直了一些，刚刚忽然被人按墙上，心一虚就露了怯，到这会儿才想起来自己背后是益延庆，是官家，甚至可以是张香帅，那他还有啥可怕的？

可他这腰杆子才刚直了一下下，两个壮汉就在他背上猛戳着说道：“老实点儿！惹怒了我们主子，管你是谁！”

李婉婉一听到张香帅的名讳，便知道这个苏天海必定是和苏家有关的，心里也有了些猜测，犹豫了一下，还是开口说道：“不管是苏芸河还是苏天海，带我去见他！”

“西关路二十六号，一整间大宅子都是他的。”福来顺本来还抱着侥幸心理，觉得把苏天海卖了之后，自己就可以走了，结果李婉婉又使了个眼色，两个壮汉又在他的背上敲了一下说道：“别想跑去通风报信！你带我们去！”

说着，便把福来顺押上了马车，李婉婉则是坐上了后面的马车，跟在后面，一路来到了西关路二十六号，一直到叫福来顺递了拜帖，里面的人出来请了之后，李婉婉才叫人把福来顺放走，自己带着剩下的一位壮汉进了那间宅子。

【4】

宅子虽不比王家气派，但比起晋人喜爱的简朴风格来讲，却显得十分华贵，就连墙上的瓦片都是贴了琉璃的，李婉婉在门口的时候，就觉得里面住着的一定是个外来户，而且还是个藏不住富的。

李婉婉从前在家的时候也是喜欢这般华丽的色彩的，可是在王家待了一段日子之后，便越发喜欢这边这种俭朴的风格了，而且还隐隐约约地有些瞧不上那些喜欢显摆的人家。

所以进去之后也并未再继续观望，只想着直奔主题，搞明白对方的来意再说。

宅子里的人最终将李婉婉等人引到了一处独个的院落，临近门的时候，那人忽然将李婉婉带进来的壮汉拦住。

“只能有一个人进去！”

李婉婉瞧了壮汉一眼，随口说道：“在门外等我。”便迈进了院子。

不同于整栋宅子的华丽，这间院子的布置十分简单，门前一棵生得茂密的大枣树，正在花期，开得一树的枣花，很是好看。

枣树边上一排泥封过的小醋坛子在墙根下摆了一排。

院子中央，是一个石桌，而院子的主人正坐在桌边独自饮茶，瞧见李婉婉进来，便随手指了指对面的石凳，微笑着说道：“没想到你这么快就找来了，坐吧，我正好带来了新出的明前龙井。许久不尝，你该是很想念这个味道吧。”

李婉婉的一双桃花眼睁大了一圈，没错，眼前这个人正是苏芸河，可又好像已经不是李婉婉从前认识的那个苏芸河了。

从前那个苏芸河，温文尔雅，脸上的笑容都很纯真，待人也很温和。

可如今眼前的这个苏芸河，蓄起了八字胡，面容看起来虽然依旧温和，但眼神中却隐隐约约有些凛冽，让李婉婉觉得陌生极了。

越是这样，她便越想知道到底发生了什么，于是她走上前去坐在了苏芸河的对面，假装没感觉到苏芸河的不同，像从前一样笑着问道："芸河？真的是你！不过我听福胖子说，你又叫苏天海了，怎么好端端的，连名字都改了？"

苏芸河就那样看着李婉婉，似乎是没想到她还是这样天真无邪，或者是故意装成了天真无邪的样子。愣了半晌，才又把李婉婉面前的茶碗端了回来："茶凉了，再给你换杯新的。"

说着，便将茶碗里的水向身边一泼，又重新给李婉婉倒了一杯，小心翼翼地放在了李婉婉的面前。

李婉婉却自然地接过那碗茶，顺势喝了一口之后，又继续问道："你还没说呢，怎么改名字了？"

苏芸河轻笑一声，随即说道："因为不想再优柔寡断了，有人不喜欢。"

话说到这儿，苏芸河眼睑一抬，有些意味深长地朝李婉婉看了过来。

这不禁让李婉婉想到了自己之前和李氏说的那些话，可她很清楚地记得，自己从未向苏芸河表达过这种意思。

"芸河——"

"还是叫我天海吧，苏天海。"

苏天海说完这话，眼神立时冷了许多，这叫李婉婉彻底地意识到，他确实已经不是从前和自己一起闹到大的玩伴了，可她还是有点儿不愿意接受，于是依旧像从前一样单纯地笑着说道："不过是个名字而已，我们都大了，给自己取个别号也没什么不可以的。对了，家里都怎么样了？你家里和我家里——"

"你成亲那天，我和叔父去了京城，在那边认识了些达官贵人，正好在山西有些食醋产业要转手，知道我是苏家的，便转给我了，又跟家里报备了一声，便直接过来了，到现在也还未回家，所以家中的事情，也都不太清楚。"

"三个月前便已经来了？那岂不是——给我温度计的时候，你人就来清徐了？"

李婉婉有点儿不敢相信地朝苏天海看了过去，却见苏天海对着自己点头，这更令她难以置信。

"那你为何不来找我？"

没错，竟然来了三个月都不来见她，这还是她认识的那个发小吗？

苏天海却嗤笑了一声，随即说道："一直在忙着新店面的布置，还要上下打点，确实没有太多的时间——"

"你少胡说！我就不信，你在我家对面装铺子，一条街的宽度，竟然连迈过街来打声招呼的工夫都没有？”李婉婉立时打断了苏天海的话。

这叫苏天海的脸上也浮现出了为难的笑容：“婉婉，你知道的，如今你已为人妻，我必须要考虑你的声誉。”

“考虑我的声誉？难道我家乡来人看我，王家还有人敢拦不成？我都不怕，你怕什么？说到这儿我倒要问问你，清徐那么多街道上面没醋坊，为何非要在我家对面开分店？听说还是违反醋业商会的规定的。”

李婉婉借机问到了重点，而且还是那样的自然而然，自然到她自己都有点儿佩服自己了。

可她却不知道，苏天海也早料到她的来意，周旋了这么久，也一直就在等她问这一句，所以待她话音刚落，便立时说道：“为了见你一面啊。”

李婉婉有些发愣，过了一会儿才又嗤笑了一声道：“笑话，说得跟真的似的，那你现在见到我了，明天是不是可以把醋坊撤走了？”

苏天海哼笑一声，身子稍稍坐直了一些，自己倒了一碗热茶，端起来啄了一口后方道：“看来美醯居是真的外强中干，我们益延庆区区一个小店面，也能叫他怕成这副样子？”

苏天海没有用他们，用的是他，这让李婉婉隐约觉得他意有所指，但是人家朝自己扔了个炸弹，自己可不能像个傻子一样就只是点把火了，而是要点过火之后在最后一刻扔回去才是。

于是李婉婉也顺手将自己茶碗里的茶水泼了出去，自己提壶倒了一碗，也轻轻啄了一口之后，随即有些嫌弃地说道：“我在家的时候，就有些喝不惯这茶，以为离家久了，这便是家乡的物件，有了特殊的意义，喝起来便会有不同的感觉，结果却还是一个样。”

说着，又把茶碗放了回去，随即说道：“有空的话，真的要来我家坐坐，我请你尝尝我家特有的醋粉，别家的醋糟可做不出我家这样的味道哦。”

苏天海听到这话，端着茶碗的手忽然握得紧了一些，但李婉婉明显感觉得到，现在的苏天海，要比从前的苏芸河沉稳了许多。

半晌，苏天海才微笑着说道：“如此，我倒是真想过去尝尝了，只不知王大人何时能归来？到时一定到府上拜访。”

揭我伤疤？李婉婉有点儿恨得磨牙，立时瞪着苏天海说道：“苏芸河！你还是不是兄弟？”

而这一次，苏天海似乎也不想退让，而是微微翘了下唇角说道：“过去不是，现在不是，以后也不会是。”

一听这话，李婉婉整个人都惊了，愣愣地坐在原地看着苏天海，不敢相信地说道：“芸——天海，你——什么意思啊？”

苏天海抬起眼睑，看着李婉婉的眼神里，满是深情：“还记得我从前问过你的一句话吗？”

李婉婉回忆了一会儿，还是没什么印象，便一脸迟疑地问道：“你问过我的话那么多，哪句啊？”

苏天海也不和她计较这些，依旧轻笑一声道：“要是我能酿出比美醯居还好的醋，你可愿意嫁我？”

李婉婉一双桃花眼猛地一睁：“天海，你明知道我现在已为人妇——”

“不是对他还没有感情吗？新婚之夜，他便将你抛下，至今杳无音信，这样的人，叫我如何放心将你托付？”

“天海——”

苏天海已然有些激动，李婉婉几次想要打断他的话，都没有成功，他依旧继续说道：“如果你想要的只是天下第一，那我就给你个天下第一。等到那时，我会亲自将你从王家接出来的。”

苏天海说完这话，心里却莫名惆怅了些，端起茶碗来一饮而尽，总觉得不过瘾，便随口喊道：“来人，上酒！”

不远处一女子道了一声“是”，李婉婉总觉得这声音耳熟，望了一圈，却未寻到人。

可这会儿也来不及仔细寻找，因为她心里实在气闷得很，甚至觉得苏天海这样的想法十分可笑。

“我要的只是天下第一？没错，你也可以这么理解。但是你又凭什么认为我只有靠你们，才能成为天下第一？你又凭什么把我想成始乱终弃、过河拆桥、追逐名利之人？苏芸河，我真的看错你了！从前我觉得你是天下最懂我的人，有什么心里话我不能和我的父母说，不能和我的祖母说，但却可以和你分享，但你说得对，如今那个苏芸河已经死了，今天的苏天海，确实已经不是我的兄弟了。”

李婉婉说着，便直接站起身来，冷冷地看着苏芸河说道：“原本是想来劝你换个地方建铺子的，但现在我改主意了。万和香醋当年是你出的力比较多，但用百花酒代替药酒调香的想法是我的，我也算是出了力的。你私自拿来同我夫家竞争，损害了我夫家的利益，我现在郑重通知你，不同意你卖，不然我就告到商会去。”

“证据呢？”苏天海如今已满含泪水，却依旧不肯退让，面对李婉婉的坚决态度，随口问出了这样一句话。

“有谁能证明万和香醋的配方，你也有份儿？”

“这——苏天海，我没想到你竟然这么卑鄙！”李婉婉看起来是被气坏了。

可苏天海却是一阵苦笑：“有时候想要让迷路的孩子回家，是要用些卑鄙的手段的，不过你也不用太伤心——”

苏天海说着，便从怀里拿出一张银票来拍在了桌上继续说道："因为我也没有想过要赖掉你的功劳，虽然万和香醋从原料到工艺上我都已经进行了大量的改良，严格意义上讲，它早已经不是我们一开始窝在我家院子里拍着脑门想出来的那个方案了，但毕竟它的名字里有你一半，所以我还是要给你挂名费的。这十万两银票你拿去，从今往后，万和香醋就与你没有关系了。"

听到这话的时候，李婉婉的心里咯噔一声，她想不明白苏芸河怎么可以这样对她？那一声与你没关系了，真真是在李婉婉的心里割了一刀，让她觉得，两个人的情谊是彻底割裂了。可她也很清楚，即便她不同意，即便她再挣扎，也于事无补，没有证据，就算是告到商会去，也不会有人受理。更何况如今不知道苏芸河到底做了哪些改进，她也无从知晓，这万和香醋的研制，也确实是苏芸河参与得比较多。

左思右想，李婉婉忽然伸手去拿了那十万两银票，随即冷哼一声道："既然你执意如此，那便真刀真枪地比试一场吧，看会不会如你所愿？"

说完，李婉婉便转身离开了。

似乎是没想到李婉婉会收下那张银票，苏天海看着李婉婉背影的眼神中还满是惊讶，随即又陷入一片荒凉，他也不知道自己怎么就说了那些不像样的话，原本是不愿意把心中的凉意在李婉婉面前展示出来的。

这时，一名女子端着一壶酒出来，一边盯着李婉婉远去的背影，一边随口问道："爷，既然客人走了，这酒——是不是就不喝了呀？"

说话这人不是别人，正是紫烟。

苏天海听她这样说，却忽然伸手夺过了酒壶，直接用壶嘴往嘴里灌起酒来，可胸口越热，心越苍凉，自觉连这热酒都焐不热他的心，便又生了许多火气，随手将那酒壶一甩，便扔到地上摔碎了。

吓得紫烟一阵乱叫，紧接着又开始小声说道："爷，不要这样，该给人看见了。"

【5】

李婉婉气呼呼地从院里出来，守在门外的家丁便上前来打招呼："夫人，他们没为难您吧。"

李婉婉没有回答，而是忽然停住脚步回头望了一眼，随即勾唇一笑，便带着家丁回了美醯居。

一进门，便直接去找了季姑姑，将那十万两银票递给她说道："姑姑，下月初六我们也搞促销，凡是上门来买醋的，都送半瓶装的高品阶陈酿。买一年陈酿的，便送三年的，买三年的，便送五年的。如此递推。店里的损失，就用这上面的钱来贴补。”

季姑姑瞧了一眼那银票上的数额，立时皱了下眉：“哪里来的这么多钱？”

李婉婉犹豫了一下，不打算对季姑姑隐瞒，便将万和香醋也有自己一份儿的事儿说了。

季姑姑也曾是在聚能庆做过二十几年后才来到美醢居的人，知道与自己的心血割裂是一种什么样的感觉，便拍了拍李婉婉的肩膀说道：“你辛苦了。”

说完，又把银票给李婉婉还了回来，继续说道：“只是一个促销，用不了这么些钱，咱们美醢居倒还消受得起，夫人还是把这些钱留在更有用的地方吧。”

李婉婉一听这话，立时朝季姑姑看了过去，就见她依旧愁容不展，像是还有什么心事。

立时问道：“如今已经有了对策，姑姑又为何愁眉不展？”

季姑姑不禁翻了个身，又叹了一口气道：“促销固然对争夺客流会有些效果，却也不过是伤敌一千自损八百的法子。长此以往，外斗便成了内耗，我们自己也不会全身而退的。况且美醢居向来以醋品为傲，如今竟要自降身份，与那些为了蝇头小利而搞乱市场的奸诈小人为伍，叫我如何能不心痛？”

李婉婉瞧着季姑姑痛苦的神情，心里是十分能理解的，与她相处了这半年，深知季姑姑为人骄傲，连带着美醢居也跟着傲娇，素来不屑于跟风挣大钱，从来都是一步一步走得沉稳，所以才成就了如今在山西人民心目中的地位。

这会儿瞧着季姑姑心里如此难受，李婉婉也开始犹豫着说道：“那要不，我们再想想其他法子？”

季姑姑却摆了摆手：“罢了，人在屋檐下，不得不低头。如今老爷杳无音信，美醢居人心惶惶，且先打赢这一仗，振奋了人心也是好的。”

说到这儿，小小忽然从外面冲了进来。

自从季姑姑收了李婉婉之后，小小便也没再学酿醋了，而是跟在李婉婉身边伺候着，今日刚好李婉婉缺了些东西，命她回府上去取。

这会儿她不打招呼便忽然闯进来，李婉婉瞧着季姑姑脸上有些不悦，便立时训斥小小道：“怎么没等宣就进来了？没规矩！”

可是小小也来不及解释这些，愁眉苦脸地说道：“夫人，穗娘娘说，您上次让家里打听老爷的事儿，家里来信了。”

李婉婉一听这话，立时来了精神，睁大了眼睛问道：“当真？信呢？”

小小立时给李婉婉送了上来，可一双眼睛却是水汪汪的，嘴上还小心翼翼地念叨着：“不过夫人，您看过信之后，可要挺住啊。”

一听这话，就连季姑姑也跟着坐了起来，和李婉婉一道看起信来。

婉婉吾儿，为父打听到，年初省内匪祸横行，贤婿也在剿匪官兵之列，且不幸与主营失联，尚无音信。另，你母亲思女成疾，若你方便，近日我便派仲仁过去，接你回来相见……

如果说前半句是交代了王晋昇的情况，那后半句就代表真实情况远比前面交代的要严重，因为这分明就是李父不放心李婉婉的安危，要接她回家避难。说明王晋昇如果找不到，万一这次剿匪不力，依着朝廷的做派，恐要降罪于王家。

季姑姑是何许人也？自然一眼便看出了其中隐含的意思，当即就朝李婉婉看了过来：“夫人，这上面的话您可当真？”

小小一脸讶异，立时朝季姑姑看了过去：“姑姑这话何意？难道我们李家还能欺骗了夫人不成？”

李婉婉先是踉跄了两步，随即又将身子站定了后，摇了摇头说道：“不会的，老爷身经百战，又医术高明，一定不会有什么事的。再说算命先生不都说了吗？我的八字好得很，老天爷不会这么对我的。”

李婉婉说完，又向小小问道：“这信上的内容，可曾和别人说过？”

小小忙摇了摇头道：“穗娘娘再三嘱咐，不叫和任何人说的。”

小小说完，还惊恐地朝季姑姑看了过来，觉得自己又做错事了，竟然当着季姑姑的面把信给了李婉婉。

李婉婉想的却不是这件事儿，她虽然刚刚说觉得王晋昇会没事儿，但其实心里也是六神无主，但有一点可以确定，她绝不会像李父说的那样落井下石，于这个时候离开王家的。

于是她缓了几口气儿便道：“好，这信上的内容可千万烂在肚子里，老爷一天找不到人便是一天没事儿。这种时候，绝不能允许这样的谣言在家里蔓延。”

小小点了点头，随即又问：“夫人，那咱家老爷那边——？”

“我待会儿便修书给父亲，请他务必再帮忙打听老爷之事。但这种时候，我绝不能回去，至于母亲的病，你且请穗娘娘将我常穿的一件小褂托人一并给家里带回去，就说我在这儿一切安好，无须她挂念了。”

小小一一点了头，等着李婉婉当场写了信后，便带着走了。

小小一走，季姑姑忽然在李婉婉身后叹了一声：“夫人真是有情有义，还是昇儿的眼光好啊。”

李婉婉这会儿心里乱得很，只得伸手去握住了季姑姑的手求个心安：“姑姑就别说笑了，我父亲的那点儿小心思，全给姑姑看透了。可他也是担心我，您且不要怪他吧。”

季姑姑又点了点头道：“你父亲爱你之心，也可以理解。”

李婉婉眼下虽还六神无主，但也已经开始思考对策，立时又道：“眼下只好赶紧思考对策，替老爷稳住家里和美醯居。如今看来，光是靠促销来与益延庆抗衡，绝非长久之计，最终还是要回归根本，研制出能与万和香醋抗衡的新醋来。或者想法子精进工序，合理有效地降低成本，让平民百姓都能吃得起咱们的放心醋。”

季姑姑也跟着点了点头：“说得是啊，可研制新醋并非一朝一夕便能成事，非得有能沉得下心之人才行。眼下这个形势，你可撑得住啊？”

“撑不住也要撑住。我毕竟是老爷明媒正娶抬进来的妻子啊。”

李婉婉的眼神忽然坚定了许多，季姑姑看在眼里又点了点头，伸手在她手背上拍了拍道：“好，只要你有这份心思，我定全力帮你。”

两人又说了会儿话，季姑姑便把李婉婉赶出来歇着了。

可她们谁也没注意到，就在李婉婉迈进屋子的时候，院门前一个白色的身影忽然闪过，没一会儿就消失了。

【6】

西关路二十六号，一个穿着斗篷的人送上了一张拜帖后，尖声尖气地说道：“麻烦交给紫烟姑娘。”

没一会儿，里面便有人出来，将这人请了进去。

斗篷女进屋时，紫烟正懒懒地睡在榻上，瞧见这人的脸，便有些埋怨地说道：“不是和你说了，没什么要紧的事儿，不要总是往我这儿跑吗？若是给人看见了，于你于我，也都不是好事啊。”

斗篷女却只瞧着紫烟身上穿的红底金丝线鸳鸯肚兜，周边还镶着豌豆大的珍珠，声音里都带着羡慕地说道：“紫烟姐姐，您可真的是找到个好归宿了，日后要是真的飞黄腾达，可千万要记得拉妹妹一把呢。”

紫烟略有些得意地坐起身来，伸手拿了一面西洋镜子照了照，伸手轻轻将自己的一头长发捋到了身后，露出好看的锁骨，微微笑着说道：“那也得瞧瞧你带来的消息有没有用呢？”

斗篷女一听这话，立时上来笑嘻嘻地说道：“自然是有重要消息，妹妹才敢冒险前来相告的。”

说着，斗篷女便上前来把她刚刚在季姑姑门前听到的话，都和紫烟说了。

紫烟听了也是一惊：“此话当真？”

斗篷女立时点了点头道：“我亲耳听见的，那李婉婉的娘家都已经要派人来把她接回去了。”

紫烟便一脸得意地笑道：“恶人自有天收！姑母，这便是你那般无情赶我出来的下场！”

说着，紫烟便也凑到斗篷女的耳朵边上说了几句话。

斗篷女立时面露惊色，随即又瞧着桌上一只好看的玉镯说道：“要是给两位姑姑知道是我传的，只怕我以后在美醯居，可就待不下去了。”

紫烟立时轻笑一声：“怕什么？要是老爷真回不来，连美醯居都要没了，你不走还留着和美醯居共患难不成？”

说着，她便伸手去拿了那只玉镯，拉过斗篷女的手，亲手给她戴上了。

“妹妹放心吧，只要能一举扳倒了美醯居，我们爷是个知道疼人儿的，到时候绝不会亏待了你！”

斗篷女得了那镯子，心里自然乐得不得了，美滋滋地便出了门，给紫烟办事去了。

紫烟倒也没闲着，立时换了身衣裳，也没往别处去，去王家叫人递了张名帖，便又坐着马车往清徐最有名的寺庙寿宁寺去了。

【7】

在住持那里捐了些香火之后，便有僧侣将其引到殿前去祭拜。

没一会儿，身后便传来另一拨人的脚步声，紫烟却也不回头，依旧磕着自己的头。

直到身边人也跪下磕了几个头，向她问道：“瞧着妹妹的穿着打扮，今日过得该是很不错啊。”

紫烟行完最后一拜，上前敬了香后，便朝阎芷凌看过来含笑说道：“当时若不是姐姐的人刚好经过，在美醯居门前救下了我，紫烟这会儿，应该已经被逼着与我那穷表哥成亲了，又何来眼下的富贵？”

阎芷凌冲着紫烟会心一笑，随即说道：“切莫这样讲，当日你不辞而别，我还真担心了好一阵子，如今看来，倒是白担心了。”

“紫烟得了姐姐指点，不想平白浪费这一身酿醋的本事，便去投了益延庆。但终归是有些对不住美醯居，对不住姐姐的。所以一直也没有脸面来叨扰。可是刚刚听到了些风声，恐对姐姐不利，才不得不约您出来，提醒一二的。”

“哦？”阎芷凌面露惊色，随即问道：“对我不利？我一个老老实实种花养草的闺阁女子，还能碍了谁的眼去？”

紫烟立时笑道：“若是换作平时，姐姐有老爷庇佑，自是可以风平浪静。可如今老爷遇了难，生死未卜。这王家以后，怕是就要变天了。”

“你说什么？老爷生死未卜？”阎芷凌大吃一惊，出门前往脸上扑的粉都差点儿掉了一层。

紫烟还煞有介事地说道：“可不是吗？我的眼线亲耳在季姑姑门前听李婉婉说的。结果李婉婉竟然选择秘而不宣。姐姐还不知道呢，这李婉婉和我们爷可是青梅竹马。今天日里，两人还见了一面，这老爷刚出事，我们爷就收了益延庆，和美醯居开始打擂台。这两个人要是里应外合，会有什么后果，姐姐可想过？”

阎芷凌一听这话，竟立时失了神，哭哭啼啼地说道：“妇夫，你这样留下咏炎一个，叫他以后如何是好啊？”

紫烟瞧着阎芷凌这般软弱，心里便有些轻看她，随即摇头叹气地说道：“姐姐，你要是真为了咏炎好，眼下最要紧的，就是揭露李婉婉的阴谋，将她赶出美醯居，同时收回我姑母对于美醯居的统治权，交到少爷的手里。少爷年幼，自然不能全力处理美醯居大小事务，以后还有的是叫姐姐辛苦的事呢。”紫烟说着，还一把扶起了正在哭哭啼啼的阎芷凌，目光坚定地看着阎芷凌说道：“姐姐若信我的话，我届时定竭力在我们爷面前为美醯居说上几句话，到时候只要少爷退出醋业商会的会长之争，美醯居便定能相安无事，您和少爷也能在王家继续逍遥快活。这才是眼下的当务之急啊，妇姐。”

阎芷凌的哭声戛然而止，泪眼汪汪地盯着紫烟说道：“揭露夫人的阴谋诡计？她眼下是王家的当家主母，是王家上下权力最大之人，我一个外人，能如何揭露？”

紫烟一脸无奈地说道：“姐姐平日里一颗七窍玲珑心，怎么这会儿反倒没了主意？您手上不是还有少爷呢吗？只要叫他知道了李婉婉的所作所为，少爷自会做出判断的。”紫烟说着又立时想到什么似的说道：“对了，姐姐，您还不知道吧？老爷这次之所以接下这趟差事，也是因为李婉婉的娘家向老爷求了一样东西，办了这趟差事方能得到的。”

阎芷凌听后大惊：“怎么又和夫人的娘家有关？此话当真？”

紫烟立时点头应道：“那还有假？我可是亲口听见李婉婉和我们爷说的。”

紫烟说话的时候眼珠转了一圈。

阎芷凌一听这话，像是受到了好大的惊吓似的，当即又开始哭道：“我的姐夫啊，我的咏炎啊，如何就这般命苦？以为迎了个好人进门，如今倒被坑成了这样。这可如何是好啊？”

紫烟瞧着阎芷凌仍旧一副烂泥扶不上墙的模样，实在无奈，立时又道：“姐姐莫哭了，不如你找机会带着少爷出门来，我来和他说清楚，少爷十四岁便成了举人，聪明过人，自会有自己的判断的。”

阎芷凌忙做感激状：“如此，那就多谢妹妹了，你可真是我们一家子的救星啊。那等我找到了机会，再派人去通知你？”

紫烟瞧着阎芷凌终于是开窍了，立时也松了口气，随即点头道：“如此甚好，姐姐放心，只要有妹妹在，您和少爷，就一定不会有后顾之忧的。”

说完这些，紫烟便又朝身后看了看，随即说道：“我是偷跑出来的，到时候爷找不到我是会生疑的，我就先走了。”

阎芷凌又感激涕零地把紫烟给送走了。

直到这时，一直在边上候着的茑萝才凑过来开口说道：“小姐当真相信紫烟姑娘的话？”

阎芷凌脸色骤变，随口哼笑一声道：“笑话，姐夫何许人也？被事情绊住了一时回不来倒是有的，要说会出意外，我是说什么都不信的。不过左右眼下咏炎被那个女人迷了心窍，根本就听不进去我说的话，如今有紫烟这个傻子，愿意助我们一臂之力，自然是好的。若是老爷回来之前，能叫那李婉婉和王家决裂，便就有好戏看了。”

【8】

这天王咏炎去友人家里打探王晋昇的下落又是没有结果，归来途中满心惆怅，心里十分担忧。

谁知马车骤然一停，只听车夫在外头惊叫道：“小姑娘，你不要命了？这样忽然冲过来！”

王咏炎便掀开马车帘子向外探头，正好与紫烟对视。

“少爷，我是之前在美醢居做事的紫烟，还请您借一步说话。”

王咏炎每年都要随王晋昇去一趟美醢居，因着紫烟是紫衣女工，总是站在队列的最前头，又生得比旁人好看，所以倒是有些印象。

“是你啊，你有什么事儿，要这样拦着车？难道是美醢居出了事儿？”

紫烟却朝着身边看了两眼，随即慌慌张张地说道：“事关王家大事，不能叫外人听见，还请少爷让我上车，和您详说。”

王咏炎一听这话，便叫紫烟上了车，随即问道：“你快说说，是什么大事，竟然叫你这样慌张？”

紫烟便把之前和阎芷凌说的事情，又和王咏炎说了一遍。

王咏炎起初还不信，立时问道：“你一个美醢居的紫衣女工，又如何能知道这么许多？而且据我所知，婉姨即便人在美醢居做学徒，也是和你们分开居住的啊。”

紫烟见状只得又亮出了自己的身份。

“不瞒少爷说，之前因为夫人忌惮我的美色，第一次进美醢居时，就已将我赶了出来，后来益延庆新开店铺要招工，走投无路的我便投到了益延庆的门下，因为酿醋的手艺还可以，被益延庆的大当家看中，收了我做贴身丫鬟。这才让我撞见了夫人和主子私下见面，听到那些话的。”

紫烟说着，又立时一副十分为难又愧疚的面孔说道：“小女虽然已经投奔了益延庆，但在我最困难的时候，毕竟是老爷叫人收下了我，是美醯居教会了我一身的本事，如今瞧见王家有难，我是绝不能眼睁睁地看着王家就这么毁在夫人手上的。”

王咏炎还是有些不大相信，随即又道：“据我所知，美醯居一向是季姑姑管事，就连我父亲，也没有权力越过季姑姑去赶走或任命一个人。婉姨连三家的内务都没有独权，又何必为难你一个小女工呢？你该不会是自己犯了错被赶了出去，对婉姨心怀憎恨，所以才会来编造这些事情欺骗我的吧？更何况我父亲是何许人也？虽然一时没有音信，但也不至于就直接遇难了吧？”

紫烟瞧着王咏炎竟这样不好糊弄，眼珠转了几圈，忽然就哭哭啼啼地举起手来立起誓来：“紫烟敢对天发誓，若是刚刚所言有半句虚假，愿意天打雷劈，不得好死！至于老爷之事，也不是紫烟一人揣测，眼下街头巷尾都已经传开了的。少爷若是不信，回美醯居问一下夫人便知道了，她若是还和少爷您遮遮掩掩，便绝对是心中有鬼了！”

王咏炎一听这话，心里亦颇为震撼。

“你一个被我家赶出门去的女孩子，竟然还愿意为了我家之事，发这种毒誓，如此以德报怨，难道婉姨当真如你所说，竟做了那些事情？要真是这样，那便是太可恶了！”

【9】

李婉婉正在醋缸边上做记录，小小忽然冲进来说道：“夫人，不好了，也不知道是谁在外面乱传，现在整个美醯居的人都知道老爷出了事儿了！”

李婉婉一听这话，手里的本子都掉到了地上。

“走，快带我去看看。”

出了门进了醋坊，瞧见许多女工散落在各处，议论纷纷的，都无心做活了。

大家瞧见李婉婉进来，便都围了过来问道：“夫人，外面传的是不是真的？老爷——真的出事了吗？”

“是呀，夫人，这种事情您可得如实告诉我们。我们也都是有家要养的，要是美醯居撑不下去了，可是要想好后路的。”

“是呀是呀……”

李婉婉还未及说话，小小便已经先看不下去了，立时站出来驳斥道：“你们！你们这些人在美醯居都多久了？年头最短的也有半年了吧？这半年来美醯居可曾亏待过你们？如何就能这般忘恩负义、落井下石？”

小小这话一出，大部分人就都有了退缩的迹象。

“是呀，老爷当年翻山越岭把咱们从家里带出来过好日子，让咱们这些人有了生的希望，如今美醯居有了困难，咱们应该众志成城，一心帮助美醯居挺下去才对啊！”

彩女忽然站出来说了话，随即，青女也站了出来。

这时，站在人群最后面的一位白衣女工阿杉忽然说道：“小小姑娘，你这样讲，是不是就等于承认了传闻所说，证明咱们老爷是真的出事了？”

这话一出，众人的眼睛又都朝李婉婉看了过来。

李婉婉的双拳握在了一处，她认真地扫视着她们每一个人的脸，并试着理解她们每一个人。

很明显，她们中的大部分人脸上都露出了担忧之色，李婉婉更愿意相信她们是因为担心王晋昇的安危才会表露出这种神态。一小部分人有点儿事不关己，李婉婉也能够理解，毕竟她们只是来打工的，即便美醯居倒了，她们也可以凭借丰富的经验到益延庆，到聚能庆，到福元昌去。然而她不能理解的是，这种时候，竟然会有人幸灾乐祸？

最终，她把目光定格在了阿杉的脸上，哼笑一声道：“瞧你这样子，是巴不得老爷出点儿什么事儿呢？”

众人的目光又一下子聚到了阿杉的脸上。

李婉婉的问话叫阿杉猝不及防，甚至还有些心慌。她立时往四周瞧了瞧，那几个最先从她那里听到消息的人，这会儿也都莫名其妙地看着她，要是她的回答有个什么闪失，这些人马上就会供出是她传的谣言。

于是她立时稳了稳心神，心虚地低着头说道：“小女不敢，小女也是替美醯居的前途担忧啊，若是老爷真的出了什么意外，别说是美醯居，就连王家也会失了主心骨的。我们这些人也都是要吃饭，都是有家里人要养的。我们是可以和美醯居共患难，可我们的家里人怎么办呢？难道要看着他们饿肚子？这岂是孝女所为啊？”

“谁说老爷不在，王家就会失了主心骨？美醯居就会失了主心骨的？”

这话一出，众人立时朝来人看了过来。

“姑姑？”

“对啊，还有季姑姑呢，咱们醋坊这十几年来一直是季姑姑在操持着，何时有过差池？有季姑姑坐镇，咱们怕什么？”

众女工悬着的心，立时又缓和了下来。

李婉婉瞧见季姑姑被望春姑姑扶着出来，忙上前去扶住她问道：“姑姑，不是犯了头风病吗？怎么还出来？”

季姑姑却反将李婉婉的手臂拖着，一路拉着她走到了人群正中央，随即自己站在了人群前头，面对李婉婉的地方，深深地给她鞠了个躬。

“夫人，老爷如今不在家，您便是王家和美醯居的天，我季梅兰携美醯居上下，都听您的调遣。您有什么想法，便放手去做吧。”

季姑姑说完，便给李婉婉鞠了个躬，紧接着，望春姑姑也跟着鞠了个躬，众人瞧着这个情景，虽然心里还有点儿怀疑李婉婉的实力，却也只得跟着给李婉婉鞠了个躬，齐齐地说道：“任凭夫人差遣！”

眼见着紫烟交代的任务就快完不成了，阿杉咬了咬牙，立时说道：“两位姑姑好生糊涂，夫人虽是王家的当家主母，然自古女子在家从夫，夫去从子，你们这样将夫人捧于高位，又将少爷置于何地呢？”

众人一听这话，立时又开始犹豫了，王咏炎虽然素来知礼懂事，但与李婉婉毕竟不是一脉相承，以后能不能与她一条心倒也难说呢。如今众人这样纷纷支持李婉婉，若是日后王咏炎上了位，与她们秋后算账，那岂不是要吃不了兜着走了？

“不用拿我说事儿，父亲早就说过，醋坊的事儿，全以季姑姑马首是瞻，既然季姑姑相信婉姨，那我自然也是信的。”

王咏炎的突然出现，叫在场的所有人都吃了一惊，这位总是神龙见首不见尾的少爷，有些女工甚至还一次都没有见过。

只见他身着一件深蓝色灰条暗纹的长衫，外套一件月牙白丝线马褂，头戴同款瓜皮帽。远远望去，活脱脱一个少年王晋昇朝这边走来，看得李婉婉和季姑姑都一同恍惚了。

直到他走近了，冲着李婉婉鞠躬问安之后，李婉婉才反应过来似的笑着问道：“咏炎，你怎么来了？”

王咏炎微微翘了下唇说道：“许久未给婉姨请安，特来瞧瞧的，只是没想到——”

王咏炎说着，便又朝阿杉看了过去。

“我王家的美醯居里，竟然也会出现这种挑拨离间，唯恐天下不乱之人？”

阿杉一听这话，立时吓得扑通跪地。

“冤枉啊，少爷。小女也是替您着想，生怕这王家偌大的基业，被外人窃取，怕有愧于老爷对我们的恩情啊。”

阿杉说着，还又朝李婉婉看了一眼，眼神中满是愤恨。

“哼！”季姑姑忽然转过身来蹙眉怒道：“你说的外人，可是我？”

阿杉被吓得立时趴在地上求饶：“小女不敢，姑姑在美醯居持股三成，算起来也是美醯居的半个主人了，就连老爷都不敢说您半句不是，小女又怎敢对您指手画脚？小女是真的没有此意啊！”

“哼！”李婉婉忽然哼笑一声，“那便是我喽？”

“放肆！婉姨乃是我王家当家主母，是我父亲明媒正娶抬进门来的，如何在你这里倒成了外人。你倒是为了我们王家，想得太多了！”

王咏炎素来温文尔雅，对待下人也不曾颐指气使、乖张跋扈。如今竟然这样凶巴巴地对阿杉讲话，显然是生了大气了。

眼见着自己的小伎俩全被看穿识破，阿杉吓得再不敢耍小聪明，直跪在地上磕头求饶。

王咏炎却一直板着脸，皱着眉，直到听不下去，才开口问季姑姑道：“姑姑，也不需再叫她这样哭号影响旁人，你便按照醋坊的规矩处置了她吧。”

季姑姑给王咏炎行了个礼，便瞪着阿杉说道：“乱嚼舌根，离间生事者，逐出醋坊，永不录用！”

这回不等阿杉再求饶，望春姑姑就已经叫人把阿杉给拉出去了。

李婉婉瞧着眼下人心惶惶，立时站了出来，收起了自己平日里吊儿郎当的模样，挺直了腰板说道：“诸位姐妹，想必大家都知道，下月初六，益延庆在街对面的铺子就要开张了。他们在明知道醋业商会有规定的情况下，仍旧违反规定，不当竞争。眼下正该是咱们美醯居上下一心、全力迎战的时候。有心人忌惮我们美醯居的实力，在咱们内部混淆视听，借着老爷外出办差，制造谣言，企图削弱咱们美醯居的竞争力，简直就是痴心妄想！作为王家的当家主母，我希望大家从今日起，能够拧成一股绳，为了美醯居的未来，为了我们自己的未来，切莫被有心之人利用，生了异心。只要我们每个人都能坚守自己的岗位，同心协力，就一定能打赢这场仗！”

李婉婉话音刚落，立时获得了众人激烈的掌声。就连王咏炎都好像受到了鼓舞，跟着一起鼓起掌来。

【10】

终于把大伙儿都打发去做工了，李婉婉才把王咏炎请到了自己的小院儿，两人在院子里一坐定，小小便端上来两碗东西，其中一小碗是明前龙井，端给了王咏炎。

另外一大碗呈红棕色，透着一股子酸甜味道，端给了李婉婉。

王咏炎瞧着李婉婉手中的那碗东西，好奇地问道：“婉姨手里拿的，可是糖醋水？”

李婉婉笑着点了点头道：“嗯，这会儿子天热，喝这个解渴又解暑，挺好的。”

“能给我尝尝吗？”王咏炎随口问道，那眼神，好像也特别喜欢这口似的。

李婉婉听到这话，立时笑道：“你喜欢的话，自然好了。小小——”

“不必了。”王咏炎说着，便将自己茶碗里的茶水一泼，递到了李婉婉的身前说道，“婉姨这里有这么一大碗，便分给我一口尝尝吧，也省得再麻烦小小姑娘跑一趟了。”

李婉婉立时乐呵呵地点了点头道：“你若不嫌弃，倒也没什么。”

说着，便给王咏炎倒了几口。

瞧着王咏炎喝得惬意，自己也便跟着喝了起来。

王咏炎这边几口便喝光了那糖醋水，随即说道：“就是这个味儿，记得小时候，父亲带我上街的时候，身上也常备着这糖醋水，每次一拿出来，街头巷尾的小娃娃们都会过来抢着喝，父亲也从不吝啬，总会分给他们一些。”

听到这话，李婉婉眼睛一怔。

“你是说？小孩子们都很喜欢这玩意儿？”

王咏炎似乎没想到李婉婉会有这种反应，也跟着愣了一下，随即点了点头道：“对啊，我们这边的人都很喜欢喝糖醋水，不过我家的醋膏调出来的糖醋水岂是别家能比？所以每次一见到父亲，他们才会如此兴奋的。”

“啪！”王咏炎话还没说完，李婉婉便一个拍手。

“对啊，我怎么没想到呢？像三十年陈酿、五十年陈酿这种高阶醋，单罐卖价格昂贵，平民百姓是绝对消受不起的。但若是能够制成衍生品，做成普通的食物和饮品拿出来卖，说不定也可以招揽一大批人呢。”

说着，李婉婉便站起身来，迫不及待地往出走了。

弄得王咏炎一脸的莫名其妙：“婉姨，您这是要做什么去啊？”

李婉婉这才想起来王咏炎还在这儿，忙转过身来有些不好意思地说道：“对不住了，咏炎，你先坐会儿，我有些事情，现在便要去和季姑姑商量。”

说话间，人已经都出了院子了。

【11】

王咏炎原本就觉得李婉婉性子可爱，这会儿瞧着她这样，又不觉轻笑一声，但是冷静下来之后，他却忽然想到了自己的来意。

内心又开始矛盾了起来。

明明刚刚已经下定决定要和李婉婉站在一起，一同对抗外敌。但一想到刚刚紫烟立誓说的那些话，他又开始犹豫不决，不知道该信谁。

这时，一阵邪风刮过，忽然将李婉婉原本半掩的门给吹开了，就连桌上的纸张也吹落了一地，甚至有几页给吹出了门外来。

王咏炎下意识地站起身来，去帮李婉婉捡东西。

一开始的几张纸，无非都是李婉婉酿醋时总结的经验，王咏炎拿眼一扫，心里还感慨李婉婉的用心。

结果捡着捡着，忽然出现了一封信。

王咏炎心里大惊，经历了一番煎熬之后，最终还是打开信看了。

瞧见里面的内容之后，他整个人都傻眼了。

而这封信，并非是李父写给李婉婉的那封，而是苏天海写给李婉婉的，信中内容多有关切，在外人看来，甚至还有些暧昧不清，甚至还有详细的如何密谋王家基业的步骤。

王咏炎脸上的笑容渐渐消失，最后将那封信紧紧握在了手中，所谓耳听为虚，眼见为实，如今紫烟说的那些话，他便是想不信都难了。

想到这里，他的眼神里充满了愤恨，一时间竟有些六神无主，他第一个想到要去找季姑姑帮忙，但紫烟也说过，季姑姑早已被李婉婉收买，两人现在是沆瀣一气。而且从刚刚季姑姑的表现来看，也确实是如此。

所以王咏炎果断放弃了去找季姑姑的想法，如此一来，眼下就只有一个人可以相信了，于是他便匆匆离开了，还在门口撞到了刚刚从茅厕回来的小小。

小小瞧着王咏炎将手里的一张纸攥得紧紧的，神色匆匆的模样，忙不解地问道："少爷，这就要走了？"

王咏炎这会儿满眼的恨意，却又不能打草惊蛇，只勉强笑笑说道："哦，婉姨去找季姑姑说事儿，我便先离开了。回头你且代我和婉姨说一声吧。"

和王咏炎分开之后，小小便进屋去做事，结果就瞧见院子里散了一地的纸张，立时冲过去开始收拾。

"天哪，这是遭贼了吗？"

说着，便回头朝王咏炎离开的方向望了一眼，一脸的疑惑。

"啪嗒！"

这时李婉婉的屋子里忽然传出了声音，立时又有一股风吹过来，又把李婉婉屋子里的纸张吹了许多出来。

小小赶紧往屋子里去，一边走，还一边纳了闷儿地说道："奇怪，夫人屋子里的窗子又是何时打开的？明明嘱咐了我不叫开窗的啊。"

【12】

永馨阁中，茑萝匆匆从外面进来，刚对着正在浇花的阎芷凌喊了声"小姐"，门外就传来一阵骚动。

"表少爷，我家小姐这会儿正在歇息，还是容小女进去通传一声再进吧。"

没一会儿，王咏炎就已经闯进来了。

阎芷凌先是往茑萝那里看了一眼，瞧着她冲着自己点了点头，便一脸惊色地看着王咏炎问道："咏炎？怎么这么慌慌张张的，出了什么事儿了？"

王咏炎这会儿六神无主，当即就扑到了阎芷凌的怀里说道："姨母，之前都是咏炎错怪您了，没想到婉姨竟是这样心思歹毒之人，咱们得想个办法阻止她才行！"

王咏炎一边说，一边将手里的信递给阎芷凌看了。

阎芷凌只稍稍扫了一眼，便大惊失色地说道："天哪，这位叫苏天海的到底是谁？怎么心思竟然这样歹毒？"

王咏炎一边哭一边说道："我也是刚刚才知道的，原来婉姨嫁进我家之前，是有一位青梅竹马的，这位苏天海，正是她的那位青梅竹马，而且现在还是益延庆的大当家的。"

"天哪！"

阎芷凌立时表现得六神无主起来，绕着王咏炎走了老半天，才又抱着王咏炎一起痛哭起来。

"我的咏炎啊，你如何就这般命苦呀？"

两人哭了一阵子，阎芷凌方扶着王咏炎的肩膀说道："咏炎，眼下你父亲下落不明，王家上下都被那李婉婉把持着，咱们不能就这么坐以待毙了，必得做点什么，才能拯救王家于水火啊。"

王咏炎抹了把眼泪，抽着鼻子说道："如今证据在手，不如我现在就去报官，将婉姨和那苏天海的计谋公之于众，也好将他二人绳之以法？"

"不可！"

阎芷凌立时伸手拉住王咏炎的胳膊，又继续说道："虽说你父亲也有官职在身，但他毕竟现在没了音信，那益延庆背后可是官字头，苏天海能成了益延庆的大当家的，背后自然是有人的，你这样贸然去告状，非但告不倒他苏天海和李婉婉，说不定还会打草惊蛇，反叫咱们自己身处险境。再者说，叫人家知道咱们王家少爷和当家主母内斗，难免不会有人想要乘虚而入，捣毁咱们美醯居。这样一来，岂不是令仇者快亲者痛？依我看，还是先想办法夺掉李婉婉手里的大权，由你来掌管，等把她重新困在了咱们王家，日后若是病了或是出了什么意外，也就说不到咱们身上了。"

王咏炎听完阎芷凌的话，像是吃了一惊，立时又道："我倒也没想要把婉姨怎么样，她即便用心险恶，到目前为止，倒也还没做出什么大奸大恶之事。毕竟是我父亲明媒正娶进来的，她若是愿意收收心，安安心心地给我父亲做个贤内助，不再插手我王家事务，我便将她像个当家主母一样养在永安居里，也是可以的。"

阎芷凌立时一脸欣慰地笑道："好孩子，你这般心善，真是像极了你的母亲，她李婉婉若是能像你说的那般本分，自然是好的，怕只怕她狼子野心，不肯就范呢。"

“若是那样！哪怕是鱼死网破，也绝不能叫祖宗几百年来的基业，在我手上就这样毁了！”

王咏炎说完，双手已经成拳，指甲甚至还在拳头里发出了咯吱咯吱的响动。

阎芷凌瞧着王咏炎已经下定了决心，便微笑着冲着茑萝使了个眼色。

茑萝便走上前来说道：“少爷，茑萝一直在边上听着，心里也着实替您和王家担忧，如今心中生起一计，既能将夫人赶出美醯居，又能将咱们的损失降到最小，只不知道少爷愿不愿意？”

王咏炎这会儿责任感爆棚，只想着要拯救王家于水火，维持自己心中的正义，想也不想便道：“若是真的有效果，你便说吧！”

【13】

在李婉婉和美醯居上下的齐心协力之下，终于赶在六月初六这天，完成了李婉婉的全部部署。

正赶上对面益延庆开张的日子，美醯居也推出了自己的促销活动，和益延庆打上了擂台。

这会儿子，美醯居里大部分人都到了前厅去帮忙。

李婉婉站在人群中央指挥着：“小小，这个醋泡茶叶蛋凉着吃口感更好些，切记要摆在阴凉通风的地方。”

“彩女，这些醋泡小食就摆在美醯居的大门前头，给路过的客人免费品尝，要觉得好吃有意向购买的，再领进来。

“青女，这五十年陈酿糖醋水的牌子，你去帮着伙计找个显眼的地方摆一摆，价格一定要标得明显一点，这样才好引来客源的。

“望春姑姑，你且叫两个姐妹带上一些老醋汤圆拿到街上去叫卖，把客源引过来才是。

“阿丽——”

李婉婉正焦急地指挥着大家的时候，忽然一只手伸过来拍了她的肩膀一下。李婉婉回头一瞧是季姑姑，忙又笑着说道：“姑姑有事先等一下，我还有些事儿要交代一下。”

“还有什么好交代的？你说的这些，这两天已经和她们说了无数次了，这些人现在怕是都能倒背如流了。”

季姑姑说着，又朝对面新开张的益延庆瞧了一眼，只见对面出出进进的没几个人，与自家门前的热闹景象，形成了鲜明的对比，便随口说道：“我瞧着对面这会儿好像也不怎么热闹，你脑子里的这根弦是不是也该松一松了？”

李婉婉瞧着益延庆的景象，虽然心里觉得有些奇怪，但确实是放心了不少。

立时笑着说道：“不到最后一刻，谁又能说得准呢？姑姑要是累了，便先歇着去吧，我就坐在这儿才安心些。”

李婉婉话还没说完，就有一群人上来开始推着她往出走。

“哎呀，夫人！您这几天一直在研究衍生品，已经都好几个日夜没有合眼了，再这样下去，可是要出大事儿的。再说，有您在这儿啰啰唆唆的，我们几个只觉得像念经一样，再听下去，个个都要睡着了，还哪来的心思专心做事了？”

李婉婉没法子，只得摇头叹气地举手投降道：“好，那我就回去眯一会儿，要是有什么事儿发生，可千万记得去喊我。”

说完，她便恍恍惚惚地往自己院子里去了。

刚刚在前头兴冲冲地指挥大伙做事的时候，倒还不觉得有什么，这会儿一闲下来，是真的有点儿虚脱，总觉得天旋地转的，眼皮也不听使唤，老是想合上，人还没走到小院儿，便已经困得不行了。干脆便找了个不碍事的偏僻角落，躺在长石凳上睡下了，想着正好这个位置也挨着醋缸，这会儿院子里戒备松懈了，她躺在这儿还能帮着看着点儿。可没眯一会儿，便听见有人在耳边上窃窃私语。

“少爷？您怎么来了？”

“茑萝姐姐，我想来想去，这种栽赃嫁祸的法子还是太过卑鄙，既然咱们眼下已经知道了婉姨的歹毒心思，何不一起监视她？等到她露出狐狸尾巴以后，再逼她就范便是了，何必连咱们自己也变成这种卑鄙之人呢？”

李婉婉听着这话越说越不对劲儿，忙坐了起来朝那两人看去，就见茑萝手里拿了一样东西，一脸不耐烦地说道：“少爷您何等糊涂啊？她李婉婉背后有益延庆撑腰，如今咱们势单力薄，就算咱们到时候能抓住她的狐狸尾巴，又能奈她何呢？如今这种做法虽然卑鄙些，但比起她的用心险恶，只不过是小巫见大巫罢了。您想对她以礼相待的时候，可曾想过她正想着如何令您家破人亡，一无所有呢？”

茑萝说着，便将手里的东西扔进了醋缸里。

速度之快，王咏炎想接都没接住：“哎——你怎么就——？”

这时，前院做事的青女正带着几个白衣女工来打醋，远远瞧见她们两个在醋缸边上，便立时呵斥道：“醋缸重地，是谁在那里，还不速速离开？”

茑萝立时小声说道：“少爷，如今木已成舟，您若还觉得茑萝这种行事十分卑鄙，大可当场举报了我。只是这样一来，我和我家小姐被赶出去了，您日后在王家可就孤立无援，任人宰割了。”

“你——”

说话间，青女已经带着人快步走了过来，一瞧见是王咏炎，吃惊之余，还是先行了个礼。

“少爷是何时来的，怎么也不招呼我们一声？”

“我——”

王咏炎这会儿依旧以刚刚茑萝的行径所不耻，却又没有勇气举报她，只好支支吾吾地不说话。

倒是茑萝先开口笑道：“这位姐姐，我是永馨阁的，我家小姐听说今日美醯居和对面益延庆打擂台，特意派我过来瞧瞧，看有没有什么需要帮忙的。正好少爷也要过来看看，便将我一同带过来了。诸位姐姐可有什么需要我做的？”

青女瞧了一眼茑萝的穿着打扮，明显是不符合醋坊规定，她又是个像季姑姑一样特立独行的，连个笑脸都没给茑萝便道：“不必麻烦了，姑娘终归是外人，这次有少爷在身边也就罢了，下次若再来醋坊，切莫再往醋缸边上走了。”

青女说着，又给王咏炎行了个礼，便开始指挥大伙儿开始打醋。

茑萝和王咏炎却也不走，偏在边上瞧着，果然没一会儿，就瞄着其中一位女工的舀子说道：“这位姐姐且慢，我怎么瞧着这里面好像有东西似的？”

女工闻言手一抖，立时瞧见了自己手中的舀子里面有一样东西，拿出来一看，竟然是个翡翠叶子的珍珠耳坠。

“呀，这是哪个不讲规矩的小浪蹄子？竟然又戴着坠子做工了？”白衣女工立时吼道。

身边的女工听见了，也跟着凑过来说道：“姐姐这话说的，平日里除了几位紫衣姐姐，咱们这些人哪有机会靠近醋缸啊？”

这人说着，便又往青女那边望了过去。

两个人一起大声叫嚷了一番，便就把青女和其他女工都引了过来。

“何事在这边叫嚷？”

女工立时将手里的坠子递到了青女的手里说道：“青女姐姐，这是媚儿刚刚打醋的时候从醋缸里打上来的。只是不知道又有哪位姐姐触犯了规矩，白白浪费了这一缸醋了。”

青女瞧着那坠子，立时皱了眉，因为这个坠子，她是见过的，可心中的想法不能确定，她便将坠子往手中一握，随口说道：“这个事儿我知道了，回头我会禀告姑姑查明此事的。眼下先把前头的事儿做好了最要紧，还是赶快把前头需要的醋送过去吧。”

听到青女要把这件事儿盖下来，王咏炎总算松了口气，这样若能大事化小，小事化了，那便也不算是他卑鄙了。

可是茑萝却不想就此罢手，立时说道：“哎哟，我瞧着这坠子好生华贵，倒不像是一般人家的孩子能用得起的。我总觉得，好像在哪里见过呢？”

青女立时皱了眉，冷声说道：“姑娘，这是我们醋坊内部的事儿，您纵是阎姨娘身边的人，也是无权干涉的，这里是醋坊重地，还请您好自为之，速速离开吧。”

青女说着，便要带着人走，可茑萝却还咬着不放道：“我想起来了，好像瞧着夫人戴过呢。这可怎么办？我虽是第一次来醋坊，不过也听说过咱们美醯居纪律严明，衣发不整，擅自佩戴首饰损坏醋味儿的，严重的，可是会被赶出去的呢。不过她毕竟是夫人，就不知道咱们美醯居，到底能不能做到一视同仁呢？”

这话一出，众人立时议论起来。

青女瞧着势头眼看要控制不住，立时与身边人说了些什么，那人便出门去了。

随即，青女又瞪着茑萝说道：“这位姑娘，眼下这坠子到底是不是夫人的，还得等问过了夫人才清楚，岂容你胡乱说几句就下了定论？”

“哼！”茑萝立时抱起了膀子说道：“早就听说了这美醯居已然成了夫人的天下，我还不信，如今还是在少爷面前，你们就敢这样包庇夫人，我看那传闻，还真是所言不虚呢？你这样拿着坠子去问夫人，难道她还能认下了不成？倒不如问问伺候她的人，这坠子到底是不是她的便是。”

“不用这么麻烦了，确实是我的坠子。”

听到李婉婉的声音后，大伙都开始四处寻找，却是找了一圈，也没瞧见李婉婉的人。

最后是李婉婉拨开了身前的柳条，在众目睽睽之下走到了人群中来。

吓了茑萝和王咏炎一跳，眼神都开始闪烁了。

青女更是吃了一惊：“夫人，不是叫您回房里去歇着了吗？怎么竟从那里出来了？”

李婉婉一边往前走，一边看着王咏炎和茑萝两人，笑模笑样地说道：“这不是为了醋坊的事情，几天几夜都没合眼，太困了，便随便找了个地方眯了一会儿吗？没想到竟然还看了一出好戏。”

王咏炎闻言吓了一个哆嗦，立时看着李婉婉，小心翼翼地问道：“一出好戏？婉姨——您都看见什么了？”

“全看见了啊。”

李婉婉说着，便笑呵呵地走上前去，从青女的手上接过了那坠子，哼笑一声道：“这坠子我丢了好些日子了，原来是在这儿等着我呢。茑萝姑娘可真是费心了。”

茑萝听了这话，心里咯噔一声。但犹豫片刻，又立时挺直了腰板说道：“夫人这是什么话？难道就因为茑萝在醋缸里发现了您的坠子并及时阻止了这位姐姐将坠子舀进醋壶，避免了客户纠纷，您就恨上了奴婢了？”

茑萝说着，又跪地说道：“夫人，您身份尊贵，自然可以不把醋坊规矩放在眼里，可奴婢是我家小姐派过来帮忙的，若是没有好好办事，回去以后是要被我家小姐责罚的啊。您就大人有大量，不要把此事放在心上了吧？”

李婉婉瞧着茑萝演的这一出好戏，忍不住嗤笑一声，随口说道："到底是不是这样，恐怕你心里最清楚吧？"

青女一听这话，立时想明白了什么似的说道："对啊，醋缸重地，本不许外人进来，为何我们来之前，偏偏是姑娘在醋缸边上？又为何偏偏是姑娘发现了夫人一早丢失的坠子？难道就都是巧合吗？"

到了这会儿，青女派去请季姑姑的人也带着季姑姑她们过来了，一时间，周围便围了许多人。

茑萝一瞧见这些人，便就大声嚷嚷了起来："苍天啊，这真是天大的冤枉！茑萝素来是伺候在我家小姐身边的，在此之前，从未到过美醯居，又如何能拿到夫人的坠子呢？再说，刚刚又不是我一人站在醋缸边上，少爷也是在的，若是我把坠子扔进去的，难道少爷会看不见吗？"

从刚刚开始就一直缩着脖子不敢看李婉婉的王咏炎，这会儿忽然听见茑萝提到自己，整个人吓了一跳，立时朝李婉婉看了一眼，之后便眼神闪烁地说道："这——这——"

"少爷，奴婢虽然身份低贱，但也是我家小姐身边贴身伺候的，奴婢要是受了诋毁，那便是诋毁了我家小姐。如此奇耻大辱，我家小姐，是断不会坐视不管的！"

"这——这——"王咏炎知道茑萝在说什么，但他又不想说违心的话，所以憋屈了老半天，愣是一个字也说不出来。

李婉婉瞧着王咏炎那副样子，真是有点儿恨铁不成钢，但他毕竟是王晋昇的独子，骨子里也还是个好孩子，如今王晋昇下落不明，王家腹背受敌，若是王晋昇再出了什么事，那事情便会更加难办了。

所以李婉婉只哼笑一声道："也不用为难咏炎了，你们说这坠子是我掉进去的，那便——"

"是我掉的！"

就在李婉婉马上就要承认的时候，小小忽然冲了出来，抢着说道："夫人您怎么忘了？这个坠子，您不是早前因为不喜欢，早就赏给我了吗？我今日因为要上街去做促销，想要穿得体面些，好多招揽些顾客，便把这坠子给戴上了，没想到一忙活起来，竟然忘了醋坊的规矩，直接戴着坠子过来舀醋，谁想到就掉了一只进去呢？"

小小说话的时候，大伙都朝她看了过去，果然瞧见她的左边耳朵上，还挂着一只一模一样的坠子呢。

"不可能！这坠子明明是——"

茑萝话还没说完，小小立时上前来抢着说道："明明是什么？我刚刚已经说过了，夫人早前两天，便将这坠子赏给我了。怎么？还想往夫人身上栽赃吗？"

小小的气势咄咄逼人，每说一句话，便朝茑萝逼近一步，弄得茑萝节节败退，直到小小说完了停下来，才大喘了口气，稳了稳心神后，嗤笑一声道："笑话！我不过是实话实说，如何到了你们主仆这里，便成了栽赃了？就算这坠子是你掉的，难道你就做对了事了吗？难道夫人就逃避得了责任了吗？"

小小立时哼笑一声道："狐狸尾巴总算是露出来了！你放心，我一人做事一人当，不就是被赶出去吗？我本就不是醋坊的人，今日也是为了我们夫人过来帮忙的，大不了待会儿离开便是。至于惩罚，我回去以后，自会到穗娘娘那里去领板子的，但是——"

小小说着，又往茑萝身前走了一步，吓得她差点儿栽进醋缸里。

"谁要敢动我们夫人，就别怪我小小和她拼命了！"

茑萝被吓得不轻，危急时刻，立时拉上了王咏炎说道："少爷，您快瞧瞧，连一个下人都敢当着您的面嚣张跋扈，可见她们上上下下，根本就没把您放在眼里啊！"

"这——"

王咏炎听了这话，立时又往李婉婉那里看了一眼。

心里想到了自己和李婉婉之间的权力差距，不觉又狠了狠心，冲着小小说道："放肆！什么叫谁若动了婉姨，你便和她拼命？美醯居向来规矩严明，上次紫烟犯错被赶出醋坊，季姑姑也是受了连带责罚的。如今你犯了错，婉姨身为你的主子，治下不严，自然也该受罚，这会儿众目睽睽之下，怎好抵赖？"

"少爷！"

小小简直不敢相信自己的耳朵，李婉婉对王咏炎那样好，而且还为了王家的事儿尽心尽力，都知道王晋昇可能回不来了，还拒绝了李家来接她走的好意，誓与王家共存亡，这会儿他王咏炎竟然帮着外人来对付李婉婉，这不是白眼狼吗？

小小还想说点什么的时候，李婉婉忽然发话了。

"行了！咏炎说得对，是我自己疏忽了，确实该打！"

李婉婉说着，又偏头看了季姑姑一眼道："姑姑，眼下醋坊里还有许多事儿要做，也别耽搁时间了，便按照醋坊的规矩，处置我吧。"

季姑姑何许人也，又岂会看不出来这里的门道？

李婉婉是她亲手调教出来的，她对小小的苛刻更是大伙儿都看在眼里的，小小又怎么会犯这种低级错误？这里面分明就是有人栽赃嫁祸，居心不良。

"夫人，要不还是——"

"季姑姑若是不愿打，那便咏炎来吧。"

一听说李婉婉让自己处置她，王咏炎整个人都蒙了。

刚刚听到李婉婉说全部都看见了的时候，他就已经慌了。万一李婉婉说出实情，那该怎么办呢？等等，如果她全部都听见了的话，现在应该就已经知道自己什么都知道了的事情了吧？这样的话，岂不是就打草惊蛇了？可她为什么没有讲出实情呢？难道是怕口说无凭，一个人说不过我们两个？如此一来，今日要是不能将她赶出醋坊，日后岂不是会遭反噬？

王咏炎越想越怕，越想就越下定了决心，狠了狠心后，便向身边人伸了伸手道：“如此，就上藤条吧。”

“不可！少爷，夫人即便是有犯错，名义上也是您的母亲，您身为儿子，岂可以下犯上，打自己的母亲？”季姑姑苦口婆心。

可王咏炎主意已定，立时说道：“难道不是婉姨自认有错，请我来执行的吗？季姑姑可要公私分明，在家里我们确是母子关系，但是在醋坊，便是利益关系。如今你们无一人愿意处置她，也就只有我来了。”

说话间，茑萝已经不知从何处找了根藤条过来，递到了王咏炎的手中。

“少爷，藤条来了。”

王咏炎盯了一眼那根藤条，立时接过来朝李婉婉看了过来。

“婉姨，还请您自行撩起裤腿，以免待会儿衣裳黏住了伤口，影响痊愈。”

“少爷！我一人做事一人当，要打便打我吧！”

小小立时站出来，但茑萝却在边上看热闹似的说道：“哟，好一个忠心护主的，可你没听夫人说吗？她治下不严，这份惩罚不是你能当得了的。”

小小闻言，又跪在王咏炎的面前说道：“那我愿意替夫人受罚，这总可以了吧？”

“小小！”李婉婉终于发了话，“放心吧，我没事儿。今天这顿打，我必须挨。”

说着，她又往茑萝那边看了过去。

“但是我李婉婉一定不会白白挨了这顿打的！”

这话吓得茑萝一个激灵，立时又后退几步，躲到了王咏炎的背后继续挑拨着说道：“少爷您听见了吗？夫人这是下定了决心要报复的，要不咱们还是不蹚这趟浑水了吧？”

李婉婉也不等王咏炎表态，便自己解开了裤腿，挽好了以后，便盯着王咏炎说道：“咏炎，别犹豫了，动手吧。”

王咏炎身子打了一个激灵，狠了狠心便用力抽了李婉婉一下。

这一下力道之大，连他自己的手都有些发麻了，李婉婉更是疼得用力咬住了牙，洁白细嫩的小腿上当即便现出一道血红来。

小小在边上看得心都在抽抽，李婉婉又不叫她反抗，她便只得在旁边捂着帕子哭。

就连季姑姑、望春姑姑还有美醯居的一众人等，也都不敢再看，纷纷别过头去了。

王咏炎瞧着大伙儿的表现，又想到这事儿的起因，也是一阵心虚，可越是心虚，他就越是憎恨李婉婉，心里觉得若不是她两面三刀，欺骗王晋昇的感情，却联合苏天海，妄图窃取王家的财产在先，又怎么会把他王咏炎逼到这种龌龊的地步？

这样想着，心中便越发愤恨，抽打李婉婉的力度非但没有减小，反而还更加大了。

而他们谁也没注意到，就在这藤条声阵阵响起的时候，门外忽然进来两个举足轻重的人物……

【14】

王晋昇和管伯进门时，正看见王咏炎在对李婉婉用刑。

管伯立时皱眉说道：“子对母用刑，简直有违常伦，传出去可如何是好？少爷缘何这样糊涂啊？我去劝劝。”

王晋昇却一把将其拦住，皱眉瞧着李婉婉的侧颜说道：“她不是个会轻易被人欺负的人，咱们且等等看吧。”

“这——”管伯听了这话，立时又朝李婉婉的小腿看了一眼，短短数鞭，已经是快要血肉模糊，李婉婉一个豪门大户家的嫡出小姐，何时受过这等待遇？就连他这个老头子看了都有些心疼了。

“爷倒是不心疼！这腿都快被打烂了！”

王晋昇瞧着李婉婉的伤势，眉心的褶皱越发多了些，闷哼一声道：“多嘴！”

随即又朝打人的王咏炎和在他身边幸灾乐祸的茑萝脸上看了过去，心里大抵也有了些数。

管伯跟在王晋昇身边数十年，脑子也还是清醒的，就连小小都能看明白的事情，他又怎会看不清楚，立时对王晋昇说道：“爷，有件事儿，我早就想问问您的意思了。之前夫人没进门也就罢了，如今您和夫人都已经喜结连理了，这阎姨娘——？”

王晋昇沉了沉气，随口说道：“是该好好想想了。”

王咏炎这会儿已经打得走火入魔，完全看不见李婉婉的伤势，只想着将心中的仇恨给宣泄出来。

小小却一直在边上数着鞭数，等到了二十下之后，瞧着王咏炎还要打，便立时上前去拉住了王咏炎的胳膊说道：“少爷，够了，已经打满二十下了，不能再打了啊！您瞧瞧我们夫人的腿啊！”

王咏炎这才从心魔中清醒过来，一瞧见李婉婉的腿，直接便吓傻了，就连手里的藤条也都掉在了地上。

“啊？这是——怎么会这样？”

李婉婉这会儿已经疼得脸色苍白满头是汗，可瞧着王咏炎这会儿的表情，却也是有些欣慰，在小小的搀扶下转过身来，抚摸了一下已经被吓傻了的王咏炎的头，虚弱地说道：“咏炎啊，等以后真相大白的时候，一定要想起今天的画面，到那时，你便会知道，那些躲在阴暗角落里做那些肮脏事的人，到底有多可恶。”

听到这话，王晋昇紧皱的眉头骤然一松，心中立时感念李婉婉为了教化王咏炎的用心。那一刻，他也同时坚定了自己这辈子注定要与这个女人绑在一起的决心。

这时，门外忽然有人一边往里闯一边说道：“不好了，夫人，季姑姑。原来益延庆门前如此冷清的原因，是因为他们都把新醋纷纷送到先前在店里登记了名册的人家手里去了，刚刚已经有好些店家退了咱们先前的订单了——老爷？老爷您回来了！”

这话一出，大家的目光就都朝门前望了过来。

王咏炎更是惊得目瞪口呆，坐在地上连着向后退了好些步。

“不可能——这不可能，紫烟不是说父亲已经——”

王咏炎想到这里，禁不住又朝茑萝看了过去，结果哪还有茑萝的踪影，早就混在人群中偷跑出去，给阎芷凌通风报信儿去了。

李婉婉一听到大伙儿喊老爷，也立时抬起头来往门外看，就见到王晋昇正完好无损地站在门前，还是那般的潇洒自如，那般的气概豪迈，就如他们第一次、第二次、第三次以及后来的无数次相处时那般。

心中不论是欣喜、庆幸、安慰和爱慕，却都比不上一个突如其来的“恨”字了。

于是她只咬着牙，瞪着王晋昇道了一声“王八蛋”！便忽然两眼一抹黑，便人事不省了。

不过却也不是什么都不知道，晕过去的瞬间，她感觉到那个熟悉的身影快步朝她冲了过来，那坚实的臂膀又一次将她揽在怀中，那温暖的胸怀又一次将她拥住。

那熟悉又好听的声音一路都在提醒着她：“婉婉，坚持住，我回来了，我回来了！”

【15】

李婉婉醒过来的时候，周围灯光昏暗，只有王晋昇一人守在榻前，紧握着她的手，拄着腮帮在边上坐着睡觉。

这是李婉婉第一次有机会这么近距离地观看王晋昇的五官。

他虽然已经三十有二，但皮肤保养得是真的好，由此可见醋医坊的驻容术到底有多好用。眉毛也是那样的浓密，每一根都透着一身正气。王晋昇的眼形也是好看得不得了，睡觉的时候轻轻地闭着，竟弯成了个月牙形状。鼻梁是真的很挺拔，而且在王晋昇脸上也一点儿不显得突兀，反而又给他增添了许多正气。

在李婉婉这个年纪，是不怎么喜欢男子留胡子的，但王晋昇的胡子却在李婉婉的心里加了不少分数。

如今再瞧见那些没有蓄胡子的小白脸，李婉婉总是不能正视了。只觉得那些人女里女气，没有一点儿男子气概。

想到这里，李婉婉禁不住勾唇笑了起来，却忽然被王晋昇闭着眼睛说的一句话，吓得直接又躲进了被窝。

“看这样子，是不怎么疼了。”

李婉婉这才意识到，自己的腿好像真的不怎么疼了，明明刚刚被打的时候，疼得在心里把王晋昇的祖宗十八代都问候一遍的。

于是立时坐了起来，去摸了摸自己的双腿，是真的不疼了，但是好像也没什么其他的感觉了。

立时瞪着王晋昇说道：“你对我的腿做了什么，怎么我觉得它们现在不大好用了呢？”

王晋昇这便松了口气，一边将李婉婉足心上的针取了下来，一边说道：“放心，我只是用了点儿手段麻痹了你的双腿，让你暂时感觉不到疼痛，反正你受了这么重的伤，一时半会儿也是下不了床的。这段日子你便好好在榻上静养，我每天都会按时来给你施针上药的。”

“下不了床？这怎么行？你没听见对面已经抢了咱们美醯居不少生意了吗？这种时候我怎么能躺在床上坐以待毙？”

李婉婉急得不行，却被王晋昇一把按在了榻上。

“放心，有我呢。”

这强烈的压力叫李婉婉直接整个人贴在了床上动弹不得，也只有到了这种时候，她才真正意识到，王晋昇是真的回来了，王家——没事了。

王晋昇似乎是感受到了李婉婉眼神中的那种异样，心里隐隐顿了一下，便打算松开按着李婉婉肩膀的手说道：“对不住了，力气大了一些。”

可李婉婉却直接抓住了王晋昇的脖领子，一把将他拽倒了下来，要不是王晋昇是武将出身，反应灵敏，用手撑住了床榻，这会儿身体已经全压在李婉婉身上了。

“老爷，您要的药我给您准备好了——奴婢什么都没看见！”

送药进来的小小瞧见这场景，吓了一跳，立时将药膏摆在桌上，转身就跑，还把正要进来和王晋昇说事儿的曹宝也一道拦了出去。

曹宝不明所以，一个劲儿地要探头往里面看，嘴里还念叨着：“你拦我做什么？我这儿有要紧事儿要和爷说呢。”

王晋昇偏头瞧了一眼后面的吵闹，回过头来脸上堆着笑说道：“这里是我在醋医坊的住所，人多眼杂的，夫人还是——”

“啪！”

谁知李婉婉竟一个大嘴巴打了过来，王晋昇应是许久也没挨过这样的打了，那脸皮上的疼痛瞬间顺着血管蔓延至心尖儿，倒不是因为李婉婉用了多大的力气，而是此时此刻，李婉婉那双好看的眸子里面已经满含泪水。

“你还知道你是王家家主，是我的夫君呢？我且问你，说好了半月就回，现在都过去多久了？是你不会数日子，还是你去的地方，时间换算方式和咱们这儿不一样啊？”

李婉婉说话的时候，全然是一副受了委屈的小女人模样，和刚刚在院子里大义凛然挨打，并像个长辈一样教育他儿子王咏炎的女子完全是两副样子。

王晋昇忍不住就轻笑了一声。

结果可把李婉婉惹怒了，拿着小拳头在王晋昇的胸口一顿乱捶，委屈极了地说道：“你还笑！瞧着我被你小姨子欺负，还得为了你儿子忍气吞声，就那么高兴吗？我来之前，你和我说什么了？整个王家我最大，没人敢给我立规矩，还什么我做得了你的主？结果呢？新婚之夜把我一个人丢在家里，连声招呼都不打，还让我发现你在家里藏了个小娇娘。叫我来醋坊学酿醋，结果被季姑姑各种嫌弃，处处都受着限制。如今连你儿子都被人利用爬到我的头上来了，还觉得我是和益延庆勾结的内奸，觊觎你们王家的财产？”

李婉婉越说越气，立时又在王晋昇的胸口上乱捶了一顿。

“你不叫他们打听打听去，就凭我们李家在镇江的实力，我觊觎你家的财产？我好好地在家里当个逍遥自在，集万千宠爱于一身的大小姐不好吗？跑到你家里来受这窝囊气，我到底为了什么啊我？”

李婉婉说了这么些还是不解气，刚想要再说些什么的时候，王晋昇忽然一把将她抱住，叫她再动弹不得了。

“你放开！现在是连你也要来欺负我了吗？王晋昇，你还有良心吗？当年若不是我救了你，你现在早成了黄泉路上的鬼了，难道你连这个也忘了？”

王晋昇一听这话，立时愣愣地朝李婉婉看了过来，不敢相信地说道：“不是说当年的事情都不记得了吗？怎么又忽然想起来了？”

李婉婉瞧见王晋昇的反应，就更生气了。

“你这家伙，你果然是都记得的！你都记得，竟然不和我说实话，还把我骗过来跟你成亲，你到底安的是什么心啊？”

李婉婉说着，又要对王晋昇动手，可王晋昇却已经牢牢将她的双手握在了手里，微笑着看着李婉婉的眼睛问道：“若是我早先告诉你这些，你就不嫁我了吗？”

这一句话，倒是让李婉婉直接愣住了，犹豫了老半天，忽然就放弃挣扎，收回了双手，有点儿泄气地说道：“即便是我一早知道，若是你执意要娶我才肯叫我来学酿醋，我应该也还是会嫁给你的吧。谁叫我就是个这样没骨气的人呢？”

王晋昇忍不住哼笑一声，又看着这会儿已经有些羞得脸红的李婉婉问道：“所以你愿意嫁我，就只是为了到我家来学酿醋？”

李婉婉当即点了点头，但是很快又别过头去噘着嘴说道：“一开始的时候，确实是的。”

“噗——”王晋昇忍不住笑了一声，随即问道：“现在呢？现在也是吗？”

李婉婉立时摇了摇头，但是很快便又有些懊恼地朝王晋昇看了过来，又是一顿猛捶着说道：“你这个坏人，又套我话！”

可这次她还没打到王晋昇，就已经被王晋昇紧紧地抱在怀里，并苦口婆心地劝道：“夫人，你身上有伤，虽然你现在感觉不到疼，但若是动作太大，是会扯到伤口，影响痊愈的。你若是还对我有气，便等到痊愈了之后，再叫你还回来也成。”

李婉婉这会儿委屈得不得了，但是很快就想到了什么似的说道：“对了，眼下美醯居被益延庆欺负到头上来了，你打算怎么办？是不是要召集商会的人，一起讨伐益延庆破坏规矩呢？”

王晋昇却只是帮着李婉婉理了理凌乱的刘海，云淡风轻地笑着说道：“无妨，对付这种小手段，用不着那么大阵仗。”

“小手段？”

李婉婉从来没想过王晋昇竟能有这么大的本事，她都觉得要很费劲儿才能一时压住益延庆的嚣张气焰，没想到在王晋昇这里竟然成了这么简单的小手段。

于是那一双大眼睛便开始忽闪忽闪地望着王晋昇，似乎很是好奇，但出于倔强，她又不肯继续问下去。

王晋昇瞧着李婉婉在那里憋得难受，便又轻笑一声道：“看把你急得，其实我这次出去办事，顺便帮岳父解决了一件头疼的事儿，岳父为了感谢我，便把百花酒在山西的独家代理权交给我了。”

李婉婉一听这话，立时明白了什么。

“你已经知道了芸河成了益延庆的大当家的事儿了？”

王晋昇低头浅笑了一番道：“说到这儿，还要感谢他来了山西，不然我也不会这么快解决了手上的事儿，赶回来的。”

“感谢他？”李婉婉一脸的不解。

王晋昇却只是摇了摇头，呵呵笑了两声说道：“夫人受累了，还是早些休息吧。”

说完，便要走了。

可李婉婉却一把抓住了王晋昇的手说道：“你别想跑！你刚刚肯定话里有话，还不快给我说清楚？”

李婉婉说着，又使劲儿把王晋昇的胳膊往自己怀里拉了一下。

王晋昇被她缠得没法子，只得勉强笑笑说道：“其实，对于你和他的关系，在到你家提亲之前，我也是有些耳闻的。”

李婉婉一听这话，立时瞪大了眼睛，思忖了半晌，才又往王晋昇的身前绕了过来，看着他的眼睛问道："有些耳闻？莫非连你也相信我与他两情相悦的那些鬼话？"

王晋昇深情地看着李婉婉，微笑着摇了摇头。

"凭你的性子，若真是这样的话，定是不会嫁我的。"

听到这话，李婉婉才松了口气，一把松开了王晋昇的胳膊。

可能刚刚李婉婉太用力了，这会儿忽然松开，王晋昇还觉得胳膊上隐隐有些疼痛，放松了些，才又去瞧李婉婉，只见她这会儿也正一脸怀疑地瞥着他。

"那你既然没这想法，为什么还因为他来了山西，便火急火燎地回来了？"

王晋昇瞧着李婉婉的模样，立时又笑了，将身子彻底转了过来，与李婉婉面对面坐着说道："只怕是落花无情，流水有意呢？你虽眼下对他无意，但也未必就对我有情。他为了你可以放弃家族产业，不远万里追过来自立门户。我若再不回来，难免有天你不会为他所动，叫他挖去了墙脚吧？"

李婉婉一听这话，知道王晋昇心里是在乎她的，便傲娇地抬起头来，翘着嘴角说道："亏你还有这个自知之明。若是你再晚回来几日，等我解决了美醯居的危机，我便休了你，回家去了。"

王晋昇惊诧地张了张嘴，随即又低头浅笑道："那我可真是回来得巧，不然到时候就叫岳父见笑了。"

李婉婉听了，还有些不爽，仰着头白了王晋昇一眼道："只是怕叫我爹笑话？"

王晋昇又摇了摇头道："自然不是，这刚从镇江回来，又要回去接你，来来回回在路上费了这些时候，你我之间能相处的日子，便就又少了许多了。"

李婉婉听到这话，总算满意了些，忙噗嗤笑了一声道："还算你会说话。"

瞧着李婉婉终于消了些气，王晋昇也便松了口气，这才又和李婉婉提到了王咏炎的事儿。

"夫人，咏炎这孩子，叫你费心了。"

李婉婉听到王晋昇提到王咏炎，脸色立时又冷了下来，但没过多久，她便转过身来，叹着气说道："我十九岁便多了个这么大的儿子，没经过十月怀胎，或许不能彻底体会身为人母的感觉，有些做得不到位的地方，你也别怪我了吧。"

"夫人——"

"你还是先听我把话说完吧。"李婉婉堵了王晋昇的嘴继续说道，"我和咏炎相处了这些日子，知道他是个心地善良的好孩子，若是身边多些良善之辈的辅佐，以后即便不能成大气候，也终归是个正人君子，执掌王家还是绰绰有余的。怕就怕身边有人一直教唆，将他往歧途上头引，要是真酿成了什么大错，就怕是连你我都担不起这个责任了。"

王晋昇听着李婉婉一席话，立时也跟着欣慰地点了点头道："你能这样为咏炎着想，已是十分不易了。夫人放心，我这次，一定还你一个公道。”

王晋昇说着，便在李婉婉的身上拍了拍，叫小小进来，吩咐了一些上药事宜后，便匆匆出了门，做事去了。

【16】

永馨阁这边，阎芷凌知道了王晋昇回来的事儿，喜悦之情溢于言表，连茑萝的提醒也不顾，只一门心思去梳妆打扮。

一边喊着茑萝给自己换装，一边口里还念叨着：“我就知道姐夫福大命大，一定会没事儿的。”

茑萝心中忧虑，在旁边直念叨：“小姐，您怎么这会儿还有心思换衣裳啊？那李婉婉被打之前可是说了，绝不会善罢甘休的。如今老爷亲自把她抱进醋医坊医治，难道还不能叫您清醒吗？若是她李婉婉给老爷通了什么枕边风，那到时候咱们可就全完了！”

阎芷凌却只是一心想着如何打扮，一边往头上插簪子，一边说道：“怕什么？坠子是她自己掉的，人是咏炎打的，就算老爷最后怪你多嘴了，凭他对姐姐的一片深情，难道还能把咱们赶出去不成？再说了，不过就是个继妻，你觉得老爷对她李婉婉能有多重视？难道还能为了她，连咏炎都不顾了？”

阎芷凌正在训斥着茑萝，门外便有人进来通传道：“小姐，老爷带着曹宝，正往这边来呢。”

阎芷凌一听这话，立时给茑萝使了个眼色。

茑萝跟随阎芷凌多年，说是她肚子里的虫也不为过了，得了她这一个眼色，立时跪在了厅中央，哭哭啼啼地说道：“小姐，奴婢知错了，可奴婢也是为了美醯居的声誉才提的那坠子的事儿啊，这要是万一那位姐姐没瞧见，打到了醋壶里给客官们带回了家，那咱们老爷辛辛苦苦维系的美醯居的声誉，可就要毁于一旦了。”

阎芷凌的眼睛一直望着门外，瞧着王晋昇和曹宝马上就要进门，便立时站了起来，一副恨铁不成钢的模样说道：“你还嘴硬，你就算再是初衷好，也不该当着那么多人的面，揭夫人的短啊，你还给咏炎去找了藤条？你这叫外人如何想咱们？如何想咏炎和夫人？你这是急着把我往外头赶啊，叫我日后如何还有脸面再在王家待下去啊？”

“许久不来，芷凌这里好生热闹啊。”

说话间，王晋昇已经带着曹宝片刻不停地进来了，却也不等阎芷凌让，便自行坐在了主位之上，并随手从曹宝的手里接过了一样东西。

阎芷凌瞧见王晋昇这不寻常的举动，心里立时咯噔一下，但却还不忘又摆出一副娇滴滴的模样，满脸挂笑地走到王晋昇的身边说道："姐夫，你可回来了，也不知道是哪个杀千刀的在外头到处说嘴，吓得芷凌这几日终日以泪洗面，想着姐夫要是出了什么意外，我和咏炎以后还有什么指望了呢？"

阎芷凌说着，还立时用帕子拭起泪来。

王晋昇却是冷哼一声，猛地将手里的那封信直接甩在了茑萝的脸上道："难怪你手下的人敢这样嚣张，原来是芷凌近日担心我的安危，无心理事所致啊！"

王晋昇的力道之大，使得那封信直接把茑萝给拍蒙了，吓得直接坐倒在地，连句话都不敢再说了。

还是阎芷凌胆子大些，瞧了瞧王晋昇的脸色，缓缓走到了茑萝身前，捡起那封信来看了一眼，随即立时一脸惊慌地说道："这个苏天海是什么人，怎么竟会给夫人写这种信？姐夫，你可得好好查一查才是啊。"

"阎姨娘该不会是连自己贴身丫鬟的笔迹都不认得了吧？或者说是，这封信，根本就是您指使她写出来，特意叫少爷看到，用于迷惑他来对抗夫人的？"曹宝立时站出来问话。

阎芷凌听到这话，吓得直接松开了拿着那封信的手，回头瞄了王晋昇一眼，就好像是第一次听到这种事情似的说道："冤枉啊，姐夫！你是知道我的，我素来待咏炎视如己出，怎么会做出这种事情来呢？"

说着，她又俯下身去捡起了那封信仔细瞧了一眼，眼珠在眶中转了两圈之后，立时又站直了腰板说道："不过曹宝兄弟也说了，茑萝毕竟在我身边待了这么些年，她的字迹，我多少还是认识些的，这分明——就不是她的笔迹嘛。"

"还想包庇！"曹宝说着，当即拍了拍手，立时有一个平日在永馨阁做洒扫工作的小丫鬟绿萝走了进来，拿着一张上面被墨染了几个字的白纸走了进来，双手举着白纸跪在地上说道："老爷，这是之前在茑萝房间里搜到的。上个月十五，奴婢瞧着茑萝在上面写完了一封信后，便鬼鬼祟祟地出了门，于是进门去查看有什么可疑之处，结果便瞧见了这张纸，因为上面隐约能看出夫人的名讳，便将它留了下来，等着老爷回来查看。"

王晋昇听了，便叫曹宝去把那张纸接了上来，等看过之后，便又递给阎芷凌说道："芷凌不妨看过这上面的字迹之后，再下决断吧。"

阎芷凌根本不用看那纸，就知道这一次肯定是保不住茑萝了，眼珠一转，立时又开始走到王晋昇身边，撒着娇说道："姐夫，你不信我？竟然在我身边安插秘使？"

绿萝立时解释道："小姐，您这便是误会老爷了，当年您来投奔少爷，老爷就将小女赐过来帮忙，为的就是保护小姐的安危，不叫您被有心之人蛊惑，一不小心做了错事。如今茑萝做出这等挑拨离间、祸乱王家之事，小女若是再不站出来，岂不是有愧于当年老爷交给我的重任？您又怎能恩将仇报？怀疑老爷对您的用心良苦呢？"

阎芷凌一听这话，自觉再怎么和王晋昇撒娇，也是不能保证茑萝安然无事了。

连忙上去狠狠给了茑萝一巴掌，随即又跪在地上哭哭啼啼地和王晋昇求情道："姐夫，这个贱婢犯下这种罪行，芷凌知道她是万万不可饶恕的。但是她自小陪在芷凌身边，如今也算得上是除了咏炎和您之外，我身边唯一的亲人了。还请您看在我的分儿上，就饶了她这一回，大不了我将她降为低等丫鬟，去做洒扫，倒夜壶都行啊？"

没一会儿，阎芷凌就已经哭得梨花带雨，天可怜见了。

曹宝瞧着王晋昇仍旧一副不为所动的铁面孔，便知他是已经下定了决心，立时又嗤笑一声道："阎姨娘也不要太没分寸了。这等孽奴，留在身边无非是害人害己，老爷是真心把你当成一家人的，又怎会允许这种事情发生？所谓国有国法，家有家规。茑萝虽然是你手下的奴婢，但这些年却是拿着我们王家的月例的，自然也要遵守我们王家的规矩。老爷虽然一直对下人十分仁慈，却也是有自己的底线的。此女以一己之力，企图挑拨夫人和少爷的关系，伤害两人的母子情感，以搅乱王家甚至是美醯居的生意，其心可诛。来人，立即拖出去，杖责五十，给我狠狠地打了之后赶出去！"

曹宝一声令下，当即就有王家的家丁冲了进来将茑萝拖了出去。

"小姐救我，救我啊小姐！"

阎芷凌这会儿也是有些傻眼了，心里却还想赌一把王晋昇对于她姐姐的感情。

立时站起身来昂着头说道："姐夫，即便是我手下的人再有不对，你也不该当场叫男丁闯进我的闺阁来羞辱我！难道就因为她李婉婉进了门，你就忘了当年与我姐姐之间的琴瑟和鸣、伉俪情深了吗？"

王晋昇听到这话，立时偏眼朝阎芷凌瞪了过来，那般凛冽的眼神惊得阎芷凌连连后退，到了嗓子边的话硬生生地被吞了回去。

王晋昇瞧见她不说话了，才终于收回了那般肃杀的眼神，又冲着曹宝说道："拿出来吧。"

曹宝便从怀里掏出了一沓收据和一张房契说道："阎姨娘，老爷感念和先夫人的旧情，这些年来一直在为您家的事儿操劳着，上个月经过泽州府时，已经将您父亲与弟弟欠下的债务全部还清了，同时还给您父亲在太原府的票号里找了份儿工，并且在太原府为你们一家买下了一处宅子，这会儿已经叫您父亲和弟弟住了进去。也省得您常说自己孤身一人在外，没有父兄依傍，您这两天且先收拾收拾，到时候我亲自送您到太原府去与您父亲和弟弟会合吧。"

阎芷凌一听这话，惊得腿都软了，直接坐在了地上，半晌才爬到了王晋昇的腿边上说道："姐夫，姐夫您这是怀疑我了吗？姐夫？真的不关芷凌的事啊，我真的什么都不知道的。您别赶我走，这里有咏炎在，有姐姐的气息在，还有您在，芷凌哪也不想去，就想陪在你们身边，难道这样也不行吗？"

门外，茑萝的哭喊声还在一声盖过一声，混着木板的拍打声，竟然还可以从中听出了节奏来。

曹宝瞧着阎芷凌这会儿的状态，忍不住哼笑一声道："阎姨娘，这就是您拎不清了，如今您父弟健在，又尚未出嫁，这老是待在我们王家，算是什么事儿啊？若真是传出去，岂不是叫人笑话咱们王家耽误了您的终身大事？"

曹宝越说越来劲儿，倒是嘴把不住门了，又继续说道："听说之前夫人还好心帮您求亲，结果您却百般推脱，虽然不知道您心里到底是怎么想的，不过我们王家却也不是尼姑庵，能够供您修行养老的啊。"

"曹宝！越说越离谱了！"

王晋昇忽然出言训斥了曹宝，阎芷凌以为王晋昇是心软了，立时又爬上前来晃了晃王晋昇的裤腿说道："姐夫，您是舍不得我离开的，对不对？您心里还是疼芷凌的，对不对？芷凌在这个家里待了三年多了，早就把王家当成了自己的家，您这突然让我回到父亲和弟弟的身边，我哪里适应得了啊？"

"哎——"王晋昇忽然叹了口气，竟是伸手过来推掉了阎芷凌拉着自己的手，摇着头说道："芷凌啊，早知今日，何必当初呢？你父亲和你弟弟也很思念你，你还是尽快收拾收拾，回到他们身边去吧。"

王晋昇说着，便站起身来走了。

阎芷凌还有些不死心，追出去想要继续求情，结果正赶上茑萝受不住疼，最后喊了一声："小姐！后会有期！"

便直接一口血吐出来，咽了气去了。

阎芷凌转过身来瞧着刑台上的那具尸体，整个人都吓傻了，咬着嘴唇大声喊道："姐夫，你为了新欢便忘了旧爱，你这样对我，就不怕我姐姐九泉之下不能瞑目？李婉婉！就算我被赶出了王家，你留在这样一个冷血的男人身边，也不会有好下场的！哈哈！哈哈！"

【17】

当天下午，曹宝便看着阎芷凌收拾了东西之后，押着她坐上了马车，踏上了去太原府的路途。

阎芷凌走的时候，王咏炎一直在大门边上看着，他虽然舍不得阎芷凌走，但一想到刚刚管伯与他说的那些，他气愤不已，一时间脑子里也是乱得很。只能躲在门框后面，无声地流着泪。

可是阎芷凌却在混乱之中瞧见了王咏炎，忽然探出身子来冲着王咏炎喊道：“咏炎，你一定要稳住自己的立场，和她李婉婉斗争到底，如若不然，今日姨娘的下场，便是日后你的下场，你记住了没有？”

曹宝瞧着阎芷凌事到如今还在颠倒是非，心里气不过，狠劲儿抽了一下马腿，马儿腿一抬便疯跑了起来，把阎芷凌摔了个七荤八素，直接就晕在了马车中，倒是消停了不少。

王咏炎被阎芷凌的话吓得六神无主，不知所措的时候，王晋昇忽然出现，在王咏炎的身后扶住了他的双肩，沉声说道：“好孩子，你如今已经到了志学之年，凡事都该有自己的判断，你母亲到底是个怎样的人，不能光听你姨娘的片面之词，要靠你自己去感受。你懂吗？”

王咏炎回过头去仰头看着王晋昇，一脸的困惑：“靠我自己去感受？”

王晋昇对着王咏炎点了点头。

这天晚上，李婉婉正在榻上生无可恋地翻着连环画，却是怎么都觉得无聊，心烦意乱地冲着小小发牢骚道：“你说这男人怎么这样？放下一句说要给我个交代，就不见了踪影，都这么晚了还不过来瞧我？他就是这么给我交代的吗？”

老半天等不到小小的回应，李婉婉只得回过头来说道：“怎么连你也这么闷啊？”

结果就瞧见小小一脸呆滞地看着门外说道：“少爷？”

一听这话，李婉婉立时坐了起来，还顺带着把手里的连环画塞到了木枕底下，随即坐直了身子轻咳了两声说道：“咏炎，你怎么来了？”

说完，又瞧着王咏炎那拘谨的模样，立马又道：“小小，你先出去待着吧。”

小小这会儿还记恨着王咏炎那么用力地打李婉婉的事儿，一听说李婉婉叫她出去，立马想要反抗一下。

结果还没张嘴，李婉婉便又瞪了她一眼道：“叫你出去你就出去，别废话！”

小小只得不情不愿地说道：“那好吧。”

随即又白了王咏炎一眼道：“不过小小就在门外守着，夫人要是有什么需要，记得吩咐我。”

说完，才三步一回头地出了门。

王咏炎也不是傻子，他一直盯着小小看，小小对他的敌视，他感受得真真切切，一时间，他想要问李婉婉的话，好像又没有勇气说出口了。

“咏炎，别傻站着了，这是你父亲的住所，不用这么见外，快过来坐。”李婉婉见小小出了门，便招呼王咏炎坐下。

王咏炎闻言转过身来，也不好意思过来坐，只看了看李婉婉的一双腿，包得严实，看起来完全不像个受了伤的人。便有些犹豫地问道：“腿——不疼吗？”

李婉婉也顺着王咏炎的目光瞧了一眼自己的腿，随即伸手轻轻拍了拍那腿，笑着说道：“你父亲帮我施了麻针，倒是感觉不到疼了。”

李婉婉说着，又想到什么似的，冲着王咏炎招了招手说道：“过来，你靠近一点儿，不然婉姨说话累得慌。”

王咏炎这下犹豫地往前走了两步，却还是站在一边低着个头，像是个犯了错的受气包。

弄得李婉婉有些哭笑不得，立时又招手说道：“哎呀，你再靠近点儿，到我床边上来，再这么扭扭捏捏的，我可要嘲笑你像个大姑娘似的了。”

王咏炎立时抬起头来，脸上有着很明显的不满，随即也顾不得心里的恐惧，当即走到了李婉婉的身边，扑通一下便跪下，从袖子里面抽出一根藤条举到了头顶。

“婉姨，咏炎知道错了，千不该万不该，不该听信奸人谗言，凭一面之词就妄下决断，险些酿成了大错，婉姨若是心里还有气，咏炎愿意当即受罚，将婉姨日里受的苦，全受回来。”

王咏炎这话说完，举着藤条的手还一直在发抖，他心里也不知道这一举动对不对，也不知道李婉婉到底会如何想他，更不知道等他挨完了这顿打之后，李婉婉能不能一笑泯恩仇，不再旧事重提，日后不给他穿小鞋。所以当李婉婉拿走了他手上那根藤条的时候，他的内心一度走到了崩溃的边缘，虽然李婉婉还没有打他，他却觉得自己的内心已经被无数的揣测抽得体无完肤了。可是他的那些揣测一个都没有出现，因为此时此刻，一只柔软且温暖的手，正在轻轻地抚摸着他的额头。

“咏炎啊，今天的事情，把你吓坏了吧？”

李婉婉的声音是那样的温柔，就好像一个慈祥的母亲，在安慰自己的孩子。

王咏炎不禁抬起头来，不敢相信地朝李婉婉的脸看了过来，就见李婉婉的眼神是那样的安详，而且满是怜悯。

“婉姨？”

“你呀，六岁的时候便没了娘，你爹也经常不在家中，小小年纪便要一个人面对这个世界，难免会觉得孤立无援，这些婉姨都懂的，婉姨也不怪你，你也不要再继续责备自己了。”

李婉婉的手是那样的温暖，甚至叫王咏炎感受到了许久都不曾有过的母亲般的慈爱。这叫他一瞬间就崩溃了，忽然开始抹着眼泪说道：“婉姨，我错了，我真的知道错了！”

一个十五岁的男子，在自己面前哭成了个泪人儿，这叫李婉婉的心也跟着疼了起来，立时也跟着抹起眼泪，却还拿出帕子来先给王咏炎擦起了眼泪。

“好孩子，你一心为了王家好的想法是没错的，错就错在那些心怀叵测、居心不良的人利用你的这份心思，行苟且的勾当！那些人，才该真的要认错，才该受到良心的谴责。”

李婉婉说这话的时候，是真的恨得咬牙切齿，竟然利用王咏炎这样心善的好孩子，还把他折磨成这样，即便没有血缘关系的她看得都这般心疼，她阎芷凌还是王咏炎的亲姨母，竟然下得了这种毒手，真是可恶！

想到这里，李婉婉便看着王咏炎的眼睛说道："你放心，那些利用你的人，婉姨一定好好教训她们，绝对不会叫她们再笑出声来的。"

王咏炎一听这话，立时有些惊讶地说道："可是父亲已经将姨母赶走了，难道婉姨还不能放她一条生路吗？"

"赶走了？什么时候的事儿？"

李婉婉一脸的错愕，这王晋昇果然是不鸣则已一鸣惊人啊，不声不响地就又干了件大事儿。

王咏炎瞧着李婉婉的表情，也觉奇怪，立时又道："曹宝刚刚已经带着姨母上路了，难道不是婉姨的主意？"

李婉婉这会儿有点哭笑不得，一脸苦瓜相地说道："我的主意？你父亲和你说的？我根本不知道这事儿好吗？我若真要赶她走，当初她自己回乡的时候，我不接她回来便是了，又何必等到现在再来这一出呢？"

王咏炎依旧有些不解："既然不是婉姨的意思，那为何父亲那么执着地要将姨母送回太原府去呢？"

这句话里有诸多信息都叫李婉婉心里疑惑，但她知道当下最要紧的可不是和王咏炎一道解惑。

于是她双手扶着王咏炎的肩膀问道："那——咏炎是希望你姨母留下？"

王咏炎立时慌得抬起了头，仔细扫了一眼李婉婉看着他的眼神后，才犹豫着说道："姨母细心照顾我三年，从感情上讲，我自然是不希望她走。可若茑萝的事情真是受她指使，那她这样的人，在咱们王家，也是断不能留的！"

李婉婉有些欣慰地冲着王咏炎点了点头，随即又笑道："没错，就是这样，婉姨就知道，你是有明辨是非的能力的。也只有这样，等以后王家落在你头上的时候，我和你父亲才能放心啊。"

"落在我头上？"王咏炎一脸的惊诧。

李婉婉却毫不犹豫地点了点头道："是啊，你是王家独子，以后这王家的基业，不交给你，要交给谁啊？"

王咏炎还是有些不敢相信。"可是，您现在还年轻，若是您日后生下弟弟，难道——难道——"

"难道什么？别说那些都是还没影的事儿，就算是我真的生下了儿子，我也希望他们能自己去闯出一片天地来。咏炎你记得，不论到什么时候，只有自己有一身本事，才能真正养活自己。”

王咏炎听到这话，又想到之前阎芷凌怂恿他的那些言论，真的悔不当初，觉得自己不知不觉的，又迷迷糊糊地当了一把真小人。

立时就给了自己一拳，吓得李婉婉立马拉住了王咏炎的手说道：“咏炎，你这是做什么？你这不是叫婉姨心疼吗？”

小小在外面听见声音，立时冲了进来。

“夫人，出什么事儿了？”

结果就瞧见王咏炎跪在地上哭着说道：“母亲，孩儿知道错了，是孩儿以小人之心度君子之腹，一直以来都错怪您了！”

这一声母亲，叫得李婉婉直接傻眼了，愣了老半天，才不敢相信地说道：“你叫我什么？”

王咏炎立时又扑到了李婉婉的怀里，哭着说道：“母亲，都是孩儿不孝，孩儿日后一定好好孝敬母亲，好好读书，做对家里和天下有用的人！”

“哎！”

李婉婉虽然从未做好准备接受像王咏炎这么大的儿子，可刚刚王咏炎那两声母亲，确实叫得她心潮澎湃，没怎么想就直接应下了。

都说继母难当，如今费了这番周折，也算是圆满了吧。

王咏炎与李婉婉一起抱着哭了一会儿，便以不打扰李婉婉休息为由要走，结果刚一转身，又忽然想到什么似的回过头来说道：“母亲，还有件事，孩儿觉得一定要让母亲知道，母亲可还记得之前被逐出美醯居的那个紫烟姑娘？”

“紫烟？”李婉婉眉心一皱，日里王咏炎要打她之前，也提到过这个名字，当时她心里就有些纳闷儿，缘何像王咏炎这个一年能来上美醯居两趟的人，竟然会记得一个女工的名字？如今听来，这个紫烟，倒是果然有猫腻儿了。

这样想着，李婉婉立时含笑问道：“倒是有些印象，不过她不是被季姑姑赶出美醯居了吗？”

王咏炎立时解释道：“她现在已经投到了益延庆的门下，而且在上个月十五，就是她告诉我父亲出事的消息，也是她说您和益延庆的大当家的——”

王咏炎说到这，觉得后面的事情极其不雅，便不想再多说下去。

“说我和苏天海勾结，企图做对王家不利的事儿？”

见李婉婉自己说出了他不想说出口的话，王咏炎立时有些惊讶地朝李婉婉看了过来，小心翼翼地说道：“她说得一板一眼，甚至还发了毒誓，孩儿想着她这样与咱们王家毫无关联之人，竟然也能为了咱们家的事，发这种毒誓，便一时糊涂，信了她的鬼话。”

“她说的也不全是错的，我和苏天海确实是从小一起长大的。五月十五那天，我也确实去了苏天海那里。”

李婉婉直截了当地说了出来，反而叫王咏炎吃了一惊。

“母亲？”但李婉婉却摆了摆手，没叫他继续说话。“具体的事宜，我现在不方便全部告诉你，但我能这么坦然地和你说出口，就代表我心里根本没鬼。而且，你的父亲也是非常清楚我和苏天海之间的关系的。你只要明白，我身为王家的当家主母，到目前为止，一次也没有做过对不起王家的事儿，以后自然也不会有，就好。”

王咏炎确实是对李婉婉的真诚和直接佩服得五体投地，而且他自认为，换作是他，是绝对没有勇气做到这样坦白的。

至此，他便更加坚定了自己的选择是没有错的，阎芷凌虽然对他也足够好，但为人处世方面，总叫他觉得别扭。而每次和李婉婉在一块相处的时候，都叫他舒心不已。

想到这里，王咏炎便冲着李婉婉点了点头道：“嗯，母亲，我知道了。那您日后一定要小心些，眼下虽然不知道紫烟当日的行为到底是不是受苏天海指使，但有一点是可以确定的，那就是益延庆和咱们美醯居，绝不会成为盟友。”

【18】

李婉婉微笑着冲着王咏炎点了点头，刚要说点什么，门外便传来了王晋昇的声音。

“怎么在外面站着？夫人呢？”

说话间，人已经进来了，正好与王咏炎站了个面对面，便笑着说道：“咏炎在这儿呢？”

王咏炎立时给王晋昇请了个安，随即说道：“既然父亲来看母亲，那孩儿就不打扰了。”

说完，又回身给李婉婉请了个安，便就出门离开了。

王晋昇自然听到了王咏炎喊的那一声“母亲”，心里也高兴得很，一直瞧着王咏炎出了门，才转过身来乐呵呵地对李婉婉说道：“这孩子，这么快就开窍了？夫人真是好手段啊！”

李婉婉也有些得意，随口说道：“我祖母说得好，咏炎十四岁便已是举人，是个识礼仁让的好孩子，只要我待他好，时间久了，他自然也会待我好。说什么手段不手段的？”

说完这话，她下意识地往王晋昇这边一瞥，却瞧见王晋昇正深情满满地盯着她看，立时脸颊绯红，别过脸去害羞地说道：“你这样看着我干吗？”

王晋昇低头浅笑一番，伸出手来握住了李婉婉的手，随口说道：“我在想，我王晋昇何德何能，竟能娶到你这样心地善良的女子？你为了叫咏炎能够回到正途上来，所做的付出，我都看在了眼里，你放心，以后只要有我王晋昇在一日，就绝对不会让你再受半点儿委屈。”

王晋昇的话叫李婉婉好生感动，不一会儿竟湿了眼眶。

抹了下眼角后，便又含笑看着王晋昇问道：“所以，你才把阎芷凌赶出去的？”

王晋昇眉心一扯，随即笑道：“本来想给你个惊喜，没想到咏炎这个大嘴巴，竟然先行一步了。”

“惊喜？你觉得我会高兴？”李婉婉的脸色一下子冷清了不少。

这倒叫王晋昇有些摸不清头脑了：“怎么？你不高兴？”

李婉婉立时哼笑一声道：“你知道我是什么性子的人，早就该知道留她在家里，我肯定是不高兴的，为何在我进门前不赶她走，偏要等到这会儿才做？不然我也不会受了这么多苦了。”

王晋昇听了这话，无奈地叹了口气说道：“说来惭愧，虽说叫芷凌他们一家团聚，确实是我一早就在准备的事情，但若想叫咱们家庭和睦，还真必须得叫芷凌走得名正言顺些才好。”

李婉婉何等聪明？听到这话，倒立时想到了些什么：“你是说，怕咏炎接受不了，记恨了我？”

王晋昇沉了口气，冲着李婉婉点了点头道：“我常年在外办差，咏炎经常孤零零的一个人在家，这些年总是亏欠了他许多的。”

说着，王晋昇又伸手将李婉婉揽在了怀里，叹着气说道：“你便多体谅我一些吧。”

李婉婉听了这话，心里早已开始心疼王晋昇父子，表面上却还是不饶人地捶了王晋昇一下说道：“你呀，就知道欺负我，我要是不体谅你，你家现在，早不是如今这副样子了。”

说到这儿，李婉婉又想起什么似的，忽然从王晋昇的怀里钻了出来，很认真地瞧着他说道：“听说你是这一带有名的神医圣手，要不你也教教我怎么用醋治病如何？”

王晋昇一脸的诧异，随即问道：“怎么，又不想学酿醋了？”

李婉婉立时摇了摇头说道：“怎么会？被季姑姑百般刁难，我才有了今天这么一丁点儿小成绩，怎么可能这么轻易就放弃？不过我听说，你家祖上也是为了做药，才酿成了今日的老陈醋的，我就是想了解一下，到底怀着怎样的心情，才能酿出这么好的醋来？”

王晋昇还未说话，门外忽然传进来一个小厮的声音：“老爷，曹宝刚刚给人抬了回来，浑身都是伤，这会儿正在院儿里躺着呢，您快去看看吧！”

王晋昇一听这话，惊得直接站了起来，就连李婉婉也吓了一跳。

“曹宝不是送阎姨娘往太原府去了吗？他功夫也算了得，如何就能身受重伤了？”

原本王晋昇是想叫李婉婉在床上歇着，自己过去瞧瞧的，可李婉婉这个急性子哪里坐得住？硬是叫小小扶着她去了前院儿。

就瞧见曹宝满身是血地躺在院子里，一见王晋昇出来，立时想要翻身谢罪道："爷！阎姨娘中途下车逃跑，小的追赶途中，正遇到一拨人拦路，当即把阎姨娘扛着便要走。小的上前追赶，可是这帮人个个人高马大，武艺高强。小的有罪，还请爷惩罚！"

曹宝说完这句，忽然便吐出一口血来……

【19】

曹宝的马车刚走出清徐不远，阎芷凌便醒了过来，心里越想越气，十分地不甘心。

而且自己的父亲又是个大赌徒，有点儿钱就都拿去赌了，弟弟阎三也是个小地痞，成天就知道带着他的那些个兄弟瞎混。

她回去和这样的两个人待在一起，能有什么前途？万一哪天她爹要是赌钱赌输了，把她卖了也说不定。与其这样坐以待毙，还不如就放手搏一搏。于是她立时想到了紫烟，瞧着这丫头当时唯恐王家不乱的热情劲儿，若是自己投奔了她，将自己知道的王家的弱点透露给她，日后待益延庆搞垮了美醯居，她说不定也能分上一杯羹呢。

这样想着，她便捂着肚子说道："曹宝兄弟！你且先停一会儿，容我去行个方便。"

曹宝虽然嫌她麻烦，但这人毕竟是王咏炎的姨母，还是要好生对待的。

于是便允了，还在她方便的时候，特意转过身来回避了一下。

结果过了好久也不见阎芷凌有声音，便开口问道："阎姨娘，你可方便好了？这个地方这阵子可不大消停，你要是方便好了，便还是赶快上车来吧。"

等了半天，还是没有半点儿回应，曹宝这才觉得有点儿不对劲儿，连忙转身去查看。

结果没走多远，就听到山下面那条道上有女人的叫嚷声："来人啊，救命啊！你们——你们要带我做什么去？"

对方说了几句方言，曹宝经常与王晋昇四处通商，倒是也听懂了几句，大概意思就是："小娘子，你生得这样好看，不如回去给爷做个小妾吧。"

说完，夹着阎芷凌便要上马离开。

曹宝当时哪想得了那么多？也没带兵器，直接滑下山去说道："暴徒！哪里跑？还不快把我家小姐放下？"

谁知道那伙人竟个个配了大刀，曹宝纵有一身功夫，血肉之躯岂能抵住刀剑？结果没较量几下，便寡不敌众，身中数刀，还眼睁睁地瞧见这群人将阎芷凌给带走了。

后来是另一批商队瞧见了上面停着的王家马车，想要上来打声招呼，结果发现马车是空的，觉得事情蹊跷，稍加寻找才找到了倒在血泊中的曹宝，将他救了回来。

这会儿曹宝吐血不止，王晋昇也没工夫指责他，一边开始救人，一边吩咐人道：“快去府上找管伯，请他先带着人马到镇郊去打听一下阎姨娘的下落，再叫管叔去衙门报官，还不快去？”

李婉婉一听阎芷凌被人劫走，心里也是着急，原本她能回太原府与家人团聚，对于王咏炎来讲，也是一种安慰，可如今竟出了这档子事儿，倒显得她和王晋昇做的这事儿有些不地道了。

小小这会儿心里却是舒坦得很，立时哼笑一声道：“真是天道好轮回，苍天饶过谁？如今可好了，这女人怕是日后再也不能回来祸害夫人了。”

“你闭嘴！她再怎么不对，也是一条人命，罪不至死啊。再怎么样，也不该在这种时候幸灾乐祸的！”

李婉婉训斥完了小小，便又开始踱着步子想法子。

随即又道：“官府的那些人终归靠不住，你快回家去找穗娘娘，请她带些钱财，派人去找清徐周边的商户打听一下，看看最近有没有什么外地的人过来贸易，若是有，又是什么部落的？身边有没有带着咱们本地的女人？快去！”

肆 商战：多行不义必自毙

【1】

虽说王家和李婉婉倾尽全力去找寻阎芷凌的下落，可当时的朝廷内部已经一片混乱，对各地的整顿更是有心无力。

官府一听说是被外地的人掳走的，便直接摇了头，当没听见。

自家派出去打探消息的人，也都无功而返，最后是银子没少花，阎芷凌这个人却好像直接从世上消失了似的。

阎家父子得知阎芷凌走失一事，跑到王家来大闹了一场，最后是王晋昇答应给阎父一笔钱去做生意，又拿了笔钱供阎三去读书，才终于罢休，老老实实地回太原府去了。

曹宝虽然给救回来了，但因为自己的失误，酿成了这么大的祸事，性子也一下子沉稳了许多，再不像从前那般傲气了。

王咏炎原本是为了阎芷凌的事儿痛苦了一场的，可是瞧见自己的外祖父和舅舅如此不分青红皂白地来家里大闹，最后却是为了钱。他便更清楚了这个世道的昏暗，也更加明了这个世上到底谁才是他的亲人。同时，他也以朝廷没有办法保护自己的子民不受侵害所不耻，对这个世道深恶痛绝，想要做点什么，以改变这个世道。于是他把自己的大部分精力，都用在了读书上面。

1901年，王咏炎被保送进了太原府办学堂，因为品学兼优，次年又进了山西大学堂中斋，确是让王晋昇和李婉婉省了不少心。

王咏炎去了太原府读书之后，王家大院儿里也就剩王晋昇和李婉婉两人，王晋昇以身体不适需要静养为由，推了许多公务，一心在家里陪着李婉婉，偶尔也接诊救几个人，李婉婉则是一边跟着季姑姑学酿醋，一边跟着王晋昇学医。

这天夜里，王晋昇正坐在案前整理病例，李婉婉则是倚在他的背后看着医书。

突然有个地方不明白，便开口问道："老爷，你说经行腹痛过于严重的话，是不是会影响生育啊？"

王晋昇眉心微皱，随即放下手中的毛笔，偏过头来将李婉婉身子放平，叫她直接躺在了自己的腿上，捋了捋她的刘海，露出了一整张嫩白如玉的脸。

李婉婉立时将王晋昇的手拨开，随口说道："哎呀，没有刘海遮着，显脸大。"

说着，又随意划下了些发丝下来遮住了额头，一双好看的桃花眼，扑闪扑闪地盯着王晋昇看着，满是笑意。

王晋昇温柔地轻笑一声，歪着头说道："怎么？想为我生个孩子了？"

李婉婉的脸立时绯红了起来，忙双手遮住眼睛说道："哎呀，你怎么能这么肆无忌惮地说出这样不害臊的话呀？"

可是说着说着，她忽然感觉到王晋昇的手在她的小腹上面反复按压了几下。心里面立时想到了别处，就更加害羞了。

"你——做什么？这里可是——"

"是不是每次到了日子，都会有下坠的感觉，而且常伴有腰痛，最近一次，还会觉得肚子里有东西快要裂开了一般？"王晋昇一边给李婉婉按着肚子，一边问了这样的话。

弄得李婉婉直接就坐了起来，脸羞得通红地问道："你怎么知道的？"

李婉婉说完了，又有些懊恼，当即就别过身去说道："真是羞死人了，好好的，干吗说些这个呢？"

王晋昇瞧着李婉婉的背影，却是满眼的心疼，随即又从李婉婉的背后抱住了她说道："这些年，叫你受苦了。"

"这些年？"李婉婉觉得王晋昇话里有话，立时又回过头来，用余光看着王晋昇的脸。

王晋昇依旧叹着气问道："那次的伤，一定很痛吧？"

"伤？"李婉婉这次是彻底地蒙了，忙转过身来与王晋昇对视着问道，"什么伤？"

王晋昇也是一脸诧异："不是说都已经想起来了吗？难道——不记得？"

李婉婉皱了下眉，脑子里忽然就闪过了一个画面。

八岁时的她小腹上插了一把剑，整个人身子后仰着掉进了冰湖里。随即，一名男子紧追其后，伸出手来企图拉着她的手，眼神里的紧张，似乎在召唤着她。

可她太恐惧，也太疼了，一双手只顾着扶住插进她小腹的那把剑，就这样一直在水里下坠着，下坠着。

直到男子又加快了速度，冲到她的身子底下去托住了她。

想到这里，李婉婉已经泪流满面，而且目光中满是恐惧："救救我，救救我！"

“夫人，夫人！”

王晋昇瞧着李婉婉的状态不对，连忙按住了李婉婉的合谷穴，待她稍稍平静了一些之后，才继续说道：“夫人，不要怕，我在你身边呢。”

李婉婉听到王晋昇的声音之后，忽然双手紧紧抓住了王晋昇的胳膊问道：“那么深的湖，那么冰的水，你是怎么救出我来的？”

王晋昇却被问得有些为难，直冲着李婉婉微微翘了下唇。

可李婉婉已经又想起了当时的画面。

眼见着八岁的李婉婉就要没了呼吸，情急之下，王晋昇立时上前去给她续了气，伤口上的血红已经浸染了半片湖水，可当时的李婉婉，脑子里却只有眼前的这名男子，她的伤口也不疼了，也不再害怕了，她的心都停跳了。

想到这里，李婉婉便又落下了眼泪，猛地在王晋昇的胸口乱捶一通。

“你这个坏人！你既然都记得这些，为什么不早告诉我呢？”

王晋昇却一把将李婉婉抱住了，轻轻地抚摸着她的后脖颈说道：“原本是要问问你还记不记得的，可你不是说自己都不记得当时的事儿了？想来也是因为恐惧或者不开心，所以才想要忘记的吧，既然如此，我又何必重提起你的伤心事呢？”

李婉婉抽了抽鼻子，一脸委屈地看着王晋昇说道：“你总是有自己的理由，总之就是欺负我好骗就对了。”

这可爱的小模样看得王晋昇心里一阵撩拨，忍不住就扶着李婉婉的脸在她额头上亲了一口。随即叹着气说道：“不过你若想给我生个孩子的话，还是要先把身体调养好才是，耽误了这么多年，也真是委屈你了。”

李婉婉还来不及害羞，曹宝便从门外走了进来。

“老爷——”

瞧见两人在这儿腻腻歪歪，曹宝也跟着红了脸，可要禀报的事儿又十分重要，也不好直接退出去，便只别过头去，继续说道：“益延庆的大掌柜福来顺上门求见，知道您不在家里，就找到醋医坊来了。”

一听这话，李婉婉立时朝王晋昇看了过来：“这两年咱们美醯居一直踏实地做自己的生意，并没有与他们针锋相对，他这会儿这么急着找来做什么？”

王晋昇却只是哼笑一声，便看着曹宝说道：“叫他回去吧，就说我没什么好和他谈的。”

【2】

曹宝听了这话，立时明白了王晋昇的用意，便退了出来，走到前厅，瞧见福来顺背着手站在厅里直打转，也不知道是生意难做还是为他的前途担忧，这人近两年瘦了不少，就连之前一直引以为傲的富态肚子都没了。

曹宝在厅中站定，便双手叠在身前，冷声说道："我家老爷说没什么好和福老爷谈的，福掌柜还是回去吧。"

福来顺一听这话，立时走上前来就要往里闯。

"曹宝兄弟，你们美醯居可不能这样赶尽杀绝啊。你让我见见王大人，耽误不了他多久的。"

曹宝却直接伸手一拦，一对儿冷眼往福来顺的脸上一瞟，福来顺便吓得连脸上的肉都不敢抖了，直接站在原地干着急。

"福掌柜，生意场上总有得失，若是想谈判，也必得是双方身份相符才是，想和我们爷直接谈判，您未免也太小瞧我们爷的身份了！况且，我们爷若是提了什么条件，就凭您，能直接应允吗？这来来回回把话传来传去的，您的时间倒是不值钱，我们爷可还要留着陪夫人呢！"

福来顺一听这话，便知道王晋昇是嫌弃了他的身份，不愿意与他谈。心里也是火大，想当年他福来顺做醋业商会会长的时候，就连王晋昇他老子，也是要和他称兄道弟的，如今换了他这个小辈儿当家，竟然还开始托大，不把他这个长辈放在眼里了？可是他再气也没什么用，毕竟如今王家拿了百花酒在整个山西的代理权，他们想要用百花酒来酿造万和香醋，便要从王家去高价购买。原本这皇家贡酒的价格就已经高出天际去了，如今王家再从中作梗，即便酿得出来这万和香醋，以现在的价格出售，也绝对是亏本买卖了。虽然这两年他们想了无数的法子，换酒也好，减少百花酒的比例也好，都悉数失败了，醋味儿变了之后，顾客纷纷不买账，又都转向了醋味比从前更好、价格更便宜的美醯居老陈醋，叫益延庆彻底败下阵来。

好在这两年苏天海因为在山西的关系够硬，已经在各个行当开展了生意，放在醋业上的心思日渐减少，到这会儿还没发现益延庆生意亏损的事情，若是等这个月底他过来查账发现了，那他福来顺可就真是要吃不了兜着走了。

所以这种时候，也更不能叫苏天海亲自来和王晋昇谈。

想到这里，福来顺便只得硬着头皮又去求曹宝："曹宝爷爷，你好歹再帮我和王大人说说吧，只要不是叫我们撤店，其他的事儿都好商量啊。也不用去通知我们大当家的，我福来顺就能做得了主的。"

"那若是我们爷——就想叫你们撤店呢？最好连清徐都撤出去，好好地回太原府去专心做地头蛇不好吗？”

“这——姓曹的，你少在这儿狐假虎威！我倒要问问你，你刚刚说的这些话，到底是你们王大人的意思，还是你自己的意思？”软的不行，也只好来硬的了，福来顺这会儿直接站了起来，指着曹宝的鼻子就是一顿乱吼。

曹宝却是一点儿都不为所动。依旧冷哼一声道：“我只是爷身边的一个小厮，不懂生意场上的事儿，福掌柜若是有什么不满，大可直接和我们季姑姑牢骚，但若是想在我们王家撒野，那可是万万不能的。”说着，便伸出一只手来说道，“要么，便请能说得上话的人过来和我们爷说话，要么就自己去想别的法子吧。福掌柜，请吧！”

福来顺毕竟也算得上是有头有脸的人物，何时受过这等欺辱？

被曹宝下了逐客令，咬牙切齿地出了门。

临到醋医坊门前，瞧着那块御赐给王晋昇的“忠勇孝义”的牌匾，还是越想越气，忍不住搬起一块石头，狠狠地往那牌匾上扔去，结果还是力气太小，半空中掉了下来，反倒砸了自己的脚，疼得他嗷嗷直叫，还引来了醋医坊的大夫们看热闹，大伙都瞧见他刚刚要扔石头砸匾，故也都不上前来相救，只对着他指手画脚，数落他的不是。气得他又恼又羞，只得抱着脚单腿儿蹦回了益延庆。

【3】

福来顺一回去，自是哪哪儿都气不顺，坐在桌子边上又是摔杯子，又是骂人，发了好一阵子火。

“呦！这是谁惹咱们大掌柜的不快活了，竟生了这么大的气？”

福来顺一听这声音，便知道是紫烟来了，忙站起身来，用袍子盖住已经脱了一只鞋袜的脚，恭恭敬敬地候着问道：“紫烟姑娘不是随大当家的去太原府办事儿去了吗？怎么这么快就回来了？”

福来顺说着，还有些慌张地往紫烟身后望了望，见没有苏天海的影子，方松了口气。

紫烟瞧他这模样，便拿着帕子放在鼻尖下轻笑了一声：“这不是半路上忽然身体不适，便自己先回来了吗？听说益延庆的生意最近遇到了难处，福掌柜刚刚在对面又吃了闭门羹，心里实在气不过，便想过来瞧瞧，看有没有什么能帮上忙的？”

紫烟这个人能傍上苏天海，没有点儿手段是万万不能的。福来顺纵横商场这么多年，也算是有了自己看人的一套本事了。知道紫烟说的话，能有两分是真便不错了，八成是苏天海已经知道了益延庆的事儿，派她回来处理的。

福来顺脸上的肉抖了一抖，便尬笑着说道：“姑娘的消息倒是灵通得很。只是不知道，姑娘有何高招呢？”

紫烟又轻笑一声，一边往前走，一边笑盈盈地说道：“福掌柜的是知道的，我来投奔益延庆之前，可是在美醯居待过的，自然知道美醯居最在乎什么。所谓打蛇要打七寸，咱们只要抓住了美醯居的七寸，然后拿来大做文章，美醯居自己便会惹上一身骚，又哪来的精力再来对付咱们呢？”

紫烟说着，便又凑到福来顺的耳边去说了几句话。

福来顺立时皱眉说道：“你的意思是，做回高粱醋？可若论高粱醋的口味，咱们益延庆可是从来都没胜过美醯居的啊，再加上今年咱们主打糯米醋，忽略了高粱的储备，年初的时候，大部分粮农已经把自己的高粱都定给了美醯居，即便是做回高粱醋，价格上也还是咱们吃亏啊。况且若是大当家的知道了，也一定不会同意的。”

紫烟却哼笑一声道：“哎？谁说是咱们益延庆要做回高粱醋了？福掌柜，要不你仔细想想我刚刚那话的意思？”

福来顺于是又仔细想了想，立时惊讶地朝紫烟看了过来。

“紫烟姑娘的意思是，想要以假乱真？”

【4】

这天李婉婉正在院子里面记录新出的这批陈酿的状态，忽听美醯居门外人声嘈杂，很是吵闹，便叫人出去瞧一瞧。

没一会儿，那人便进来报信儿道：“夫人，您快出去看看吧，门外有一帮人拿着咱们美醯居的醋壶来，说咱们美醯居以次充好，卖假货给他们。”

“这怎么可能？”

李婉婉立时在身边的缸口上做了个标记后，便跟着那人出去了解情况。

一进前厅，就看见门口熙熙攘攘的全是人，各个手里都举着美醯居的醋壶，嘴里喊着：“奸商，赔钱！”甚至还有人推着腿部腐烂的病人堵在门前，说是用了美醯居的醋膏疗伤后，腿部非但没有好转，反而还腐烂了。

小伙计和季姑姑统共只有两张嘴，没一会儿就被淹没在众人的唾沫星子里头，一点儿声音都听不见了。

这会儿子，西关街和永和街的分店掌柜也跑了过来，瞧见李婉婉，立时诉苦道：“夫人，您快请老爷想想法子吧，也不知道一时间从哪跑出来这么多假醋，竟打着咱们美醯居的名头招摇撞骗，这不是害人吗？”

李婉婉听了也有些急，立时皱眉说道：“我倒也想去找老爷，可老爷今日刚好到郊外出诊去了，怕是到天黑才能回来呢。”

李婉婉说着，又瞧了瞧那些人手里举的醋壶，随口问道：“咱们美醯居的醋壶都是有标记的，可核对过他们手里的醋壶了？难道随便什么人说是咱们美醯居的醋吵着要赔偿，咱们就得认下吗？”

两位掌柜的忙叹着气说道：“怪就怪在这里了，我们都瞧过了，确实是咱们美醯居的壶，只是这醋，也确实不是咱们美醯居卖的呢。”

李婉婉一听这话，眉毛立时拧到了一处，随口问道：“不是咱们美醯居卖的？那为何这些人，要到咱们美醯居来讨说法呢？”

西关街掌柜的忙叹了口气说道：“说是上个月开始，有咋们美醯居的人，挨家挨户去上门卖的。这不是前不久益延庆刚开了个上门促销的头吗？大伙儿以为咱们美醯居也跟着人家搞促销，又瞧着这壶是咱们美醯居的，便就都信了，还说难得赶上咱们美醯居促销，有些人家一口气就买了好几壶呢。”

永和街掌柜的立马跟着说道：“是啊，虽说咱们已经解释了没有促销这回事儿，可大伙却偏死咬着醋壶的事儿不放，说醋壶是咱们的，醋是不是咱们的，也不能全由咱们说了算，要么就交出那个卖假醋的自证清白，要么就赔钱，不然就要去报官呢。”

李婉婉皱了下眉，随口说道：“那便报官吧，不等他们去报官，咱们即刻就去！”

“不可啊，夫人。”季姑姑也不知是什么时候从人群里挤出来的，一听李婉婉说要去报官，连忙出面制止了。

“夫人，眼下最重要的，便是美醯居的声誉。若是现在报官，恐怕会正中某些人的下怀，将美醯居卖假醋一事传得更广了。况且一旦官府介入进来，咱们美醯居的生意必定会受到影响，要是拖得久一点儿，岂不是叫对面益延庆又有了可乘之机？”

李婉婉一听这话有理，便又皱眉看向了堵在门外那些人。忽然叫人将自己扶到了桌子上，扯开了嗓子说道：“各位乡亲们，不论你们手里的假醋是不是我们美醯居卖出去的，你们当初能毫不犹豫地买下这醋，肯定是对我们美醯居的醋有信心，对我们美醯居的品质有信心的。如今出了这种事儿，不论是我们美醯居，还是大伙儿，肯定都受到了不小的伤害。”

说到这儿，李婉婉顿了一下，又瞧着门口那个因为腿烂了而疼得嗷嗷直叫的病人说道：“但是你们也该清楚，这样堵在门口继续闹下去，也绝不是解决办法的良策。门口的那位大哥，我瞧着您伤势严重，再这样拖下去也不是办法，还请您的家人赶紧将您送进隔壁的醋医坊去积极治疗，所有的费用，由我个人出。”

说完，李婉婉又扫向了其他人，继续说道：“至于其他人，如果你们愿意的话，可以用手里的醋壶，免费换取我们美醯居同等价位的等量醋，也请回家奔走相告，如果还有谁家里不慎买了假醋，都可以带着我们美醯居的醋壶，到任何一家美醯居的分店去换真醋。

但是请你们相信，你们手上的假醋，绝对和我们美醯居没有任何关系，我们美醯居一定会查明真相，给大家一个交代的。”

李婉婉说完这些，三家分店的掌柜也跟着继续说道：“没错，也请大伙帮忙奔走相告，我们美醯居近来没有任何上门促销的活动，如果再遇到这种情况，请一定将其行踪告诉我们，届时必有重赏。”

李婉婉听了这个计策，也觉得甚好，立时又道：“没错，眼下若有谁能提供上门卖醋的人的任何有效特征，也可以免费领取我们美醯居的醋泡小食一份。还请大伙井然有序，一一上前来表达诉求。”

总算叫总店的闹事者消停了下来，李婉婉立时嘱咐另外两家分店的掌柜回去照样平息。随即又开始坐在柜台后面，听着大伙儿的描述。

“上门卖醋的人，可是穿着你们美醯居的伙计服的，这醋壶也是你们家的，我们以为不能有假，才买的。”

“是啊，他们总是清早或者傍晚的时候，赶着做饭的点上门去卖醋，我家里刚好没了醋，又懒得出去，才买的。”

李婉婉也接过了几个醋壶，闻了一下里头的醋味儿，明显是浓缩醋勾兑出来的，立时又递给季姑姑闻了一下，季姑姑也跟着皱了眉头，随口说道：“这么低劣的手段，竟然也会有人信？”

李婉婉随手将那醋放在了桌上，叹了口气道：“世道不好，温饱尚且不足，谁又真的会在乎这点子醋味儿？但勾兑醋没有养生之效，更不可治病救人，时间久了，公众对于美醯居的印象，自然就没从前那般好了。以假乱真那人，想来也是没想到大伙儿这么快就发现了醋是假的，所以才敢走这步险棋的——”

想到这里，李婉婉忽然眼睛一亮，立时看着季姑姑说道：“姑姑，我倒是想到了一计。”

【5】

美醯居门前乱成了一锅粥，福来顺在益延庆自然是乐开了花，立时对身边的小伙计说道：“放话出去，凡是在美醯居买到假醋的，只要来益延庆登记下名册，益延庆便免费上门送一瓶益延庆的万和香醋，从我私账上出。”

“掌柜的，眼下百花酒价格大涨，万和香醋的价格可不便宜呢，瞧着对面那热闹劲儿，要都是免费送，可是不少钱呢。”

福来顺却完全不以为然。

“你懂什么？以后它美醯居若是倒了，咱们益延庆后来居上的话，这醋价，还不是咱们益延庆想怎么定，就怎么定了？还不快做事去？”

福来顺这会儿心情正好，和伙计说完话，便哼着小曲儿转过身去准备去后院儿歇着了。结果身后却忽然传来了紫烟的怒声：“福掌柜闯下这等大祸，竟然还有心思笑呢？”

福来顺这会儿还是乐呵呵的，转过身来瞧着紫烟问道：“祸？我看他们美醯居才是大祸临头了吧？紫烟姑娘怎么竟还这样慌张起来了？”

紫烟也不停留，径直进了后庭，往福来顺的屋子里去了。直到福来顺跟着她进了门，才转过身来瞪着眼珠子说道：“美醯居大祸临头？你倒是想得轻松。我明明叫你在美醯居的醋里动些手脚后再卖出去，为何直接用勾兑醋？”

福来顺不以为然地笑道：“这美醯居的醋价格那么高，我买来以后再低价卖出去，岂不是亏大了？反正都是以假乱真、以次充好了，何不做得彻底一点儿？顺便也叫咱们赚上一笔，填补一下前些日子的亏空嘛。”

“糊涂！”

紫烟气得直接捶了一下桌子，随即指着福来顺的鼻子说道：“你只知道赚眼前的短利，却没想到这么快就被美醯居发现了，那咱们一开始想要达到的混淆视听，扰乱顾客心目中的美醯居形象的效果根本就没达到！眼下咱们手上的假醋，必须一律销毁！若是叫美醯居的人抓到一点儿把柄，这个责任，福掌柜你要全部担下来！”

“什么？”

一听说紫烟要他自己担责任，福来顺立时就慌了。

“紫烟姑娘怕不是在危言耸听吧？这才刚刚开始有点儿苗头，它美醯居能有这本事查到咱们头上来？况且那醋壶的回收和售卖的人手，我可都是做得天衣无缝的。眼下就算镇上不能卖，郊外也还是可以捞上一笔的吧，毕竟我现在也才刚刚赚回个本儿而已。”

福来顺说着，便又从袖口掏出一件首饰来递到了紫烟的手上说道：“说好的，事成之后，利润一人一半儿，这我赚钱，不也是你赚钱吗？”

紫烟瞧见手里那一串碧云珠，那是苏天海经常把玩的东西，立时便有些心动了，当即眉心一皱，犹豫了一番说道：“好吧，不过你要尽快收网，不然凭着王大人的实力，迟早会查到郊外去的。”

福来顺立时笑呵呵地说道：“放心吧，今天晚上便是最后一单了，我也没有那样傻，等着人家去抓咱们的。”

【6】

傍晚申时一刻，北郊的一户人家里，一个穿着朴素的农妇正弯着腰在院子里打扫，院门前走进一位扛着锄头的小伙子，经过农妇身边的时候，小声说道："夫人，都安排好了，除了咱们在的北郊，南郊、东郊和西郊，都安排了人租了农户的院子候着，要是那帮人今天晚上敢出现，就绝跑不了。"

农妇偏过头来，正是李婉婉，而这名扛着锄头的小伙子正是曹宝。

李婉婉冲着曹宝点了点头，当即又问道："那边的几个人都没问题吧？会不会有什么危险？"

曹宝点了点头道："夫人放心，都是我精挑细选出来的壮汉，就不信还对付不了几个弄虚作假的二道贩子？"

两个人正说着，门外忽然传来了叫卖声。

"卖醋嘞！上好的美醯居老陈醋，不酸不要钱啊！"

李婉婉立时和曹宝交换了一下眼神，曹宝便躲到了门边上的墙后面，李婉婉则是放下手里的扫帚出门说道："哎，兄弟，给我来一壶！"

说着，还瞧了一眼那人车上推的醋，果然各个都是美醯居的醋壶，便笑呵呵地说道："还真是美醯居的醋呢，就不知道这价钱怎么样了？你们这样推出来卖，应该比镇上醋坊里卖的，贵上许多吧？"

那人立时摇了摇头说道："哎，现在是搞促销，不但不比醋坊里的贵，还便宜了许多呢。"

那人说着，还伸出两根手指说道："一壶只要两文钱。"

李婉婉大吃一惊，立时接过一壶醋来说道："当真？那可太便宜了！"

说着，当即就打开了壶盖闻了一下，果然和日里的勾兑醋是一个味道。立时皱眉说道："不对呀，怎么好像和我家里的美醯居的醋味儿不一样啊？"

小伙计还算是售卖的老手，立时笑道："哎，这就是您孤陋寡闻了吧？这是咱们美醯居老板娘亲自酿出的新品，味道要比之前久负盛名的三年陈酿更浓，也更酸呢。您买回去尝尝就知道了。"

李婉婉听到这人甚至还把自己给搬了出来，心里忍不住哼了两声，还真是撒谎连草稿都不打，也不知道脸红。随即又看着那人笑道："成！我们乡下人进趟城也不容易，难得这次你们来了，我就多买一些。要不你这些醋，就都卖给我吧。你帮我推进来，我去屋里给你拿钱，成不？"

小伙计以为自己赚到了大钱，立时高高兴兴地推着车准备跟着李婉婉进来。

结果人还没进门，忽然瞧见门口的地面上似乎有个人影，手里好像还拿着什么东西。

心里立时咯噔一下，随口问道："妹子，瞧您这院子气派得很，家里就您一个人？"

李婉婉愣了一下，有点儿猜不透这人为何问这话，难道还见色起意了不成？于是立时转过身来有点儿尴尬地笑着说道："哪能啊？我男人出去做活还没回来呢，我跟你买了醋，便要去给他做饭了。快进来，帮我把醋卸进屋里，我好给你拿钱去。"

李婉婉说着，眼神便下意识地往躲在墙边上的曹宝扫了一下，曹宝立时将手里的棍子抬了一下。

可就是这一下，叫那人瞧见了地上的影子动了，立时产生了警惕，打算跑。

李婉婉瞧见势头不对，立即给曹宝又使了个眼色。曹宝当即冲出来大喊一声："臭小子，往哪儿跑？"

谁知那人反应倒是很快，立时将手里的推车往曹宝那边猛地推了过来，带着一车的醋齐齐向曹宝压去，倒将他拦在了门后面。

李婉婉瞧着那人跑得飞快，也来不及等曹宝排除困难，自己便操起扫帚追了出去。

"卖假醋的，你给我站住！还敢带着我的名号到处行骗！看我怎么收拾你！你别跑！"

可那人一看就是惯犯，根本不理李婉婉，只顾着自己拼命逃跑，没想到李婉婉竟也不是吃素的，竟一路追着那人跑出了老远，等到曹宝跳出拦着他的物件追出来时，早寻不到他们踪影了。

李婉婉一边追一边骂，一直追到大路上，才忽然觉得有点儿不对劲儿，这会儿天色渐晚，又人烟稀少，她一个手无缚鸡之力的女子，独自追过来，真能将这人给逮住吗？

正犹豫着，果然瞧见前头那人跑着跑着便停了下来，转过身来一脸坏笑地说道："我说怎么刚刚瞧着眼熟，原来是王家夫人？正好我露了馅儿，回去也没法和主子交代了，要是能把夫人带在身边，兴许还能到王家去拿些钱来保命呢。"

这人说着，便开始快速地朝李婉婉跑了过来，吓得李婉婉手里的扫帚都掉了，转身就跑，一边跑还一边喊救命。

到这会儿才真觉得害怕，腿也软了，胳膊也软了，就连喊出来的声音也一直发颤，越喊动静越小，却还强迫着自己喊着。

身后那人的状态倒是刚好反过来了，速度越来越快，眼见着一个飞身就要将李婉婉给扑倒了，身边忽然冒出一人来，一脚将那人踹飞了出去，口中还念道："哪来的小贼？敢对我们夫人下手？"

受了惊吓的李婉婉这会儿已经被来人一把抱住，心中实在惊慌，还一顿乱叫："啊——放开我，若是叫我夫君知道你们这般对我，是绝对不会放过你们的！"

"噗——"不知是谁笑了一声。

一听这个笑声，李婉婉立时抬起头来看了一眼，一见是王晋昇，才终于放松了一些，却是一下子哭了起来，捶着王晋昇的胸口说道："怎么是你啊，老爷？你怎么才来啊？我都要吓死了！呜呜呜——"

说着，还立时想起什么似的，指着那个被管伯踢飞了还不忘爬起来逃跑的人说道："快抓住那人，那是个顶着咱们美醯居的名号卖假醋的！"

王晋昇一听这话，立时皱起眉来朝那人瞧去，就见管伯几步追过去，单手一抬，将手里的刀掉了个个，猛地朝那人后脑一扔，刀把便不偏不倚地砸到了那人的后脑上，直接将那人砸晕了过去，再没爬起来。

到这会儿，曹宝也找了过来，远远地听见李婉婉在哭，便追过来吼道："我乃清徐王家你曹爷爷！何人欺辱我家夫人？还不快给我束手就擒？"

几步追上来，一瞧是王晋昇，立时就怂了，跪在地上不敢说话。

王晋昇偏头望了他一眼，冷哼一声道："曹爷爷倒是会躲清闲，这一身的好本事，竟然连夫人都跑不过？"

这一句话把曹宝羞得恨不得找个地缝钻进去，没一会儿，管伯又把益延庆那人五花大绑地押了过来，他便更羞得抬不起头来了。

最后还是李婉婉给他说情道："老爷，这事儿怪不得曹宝兄弟，都是这贼人反应太快，竟然提前猜出曹宝兄弟躲在门后，将他拦在门里。是我自不量力，以为能抓住这人，才出了这种事儿的。"

想到这里，李婉婉又满满的后怕，立时又抽起了鼻子，哭着说道："还好你来了，呜呜呜——"

王晋昇瞧着李婉婉这样子，真是有些哭笑不得，虽然心里还是对曹宝的失误有些气愤，但李婉婉着实好笑，他脸色也便不再像刚刚那么冷，抱着李婉婉便上了马车。

曹宝还有些愧疚，跪在地上转了个身说道："爷！属下办事不力，还请爷责罚！"

王晋昇顿了一下，随即叹着气说道："算了，就当是夫人为你求了情吧。晚些时候到我房里来，有事儿给你去将功补过。"

曹宝闻言立时给王晋昇猛磕了几下头道："多谢爷，多谢爷给机会！"

管伯瞧见此景，便无奈地叹了口气，将曹宝硬扶起来说道："还不快起来搭把手把这人押上车去？不过你这次是真的欠考虑了，刚刚要不是老爷和我刚好在这边出诊，走了这条路，夫人这一次，可就真是凶多吉少了。"

曹宝听到这话，心里也是十分自责，立时将气都撒在了益延庆那人的身上，一把扯着绑在那人手上的绳子，将他提着扔上了马车，自己则一屁股坐在那人身上，待管伯也上了车坐好了之后，便猛抽了几下马腿，驾着马车就往家去了。

【7】

三更天时，苏天海的马车正奔驰在回清徐的路上，忽然马儿一声号叫，车夫在后面一阵叫嚷：“爷，前面地上躺了个人！”

苏天海眉心一皱，随即皱眉说道：“挪到一边，绕着走吧。”

苏天海自从来了山西，向来是以雷霆手段出名的，再加上自己有张香帅的背景，山西省各界均要给他些面子，才两年的工夫，就已经在票行、布行、茶行、糖行、典当行等多个行业都干出了些名堂来，甚至还成了山西茶叶商会和布业商会的会长。

现如今的山西，或许还有人会不知道王晋昇，但苏天海的名字却绝对是如雷贯耳，民间更是盛传着一首民谣：“天是苏家的高，海是苏家的蓝，大把的票子在苏家花不完。宁到府衙送人头，不拆苏家一片瓦。”用此来表现苏天海在山西的势力之大，为人手段之狠辣，在老百姓心中，甚至比官府还要令人恐惧。

如今他说要绕过那人继续走，车夫自然是不敢有二话，立时下了马车去前头挪人，结果没一会儿，却又跑回来说道：“爷，您还是自己下来瞧瞧吧。”

苏天海拧了下眉，知道车夫不会无缘无故这样讲，便下了马车，走到那人身前，这人正是刚刚被李婉婉追赶之人，因为被管伯砸了那一下，到现在还没醒。

这会儿整个人趴在泥里，很像是吃了好些泥巴。背上还绑了个大牌子，上面写了几个大字：“还你的狗！”这人身边还摆了一壶用美醯居的壶装的假醋。

苏天海叫人将那醋捡了起来，自己打开盖子闻了一下，当即便闻出了是勾兑醋。

原本在山西，浓缩醋是没有市场的，可自从苏天海来了山西之后，同时引进了一些先进的西方技术，浓缩醋因为酿造周期短，而且勾兑出来的醋，也可以满足一般顾客的需求，所以立时在市场上打开了销路，在一些小食摊贩那里尤为畅销。但因为这种醋的营养成分其实并没有完全发酵出来，所以与陈醋是有着本质区别的，在以醋养人、以醋救人的山西，其实与老陈醋相比，是根本无法望其项背的。

苏天海心里非常清楚这件事儿，所以在益延庆，是不允许使用勾兑醋的，但为了不被浓缩醋挤掉市场，他才引进了陈酿周期更短，口感也不差的万和香醋。

而在一些小醋作坊甚至是聚能庆和福元昌这种大醋坊都开始顶不住压力，纷纷在自己的醋里偷工减料时，除了益延庆，只有美醯居还依旧坚持着古法酿醋，八十二道工序，平均四百多天的陈酿周期，一道不少，一天不减。依旧如旗帜一般地竖立在山西百姓的心中，至今一提到老陈醋，大伙儿脱口而出的，都还是美醯居。

就是像益延庆这种五百年老字号也望尘莫及的。

这也是苏天海佩服王晋昇的地方，也让他知道了自己和王晋昇的差距在哪里。

所以他暂时离开了醋业，开始发展其他的行业，想要让自己的根基再深一点儿，实力再强一点儿，到那时，或许，他可以骄傲地站在李婉婉的面前，告诉她，谁才更配得上她。

也正因为如此，这会儿瞧见这个牌子和这瓶醋，苏天海的眉心紧紧地拧在了一处，心里恨得咬牙切齿，就好像自己两年的努力，一下子便叫人踩在了脚底下碾压了一般。

苏天海几乎是从齿缝里蹦出了那几个字来："叫福来顺来见我！"

【8】

关西路二十六号，被人从睡梦中直接拽下床的福来顺，这会儿正浑身颤抖地跪在孤院门前担惊受怕。

心里虽弄不明白为什么主子大半夜的一回来就把他叫来，但也总觉得忐忑，隐隐约约能感觉到苏天海是知道了什么，特地叫他来兴师问罪的。

正在暗自想着要把一切责任都推到紫烟的身上时，孤院的门忽然就开了，吓得福来顺头都不敢抬一下，恨不得把脸贴在地面上。

"爷，不知道您今天回来，没能提前恭候，是小的——"

话还没说完，就感觉头顶上掉下来了个什么东西，正好砸到了他的头，壮着胆子歪头一看，竟然是一只女人的手，而且他很清楚地看见那只手上戴着一串熟悉的碧云珠，再看的时候，就觉得自己脸上滴了几滴温热的黏糊糊的东西，定睛一看，原来是从那只手上流下来的血。吓得福来顺立时坐到了地上，到这会儿，才彻底看清了全貌，两个家丁抬着一卷白布，白布里头卷着的，便是这只手的主人。

紫烟，死了！

看到这里，福来顺吓得直接傻了眼，整个人都不好了，连心跳都不敢发出太大的声音，生怕被苏天海感觉到了他的存在，自己便会落得和紫烟一个下场。

可是苏天海根本就没有露面，只是叫管家把美醯居的那壶假醋扔了出来，昂着头说道："爷说了，你闯出来的祸，你自己解决！但若是叫别人说出益延庆的半点儿不是，紫烟的现在就是你的将来！"

福来顺这会儿也来不及想对策，只知道自己不用死了，那就是不幸中的万幸，连忙趴在地上感恩戴德、立誓磕头，也不知过了多久，直到确定周围什么动静都没了，才敢停下来，抬起头来往上瞄了一眼。哪还有什么苏家管家？孤院的门都已经不知道关上了多久了。到这会儿，他才算稍稍松了一口气，哆哆嗦嗦地摸过那壶醋来，坐在地上大喘气。

他想哭，却又不敢哭出声音；想走，却又没有力气站起来；想立即想个办法解决这件事儿，可是脑子里一团浆糊，竟是什么主意都没了。就这样一直在孤院门前坐了一夜，到天蒙蒙亮的时候，都还像个呆子一样抱着那壶假醋在原地发愣。

这时，孤院的门忽然开了。他好怕是苏天海出来瞧见了他，连忙躲到了一边去，结果就只瞧见管家一个人出来，手里好像还拿了一张拜帖。这才放松了一些，便想到什么似的，忽然冲上前去，抓住管家的裤脚就开始磕头。

“刘伯，这次您可一定要救我啊。这大当家的脾气阴晴不定，我实在是不知道要从何下手去解决此事啊？”

苏家管家被吓了一跳，一听见是福来顺，立时无奈地咂嘴道：“福掌柜的，算起来你也是个有头有脸的人物，怎么做起事来竟这样拎不清了呢？竟然连紫烟一个小丫头的套你也往里跳？你算计谁，也不该去算计王家夫人。在哪里动手脚，也不该在醋业叫咱们爷在他王大人面前抬不起头来的。我要是你，昨天晚上就该回去想个万全之策，看看怎么把益延庆从这件事儿里择出去的。现在可好了，爷叫我去给王家送拜帖，说是后天便要约王大人夫妇出来小聚。在这之前，你要是还叫爷抬不起头，会有什么后果，你就自己好好想想吧。”

刘伯说完，便将福来顺的手一甩，抬腿出门去了。

福来顺听了这话，虽然心里还是没什么主意，但他清楚一点，若是再继续蹲在孤院的门口，不等辰时，他便要去步紫烟的后尘了。于是忙抱着那壶假醋灰溜溜地跑了。

【9】

李婉婉是巳时在永安居的床榻之上醒来的。

刚一清醒的时候，她嘴里还念叨着：“大胆贼人，你往哪跑？”结果彻底清醒的时候，才发现一屋子的人都给她吓得不轻，纷纷朝她这边看了过来。受惊最多的，要数守在她身边的沅穗，立马紧握住李婉婉的手说道：“夫人您放心，那些事情老爷已经去处理了，没事儿了。”

李婉婉这才冷静下来，一双桃花眼瞪得老大，反应了一会儿，忽然跳下床来说道：“穗娘娘，快帮我换衣裳，上次老爷解决美醯居的困难时我就没瞧见，这次这个人也算是我抓住的，可不能又叫老爷静悄悄地给解决了。”

说话间，已经自己胡乱换了件衣裳，挽了下头发便冲出门去了。

到王晋昇那里时，正赶上王晋昇在瞧苏天海送来的拜帖，瞧见她进来，下意识地将拜帖塞进了一沓书稿中。微笑着冲李婉婉说道：“夫人醒了？可用了早饭？”

李婉婉是个定不住的，立时走上前来说道：“都这时候了，还吃什么饭啊？昨天咱们抓住的那个贼呢？带我去见他，我要好好审审看，到底是谁这么丧心病狂，竟然打着咱们美醯居的旗号，干这种蝇营狗苟之事？”

王晋昇瞧着李婉婉那股风风火火的劲儿，忍不住又低头笑了笑。

就连管伯也跟着笑了一声，立时在边上解释道：“夫人，这恐怕是不行了。”

“为何？”李婉婉立时问了一句，随即又反应过来似的说道，“难道你们又背着我，把事情给解决了？”

管伯刚想笑着说些什么，王晋昇却打断他说道：“那倒不是，不过后天之前，应该——就可以解决了吧。”

说着，王晋昇又瞄了一眼被自己夹进书页中却露出了一个角的拜帖。

李婉婉却是一头雾水，不解地问道：“后天之前？应该？老爷也有这样模棱两可的时候？”

说着，身子却向前一倾，一把将王晋昇盯着的那张拜帖扯了过来。

“我倒要瞧瞧你鬼鬼祟祟地藏了什么？”结果打开一看，李婉婉便直接愣住了，“天海？他要见你？”

王晋昇轻笑一声，忽然温柔地朝李婉婉看了过来，随即说道：“确切地说，是要见我们两个。”

“我们？”李婉婉立时皱了眉，犹豫着说道，“假醋的事情，该不会是——和益延庆有关吧？不可能啊。”

王晋昇眉心隐隐抖了几下，很快就又展眉问道：“夫人缘何这样确定？”

李婉婉立时反应过来什么，猛然抬起头来不自然地笑笑说道：“老爷别误会，我倒不是想为益延庆开脱，只是即便益延庆和咱们美醯居立场不同，但天海自幼在苏家研习酿醋，他有他自己的骄傲，是绝对不屑于做这种事情的。所以我绝对不相信这件事儿会与天海有关。”

李婉婉说这话的时候，一双眼睛满是确定，而这种确定源自于她与苏天海自小一起长大的那朝夕相处的十八载，这是王晋昇无论如何也无法匹敌的。

因而这份坚定也叫王晋昇心里隐隐抖了一下。

可他并没有将心里的这种异样表达出来，而是微微一笑道：“那便当作这件事情与他无关好了。正好我也有些饿了，管伯，你去叫后厨端些早点上来，我和夫人一起用吧。”

李婉婉到这会儿还是有点儿晕晕的，随手将苏天海的那张拜帖放下，一脸不解地问道：“老爷，你还没说，昨晚咱们抓的那人，你给弄哪儿去了呢？”

王晋昇却只是和她打哈哈，笑呵呵地说道：“这件事儿，夫人便先放下吧，如若苏天海果真是像你说的那般，是这样较真的人物，那后天之前，假醋风波，是一定会过去的。”

果然，当天中午，街上人最多的时候，忽然有个人跑到衙门前头击鼓，说自己要投案自首，表明自己促成了美醯居的假醋风波，并愿意赔偿美醯居的一切损失。

如何挨家挨户收购了美醯居的醋壶，又是如何用勾兑醋以假乱真，并假扮美醯居的伙计去卖醋，事无巨细，样样说得仔仔细细，叫官老爷想不判他都难了。

衙门的人立时将王晋昇请过去问了一下，明白确有其事，便贴了告示，给美醯居正了名。

虽然是个明眼人都知道这个无名之辈不过是个替罪羊，但王家不再追究，谁又会一直揪着这件事儿不放呢？

倒真是叫福来顺捡了个大便宜，糊里糊涂地就脱了险，但是一想到紫烟的下场，他也便从此老老实实做人，再不敢在苏天海的眼皮底下耍小聪明，更不敢在醋坊里做手脚了。

益延庆的名声倒是也因此越来越好了。

李婉婉也没有多想，一听说这事儿不是益延庆干的，心里倒是放轻松了许多。

毕竟虽然这两年听到了许多关于苏天海的传言，但李婉婉大都当成笑话听听，当一个人有所成就的时候，往往会被人妖魔化，不过是嫉妒心使然罢了，没什么可认真听的。

而且若是苏天海真的堕落到那种程度的话，那她心里一直保留的关于这个人的那点儿纯真的记忆，就彻彻底底的不值得了。

“我说什么来的？肯定不是天海干的。”

王晋昇也不揭穿，只溺爱地点点头道：“嗯，不是便好。”

李婉婉又如何感受不到王晋昇对她的好？先不论苏天海到底有没有做过那事儿，就凭她和苏天海的关系，凭她这样毫无怀疑地替苏天海说话，能做到像王晋昇这样大度的男子又有几人？

她心里感激王晋昇，随即忽然想到什么似的说道：“对了，这次的事儿，虽说是有人故意陷害咱们的，但是倘若咱们能提早采取一些小措施，便也不会再发生这种事儿了。”

“哦？夫人请说。”王晋昇一副很乐意听的模样看着李婉婉，这就更给了她鼓舞，叫她大胆地说出了自己的想法。

“这次的事儿，其实皆因醋壶而起，咱们美醯居的醋壶虽然向来都只是在关师傅那里定的，而且也会定期回收，但却因为会定期到关师傅那里补货，所以并没有很好地统计过醋壶的数量。但如果给醋壶做好编号，刻在醋壶上，并在顾客购买后做好登记，以后再有人想要回收咱们的醋壶以假乱真，也就没那么容易了。老爷，你说是不是？”

王晋昇立时咧嘴笑笑，抓住李婉婉的手，将她拉到了自己的腿上，伸手刮了刮她的小鼻尖说道：“可真是个机灵鬼。管伯，就按夫人说的，吩咐下去实施吧。”

【10】

这日晌午，李婉婉随王晋昇一道去清和园饭店与苏天海会面。

被伙计领进门时，苏天海已经在里面了。

瞧见李婉婉挽着王晋昇的胳膊，一脸笑意地走了进来，苏天海的眼神只呆滞了一下，便站起身来笑盈盈地说道："久仰王大人大名，今日终得一见，快请上座。"

王晋昇微微扯了下唇，随即说道："哪里哪里，比不上苏兄名声响亮，来山西两年间，真是建树颇丰啊。"

说着，便同李婉婉一道坐上了主宾的位置。

瞧着李婉婉和王晋昇相处如此融洽，苏天海的心里忽然酸酸的，一下子愣在了原地，没了反应。

内间的摆设是一张小方桌，宾客席地而坐的那种。

李婉婉正想着要如何与苏天海打招呼，结果抬头瞧见他还站在一边，便有点儿尴尬地离开了王晋昇身边，往边上坐了一下后，才尬笑着说道："大家都这么熟了，也别什么宾什么客的了，就随便坐坐吧。天海，你也快坐下吧。"

苏天海这才没有继续恍神儿，转到了与李婉婉相对的那一面，微微含笑坐下说道："从前只是听说王大人对婉婉敬爱有加，如今真见着了，倒是好生令人羡慕了。"

李婉婉闻言，立时绯红了双颊，一双好看的桃花眼缓缓地看向王晋昇，好像骨子里都散发着幸福之感。

王晋昇也温柔地朝她看了过来，两人相视而笑的样子，看得苏天海眉心直皱，忍不住别过了头去，很快就改变了话题说道："我初到山西时，发现这里面食居多，以为本地人是不喜欢食米。后来尝了本地的米，才知道不是大伙儿不喜欢食米而是不喜欢食本地的米。所以便开了这家饭店，从镇江府运米过来，配镇江的菜色，倒是也做得风生水起的。也不知婉婉有没有给王大人做过镇江菜？今日便在我这里尝一尝吧。不瞒你们说，后厨的掌勺师父，还是我从镇江饭店挖角过来的呢。"

李婉婉闻言竟有些哭笑不得，忍不住说道："天海，你这便是不大地道了，何苦那么老远到我家饭店去挖人？我身边便带了一位佟叔过来，早知你有需要，我便叫他过来赚个外快，岂不甚好？"

苏天海刚想说话，王晋昇却插话说道："说起佟叔的手艺，倒算得上是一绝，依我看，他的手艺，可要比我之前在镇江饭店遇到你那一次，桌上摆的那些强多了。"

这话一出，苏天海便明白王晋昇是在委婉地告诉他自己是尝过镇江菜的，也无须在这方面炫石为玉了。立时又羞得不行，只得立即叫伙计先把菜端上来。

等到菜上得差不多了，苏天海又主动给王晋昇和李婉婉倒酒，一边倒还一边说道：

“若论天下第一酒，自古便是山西汾酒，但若是要酿好万和香醋，却是少不了咱们镇江府的百花酒的。”

苏天海说完这话，便已经给李婉婉倒了一碗百花酒，端到了李婉婉的面前。

而他在提到“万和香醋”的时候特意加重的语气，也着实叫李婉婉的心紧张了一下，不知道从什么时候开始，她好像有点儿在意王晋昇的感受了，她甚至开始觉得，就连“万和香醋”这种属于她和另外一名男子的记忆，频繁地在王晋昇的面前被提起，也是委屈了王晋昇了。

可王晋昇却只是轻笑一声，一脸从容地接过了苏天海递过来的酒，随口说道：“在镇江府时，也有幸尝过百花酒，觉得虽然不比汾酒绵柔醇厚，但其酸辣兼具的口感很是符合我的口味，所以后来再去镇江府，便与岳丈大人聊了聊百花酒在山西的代理权。也不为赚多少银钱，不过是希望如此好酒，能够干干净净地进来，免得被有心之人冒名顶替，损了它宫廷贡酒的名声罢了。”

王晋昇说着，便和苏天海干了一杯，随即又道：“不过这外来的酒长途跋涉地过来，价钱上肯定是要比在原产地高上一些的。苏兄在自家的酒楼里卖百花酒，倒还不如多卖几坛汾酒钱来得快些。”

苏天海自己也饮了一杯，随即笑道：“我既然是镇江特色饭店，自然是要主打百花酒的，价格再高，也还是要卖的。故还是要请王大人高抬贵手，给小弟一点儿优惠吧。”

苏天海说着，便又提起酒坛给王晋昇满上了。

听到这里，李婉婉才有点儿明白了什么似的，朝王晋昇看了过去。

之前王晋昇说拿到了百花酒的独家代理权时，李婉婉打岔给避过去了，后来因为王晋昇在醋业商会的地位，美醯居的生意好像也没受什么影响，所以这个事儿也就不了了之了。可她没想到两年过去了，苏天海竟然会因为百花酒的事儿，求到了他们头上来。

刚想要说什么，王晋昇却冲着她轻轻地摇了摇头，随即又笑着看向苏天海说道：“苏兄见笑了，这两年你在生意场上蒸蒸日上，身份更是日渐显赫，如今更是可以完全脱离了张香帅力量，成为可以独当一面的单独势力。速度之快，用力之猛，王某都望尘莫及，还想着或许有一天，还要请苏兄高抬贵手呢。”

听到这话，李婉婉也是吃了一惊，她这两年无数次地听说过有关苏天海的传闻，但她从来没想过苏天海竟然已经成长为这么厉害的人物了。曾几何时，她也曾想过要成为天下第一，也曾以为，只要在一个行业成为业界第一，便可以傲视群雄，证明自己了。虽然她现在依旧这么认为，但听到王晋昇说出苏天海已经这么厉害的时候，她还是觉得，或许两人之间的距离，已经越来越遥远了。到这会儿，她看苏天海的眼神，已经是越发地陌生了。

而这种明显的陌生叫苏天海诧异，更叫他失望极了。原本以为自己的努力可以叫李婉婉高看他一眼，叫她后悔当初选错了人，可如今看来，她非但没有后悔，反而还离自己更远了。那他这两年这么辛苦地经营，又到底是为了什么呢？想到这里，苏天海扶着酒碗的手禁不住用起力来，甚至将茶碗磨得吱吱作响。

而他的这种愤怒，李婉婉或许看不太清，王晋昇却看得很清楚，他忽然转过身去看了李婉婉一眼，随即对外面说道："小小，夫人吃好了，陪夫人去外面转转吧。"

李婉婉虽然很好奇王晋昇把她支开后要和苏天海说什么，但她很清楚自己在一旁坐着，一定是给两人的谈判增加了负担，所以也没多说什么，便跟着小小出去了。

李婉婉一出门，苏天海便立时换了一副冷漠的面孔，冷笑着说道："所谓明人不做暗事，王大人莫非是想要什么不能叫婉婉知道的条件，所以才把她支开的？"

王晋昇却歪着头哼笑了一声，随手拨动了几下拇指上的扳指后，随口说道："夫人常同我说，在家的时候，得苏兄照顾，才度过了如此快乐无忧的十八载岁月。所以在她心里，苏兄一直都是她的知心人。"王晋昇说到这里，忽然抬起头来目光如炬地盯着苏天海说道："而作为她的夫君，我想帮她守护住这份纯真。所以那些放不到台面上的事儿，就不必叫她知道了吧？"

听到这话，苏天海的眉心隐隐皱了两下，却是一句话也再说不出来。

只见王晋昇又调整了一下坐姿，随即又一脸轻松地笑着说道："苏兄也不必如此紧张，过去你们益延庆和我们美醯居的恩怨，既然你已经很好地解决了，我便也不会再继续追究，婉婉也并不清楚前因后果。至于百花酒的事儿，其实想要平价拿到百花酒也很简单，遵守醋业商会的规矩，将我们总店对面的益延庆分店撤走就可以了。"

"平价？"苏天海有点儿不敢相信自己的耳朵。

王晋昇却对他点了点头，随即说道："无规矩不成方圆，我要的从来都不是赶尽杀绝，而是稳定的商会秩序。若任你益延庆胡乱行事，以后若是聚能庆和福元昌都跟着效仿，我美醯居自然不怕，但其他小醋作坊又该如何自处？苏兄虽在醋业商会没有谋职，但如今也任着茶业商会和布业商会的会长，应该不会不懂这个道理吧？"

苏天海只稍稍思夺片刻，便给自己满了杯酒，又给王晋昇也满上了之后，含笑说道："玉龙街上的分店于我而言，其实早没了用处，如今已不是必须存在的铺子。若只是撤了它便能拿到平价百花酒，自是甚好。只是苏某不大相信，王大人就只有这点儿要求？"

王晋昇也端起酒碗来与苏天海撞了杯，随即又点了点头说道："至于你我之间的其他恩怨，于我而言，并不大放在心上，也无须通过这种手段来胁迫于你。"

【11】

从清和园出来的时候，王晋昇不禁回头看了一眼刚刚与苏天海喝酒的阁楼。“看来王大人似乎对自己和婉婉之间的感情很有信心？但我还是要提醒你，我既然选择来到山西，就代表我从来没放弃过婉婉，请务必做好准备，总有一天，我会把婉婉从你们王家接出来的。”苏天海傲慢的语气和坚定的眼神都在王晋昇的脑海里挥之不去，叫他又禁不住哼笑了一声。

没想到自己到了而立之年，竟还要和这些意气风发的少年一起争一个姑娘，而且这位姑娘，如今都已经成了自己的妻子了。

“老爷！”

一听到是李婉婉的声音，王晋昇有些愣然地回过头去，下意识地在街上寻找，却在自家的马车上瞧见了李婉婉探出来的头，那样意气风发的笑脸，正是一个女子最美好的模样，不禁又叫王晋昇的心开始隐隐悸动。

瞧见王晋昇笑盈盈地走过来，李婉婉立时伸手过去，想要拉他一把。

王晋昇忽然愣了一下，随即又笑着伸手去搭住了李婉婉的手，一边踏上马车，一边随口问道：“不是叫你去逛逛吗？怎么没去？”

李婉婉随口说道：“哪里有什么好逛的？我倒是更乐意坐在马车里等你下来。对了，和天海聊得怎么样了？”

王晋昇瞧着李婉婉的急切，脸上的笑容忽然淡了下来，很郑重地问道：“若是逼不得已，必须要与益延庆势不两立，夫人到时候，会如何自处？”

李婉婉的吊梢眉向中间聚了一下，随即又将这个问题扔回给了王晋昇：“老爷希望我怎么做？”

王晋昇愣了一下，随即又轻笑一声，转过身去看着因为马车开动而在门外徐徐闪过的雕花石板路面，开口说道：“我希望夫人能始终做自己觉得有理的事儿，也希望你能不为这些事情所忧心，一辈子都能像现在这般，无忧无虑。”

这话一说完，李婉婉忽然将头靠在了王晋昇的肩膀上，一脸幸福地说道：“这就是了，有你在我身边，我觉得我就可以一直做自己想做的事儿，一辈子无忧无虑。”

王晋昇立时又被李婉婉给逗笑了。随即又忽然有点儿难为情地问道：“可我终究年长夫人许多，终有要先行一步的时候啊。”

一听这话，李婉婉脸上的笑容一下子就僵住了，立刻坐直了身子，转过身来目不转睛地盯着王晋昇看着，过了许久，她才皱眉说道：“我最近新学了几个延年益寿、强身健体的方子，回去我就熬给你喝。再说不就是十几岁的年纪吗？我现在一点儿感觉都没有啊，你比那些胡子都没长长的小白脸要强上不知多少倍呢！”

李婉婉说完这话，又忽觉自己造次了，说了不害臊的话，立时就羞红了脸，别过头往车窗外看去了。

可王晋昇却依旧想要逗逗她，故低头浅笑道：“夫人又没全试过，又是怎么比较出来的？”

李婉婉都觉得自己的脸已经全红了，立时转过头来瞪着王晋昇说道：“老爷，你怎么竟能说出这么不知羞的话？这还是在大街上呢，也不怕人家听见了？”

王晋昇却将身子坐得笔直，一副天不怕地不怕的模样说道：“外面有人听得见吗？”

小小和曹宝立时同时答道：“没听见，这马车隔音得很，小的们什么都没听见呢。”

俩人说完，还一阵轻笑。弄得李婉婉这会儿更加害羞了，在心里立誓以后再不在外面和王晋昇说这些了。于是她整个人都缩在了马车的角落里，脸恨不得贴在马车的窗户上，却还是没有摆脱王晋昇。

心好不容易才刚平静了些，王晋昇那一双有力的臂膀便从后面将她拦腰抱住了，没一会儿，王晋昇的下巴也贴了过来，靠在李婉婉的肩膀上，一双温热的唇在李婉婉的耳边轻声说道：“夫人放心，我会好好喝药的。”

这一句又叫李婉婉紧张得不得了，又怕被外面的人听见，也不敢大声说话，而且此刻马车内的空间也已经退无可退，李婉婉的心都快被那条虫啃得痒死了，忽然咬了咬牙，转过身来往王晋昇的嘴上就是一碰。

随即，那一双好看的桃花眼便对上了王晋昇满是惊讶的黑亮眸子，虽然脸还是依旧烫得怕人，但是她主动亲过王晋昇之后，似乎一下子不像方才那样孬了，甚至还鼓着勇气说道：“怎样？别以为就只有你会欺负人，我李婉婉长这么大，还没怂过呢——呜呜。”

话还没说完，李婉婉就已经再也说不出话来了。

因为在她面前的，是一头一直在克制的猛虎，又岂会任由她这只可爱的小白兔在眼前干蹦跶？

马车外，管伯驾马的鞭声越来越缓，马车行进的速度也随之放缓，可车厢却还是晃晃悠悠的，不大平稳，小小和曹宝两个坐在后面押车的，仰着头，望着天，嘴里若无其事地哼着小曲，天忽然变得特别蓝，风也特别舒坦，这真是个让人心情愉快的好日子。

伍 隐退：壶中日月一双人

【1】

那日过后不久，益延庆在玉龙街的铺子便被撤掉了，但万和香醋的名声却不损反增。

因为王晋昇如约叫人将平价契约送到了苏天海的府上，且苏天海在酒米生意上大有手段，半年之后，比从前味道更好、价格更低廉的万和香醋一经问世，便很快占领了山西醋市的半壁江山。

与此同时，因为世道越发不景气，生意更加难做，从前的一些老陈醋作坊都纷纷投到了益延庆的名下，做起了香醋作坊，准备抱着益延庆，确切地说是抱着苏天海的大腿一起赚钱。

也只有美醯居老陈醋还依旧坚持着本来的八十二道工序，凭借着自己几百年来的沉淀和积累，在风雨飘摇的醋市中屹立不倒，苦苦坚持。

到了1904年，一直在外读书的王咏炎忽然写信回来，说是想要追随其舅父阎三的脚步，去留洋学习，要带着新的思想和技术回来救国。

王晋昇和李婉婉想也没想，便同意了其请求，并一路护送，一直到了沪上，将其送到了留洋的轮船。

“咏炎！你到了那边，可千万好好照顾自己，也一定要记得给你父亲写信啊！”

不知为何，李婉婉瞧见王咏炎一身长衫踏上轮船的那一刻，忽然觉得从前那个唯唯诺诺、思想经常摇摆不定的小孩子，一下子便长成了个巨人，叫她差点儿认不出来了。

王咏炎回过头来，深情地看着她和王晋昇，一滴清泪从眼眶滑落，随即点了点头说道：“母亲和爹爹放心，舅父在那边已经有了些根基，他和他的同伴们，会好好照顾我的。倒是母亲和父亲，你们一定要保重啊，等我再回来的时候，我们所生长的这片土地，一定会有所不同的，它会变得更加美好、更加璀璨的！”

王晋昇一直闷声不语，一直到听到这句话，才忽然开口笑道：“臭小子，你先保证自己能活着回来再说吧！好好干！不论走到哪里，不要忘了，你的根在这里，我和你母亲，还在家里等着你，这样就成了！”

【2】

等送走了王咏炎，瞧着李婉婉红肿的眼睛，王晋昇忽然有些心疼地说道：“咏炎非你亲生，分别时尚且让你这般难受，当年你与祖母和岳母大人分别时，应该是更加痛心吧？”

李婉婉一边用帕子擦着眼泪，一边哽咽地说道：“事已至此，老爷说这些又有何用？都不过是我自己的选择罢了。”

“我的意思是，想不想回去看看？”

王晋昇话音未落，李婉婉便已经惊讶地抬起头来朝他看去，满眼希冀地说道：“老爷此话当真？”

王晋昇微笑着点了点头道：“沪上与镇江府相隔不远，况且我近日也无甚公务，不如就与你一同尽尽孝，回去瞧瞧岳丈岳母和祖母吧。”

李婉婉高高兴兴地和王晋昇回了李家，却不想只堪堪赶上了一场葬礼。

一到家门，皆是丧幡，哭声遍地，李父与李婉婉的二哥李仲仁和六弟李钟琪正一道扶灵出门。

李婉婉瞧见此状，惊得不敢相信，几乎是给人扶下马车的，走到李父跟前的时候，还连眨几下眼睛说道：“父亲，这是出了什么事了？”

说着，又瞧了一眼众人抬的那口棺材，眼神闪烁地问道：“这是——”

这会儿，她母亲李郑氏忽然哭哭啼啼地扑了上来，猛拍了她几下说道：“我的儿呀，你怎么才回来？你祖母等你等得好苦啊！”

原来在李婉婉和王晋昇出门送王咏炎留洋不久，李家便派人送来书信，表明了李家老夫人病重的消息，可是李婉婉已经出门，且路线不定，管叔虽派人立时送信追赶，却终究没有寻到。

李家老太太的灵柩在家中停了将近半月，实在等不了了，李父才下令扶灵入葬。

李婉婉一听说是李家老太太没了，连退好些步，竟是连哭都哭不出来，只干吼了几声。

“不可能——不可能！”

说完，人便上前去扒在了棺木上不让人抬走。

“祖母——婉婉回来了，您倒是醒过来瞧瞧我啊，我是您最疼爱的婉婉啊！”

李家人瞧着她这样也心里难过，李父和她两个兄弟更是已经哭得眼肿，却还要吩咐人来把李婉婉给拉开。

可李婉婉毕竟是李家小姐，她执意不肯放手，谁又拉得开她？

只有王晋昇上前来硬把她抱了起来，才叫队伍得以继续向前。

李婉婉还想要闹的时候，王晋昇却叹着气说道：“夫人，你再这样，祖母怕是到了天上，也不得安心了，你是想让她老人家始终放不下你吗？”

李婉婉这才静了下来，使劲儿咬着牙不叫自己哭出声来，和王晋昇一起穿了孝服，跟在队伍的后面一起去给李家老太太送了葬。

等到入土的时候，又是一阵哭闹，实在是哭得太厉害，一路颠簸而来，也并没有好好休息，就这样直接哭晕过去了，没一会儿，所坐之地，竟出现一片血红。

小小吓了一跳，口里还直念道：“这是怎么回事儿？明明夫人的日子还没到呢啊。”

王晋昇一听这话，立时给李婉婉把了脉，结果竟发现李婉婉是小产了。

这又是老夫人去世，又是李婉婉小产的，李家上下立时陷入一片混乱，还是王晋昇主动站出来挑起了大梁，帮着李仲仁一起招待宾客，打理李家内务，还要照顾李婉婉的身体。

到了回煞这一天，全家人都等在灵堂前接煞，李婉婉因为小产的原因，按规矩不能到场，王晋昇又怕她伤心，便没叫人通知她，让她安心在床上静养。

睡梦中，李婉婉只觉得有双熟悉的手正在抚摸着她的头，不知不觉便睁开了眼睛。

“祖母——祖母是您吗？”

“婉婉，叫你受苦了。”果然是李家老太太的声音，但是李婉婉望了许久，也没瞧见她的人。

“祖母您在哪里？我怎么瞧不见您？”

“婉婉别急，祖母时候不多，就来看看你，便要走了。”

李婉婉闻言，便又哭了起来：“祖母好狠的心，您心里思念婉婉便来看我，可婉婉思念您，却不能相见，祖母缘何要这样对我？”

这话说完，四周忽然一片安静，吓得李婉婉又开始四处寻找。

“祖母，祖母您这么快就走了吗？”

“没，婉婉，你以后可要好好保重，和晋昇两个过好你们自己的小日子就好了，可千万别冒尖儿，都记住了吗？”

李婉婉这会儿已经哭得泣不成声，哪还有心思想那么远的事儿？当即又道：“祖母，您不如就现身，让我瞧瞧您最后一面吧，就当婉婉求您了！”

可是却再没有任何回应了，李婉婉一着急，便直接坐了起来，猛然睁开眼睛往四周寻找着，瞧见是在自己的屋子里头，就又是一阵忧伤。

立时有人上前来询问，她便随即问道："冬儿，我且问你，今天可是祖母回煞的日子？"

冬儿犹豫了半晌，终于开口说道："小姐，姑爷说了，您身体不适，不宜到场，所以已经拿了您的素衣过去了。您现在身子虚得很，还是好好休息，别过去了吧。"

李婉婉呆呆地望着窗子的方向，忽然含泪笑道："确实不必过去了，祖母已经来过了。"

【3】

等料理了李家老太太的丧事，又将李婉婉的身子调理得差不多后，王晋昇便欲带着李婉婉回城，临行之夜，沅穗忽然过来请辞。

"夫人，沅穗年纪大了，再跟在夫人身边也没什么用了，如今若是再去，怕是日后再没什么机会回来了，所以我想，不如就叫我叶落归根吧。"

这两年沅穗的视力渐渐消退，虽然王晋昇已经尽力帮她医治，但这种老化病在中医的范畴内，并没有很好的治疗方法，所以到这会儿，她连看近在咫尺的物件都是模糊的，王晋昇也曾多次给李婉婉打过预防针，说这种病最终是会致盲的，可是李婉婉从来没想过要放弃沅穗，毕竟在她的心目中，沅穗可是要比李郑氏更像是她的母亲。所以沅穗这会儿说她想要留下来的时候，李婉婉是有点儿接受不了的。

"穗娘娘，连您也要离开我了吗？"

沅穗一双浑浊的眼睛里倏地落下两行泪来，摸索着拉过了李婉婉的一双手说道："夫人，沅穗的心是一直陪着你的，你以后可要把奴婢之前和你说的话，都记清楚了。保重。"

就这样，李婉婉同小小又和沅穗抱在一处哭了一通，随即才哭哭啼啼地上了路。

明明出门前一家子七口人高高兴兴地上路，结果半路上送走一个，死了一个，留下一个，最后只有四个人冷冷清清地回了王家。

一路上，谁的心情都不大好。

可是命运并不打算给他们喘息的时间，马车才刚在门前落了地，管叔便跑过来说道："哎呀，老爷您可回来了。今早上美醯居季姑姑叫人过来传话，说醋业商会召开了临时大会，说是要重新选会长，您还是赶紧过去瞧瞧吧！"

王晋昇听到这话，与李婉婉互相对了一下眼神，犹豫片刻，便对管叔说："等等吧，夫人身体不适，我得先把她安顿好。"

说完，便要将李婉婉扶下车。

可李婉婉却一把抓住了王晋昇的胳膊，语重心长地说道："老爷，商会的事情要紧，越是这种时候，越不能叫别有用心之人祸害了醋业商会，你还是快过去看看吧，我这儿有小小呢。"

王晋昇于是急急忙忙往太原府的醋业商会集会地点赶去。

【4】

快马加鞭赶了一个时辰的路，到了地方的时候，会议似乎还没开始。

一进门，放眼望去全是醋业商会大小作坊的掌柜的或是当家的。

大部分人在下面席地而坐，几个大醋坊的掌柜的——聚能庆的喜逢春、福元昌的袁长乐还有益延庆的福来顺分列两边坐在上头。

原本属于会长的位置上，眼下放了三把椅子，最中间摆着的，自然是从前商会会长的椅子，而会长椅子两侧，则是摆了两把一模一样，规格比会长椅子小一点儿的太师椅，都还没坐上人。

王晋昇一到场，在场的这些熟人便都纷纷站起来和王晋昇打招呼，福元昌的掌柜原本也想站起来的，可瞧见聚能庆和益延庆的两个人都还坐得稳如泰山，便又轻咳了一声，坐了回去。

王晋昇也全当没瞧见，一边与众人打招呼，一边笑呵呵地走过人群，径直往会长的椅子上走了过去。

才刚要坐下，聚能庆的喜逢春忽然呛声说道："哎，新会长的位置还没决定之前，王会长还是就往下坐一个位置吧。"

可王晋昇停也没停一下，便直接坐上了会长的椅子，随即还整了整袍子说道："喜掌柜也知道现在还没决定新会长的人选呢？既然还没决定，那我王某人便还是这醋业商会的会长吧？缘何不能坐在会长的位置上？"

袁长乐立时附和道："是啊，王会长现在还是会长，本来就该坐在会长的位置上。我说你们呀，就是多此一举，还专门打了两副一模一样的座椅。"

瞧着袁长乐这么急着把自己给摘出来，福来顺和喜逢春纷纷对了下眼神儿，原本说好的三家都投益延庆，眼下瞧着这个袁长乐倒像是根墙头草，待会儿到底花落谁家，还真有点儿说不准了呢。

王晋昇坐在会长椅子上云淡风轻地摆弄着扳指，看也不看底下那帮人一眼道："出门送了趟犬子，这刚一回来，好像错过了不少消息，不知道哪位兄弟可以给我这个现任会长讲讲，今天的会议议题是什么来的？”

王晋昇说完，忽然抬起了头，一双深不见底的幽暗眸子往在座的每一个人身上扫着，目光所到之处，众人皆低着头，不敢与他对视。

说老实话，王晋昇上任以来，素来奉行不允许一家独大的规矩，叫人人有肉吃，在场的每一家醋坊或多或少都受过他的恩惠，如今被另外三家大醋作坊撺掇着过来重新选会长，有很多人还是抱着要支持王晋昇的心态来的。

所以他这么一问，底下那些人，立时有人站起来说道：“王会长放心，我们大部分人都还是支持您的！绝不会叫有心之人得逞的！”

这话一出，聚能庆的喜逢春立时笑道：“嗤，一群无名小辈，以为自己是谁啊？商会规矩，选票向来是按醋坊规模分配的，我们这种大醋坊养活的人多，身上的责任自然也更重大，手上的票便更多，一家醋坊便有十票，也是你们这种一家只有一票的小作坊能比的？叫你们来，不过就是还看得起你们，叫你们做个人证，免得回去说我们不给你们投票的机会，还真把自己当根葱了？”

“你说什么呢喜逢春？你以为聚能庆还是从前三足鼎立时代的样子？也不想想今年你们在全省关了多少家分店了？你们现在的规模，也不过只比我们多几家分店而已，也配和益延庆或者美醯居一样，充大个？”立时有人站起来反驳了喜逢春。

福来顺到这会儿终于坐不住了，忙开口说道：“哎，话也不能这么说，若是光论规模，那整个山西省，谁还能比得过我们益延庆了？再说了，王会长的美醯居还只是在清徐拥有三家分店而已，这规模还比不过在座的有些小醋作坊呢，不也照样拥有十张选票吗？”福来顺在这里暗示美醯居当下的影响力，是受了王晋昇会长身份的影响，其实论醋坊的实力也并不配与他益延庆平起平坐。

但立时又有人站起来说道：“福掌柜的这话说得就酸得很了，美醯居只有三家分店，且不出清徐，那是祖宗传下来的规矩，凭他们在山西的影响力，若是真要遍地开花，那还有咱们什么事儿了？美醯居能拿十张选票，在座的有人不服吗？”

“没有！这有什么可不服气的？这谁家逢年过节时，餐桌上还没有一壶美醯居啊？”

一时间，底下那些小醋作坊的人都纷纷议论起来，甚至还有人聊起了美醯居的醋味儿，恨不能快点儿到楼上去点一壶美醯居拌面饼吃。

气得喜逢春立时站了起来，怒气冲冲地说道：“你们这些人到底怎么回事儿？就这么继续吹嘘美醯居，难道你们就能活下来了吗？之前不是都跟我抱怨说什么世道难做，商会的规矩又多，再这样下去，都要关门大吉，回家喝西北风了吗？这会儿怎么又一副太平盛世的景象了？”

这话一出，大伙儿又都不说话了。就连刚刚给王晋昇溜须拍马的袁长乐也叹了口气说道：“是啊，会长，如今世道如此不景气，乡亲们手里面很难再拿出闲钱来买高价醋了。

传统工艺周期长，成本高，又需要很多的人力，我们这种大作坊，维系起来尚且艰难，就更别提底下那些小醋作坊的兄弟了。这商会规矩又多，稍有一点儿违规操作，便要交罚款，这不是变相逼着大伙儿关门大吉吗？”

“是啊，王会长。”喜逢春立时接话道，“您身上兼着守御所千总的官职，是个大忙人，平日里定是极少有时间打理商会上的事儿，我看倒不如让咱们重新选个会长，也好能专心带领大家共同走出困境吧。”

一听这话，有一些人忽然沉默了，但还有一部分人力挺王晋昇道：“喜掌柜的，话可不能这么说，自从王会长领了这个官职以后，那是给大伙带来了多少福利啊？在座的各位，谁敢说自己家里没有享过王会长给的便利？咱们商会现在遇到了困难，大家坐在一起想办法，一起解决不就是了？又何必重新选会长呢？再说了，眼下除了王会长，又有谁有这个本事带领大家走出困境呢？”

“怎么就没有？”福来顺立时站起身来说道，“这两年益延庆发展得怎么样，大家瞧不见？我们大当家的如今成了山西总商会的会长，若是他再能兼任醋业商会的会长，以后还愁咱们醋业商会捞不到些许好处？”

“王会长的本事我是承认的，可难道大家忘了，我们大当家的背后站着的是谁？若是我们益延庆能够重回领头羊的位置，那以后朝廷再有什么福利，还能少了咱们醋业商会的兄弟们吗？”

这话一出，底下又是一阵议论纷纷，大伙的眼神都是亮堂堂的，似乎也觉得，眼下只有苏天海才能救活醋业商会。

但是立时又有人站起来说道：“只怕是这些福利，到时候又都进了某些人的腰包，我们这些小作坊，照样还是暗无天日，看不到未来吧？”

立时有人附和道：“对啊，以前又不是没有过这种事儿。兄弟们，难道大伙儿都忘了咱们当时为什么要费尽心思把他福来顺拉下来，推举王会长上去的吗？”

一听这话，刚刚已经决定要投靠益延庆的人，这会儿又纷纷倒戈了。

喜逢春瞧见这个形势，立马和福来顺交换了眼神，刚打算再说些什么蛊惑人心，一直沉默的王晋昇忽然开口说道：“既然大家各自心中都有自己的想法，那便都列入今天的议题，一样一样地说吧。我看是不是就开始今天的投票了？”

“等等！”福来顺立马说道，“我们大当家的还没到，现在开始，这不是明摆着欺负人吗？”

王晋昇不觉又瞧了一眼下面那两张空置的太师椅，不禁嗤笑一声，原来竟是给他和苏天海共同准备的，看来这帮人心中，还是有些忌惮他的，所以这个苏天海，倒也没有狂妄到以为自己一定会胜的地步。

立时有人表达了不满道：“那又怎样？王会长之前不在家中，迟到一会儿也就罢了。

这临时会议明明是你们益延庆张罗的，叫我们从早上辰时便开始等到现在，眼下天都快黑了，你们大当家的竟还不到？如今还没成会长，就如此不把我们这些人放在眼里，日后若真叫他成了会长，还不知道要怎么目中无人呢？不来也罢，待会儿便就当他弃权，反正有王会长的带领，我相信咱们醋业也一定能重新走上正轨的！”

“好！说得太好了！”立时有人给这人鼓掌。

这时，人群后面忽然传来了苏天海的声音：“让各位等这么久，是苏某人失礼了，只是刚刚路过的时候，看到了一张告示，着实是太过震惊，便留下打听了一下，这才来晚了的。想必各位一定也有兴趣瞧一瞧这告示上的内容，便也一并带来了。”

苏天海说着，便将手里的一张告示随手递给了身边的一位醋坊掌柜。

那人接过来一看，瞬时一脸震惊地说道：“朝廷取消了漕运？”

【5】

一听说朝廷取消了漕运，在场的人又纷纷议论起来，就连王晋昇都吃了一惊。

虽说这两年随着洋货的闯入，各地通商口岸的打开，整个国家的商业中心早已经从山西转移到了沿海地区，再加上商品种类日渐丰富，漕运的作用确实越来越小，但王晋昇也着实没有想到，朝廷会最终动了要裁撤漕运的念头。

其他人的反应就更加强烈了，刚刚还在摇摆不定的袁长乐，这会儿忽然站了起来，笑盈盈地迎接起苏天海来了。

“久仰苏大当家的大名，今日一见，竟是比传言中听到的更加名不虚传些，苏大当家的快请上座。”

苏天海健步如飞地走了上来，一边往上走，还一边笑津津地看向王晋昇说道：“王大人这是来太原府述职，顺便来开会的？”

言外之意便是，王晋昇身为守御所千总，自然是一早便知道了这个消息，如今却还假装什么都不知道，依旧坐在这儿，倚仗自己统领漕运的这层身份来选会长。

他这话一出，底下人立时纷纷议论起来了，刚刚一直在替王晋昇说话的醋坊老板，也一下子不敢相信地看着王晋昇问道：“王大人，苏大当家所言当真？”

王晋昇朝苏天海睨了一眼，随即皱眉说道：“王某人也是刚刚从外地回来，还没有收到相关的消息，不过既然这张告示上盖了官印，那大概就假不了了吧。不过好在现在陆上运输也很便利，且咱们醋业商会大部分作坊所用的材料，也都是就地取材，所以取消漕运，对咱们醋业商会的影响，应该也不是很大。”

“对我们大伙儿而言，自然没多大影响，可于王会长而言，可就难说了吧？”喜逢春立时呛声说道。

同时也立时引起了下面那些人的纷纷议论。

如今苏天海的事业蒸蒸日上，王晋昇虽然一直就处在很高的地位，但这会儿连官职都要被撤了，古法酿醋虽然有口碑，但销量确实越来越差，大伙儿虽都是手艺人，但同时也是生意人，还是要想法子赚钱养家糊口的。这样比较起来，若真是要重新选一个会长，把苏天海和王晋昇放在一起一比较，自然就立见高下了。

结果也正是如此，苏天海一来，福来顺便张罗着大伙儿开始投票选会长，结果虽然大部分小醋作坊的人还是坚守义气，力挺了王晋昇，但奈何福元昌家的袁长乐在关键时刻倒戈，十票全投给了苏天海，所以苏天海最终以三票之差，战胜了王晋昇，成了醋业商会的新会长。

会后，很多小醋作坊的老板和掌柜的，都上来安慰王晋昇，其中一个举着大拇指说道："王会——王大人，您放心，虽然现在商会换了领头羊，但在我们心里，美醯居还是这个！"

对于错失会长这件事儿，其实王晋昇心里并没有很介意，正如当年被莫名其妙推到前头来的时候一样。不论商会的领头羊是谁，美醯居也始终会秉承自己的原则，以醋的品质为上，做良心醋，卖放心醋。至于其他家怎么做事，按照什么原则做事，是不是能比美醯居赚更多的钱，他其实也不是很介意。

不过是因为从前坐在会长的位置，就必须要考虑大家共同的利益，所以才费心制定了许多的规矩，他也知道有些规矩是很得罪人的，但他相信日子久了，大伙儿自然明白这些规矩的作用在哪里，效果在哪里。但眼下世道艰难，商人唯利是图，难免会有为了眼前利益便倒戈的短视者。也曾让王晋昇头疼不已，如今官职也没了，会长的职务也没了，他倒一下子省了不少力气，日后也就有更多时间专心做自己的事儿了。

所以面对大伙儿的安慰，王晋昇也都是含笑应对："无妨，大伙儿就跟着新会长好好干，重要的是，能渡过眼下的难关。"

"王大人！"不知不觉，苏天海忽然走到了王晋昇的身边。

随即又邪笑着改口道："不对，听说这守御所千总的官职原本就是捐的，如今这漕运一撤，怕是连这官职也一并没了吧？倒是不该再称呼您王大人来揭您的伤疤了。那——王会长？不对，王前会长？这也不好听啊。"

"叫我仲文吧。"瞧着苏天海那一脸的嘚瑟样，王晋昇依旧面不改色，面如春风，这倒是叫苏天海忽然觉得无趣，立时也恢复了原本的冷漠。

"我想咱们之间，倒还没亲到可以直呼字号的地步。不如就叫王兄吧。"

王晋昇依旧扯着唇笑道："随你吧。"说着，便在苏天海的肩膀上拍了拍说道："自古能者多劳，苏兄如今身兼数职，如日中天，一人之力撑起整个山西的经济，着实让王某人佩服。以后若是有什么需要帮忙的，尽管提吧。不过我瞧着，倒是也不会发生这种事儿了。”

王晋昇说完，便想走。

“若说要找王兄帮忙，倒还真有一事。”苏天海立时叫住了王晋昇，随即命人拿出一盒东西递了过来说道，“路上听说了婉婉的事儿，特意去准备了点儿东阿阿胶，听说是益气补血最好的东西，王兄若是方便的话，不如帮我带回去给她用吧。”

曹宝早看苏天海不顺眼了，但自从阎芷凌的事情之后，他的性格沉稳了不少，所以刚刚瞧着王晋昇被人夹击，也一直忍着没开口。可这会儿也实在是忍无可忍了，忽然上前说道：“苏大当家的可不要欺人太甚了，这里谁人不知我家便有医坊，我们爷更是神医圣手，还缺你这点儿阿胶？你这是恶心谁呢？”

苏天海的随从可就没这么低调了，这两年随着苏天海的地位越来越高，他身边的随从可是个个都恨不得鼻孔朝着天走路，这会儿听见曹宝数落苏天海，立时上前说道：“嘿！我们爷愿意送你们家东西，那是看得起你们，你这儿怎么说话呢？”

“住口！”苏天海立时训斥了自己的随从，随即又很真诚地看向王晋昇说道，“王兄，我也是祖母看着长大的，这次没能及时赶回去送丧，心里着实过意不去。又听说婉婉出了这种事儿，是真的打心底里想要为她做点儿什么。眼下世道不好，这东阿阿胶是我托了胶州的朋友好不容易才弄到的，即便你不告诉婉婉是我送的也可以，我只是希望她的身体能快一点好起来。”

曹宝还想再说什么，王晋昇却微微翘了翘唇。

“曹宝，快把苏会长的好意收下吧。”

“爷——”

王晋昇也不理会曹宝，依旧春风拂面地冲着苏天海笑道：“有劳苏兄替我夫人多费心了，告辞。”

说完，便转过身去，迈着大步走了。

【6】

一出门，曹宝便提着苏天海送的阿胶追在后面问道：“爷，您真要把这个拿回去给夫人用吗？”

王晋昇哼笑一声道：“自然，这么好的东西，即便是咱们医坊，也是没有的呢。又是对夫人好的，为何不给她吃呢？”

“那您会告诉夫人这是苏会长送的吗？”

“为何不讲？我堂堂正正地收下，自然要堂堂正正地说与夫人听了。”

说话间，王晋昇已经上了马走了。

曹宝却还在原地感慨王晋昇的大气，直到听到了马叫声，才回过神儿来，忙也蹬上自己的马，追着问道：“爷，您要走怎么也不吱一声？您这是要去哪儿啊？回家的路可在后头呢！”

王晋昇是去了总督大人府上。原本总督接到朝廷的裁撤通知后，也是最放心不下王晋昇，还问他愿不愿意跟着他走？好替他谋个其他的职位。可是被王晋昇委婉地拒绝了。

“大人，我这人一生无甚太大追求，一心只想把醋酿好，把家里的一门治病救人的手艺传承下去。至于名利那些身外之物，不要也罢，以后朝廷若是在山西有需要王某人的地方，自当尽心竭力，但若是叫我往外头走，祖宗基业在此，恐不能从命。”

总督大人也非常理解王晋昇的苦衷，只道了一声“可惜”，便将他送走了。

王晋昇回到家中的时候，李婉婉还在厅里坐着等他，弄得王晋昇好生心疼，立时上前问道：“你身子还虚，为何不进去躺着，偏要在这里吹风啊？”

李婉婉却急得不行，立时起身走上前来问道：“你在商会腹背受敌，我一个人在家里，又岂能安心啊？怎么样？没叫那些人得逞吧？”

王晋昇闻言，只得叹了口气，随即吩咐曹宝道：“还不快去把苏会长送来的阿胶给夫人熬了去？”

曹宝道了声“是”后，立时给小小使了个眼色，两人便一同熬药去了。

倒是李婉婉吃了一惊。

“苏会长？天海？”

虽说苏天海在李婉婉的印象中，早已经成了其他商会的会长，按理，王晋昇称他为会长，倒也无可厚非，但他在这个节骨眼儿上叫出来，就叫李婉婉觉得他话里有话，故一下子满眼忧虑地朝王晋昇看了过来。

就见王晋昇轻笑一声道：“嗯，眼下我卸了官职，会长也不做了，以后咱们俩在家里酿醋问诊，种花养草，做一对儿壶中日月可好？”

李婉婉闻言，反应了老半天，才忽然睁大了眼睛问道：“老爷你在说什么呢？不就是去选个商会会长吗？怎么还牵扯到官职了？”

王晋昇就知道没有那么容易蒙混过关，立时又低头浅笑道：“朝廷刚刚裁撤了漕运机构，总督大人问我要不要和他一起离开，我给回了。”

李婉婉虽不懂官场之事，但这些年跟在王晋昇身边做生意，也算是懂得一点儿生意上头的事儿的。一听这话，立时喃喃自语道：“所以，商会那些人觉得你没有了用处，便都开始过河拆桥，要把你换掉？那结果是怎样？换成谁了？”

王晋昇不想在这种时候提到苏天海的名字，直冲着李婉婉微笑着耸了耸肩。

李婉婉是个聪明的，结合了刚刚王晋昇的表现和眼下的时局，立时反应过来什么似的说道：“难道真的是天海？”

想到这里，又想到之前苏天海和她说过的话，李婉婉的心里咯噔一下，如果现在是从王晋昇的手里抢走了醋业商会会长的位置，那以后苏天海是不是会有进一步的行动？到时候又会对王晋昇做什么，这是谁也说不准的事情啊。

想到这里，李婉婉就忽然担心了起来。

而这一切，王晋昇都看在了眼里，他忽然上前来将李婉婉揽在怀里，含笑问道：“难道夫人不愿意与我做那壶中日月？”

李婉婉立时摇了摇头，仰头看着王晋昇的侧颜解释道：“我自然是想，只是老爷不知道天海的性子，他虽然有时候会优柔寡断，但是一旦认准了一样东西，是会非常执着的，我是真的担心——”

“夫人难道忘了我曾对你说过的那句话吗？一切有我呢。只要夫人自己不愿意，那么谁也没有本事来搅和你我二人的事儿，难道夫人不信我？”

李婉婉惊讶地看着王晋昇那双好看的眼睛，是啊，从第一次见到王晋昇的时候，就觉得这人一身的本事，总能叫人踏实，怎么如今他没了会长的位置，自己竟担心起来了？难道自己一直依靠的，不是王晋昇这个人，而是他身后的那些光环？显然不是的，她一直依靠的，一直引以为傲的，只有身后的这个人而已啊。

想到这里，李婉婉便咧开了双唇，对着王晋昇点了点头。

王晋昇这才放松了一些，一把将李婉婉横抱了起来，一边往房间里走，一边笑着说道：“夫人可真是会大喘气，刚刚吓得我还以为自己就要被休了呢。”

李婉婉立时惊讶地朝王晋昇望去，咂嘴说道：“老爷竟也会有这种顾虑？”

王晋昇哈哈笑了两声：“自然会有，而且是时常会有呢。你是不知道，你到底是个多么磨人的小丫头呢。”

李婉婉立时娇羞地将脸别到一旁：“老爷您快别说笑了，我如今都二十有四了，早已经不算是小丫头了。”

王晋昇本想说，在自己眼中，李婉婉永远都是个小丫头，但一想到这十几岁的年龄差距，始终是他的短处，便立时改变话题说道：“夫人还是快去床上歇着，你原本就身子弱，如今这一小产，怕是又要养上两三年才能再度强健起来了。”

陆 灭顶：义薄云天生死场

【1】

没了那么多纷繁复杂的身份，王晋昇和李婉婉的日子，过得倒也悠闲自在。

苏天海接管醋业商会以来，放松了许多条件，但终归是守住了底线，也和王晋昇一样，对于弄虚作假的醋坊，处罚起来是绝不手软的。

甚至于当初为苏天海成为新会长而出了大力气的聚能庆也未能幸免。喜逢春仗着自己给苏天海出了力，就以为自己可以享有特权，结果正给了苏天海以儆效尤的机会，罚他聚能庆直接又关了一家分店。喜逢春是有苦说不出，又不敢去找苏天海闹事儿，心里却是气愤得很，只得找人去把福来顺揍了一顿解气。

倒是福元昌的袁长乐十分会做人，很长一段时间都按兵不动，照着原来的商会规矩严格做事儿，并默默观察着大家的举动，喜逢春投机取巧在他面前炫耀的时候，他也不羡慕，喜逢春被苏天海处罚关了店，他便把铺子租了回来，把工人召回来开了自己的铺子。有些时候，甚至还抢在了益延庆的前头做起了生意，倒是着实叫苏天海刮目相看了一把。

至于美醯居，在季姑姑的带领下，依旧秉持着一贯的人不犯我我不犯人的原则，继续做着自己的生意。虽说日子艰难，但也还维系得下去。

次年冬月的一天，李婉婉正和王晋昇一起在醋医坊给人瞧病，曹宝忽然从外面冲进来说道："老爷、夫人，有人在太原府的码头上瞧见了咱家少爷，说是和几个剪了辫子的假洋鬼子在一起呢。"

李婉婉和王晋昇听了这话，吃了一大惊，立时相互看了看。

李婉婉更是不敢相信地又朝曹宝看去问道："该不会是看错了吧？当初可是我和老爷亲自把咏炎送上去留洋的船的。这才过去多少时日啊？"

曹宝立时答道："我也是这样觉得，便又问了与那人同行的许多人，都说是瞧见了咱家少爷。"

曹宝说着，还有点儿小得意地继续说道："毕竟咱家少爷十四岁便中了举人，也经常去太原府与友人相约，所以认识咱家少爷的人还是不少的。"

几个人正说着，王咏炎忽然从门外进来了。

"父亲，母亲。"

李婉婉和王晋昇回头看去的时候，就见王咏炎一身的留洋学生装，个子也长高了不少，看样子也成熟了许多，只是原本那条长辫子却不见了踪影，而且不光长辫子不见了踪影，甚至连头发也都剃没了。

吓得李婉婉忙开口问道："咏炎，你这是受了什么刺激了？怎么好端端的，竟剃了头发，莫非是要出家？"

王咏炎这会儿人已经走到两人面前，一听这话，忙轻笑着说道："母亲有所不知，我这是要剪掉清朝的尾巴，从此为新的时代而战！"

话还没说完，王咏炎就已经被王晋昇一脚给踹倒在地："逆子！你这是要反哪！"

王晋昇这边气得浑身发抖，李婉婉却是连忙吩咐曹宝道："曹宝兄弟，你还不赶快去叫人把大门关上？查查周围有没有什么可疑的人，可千万不能叫咏炎刚刚说的话传出去了！"

李婉婉说完，又连忙上前去把王咏炎扶了起来，还不忘埋怨王晋昇两句道："老爷这是做什么？咏炎才刚刚回来，你再把他给吓着了。"

王晋昇气得不行，指着王咏炎的鼻子说道："还怕把他吓着了？你出去之前，我是怎么跟你说的？不要忘了自己的根在哪里！这就是你不忘根本的表现？身体发肤受之父母，你便这样轻而易举地剪了？你要将我置于何地？将你死去的母亲置于何地？"

王咏炎一听这话，也不服气起来，立时起身说道："我的根永远在这片土地上，我一直没忘！但是这并不代表朝廷就也是我的根！父亲知道我们出去之后，当地的学生都是怎么看我们的吗？说我们身后背着的这根辫子，像猪尾巴。还说我们的国家虽然地方大，但却是土疙瘩一样不值钱，而他们国家地方小，却像是黄金一样值钱。换作是您，每天受到这种待遇，您会怎么做？我并没有因为自己生长在这片土地上而感到屈辱，但我会以自己受制于无能的朝廷而感到屈辱。如果他们不能带领我们走出困境，驱逐鞑虏，那我们一起推翻它，建立新的政权又有何不可？"

"啪！"

王咏炎话还没说完，便挨了王晋昇一巴掌。

"你——你这是到外面学了一些什么歪门邪道回来？来人，还不快把他给我锁起来！不等头发长长了，就不要放他出来！"

话音刚落，管伯和管叔就一起上来，将依旧在叫嚷的王咏炎拉着走了。

“哎呀，少爷，您还是少说两句吧，万一要是给人听见了，那可是诛九族的大罪啊。”

可王咏炎还是不肯放弃：“母亲！母亲您是最善解人意的，您仔细想想，如今举国上下支离破碎，朝廷四处给人赔款割地，民不聊生，眼下就连咱们山西的资源，都要被洋人抢夺，再这样下去，别说是我们这一代，若是日后我有了弟弟妹妹，那他们又能有什么未来呢？母亲？”

王晋昇瞧着王咏炎还不肯放弃，忙又气呼呼地吼道：“还不快给我堵上他的嘴！别叫他的这些危言耸听污了我的耳！”

李婉婉站在原地急得直跺脚，她知道王晋昇在担心什么，但又隐隐约约觉得王咏炎说得对，事实上，眼下天下的某些事情，她老早以前就有些看不惯了，若是能有一股新的力量，能来改变这些事情，她也并不觉得是什么坏事儿。

于是等王咏炎一被带走，李婉婉便立时上前去拉住了王晋昇，一边拍着他的心口一边说道：“老爷，您快消消气儿。事情都还没弄清楚呢，这生气也没什么用。不如叫我去和咏炎说说，了解一下原委吧。”

“还有什么不够清楚的？这个逆子连那种大逆不道的话都能说得出来，还有什么可了解的？若是再叫他在外面蹦跶，到时候咱们全家可都是要被连累的！”王晋昇说完，又狠狠地砸了一下桌子。

“哎！我早该知道，叫他跟着那个阎三瞎混，就准没有好结果！”

王晋昇说完这句，忽然一股恶火顶了上来，竟然一下没站稳，向后踉跄了一下。吓得李婉婉忙上前去将他扶住：“老爷，您这是怎么了啊？”

王晋昇眉头一皱，右手握成了拳头之后，仍旧在不停地颤抖，却还深呼吸着说道：“没事，大概是被这个孽畜气到了，先扶我回房里歇一下就好了。”

等把王晋昇安顿好了，李婉婉便出了门，向候在外头的小小说道：“可去打听过了？咏炎现在情况如何了？”

小小稍稍朝屋里头望了一下，见王晋昇已经躺下了，便又向外走了两步之后，才缓着气儿说道：“在少爷原来住着的永仁居里呢，管伯怕少爷跑了，直接把少爷的房门锁了，还派了两个功夫好的家丁在门前守着，生生把少爷看成了个犯人。”

小小说着，又犹豫地问道：“夫人，您说咱们家老爷，该不会真的把少爷一直关到头发长出来吧？那可是要一两年的工夫呢？到时候还不得把少爷给关疯了啊？”

李婉婉立时白了一眼小小，随即又叹了口气道：“还不快去准备一些咏炎喜欢吃的。孩子大老远地回来，不论对错，也总得叫他有口热乎饭吃啊。”

【2】

等饭做好了，李婉婉便叫小小端着，一起去了永仁居。

远远地就听见王咏炎在叫嚷，弄得管伯在门前左右乱晃，还不忘好言相劝。

“少爷，就当是为了咱们王家，您也千万别再叫嚷了，就算您说的都是对的，但若真是把官府的人喊来了，到时候咱们全家都要跟着遭殃，您还怎么去实现自己的一腔抱负啊？”

这话一出，里面倒是一下子消停了不少，又过了一阵子，王咏炎才又软下了语气说道：“管伯，我走了这老远的路，都还没吃过东西呢，您就当是疼疼我，给我端些吃的来可好？”

管伯正犹豫着呢，李婉婉便带着小小端着吃的进来了。

“我与咏炎怕是心有灵犀呢，管伯，你先打开门，叫我进去给咏炎送口吃的吧。”

“夫人，这——”

“管伯若是不放心，大可以将我与小小也一同锁上，待会儿我们出来的时候，你便再给我开门便是了。”

管伯一听这话，心想也没有饿着王咏炎的道理，况且也更没有忤逆自家夫人的道理，便叫人把门给打开了。

谁知道才刚解了锁，王咏炎在门里面往外一撞，撞倒了开门的人，便就要跑。

最后还是李婉婉手疾眼快，一把拉住了王咏炎的胳膊说道：“咏炎！你若是真这样跑出去，以后你和你父亲之间的父子情谊，可就真要断了！”

王咏炎一听这话，立时偏过头来一脸委屈地看着李婉婉道：“母亲，可是孩儿真的有急事儿，必须要现在出去啊。”

李婉婉瞧了已经上来准备把王咏炎再带回去的管伯一眼，随即叹了口气说道：“再着急也是要先吃饭的，还是快随母亲进门，把饭吃了再说吧。”

李婉婉说着，握着王咏炎胳膊的那只手还又稍稍用了些力，叫王咏炎下意识地往那只手上看了一眼，心下狐疑，便就又跟着李婉婉进了门。

等到外面的人关了门，他便立时跪在了李婉婉的面前说道：“母亲，孩儿这次回来，只因是有同窗在那边身殒，是特地带着他的灵柩回来叶落归根的。这会儿他家里正在准备丧事，孩儿才有空回来拜见父母，还请母亲向父亲求求情，放孩儿去参加丧礼吧。这一年来，孩儿身处异乡，除了舅父，就数这位同窗待孩儿最好，于情于理，也该让孩儿再去送他最后一程啊，母亲！”

王咏炎说这话的时候，满眼含泪，李婉婉瞧着，起码这一点上，他倒不像是在说假话。

可李婉婉却也不傻，她深知道即便王咏炎出去以后真的会去给那位同窗服丧，但那也不过是一时之事，只怕这一去，不到干成那件大事儿，应该是再也不会回来了。所以李婉婉也并没有立时表态，而是微笑着坐到了榻上，将小小手中托盘里的菜一样一样地摆在桌上后，才笑盈盈地说道："咏炎刚不还说自己饿了吗？还是先坐上来把饭吃了吧，一年没见面，该不会连口味都变了吧？"

"母亲，现在哪还是吃饭的时候啊？"

王咏炎急得不行。

李婉婉瞧着他不肯过来吃饭，便也沉了口气，随即又问道："我且问你，你到底清不清楚自己要做什么？你或者你的伙伴们，对于你们想要建立的新朝廷，到底有没有自己的想法呢？"

王咏炎闻言，立时站起来，一脸激动地说道："母亲可算是问到了点子上了，母亲可知眼下除了孩儿和舅父，还有这许多和孩儿有着同样想法的同胞，想要为改变四万万同胞的命运而斗争？而我们想要的，便是能够驱除鞑虏，恢复中华！若再有条件的话，便是要平均地权，叫耕者有其田，叫国家的命运不再是掌握在极少数人的手中，而是叫千千万万的中华儿女，自己掌握自己的命运！"

"所有的人都能自己掌握自己的命运？这可能吗？"李婉婉的眼睛里开始冒着希冀的光，这不就是她期望的事情吗？

而王咏炎的回答也是极其肯定的，他冲着李婉婉狠狠地点了点头道："嗯，只要有越来越多的同胞们能够从沉默中醒过来，能够真真正正地看清楚自己是如何生活在水深火热之中的，看清楚朝廷是多么的无能，和我们一起为了自己的将来而努力，那我们自己掌握自己命运的时刻，就一定会到来的！"

王咏炎的话叫李婉婉听得心潮澎湃，当即就掀开了一个碟子说道："如此的话，就快上来把饭吃了吧。"

王咏炎惊讶地往那盘菜瞧了瞧，就见盘子里竟放了一个小药瓶。

立时目瞪口呆地走上前来，刚要发问，李婉婉便将手指放在了嘴边，示意他别说话，随即又用手蘸了点茶水在桌子上写道："泻药。"

【3】

晚些时候，李婉婉正在王晋昇的床边帮他擦脸，小小忽然进来传话道："夫人，管伯刚刚从门房上来，说是少爷忽然泻肚子，眼下已然有些虚脱了，想叫老爷赶紧去瞧瞧。"

李婉婉一听这话，立时披了件衣裳，跟着小小到了门口问道："咏炎怎么了？"

管伯急得满头是汗："回夫人，少爷不知是不是吃坏了肚子，您走之后，便一直腹泻不止，这会儿已经躺在榻上虚脱了过去，还请老爷赶快过去瞧瞧吧。”

李婉婉立时皱眉，急急地说道：“这可如何是好？老爷下午身体不适，喝了些助眠的药，这会儿即便把他叫起来，该是也看不好咏炎的病了。要不还是我去瞧瞧吧。”

李婉婉说着，便要穿好衣裳跟着管伯走，可看着王咏炎的小厮又忽然跑过来说道：“不好了，管伯，少爷刚刚趁着小的去倒马桶的时候，就——就跑了！”

“啊？可四处找了没有？这院子里这么多人，难道还能叫咏炎一个病人跑出去了不成？”

李婉婉立时叫嚷道，此时此刻，倒像是个没了主意的妇人。

管伯一听王咏炎跑了，也是气得够呛，忙数落了那报信儿之人说道：“你呀你，只怕是中了少爷的调虎离山之计了！”

说着，便急火火地往永仁居去了。

小小一直探着头瞧着管伯跑没了影，才松了口气小声向李婉婉问道：“夫人，少爷该不会是，又要被管伯抓回来吧？”

李婉婉却是表情严肃地叹了口气：“那就要看，他的信仰到底值不值得他拼尽全力了。我倒是希望他真能跑出去，也希望他们这一帮人，真能成功。”

李婉婉说着，便打算回房歇着去，结果才一转身，便瞧见王晋昇正一脸凝重地坐在床上盯着她瞧，吓了一跳，忙一边往他身边走，一边惊慌失措地问道：“老爷是何时醒的？怎么也不打声招呼？”

“打招呼给你，叫你不要把咏炎放出去送死吗？”

李婉婉一听这话，便知道这个事儿是瞒不住王晋昇了。便干脆坐在了王晋昇的身边，把自己的想法说了出来。

“老爷，从前您是做官的，咱们自然是要向着朝廷说话的，可如今您也成了平民百姓，你便说句实话，如今咱们这些小老百姓，日子过得可像从前那般舒坦？先不说咱们美醯居的生意大不如前，就说咱们的传统醋这两年到底被那些洋醋挤掉了多少生意了？洋人仗着自己不用上税交租，肆意压低醋价，打压咱们本地的作坊。眼见着昔日一起叫卖的作坊一间一间地倒了，朝廷却一点儿法子都拿不出来，反倒还要用咱们交的税款去给洋人建铺子。老爷难道还没忍够吗？哪怕不是咱们醋业，前些日子我与您看报纸时，瞧见洋人现在连小煤窑的生意也要抢了，您不也是一腔的怒火，嚷嚷着再这样下去，便就要亡国了吗？我虽然不懂什么官场上的事儿，但是这几年单从报纸上看到的这些事儿，也是胸中窝着一把火，希望有什么力量，能够叫当今朝廷幡然醒悟也罢，能够将这些洋鬼子赶出去也罢，总之就觉得，应该为争取我们自己的权利，做点儿什么了！”

王晋昇听了李婉婉讲的这些，倒是也颇有些感触。

可是转念一想，便又立时说道：“那也要看看他王咏炎到底有几斤几两啊？屁大点儿岁数，出去转了不到一年，就也敢妄图能颠覆朝廷？救百姓于水火？”

李婉婉闻言，便从怀里拿出了一封信说道：“到底还是咏炎更了解你些啊，他早料到你会有这种想法，日里我去见他的时候，他便写下了这封信交给了我。说是你若看了这信，便不会再反对他了。”

王晋昇接过那信，皱眉拆开，便看到了这样一段话：

父亲，孩儿深知您并非贪生怕死之人，也向来以您为傲，您将孩儿关起来，无非是担心孩儿的安危，怕孩儿是去送死。

然当今天下，已到了必得我辈起来抗争方能有一丝希望的地步。

此时此刻，幼年时读的一首诗尤其能表达我的心境。

万事有不平，尔何空自苦？长将一寸身，衔木到终古。

我愿平东海，身沉心不改。大海无平期，我心无绝时。

呜呼!君不见西山衔木众鸟多，鹊来燕去自成窠!

希望父亲能够理解孩儿的一片苦心，这一去不知何时才能归来，还望父亲和母亲一切保重。

不孝子咏炎敬上。

王晋昇看完了那封信时，一时眼眶微红，下意识地将那封信揉成了团，当即扔到了火盆里烧了。

“罢了，就姑且看看，他到底能闯出什么名堂好了。”王晋昇说完，便又朝李婉婉看了过来，握着她的双手问道，“我儿子闯了祸，我自然是责无旁贷，只怕是，到时候会连累了你啊。”

李婉婉立时摇了摇头，微笑着靠在了王晋昇的肩膀上说道：“老爷说的是哪里话，咏炎冲我叫的，难道不是‘母亲’二字？再叫我听见你离间我们母子之情，我可是要发火的。”

见王晋昇不说话，李婉婉又坐直了身子，紧紧拉着王晋昇的手说道：“老爷放心，我李婉婉生是王家的人，死是王家的鬼，从我决定放走咏炎的那一刻起，就没想过要置身事外。”

【4】

好在过了几天，两人担忧的事情也一直没有发生，朝廷对于那些剪了辫子后陆续归国的后备军官，也只是勒令蓄发，并没有更严重的举措。

而就在李婉婉和王晋昇以为是自己虚惊了一场时，一场轰轰烈烈的运动忽然在山西发生了。

这天李婉婉和王晋昇正在醋医坊坐诊，外头便忽然闹了起来。

李婉婉探头向外望了望，便道："小小，你去瞧瞧外头是怎么了？"

没一会儿，小小便从外头拿了张报纸回来说道："夫人，是大伙儿不满朝廷一再压缩本地矿民的合法权益，走上街头，和洋人闹起来了。你瞧瞧，还有《公报》的人在组织的。"

李婉婉一听，立时往报纸上瞄了一眼，立即瞧见了一个叫王咏的人的署名，再瞧那文章，当即便有了些想法，随即把那报纸拿进里屋递给了王晋昇："老爷快瞧瞧，这文章的行文方式，你可熟悉？"

王晋昇接过报纸来瞧了瞧，随即叹了口气道："在外面搭个棚，开义诊吧，有过来看伤的，不收他们钱。"

在外面接诊的时候，也有醋业商会的同僚过来看伤。

李婉婉便有些惊讶地问道："林掌柜的？你这是——"

林掌柜一脸的义愤填膺："我去他个枪崩猴儿！朝廷那帮人竟然还向着洋鬼子说话，冲着游行的老百姓舞刀弄枪。要不是老子跑得快，这会儿都成阶下囚了。"

立时有大夫笑他道："那你不是该吗？这因为煤窑上的事儿闹腾，你一个酿醋的跑去起什么哄？"

林掌柜的闻言立时啐了那大夫一脸："我呸！只要是对付洋人的事儿，哪还分什么煤窑和醋坊？苏会长都说了，这是咱们中华民族和外来侵略者之间的大事儿，他煤窑受了洋鬼子的欺负，难道我们醋业就没受挤对？你们行医的倒是站着说话不腰疼，要是等哪天洋人的大夫也开始给老百姓治病，我看你还像现在这样说风凉话？"

这大夫也不生气，只摇了摇头，一壶酸醋泼到了林掌柜的手臂上，疼得他吱哇乱叫，直想着把胳膊抽回来："哎，可别乱动，这要是不好好清理伤口，到时候你这胳膊可就废了！"

大夫说着，又一团草药扒在了伤口上，弄得林掌柜又是一阵乱叫。

"我说你能不能轻点儿？怎么别人也是来看伤的，都不见人家叫嚷？你该不会是因为我刚刚骂了你两句，便蓄意报复我吧？"

这大夫却还是笑呵呵地说道："林掌柜的此言差矣，医者父母心，我若真想报复你，不给你医治即可，又何必刻意刁难于你？你也看到别人都没有像你这般大声叫嚷，为何单只有你这般怕疼呢？"

李婉婉在旁边看着两人吵吵闹闹，自己也跟着轻笑了几声，随即又瞧见那一直在扩充的人群，心里又开始为王咏炎担心起来。

“咏炎啊，虽然你是在做正确的事情，但也千万保护好自己吧，你可是王家未来的希望啊。”

【5】

这场轰轰烈烈的运动进行了三年多，最终以赎回矿权、国人自办的结果宣告结束。协议签订那天，李婉婉和王晋昇在家里摆了一桌，特意叫人做了一些王咏炎爱吃的小菜，还叫人添了王咏炎的碗筷。

虽然两人谁也没有叫人去找王咏炎回家，谁也没有明说这顿饭有什么特别的意义，但李婉婉和王晋昇就是笑呵呵地把这顿饭给吃完了。

到了1909年3月的一天，王晋昇和李婉婉正和季姑姑一起商量今年醋坊的进项和生意往来安排。

季姑姑皱着眉说道：“眼下洋货泛滥，粮农都是靠天吃饭，辛辛苦苦劳作一年，比不上洋人随随便便卖点儿大米、棉花。种大烟却是一本万利，所以从前和咱们合作的好多粮农，都改成去种大烟了。眼下原材料十分紧缺，去年新醋的产量就已经折损了一半，今年怕就要更少些了。”

王晋昇皱了皱眉，立时问道：“那库存还有多少？可能满足今年的供应？”

季姑姑又皱眉说道：“眼下手工醋的市场也是不大景气，咱们美醯居虽然还赚个名声，但价钱上压不过那些洋醋，这两年销量也折损了不少，库存倒是还够。”

王晋昇眉头皱得更紧了，沉了口气后又道：“只怕是继续这样下去，到明年，便再没有新醋可酿了吧？”

李婉婉在旁边听着，随即又问道：“在外面买不到，不如咱们家里自己种啊。”

季姑姑听到，又叹了口气道：“王家原本倒是有几块儿好地，但头两年不景气，昇儿又兼着醋业商会的会长，便置了些地给商会用了。如今剩下的地都很贫瘠，种些平常吃的粮食倒还可以，要种出好的高粱和豌豆来酿醋，怕是不大成。”

李婉婉一听这话，便有些生气，倒不是生王晋昇大手大脚的气，而是怨醋业商会那些人忘恩负义，明明都拿了王家的好处，却又过河拆桥，把王晋昇推下了会长之位。

气归气，瞧着这些人在苏天海的带领下，也不过还是苟延残喘，李婉婉的心里又忽然舒坦了一点儿。立时笑道：“我嫁过来的时候，家里也特意在这边给我买了几块地。这两年一直拣着赚钱的东西种着，倒是也赚了个盆满钵满。如今也该是用到正事儿上来了。”

“不可！”王晋昇立时说道，“再怎么样，也到不了要用你的嫁妆的份儿上。”

李婉婉却冲着王晋昇微微翘了下唇："哎，这种时候，还分什么你我？肥水不流外人田，难道我的地里种出来的庄稼，不给你用，还要给益延庆用，给福元昌用吗？"

王晋昇拧了下眉，随即又对季姑姑说道："既然如此，便拟一份契约，和夫人签了订单吧。"

李婉婉还觉得王晋昇有些见外，但季姑姑却立时阻止她道："夫人，您便应下吧，别叫老爷太为难了。"

【6】

刚签好了契约，隔壁醋医坊的人忽然急火火地跑过来说道："老爷，您快去瞧瞧。这会儿新收进来的病人，又出现了之前的症状了。"

王晋昇听了，立时大惊，抬起腿来便跟着那人走了，李婉婉心里担心，也便跟在了后面。

"所有人做好防护，其他人留在外面，不得入内！"王晋昇说着，便戴了面巾就进了诊室。

李婉婉想要再跟着进去，却被医坊的大夫胡凌拦在了外头："夫人，老爷不叫进去必定有他的道理，您还是就在外头等着吧。"

那人说完，也要戴上面巾进去。

李婉婉立时叫住了胡凌问道："我瞧着你们个个都戴了面巾，这里头的病人，可是得了什么传染病？"

胡凌立时皱了眉说道："不瞒夫人说，眼下还不能确定。只不过这两天陆陆续续来了好些个症状一模一样的病人，而且情况恶化得非常快。老爷也是害怕真是传染病，所以才做得谨慎些。以防万一，夫人还是站远一些吧。"

李婉婉一听这话，心里一下子慌了。

这几年一直跟着王晋昇学医，自然知道这种大规模的传染病，极有可能是瘟疫，原本眼下百姓的日子便过得不堪重负，若是再爆发了瘟疫，那便是雪上加霜啊。

李婉婉正想着，就瞧见门外又被扶进来几个上吐下泻、脸上长包的人。

诊室里的大夫一见到，就直接扶进了刚刚王晋昇所在的屋子里。

几人在大厅里留下的污秽物，也立时被人清理掉，随即还喷了高酸度的醋水进行了消毒，一时间，原本就醋味满满的医坊里面，酸味更浓了，甚至到了熏得人两眼泛泪的地步。

李婉婉是自小泡在醋罐子里长大的，自然没有受多大影响，但小小这会儿都已经给熏得鼻涕一把泪一把的了，忙在旁边边擤鼻涕边道："夫人，这儿没法待了，咱们还是先出去等老爷吧。"

可李婉婉却直接掏出帕子围在了脸上，冲进了诊室。

一进门，就差点儿被里面的醋味儿和各种混杂在一起的草药味还有病人呕吐物的气味儿给熏出来。好一顿咳嗽之后，才稳住了身体，又重新往屋子里面的人扫了过去。

就见好些人的身上都被大夫贴了一层草药，胡凌正在旁边将大蒜、大黄、芒硝磨成粉末混在一起，最后加了一点米醋之后，涂在纱布上，随即给其他大夫拿去贴在了患者的患处。

还有人在一旁架起炉灶，将土茯苓和醋放在一起熬制，煎好的药剂拿去给患者服用过后，没一会儿，便有人呕出一堆污秽物。

里面的人各个忙得不可开交，李婉婉也是找了半天，才在角落里找到了正在给病人诊脉的王晋昇。

刚好这会儿王晋昇也抬起头来瞧见了她，怕王晋昇反对，李婉婉直接转过头去，自己也拿了帕子去给病人诊起脉来。

这一诊，便就知道了王晋昇为何要给病人开这两服药。随即也走到门前去，帮着叫人继续送药材进来。

【7】

一行人忙前忙后，一直到了傍晚天浑黑，才有机会歇了下来，但也不敢就这样直接出来。

又进了医坊的熏醋房里待了一盏茶的工夫，把身上的罩衣都脱下来扔进了专门清理衣裳的陈醋缸里，才从另一边出了门。

到这会儿，王晋昇才皱着眉数落李婉婉道："说了叫你在外头等着，怎么这么不听话？"

"老爷不也觉得不是瘟疫，所以才给开了肺痈的方子吗？"李婉婉立时反驳道。

王晋昇皱着眉头听她这样讲，一时倒不知道该夸她还是该骂她，最后却还是一脸严肃地说道："那也是不可掉以轻心，一下子这么多人生了肺痈的症状，难说就没有别的原因，更难说是不是我诊错了！"

李婉婉还一副不以为然的样子，绕到了王晋昇的前头说道："老爷怎么会诊错？再说了，我就算不信你，也得信我自己啊，我诊的也是肺痈。"

说完，李婉婉又拧着眉说道："至于为什么一下子这么多人得了这个病，我倒觉得，可以从这些病人的营生和处所找找原因。”

听了李婉婉之言，王晋昇倒是一时有了想法，可刚想说什么的时候，他自己却突然也咳嗽上了。

“老爷这是怎么了？”

吓得李婉婉立时上前去给王晋昇把了脉，结果把了半天，也没瞧出什么名堂来。便一脸纳闷儿地问道：“奇怪，从脉象上看，也没什么问题啊。”

“噗——”王晋昇轻笑了一声，立时轻咳了几下说道：“其实——是我刚刚吞口水的时候分了心，呛了一下而已，夫人莫着急。”

李婉婉一听这话，立时瞪了王晋昇一眼，随即也跟着轻笑一声道：“好啦，一身的醋味儿，闻久了也真是够了，还是赶紧回去沐浴更衣吧。”

后来经过李婉婉和王晋昇的多方打听，才知道这些患病的人，大部分都是烟鬼，一开始不知道自己是怎么了，便来瞧病，结果瞧好了之后又跑到烟馆儿去抽烟，如此往复。

醋医坊的人虚惊一场，后面再遇到这种病人，也就没那么害怕了。大部分大夫还每天劝人回头，好好做事，养家糊口。

【8】

这天，李婉婉正按照约定，在美醯居门前等着庄子里的人来送高粱，结果等了老半天也不见人影，派人过去打听，到傍晚的时候，曹宝才急火火地跑了回来，进门之后，还有些义愤填膺的。

正在与王晋昇用饭的李婉婉瞧见他这副样子，当即问道：“怎么把曹宝兄弟气成这样？难道我家那几个奴才不服管教，拿着粮食偷偷卖了不成？”

曹宝立时摇了摇头道：“夫人一向治下严明，他们那几个奴才又怎会冒这个大不韪？只不过这朝廷的人，今日强行铲除大烟苗的时候，竟然冲着农民们开了枪。夫人庄子里的几个管事的看不过，上前理论，也被打的打、抓的抓了。哪还有人力来送高粱？如今庄子附近的大烟地里，放眼望去，全是血红，却不是大烟花的火红，而是——看着着实叫人气愤！”

李婉婉一听这话，立时朝王晋昇看了过去，随即又叹着气说道：“这帮丧尽天良的东西！竟然还开枪杀人，简直天理难容！”

王晋昇却拧了下眉，有点儿闷闷不乐。

李婉婉也很快瞧出了他的神色，立时吩咐曹宝道：“曹宝兄弟，还得麻烦你稍后从小小那里取些银票，明日再带过去分给庄子上的人，弥补一点儿他们的损失，另外还是赶紧派人过去把咱们的原材料给拉回来，这酿醋的日子可是耽误不得的。”

曹宝点了点头后，便就退了出去，李婉婉这才看向王晋昇问道：“老爷这会儿想什么呢？”

王晋昇长长地呼了口气出来，随即说道：“这两年咏炎所在的《公报》活动越来越频繁，如今出了这么大的事儿，只怕这最先出头的，还是他们啊。”

【9】

这天李婉婉身子不适，便没有跟着王晋昇出诊，自己带着小小在家中休息，手上却不闲着，拿着绣撑，要给王晋昇绣一套护腰。

小小还在旁边笑她道：“夫人自从嫁到了王家，可真是变了不少，从前在家里的时候连根线也不碰的人，谁能想到这会儿会端着绣撑要给心上人绣护腰啊？”

李婉婉还笑眯眯地白了小小一眼。

“你就别取笑我了，从前我是不乐意，也没人可送，如今找着了人能送，自然是要亲力亲为的。”

两人正说着，锦葵忽然拿了一封信进来说道：“夫人，门外有人送了一封信进来，说是苏会长叫送来的。”

“苏会长？”

李婉婉一听这话，立时接过那封信来瞧了一眼。大致内容，便是约着明天午时到酒楼去吃个饭。

李婉婉皱了皱眉，自从苏天海的事业越做越大，这两年倒是很少联系了，李婉婉还以为他早已经放弃了当初的念头了，如今忽然说要见一面，到底意欲何为呢?

李婉婉想到这里，便又向锦葵问道：“送信的人，可还在外头？”

锦葵摇了摇头：“送完了信人便跑了，只是叫夫人务必要单独过去一趟，说是有要紧的事儿要告知。”

李婉婉闻言，便又仔细瞧了一眼手里的那封信，内容太过简短，实在是看不出来苏天海到底要搞什么名堂。可他说得这般正式，又叫李婉婉心里十分好奇。

但她也并没打算瞒着王晋昇，次日一早，王晋昇过来给她瞧身子的时候，她便如实相告了。

“老爷，昨日天海派人送信过来，说是今天中午想要和我见一面，说是有要紧的事儿要告知，也不知道是什么要紧的事儿，说得煞有其事似的，我在想，要不我就过去听听？”

王晋昇顿了一下，犹豫片刻便道：“就当是老友见面，过去会会也好，最近日子不太平，我叫曹宝陪你一块过去。”

李婉婉倒也没拒绝，道了声好，之后又站起身来，冲着正打算转身出门的王晋昇道了声：“老爷别动。”

说着，就忽然从身后抱住了王晋昇的腰，弄得王晋昇还惊了一下，立时瞧了瞧周围那些偷笑的丫鬟，却还是满脸堆笑地双手拉住了李婉婉的手，却又并未将她的手拉开。而是轻轻地抚摸着说道：“怎么，不舍得与我分开？”

李婉婉立时摇了摇头道：“不过就是去吃个饭，怎么就与你分开了？我只是近日在准备一样东西，担心你最近贪嘴吃多了，尺寸不对，就再量量。”

听了这话，王晋昇一脸的惊喜：“夫人给我准备了东西？这是太阳打西边出来了？”

说完，还立时转过身来看着李婉婉的脸。

弄得李婉婉好一阵害羞：“哎呀，你这话说的，好像我从前就只知道接着你的好，从不知回馈似的。”

王晋昇便将李婉婉抱在了怀里，用下巴摩搓着她的额头说道：“怎么会呢？你人在我身边，便是对我最大的回馈啊。”

李婉婉本想再表达一下心里的感动，可一下瞧见屋里的丫鬟一个都没出去，个个都别着头捂着嘴偷笑呢，便一把推开了王晋昇道：“哎呀，病人都快等急了吧，老爷还是快去吧。”

等把王晋昇送走了，李婉婉便忽然瞪着屋里的那些人道：“你们这些没眼力见儿的，哪有主子在一旁说悄悄话，一个个明目张胆地在旁边偷听的？就不知道回避一下吗？”

小小却在一旁轻笑道：“夫人这是饱汉不知饿汉饥呢，你和老爷之间这般甜蜜，就不许我们这些连个归宿也没影的人在旁边学学？”

年龄最小的橘香忽然上来接话道：“小小姐姐说的是啊，若是以后能嫁一个像老爷这般知道疼人的，即便他是个家徒四壁的穷光蛋，我也认了。”

豆蔻立时数落她道：“你这是想得美呢，若是连温饱都不能满足你，还拿什么疼你呢？光长一张抹了蜜的嘴？”

【10】

一阵嘻嘻哈哈过后，李婉婉也便开始准备上路去与苏天海赴约了。

依旧是在清和园饭店，还是在上次与苏天海见面的那间雅间儿。

但是这一次见面，李婉婉竟有点儿完全认不出苏天海来了。

当年从镇江府到山西，她和苏天海都是十八岁。如今她二十九岁，因为王晋昇的宠爱，却还活得像十八岁时一般无甚忧愁，依旧是面容姣好，笑颜如花。

可同样是二十九岁的苏天海，却已经蓄起了和王晋昇一样的八字山羊胡，眉宇间也比从前那个温文尔雅的少年多了许多硬气。

整个人西装革履头戴洋帽，这叫李婉婉的脑子里立时浮现出一个词来——假洋鬼子，但很快她又否定了这个词，因为这种略带蔑视语气的词汇，显然不大适合苏天海现在身上散发出来的气质。

李婉婉这里正愣着，苏天海却已经给她倒好了茶，笑盈盈地说道："几年没见了，竟还是和从前一样，看来王兄确实将你保护得很好。"

李婉婉这才将自己的暖手抄摘下来递给了小小，几步走到桌边，在苏天海的对面坐下了。

"倒是你，这几年一直如日中天的，倒是没少操劳吧。"

苏天海闻言，面色忽然凝重了一些，随即又撇嘴笑道："是沧桑了些，但不是有人喜欢吗？"

李婉婉先是愣了一下，随即又咧嘴笑道："我听着这个意思，像是有喜事了？"

苏天海却一下蹙了眉头，仰起头来看着李婉婉说道："我心中的喜事是什么？难道婉婉不知道吗？"

气氛似乎越来越不对劲儿，李婉婉立时收住了笑容，随即一脸淡然地看着苏天海说道："不是说有要紧的事儿要和我说吗？还是赶紧进入正题吧。"

苏天海听了这话，下意识地给自己倒了杯茶，随即说道："这两年张香帅的身体越来越差，时局也不大好，生意场上的事儿越发难做。我有心隐退回乡，但心里总放不下你，所以想问问你，愿不愿意和我一块回去？"

李婉婉吃了一惊，老半天才轻笑着说道："天海，你不觉得自己的想法很荒唐吗？我嫁进王家都多久了啊？十一年了，我以为你早就放下了的。"

"那若是王家没了呢？"苏天海忽然问了这样一句话，问得李婉婉目瞪口呆的。

"没了？这怎么可能呢？"李婉婉随口说了这么一句，但很快便想到了什么似的，睁大了眼睛看着苏天海问道，"难道——你——"

正说着，街上忽然一阵闹哄哄的，没过一会儿，小小就冲了上来说道："不好了！夫人，我刚在街上瞧见许多官兵，正押着咱们王家上上下下大小族人过去呢。"

李婉婉闻言差点儿晕过去，立时站起来问道："什么？缘何啊？老爷呢？"

"说是因为《公报》上写了上回铲大烟苗的事儿，大肆宣扬反对朝廷的言论，惹怒了朝廷，查出来《公报》的主编就是咱家少爷，眼下抓不到咱家少爷，便先把咱家给抄了。老爷被押在最前头，瞧那样子，像是还受了伤的！"

“你说什么？”李婉婉说着便要往出走，一边走还一边喊道：“曹宝！还不快备马车？这种时候，我得待在老爷身边啊。”

小小却一把拦住了李婉婉道：“夫人，曹宝已经去了解情况了，眼下官府还在到处找您，您还是暂时避一避吧。”

李婉婉哪里肯？依旧要往外面走：“这怎么可以？说好的，不管出了什么事儿，我都会和他站在一起，现在又怎能独自躲起来？你别拦着，就算是没有曹宝，我也要赶快到老爷身边去！”

“不能放她们走！”

苏天海一发话，立时有人上前来拦住了门。

到这会儿，李婉婉才反应过来什么，转过身来踉踉跄跄地走到了苏天海的面前，不敢相信地问道：“你刚刚说，王家会没？所以你一早就知道了官府要对付我们王家的事了？”

苏天海并没有隐瞒这件事儿，而是磊落地点了点头。可李婉婉有点儿接受不了。

“所以你提前把我约到这里来，是为了叫我避开抄家，躲过这一劫？”

“婉婉，凭我现在的能力，救不了整个王家，但是你放心，我一定会拼尽全力保证你安全的。”

“你闭嘴！”李婉婉这会儿简直对苏天海失望透顶，“你凭什么？凭什么就觉得我就一定会感激你？你让我成了逃兵，成了言而无信、贪生怕死的小人，你觉得我就会开心了吗？就会感激你了吗？你简直让我太失望了，我以为你是我的知心人，可是你根本一点儿都不懂我！”

李婉婉说着，就又要走。

可是苏天海却忽然在她身后将她敲晕了。

等到李婉婉倒在了苏天海的怀里，他才皱着眉说道：“婉婉，我不需要你感激我，只要你能好好地活着啊！你早晚会知道，只有继续活下去，才会有希望啊。”

【11】

苏天海将晕过去的李婉婉抱下了楼，刚走到一早准备好要乘着离开山西的马车前，就忽然有一群官兵围了上来，吓得一直跟在后面犹豫不决的小小连呼吸都停了。

苏天海却全然不当回事儿地把已经晕过去的李婉婉先安顿进了马车，随即才看着领头的人问道：“这位官爷，敢问苏某人犯了什么法，要劳烦各位这么兴师动众的？”

领头的立时仰着头说道：“苏会长手可通天，就算是犯了什么小错，又能有谁敢来打扰您？我们巡抚大人不过是想请您赏个脸，过去叙叙旧罢了。”

苏天海立时嗤笑一声，又把礼帽好好戴了一下之后，才一脸轻蔑地说道：“那我若是不肯赏这个脸呢？”

领头的似乎对苏天海的回答早有准备，闻言也并无气馁，而是往马车的方向瞧了瞧，随口说道：“若是在下没认错的话，刚刚苏会长送进马车之人，应该是眼下朝廷正在通缉的逃犯——王李氏吧？若是苏会长不肯赏脸，我们这些人自然不敢把苏会长怎么样，可是这逃犯却是一定要带回去的。”

苏天海立时怒目瞪着那人说道：“你说谁是逃犯呢？”

领头的也没被吓到，只哼笑一声道：“是不是逃犯，可不是苏会长说了算的，虽然眼下倒也还没对此盖棺定论，但若是真把我们巡抚大人给惹急了，贴了告示出来，那可就是金口玉言，再难回转了。”

苏天海立时回头瞧了一眼还在晕眩中的李婉婉，只得忍气吞声地说道：“好，我倒要瞧瞧他夏丁木到底要搞什么名堂？”

【12】

李婉婉醒过来的时候，是在西关街二十六号的孤院里。

一睁开眼睛，她便吵着要出去找王晋昇。后来是曹宝过来劝住了她：“夫人，这个时候，您可一定要挺住啊！”

李婉婉一瞧见曹宝，立时又有了希望似的，连忙抓住曹宝的肩膀问道：“曹宝兄弟，你不是去打听老爷的事儿了吗？可见到他了？啊？”

曹宝这会儿也哭得泣不成声。摇了摇压得老低的头说道：“官府里平时打过交道的，一见是我，都躲得远远的，给银子都不要。就只听醋坊的人说，老爷被他们带走的时候，刚好被一个得了失心疯的烟鬼刺伤了腹部，也不知道那帮杀千刀的，到底有没有给老爷治伤？”

曹宝说着，整个人都有点儿受不住了，直接贴在地上哭了起来。

李婉婉更是惊得直接软了腿，向后踉跄了两三步，一直到靠在了床榻上，才稳住了身子。随即又问道：“眼下外面的情况又是什么样的？咱们若是想救出老爷，又有多少能调集的力量呢？”

曹宝闻言又抽着鼻子说道：“醋医坊已经全被封了，美醯居因为早前老爷已经将股权分给了三位掌柜一些，所以还在经营着。但是眼下世道如此不景气，朝廷给咱家定的又是谋逆之罪，平时跟咱们能说得上话的那些人，现在都对咱们避之不及，又哪有能帮得上忙的力量呢？”

曹宝说着，就又是一阵鼻酸，这会儿就连小小也跟着红了眼睛。

李婉婉更是坐在榻上干瞪眼，一双手握得指甲都快陷进了肉里，就连嘴唇都快咬出血印来了，也想不出什么好的法子，能把王晋昇给救出来。

没一会儿，曹宝便又捶着拳头说道：“夫人放心，我今天夜里便去劫狱，就算拼上我这条命，也要把老爷给救出来！”

“就凭你一个人，怕是连你家老爷的牢房都还没找到，就已经死在府衙那些人的枪杆子底下了吧。你若是死了，日后又能有谁来保护你家夫人呢？”这话说完，苏天海便从外头进来了。瞧见李婉婉的模样，立时关心地说道：“婉婉，你的脸色怎么这样差？还是赶紧上床歇着，我这就去找大夫来给你瞧瞧。”

“不必了！一天不知道我家老爷的状况，你便是找再多大夫来瞧我，也医不好我的病。”

李婉婉这会儿倒是对苏天海很不待见，弄得和苏天海一道进来的刘伯有点儿看不下去，立时说道：“王夫人！你可知我们爷为了保住你，到底付出了多少代价？如今你竟还这样爱搭不理的，你简直不识好歹！”

“刘伯！这哪有你说话的地儿？还不快出去？”

苏天海立时呵斥了刘伯，可刘伯却不肯照办，依旧苦口婆心地说道：“爷，今天就是您要罚我，我也要把这话说出来，从您到了山西，我就一直跟着您，伺候您，我就是见不得您受半点儿委屈。她王夫人不知道心疼您，可我心疼！眼下天下不太平，生意难做，您原本是要解甲归田，回家过清闲日子的，可是您为了她能没事儿，生生应下了巡抚大人叫您继续留下维系山西经济的事儿，还立下了军令状，要力保山西的经济在三年内回暖，否则便要像他们王家一样被抄家。您默默在她背后做了这么多，如今她还不领情，您说您到底是图什么啊？”

“刘伯，你不要说了！”

苏天海话音刚落，外头就又有人进来通传道：“爷，官府的人已经把之前从王家搜去的王夫人的嫁妆都重新给挑出来了，刚派人来问，是送回王家去，还是送到咱们这儿来？”

苏天海看了一眼李婉婉，瞧着她现在这样的状态，是多看自己一眼也觉得厌烦，左右自己已经和官府做了交易，李婉婉已经是安全的了，他简单思夺了一下，便叹了口气说道：“送回王家去吧，不过眼下王家人丁稀少，就再派些人手护送王夫人回去，顺便留在那里帮忙，到王夫人重新找好新的人手再回来吧。”

苏天海说完，便又朝李婉婉看了过去，叹着气说道：“婉婉，我知道你现在很难理解我，但我只希望你能好好地活着，因为现如今，你已是王家在山西唯一的希望了。”

李婉婉一听这话，眼角立时滑落一行清泪，缓缓向前走了几步，突然就给苏天海跪下了。

“天海，我求求你，你能让我平安无事，应该也一定有办法救我家老爷的吧？我求求你，我不要嫁妆也可以，我什么都没有都可以，但是你能不能叫他们把我家老爷放出来？他身上还受着伤啊，不能就这么一直被关在里面的。呜呜呜——”

苏天海瞧着李婉婉这样难受，心里也是刀割一般难受，一方面是他看不得李婉婉这样伤心，这让他忽然想要再努力一把，去把王晋昇给救出来。另一方面是他没想到李婉婉竟然把王晋昇看得这么重要，这又叫他恨不得王晋昇突然消失才好。

而他最终选择了不出手，因为他自己非常清楚，在处理了李婉婉的事情之后，他已经没有多少筹码能拿出来再去和官府做交易了。

于是他缓缓蹲下身去，将李婉婉拉了起来，忽然冷漠地别过头去说道：“来人，快把王夫人送回家去吧！”

李婉婉被拉出去的时候，还一直不忘回头祈求苏天海道：“天海——芸河！芸河你好好看看，我是婉婉啊，你能不能看在我们小时候一起长大的分儿上，救救我家老爷，我求求你了！”

可是这样的歇斯底里，终究没有换来苏天海的心软，李婉婉就这样被他派来的人送回了王家。

【13】

走进家门时，看着那满院的狼藉，李婉婉的眼泪瞬时就落了下来，回忆着自己和王晋昇在这间宅子里的每一段美好的经历，李婉婉觉得就好像做梦一样，怎么就一瞬间成了这样？

不知不觉，她便进了永安居，来到了自己和王晋昇的床边上，一眼便瞧见了之前她正给王晋昇缝的那个护腰，可能因为是件还没完成的半成品，所以并未被搜走。

李婉婉便一下子将它捡了起来，死死地握在怀里痛哭了起来。

“怪我，都怪我！若是我从前好好学女红，动作再快一点儿，能早点将这护腰围在老爷的身上，这样的话，是不是那个恶徒，就没有那么容易刺伤他了？如今老爷一个人被关在里面，也不知道他冷不冷？有没有吃好饭？”

李婉婉想着想着，便站起身来，拿着那件护腰便开始向外走，小小吓得不轻，立时跟上来问道：“夫人，您这是要做什么去啊？外面可还下着雨呢！”

李婉婉一听她叫，忙想起什么似的到桌边写了一张方子出来，递给小小说道：“你快到醋坊去，请季姑姑把美醯居通向醋医坊的小门打开，按照这个方子把药煎好。我这就去找人疏通，无论如何，也要想法子先把老爷的伤治一下啊。”

李婉婉说着，便自己先走了。

才出了家门，就瞧见门外乌压压的一帮人站在雨中，一瞧见她出来，忙纷纷议论道：“真的是夫人回来了。”

“王夫人，您家里的事儿，我们都听说了，当年若不是您和王老爷医好了我们的病，我们这些人的一家老小，还不知道会怎么样呢？如今您家遇到了难处，我们也不能像个缩头乌龟似的躲在后面。”

说着，这人便拿出了一个卷轴递了过来说道：“这是我们大伙儿写的联名状，上上下下共四十八户人家百余号人，联名为王老爷请愿。咱们清徐，是不能没有王老爷这样的济世神医的啊。”

这话说完，下面立时有人开始拭泪。

李婉婉心里十分感动，接过那份卷轴的时候，亦是泪流满面，感慨万千地说道：“乡亲们，当初我和老爷给你们瞧病，不过是尽了我们的本分。而如今你们联名为我家老爷请愿，是如同雪中送炭，于我李婉婉而言，便就是大恩大德。我李婉婉在此发誓，无论我家老爷到底能不能——”

李婉婉说到这里，忽然哽咽得说不出话来，冷静了好一会儿，才又继续说道：“无论我家老爷到底能不能脱罪，今天这联名状上的每一个名字，我都不会忘记的。往后你们吃的醋，我美醯居终身供应，你们中但凡有人生病，我李婉婉免费诊治。就算倾家荡产，也绝不食言！”

李婉婉说着，便双手托着那张联名状，给大伙儿深深地鞠了一躬。身后雷鸣电闪，李婉婉说的每一个字就如同那雨滴一般掷地有声，一点儿都没有含糊。

今日来的这些人，也都是老实人，一开始便没想着能从李婉婉这里拿到什么好处，如今听她这样说，又给他们行了这么大的礼，也都感动得不得了，有感情丰沛之人，立时扯着嗓子说道：“好人有好报！王老爷必定会平安无事的！”

“会平安无事的！”

一时间，大伙儿都跟着喊起了口号，好给李婉婉打气。

【14】

大雨滂沱，李婉婉片刻不敢耽搁地走到衙门前头击鼓鸣冤，结果敲了半天，也没人出来。

李婉婉不肯罢休，便又继续敲。

结果终于出来一个衙役，却是来赶她的。

“走走走！你自己是怎么给保出来的不知道吗？这会儿倒还替他求上情了？若是再敢来捣乱，就是苏会长来了，也救不了你了，还不快滚！”

衙役转身便走，李婉婉却一把抓住他的大腿，趁机送上了联名状道：“官爷，这是百余名百姓自发写的联名状，给我家老爷伸冤的，还请官爷务必帮忙呈上去，给巡抚大人看一看啊。”

谁知那衙役连看也没看那联名状，直接一把扔到了地上，还踩了一脚。

“什么联名状啊？他儿子犯的可是逆谋大罪！这是要诛九族的！大人念你是继妻，又与他王晋昇和王咏炎不甚和睦，才侥幸饶你一命，你现在还联合着无辜的人一起来为他求情？是嫌要死的人还不够多是吗？好好想想吧你！还不快滚远点儿？”

衙役说完，还一把将李婉婉推开，便转身进了门。

李婉婉一人坐在泥里，瞧着那被踩得脏兮兮的联名状，真是恨得牙痒痒，可却又无能为力，生平中第一次有这么无助的感觉。

“夫人，季姑姑帮着把给老爷的药煎好了，季姑姑还说，请夫人有空的时候往美醯居去一趟，有要紧的事儿要和你说。”

李婉婉这会儿已经听不进太多言语，她太难过了，这些年一直靠着王晋昇，才叫她这般无忧无虑，过着和从前在家里一样的日子，如今换作要她去救王晋昇，她却毫无法子，只能坐在泥里唉声叹气，一想到这里，她就恨得直捶地。

看得小小也跟着难受，一边哭一边开口劝道：“夫人，药凉了的话，效果就差了。要不还是先去大牢疏通疏通，给老爷送进去吧。”

李婉婉一听这话，也忙站了起来，冲着小小点了点头，便丢了魂似的，直直地往大牢的方向去了。

和牢头软磨硬泡地说了好半天，甚至还用上了小小的美人计，对方才答应帮忙把药送进去，顺便传个话。

结果李婉婉在外头等了近一个时辰，那位牢头才又出来了，还顺手扔了一张纸过来说道：“快走吧！人家不想见你！”

李婉婉低头瞧了一眼那已经迅速被雨水浸湿的纸上，“休书”二字赫然在上，惊得她立时站了起来，就要往里冲。

“不可能！他不可能这样对我的！是不是你们逼他的？你们到底对他做了什么？”

监牢重地，岂是随便硬闯的？立时有两个牢头举起枪来对上了李婉婉的胸口。

“再多走一步，我们可就开枪了！”

小小也吓了一跳，立马上前将李婉婉死命地往后拉扯。

“夫人，这个时候，您可千万要冷静啊！”

“冷静？他都要休了我了，你叫我怎么冷静？说好的我做得了他的主，我不同意他休我！不就是个死吗？大不了我走到他前头好了！”

李婉婉说着，便又要往前冲，结果还没迈开脚，苏天海忽然出现，一把将她横抱起来，转身就走。

“你若再闹，那王兄所有的希望就全都没了！”

李婉婉既惊讶又懊恼，一时间竟将全部的愤恨都撒在了苏天海的身上。

“我恨你！你放开我！你这辈子都不要再碰我！”

李婉婉说着，便忽然在苏天海的肩膀上狠狠地咬了一口，疼得苏天海眉心都开始冒汗了，但却始终都没有放开手，而是坚定地将李婉婉送上了马车，并叫人把她送回王家。

【15】

李婉婉原本还想跳车，结果却听见身后传来了季姑姑的声音：“夫人，以后的王家，可都要靠你了，你难道真的想叫昇儿的一片苦心，全部白费了吗？”

李婉婉不敢相信地回头一看，果真是季姑姑。

而她却一下子绷不住了，立时扑到了季姑姑的怀里哭诉道：“姑姑，怎么会这样？怎么会这样？凭什么他们就要去送死，我却要背负着这一切独活于世？”

季姑姑也是一阵心酸，却还要拉着李婉婉的手苦苦地安慰着她：“夫人，难道你忘了自己初来王家的时候，说过的话了吗？难道你想看着美醯居几百年的传承就在这一代彻底断掉了吗？难道古法酿醋的传统工艺因此而销声匿迹，你也无所谓了吗？老爷是救不出来了，自从咏炎做出那种事之后，他就没打算要全身而退，但是美醯居要活下来，流传了几百年的传统酿醋工艺要活下来啊。夫人，难道你一生的愿景，你都丢弃不要了吗？”

李婉婉此刻心如刀绞，从前她觉得自己只为酿醋而生，可如今一想到王晋昇就要没了，她就觉得比自己要死了还要难受。她根本不想去多想那些将来的事儿，也没有力气去想，只扑在季姑姑的怀里大声哭泣。

“可是即便我不想丢弃，那又能怎么样呢？如今王家被抄了，醋医坊也被封了，美醯居虽然还有一些您和另外两位掌柜的股份在，但大部分股份也都被充公，至于我，老爷刚刚竟然给我写了休书！我现在一个外人，又拿什么振兴美醯居，拿什么保住古法酿醋的传统工艺呢？呜呜呜！”

“没有——美醯居的股份并没有被充公，醋坊也很快就会被解封的。”

季姑姑一边说，一边拿出一张股权转让声明递给了李婉婉，随即红着眼睛说道：“从老爷叫我和你签订原料供应订单的那天，他就默默写下了这封股权转让声明，把他手里的美醯居和醋医坊的股份全部转让给了你。你仔细瞧瞧那封休书的落款，应该也是那个时候写下来的，休书里应该也已经将王家的宅子赠给了你。目的就是为了一旦出现今天的状况，你能够全身而退，这样一来，美醯居和醋医坊，也就能保下了。”

李婉婉瞧着那份股权转让合同，禁不住又开始痛哭流涕，双手直颤地说道：“老爷竟然那么早就开始考虑这些了？而我竟然还整日做着能和他一起并肩作战的美梦？原来他的计划里，一开始就把我排除在外了！”

想到这里，李婉婉的心都快碎成了泡沫，太难过了，再加上受了些风寒，她整个人向前一顿，便直接晕了过去，不省人事了。

【16】

等到再醒过来的时候，人已经在床上躺了半个多月了，苏天海请了全城的大夫轮番查看，才总算叫她的脉息有了点儿起色。

大夫们却还是叹着气对苏天海说道：“苏会长，王夫人的病乃是心病，到底能不能痊愈，还是要靠她自己的意志啊。”

苏天海听到这话，眉心就全拧在了一起，立时朝躺在床上奄奄一息的李婉婉看了过去，没犹豫多久，便走上前去，居高临下地说道：“五日前，狱中传来消息，王兄——失血过多，已经过世了！”

“苏会长！”小小虽然一早就知道这个消息，可是这个时候把这件事儿告诉李婉婉，无疑是要把她往绝路上推啊。

可苏天海却抬起手来将小小拦住，冷漠地盯着李婉婉在看。

只见李婉婉猛地睁开眼睛，随即不敢相信地看着苏天海说道：“你撒谎！这不可能！”

她想起来反抗，但已经许多天未进水米的她根本就没有力气起来。

“我撒谎？我有必要撒这种谎吗？是我亲眼看见他的血一滴滴流干的，有生之年，终于有机会看到他在我面前低下头，这种感觉竟然说不上来地爽快！”苏天海大声地说。

“苏会长？”小小有点儿搞不懂苏天海在做什么。

明明在王晋昇过世之后，因为李婉婉不省人事，是苏天海想方设法将王晋昇的尸身弄了出来，好生安葬的。即便是戴罪之身不能办葬礼，苏天海也没有亏待了王晋昇，依旧悄悄地办了个小型的法事来的。可是苏天海这会儿到底在说什么，到底为什么要激怒李婉婉呢？

而李婉婉果然是被他给激怒了，一下子也不知道从哪来的力气，竟忽然从被子里面掏出一把剪刀来，直直地朝苏天海刺了过去：“我杀了你！”

苏天海像是没想到李婉婉竟然会真的对他下手，是愣了一会儿才想要伸手去拦住的，然而想要抓住李婉婉的胳膊已经来不及了，他只得直接握住了剪刀的尖，一不小心也挂了些彩。

但他却全然不顾那顺着剪刀刀尖流下来的鲜血，依旧冷漠地看着因为身子弱而连将剪刀拔出来的力气都没有的李婉婉说道：“恨不得杀了我是吗？可你现在有这个本事吗？叫我死有什么难的？我死了，你就没有恨了吗？有本事就活下来，彻底打败我，叫我生不如死啊。但是你有这个本事吗？只怕是没有我的保护，你连活下去都成问题了吧？”

“呸！”苏天海话还没说完，李婉婉便啐了他一脸。“王八蛋！你以为你在小瞧谁？你给我滚！我李婉婉就算没有你，也一定能活得好好的，你尽管得意，尽管嘚瑟好了！因为等到有朝一日，美醯居再度壮大的时候，就是你苏天海永无翻身之日的时候！你会为你做过的一切付出代价的！滚！”

苏天海却是一脸的轻蔑，随即邪笑道：“是吗？那我就恭候大驾好了！可别叫我小瞧了你！”

苏天海说完，转身就走，临出门，还看了一眼小小和在门口正在哭的曹宝说道：“怎么说我也在王家做了这些天的客了，如今要走，竟连送也不送一下吗？难道这便是王家的待客之道？”

小小和曹宝一听，便起身来跟着苏天海出了门。

一直到再看不见李婉婉的地方，小小才上前不解地问道：“苏会长，您明明为了我们王家做了那么多事情，为什么不叫我家夫人知道啊？您还叫她这样误会您，您都不觉得委屈吗？”

苏天海却轻笑了一声，随即看着小小说道：“比起婉婉的性命而言，这点误会又算得了什么？”

说着，他又扫了一眼小小和曹宝，最后给他们鞠了个躬说道：“好好照顾你家夫人吧。她以后也只有你们了。至于我为王家做的事儿，就别叫她知道了。”

【17】

那日下午，李婉婉是抱着王晋昇的遗物好好哭了一场后，又叫曹宝带着自己去王晋昇的坟头哭了一场。

小小和曹宝原本担心得不行，生怕李婉婉再晕过去，就救不回来了。

可是李婉婉这一次却是出奇地克制，等哭过这一场，她便自己擦干了眼泪，待回到王家宅子，再出现在众人面前的时候，已是全然看不出一丝软弱的气质了。

就犹如改头换面了一般，一下子便长大了十岁似的。

“小小，你去请季姑姑和另外两家美醯居分店的掌柜过来。我要与他们聊聊美醯居往后的经营。”

“曹宝，你去将醋医坊从前的大夫都请回来，把门上的封纸给我扯了，今日起，醋医坊照常接诊。另外在外面贴上告示，再请几个良善孝顺之辈，来府里做家丁。”

话音刚落，便有一路人马出现在了王家门口，一瞧见李婉婉，忙上来请安。

“小姐——小姐您受苦了。”

李婉婉偏头一看，也是吃了一惊。

“周伯？你们怎么来了？”

这位周伯，便是镇江李家的一位掌事，从前是管着李家的账房的，这两年李父年纪大了，转由李婉婉的二哥李仲仁管家，掌事的也便跟着换了一批，他们这些老人，倒是一下子闲了下来。

一听李婉婉问话，周伯忙上前解释道：“苏家老二传信过来，说您家遭了变故。老爷担心您身边没人照顾，又一时半会儿找不到称心的，便打发我们过来伺候您的。”

李婉婉瞧了瞧对面那些人，都是她从前用过的，心里又是一暖，但她的脸上已经再难轻易地表现出感激或是憎恨这种情感了。

只是轻笑了一声道：“如此，便多谢各位了。”

周伯立时说道：“小姐这说的是哪里的话？您从前在家中的时候，就待我们犹如亲人一般，如今您遭了难，我们自然是要过来相助的。”

冬儿也立时上前来说道：“是啊，小姐。这么些年没见，冬儿始终没忘记，当年您离开的时候，还叫人替我母亲办了七十大寿的事儿。滴水之恩，当涌泉相报，以后您就尽管使唤我们就是了。”

小小也立时上前来，一把拉住了冬儿的手说道：“坏丫头，你们可来了。说真的，这些日子我一个人陪在小姐身边，总恨自己没有三头六臂，帮不了小姐许多忙，你们来了就好了，你们来了，咱们小姐就一定能撑下去了。”

李家不光送来了人，还送来了许多物资，李婉婉查看了一下，大多都是王晋昇当年去提亲的时候送的彩礼，竟然一样不少地给送回来了。

李仲仁还给李婉婉写了封信道：“祖母临终前再三叮咛，叫把你的彩礼好生存着，说早晚有一天会用得上的，二哥想着，现在就是这样的时候了吧。家里有我，父亲母亲还有六弟都还好，你只管放心做你的事儿。妹婿关键时候能顾全大局，将咱们李家分离出来，咱们李家也不会对他们王家日后的经营坐视不管的！以后有什么困难，尽管和家里说，只要家里的营生一天不倒，你李婉婉便一直都有靠山！”

柒 宿敌：改朝换代祸事还

【1】

那天之后，李婉婉便一心扑在了美醯居的生意上。

苏天海开了酒楼，将益延庆的醋自产自销，增加销量，李婉婉也开了间酒楼，取名山西老字号，就开在清和园的对面，还挖了本地最好的厨子，专门做山西菜。

本地人生活困苦，日渐吃不起饭店，她便大肆宣传，招揽洋人来吃饭，渐渐地，倒是把山西老字号办成了一家洋人来山西玩乐必须要来看一看的地方。

除了发展醋业、饭店和医坊，李婉婉还把赚来的钱投到了当时一本万利的票号上，王家的没落和苏天海的崛起让她看懂了一件事情：想要不被别人欺负，就必得先强于别人！

她一介女流，在当下的时代确实拿不到什么明面上的权力，但她可以靠自己的努力，赚到更多的钱，而在当时的朝廷里，钱是可以换权力的。

她也并不求这些钱能换来多少权力，只是想保证美醯居的经营不会受阻，保证自己在公平的环境中打败苏天海。

而醋坊的同僚们，也从一开始的唱衰她，到现在的刮目相看，甚至有一小部分醋坊由于跟着苏天海后面一样赚不到钱，又开始重新感念当时王晋昇对他们的恩惠，悄悄地投到了美醯居的门下，想要在洋人那里也赚一波古法酿醋的情怀钱。

对于这号人，李婉婉也从不胡乱拒绝或应允，而是让他们签下保证书，保证自己是真的使用传统工艺，且没有偷工减料，否则将会承担巨额违约金。

一晃又是两年过去了，美醯居虽然还是从前王家掌控时的那个美醯居，却又早已不是之前的美醯居了。

醋医坊也被李婉婉发扬光大，在太原府也开了分店，还因为驻颜术十分了得，备受洋人的追捧而名声大噪。

如今走在街上，但凡是有人瞧见李婉婉的马车，都要站起来望好久，都想瞧瞧这位传说中的女强人到底是不是长了三头六臂，不然怎能凭一己之力，做了许多男人都做不到的事儿？

这两年，王咏炎曾悄悄回来过一次，在王晋昇的坟前跪了好久，又给李婉婉跪了好久。

“母亲，是我对不起您和父亲，对不起这个家。”

李婉婉却依旧如慈母一般将他扶起，并坚定地对他说：“好孩子，我和你父亲，从没有后悔过支持你做你正在做的事情，而且经过了这些事儿，我现在更加坚定了当时的想法，你们一定要坚持下去，一定要还给乡亲们一个太平盛世！”

王咏炎临走时，忽然转过身来，悄悄告诉了李婉婉一个消息，并叫李婉婉早做准备。

李婉婉原本并未放在心上，结果回到家中时，却瞧见了自己之前安插在苏天海身边的一位细作，鬼鬼祟祟地站在不远处的树影里，时不时地探出头来往路面上望着。

李婉婉立时给曹宝使了个眼色，叫他过去瞧瞧。

曹宝没一会儿便回来，低声说道：“夫人，这人说苏天海最近正在大量囤积黄鱼，像是要有什么大动作似的。”

李婉婉一听这话，立时想到了刚刚王咏炎和她说的话，虽然不知道苏天海是怎么嗅到这件事儿的，但如果他也跟着动作了起来，那她李婉婉就绝对不能落到了后头。

这样想着，李婉婉便立时对曹宝说道：“既然如此，那咱们也开始囤，也不需要太明显，按部就班地，一点一点地囤起来就好。另外——”

李婉婉又忽然想到什么似的说道：“太原府里咱们投的那几间票号，先把日盛昌和蔚泰好两家的股份撤出来，至于大德的，就先留着吧。”

曹宝还有些不明白，立时惊诧地说道：“夫人，日盛昌可是眼下最赚钱的票号了，就这么撤出来，不觉得可惜吗？”

李婉婉却哼笑一声道：“你只瞧见它现在赚钱，却不知道他们经理心眼儿小吗？若是真到了乱世，一个四处得罪人又树大招风的票号，还能有什么好果子吃？赶紧退了！还有蔚泰好，他们经理当初就是在日盛昌混不下去了，才来了蔚泰好做事，等到日盛昌败了，他们便没了斗志，我看日子也长不了，正好这会儿收黄鱼需要钱，也赶紧一并退了股，把钱收回来好好发展美醯居吧。”

曹宝听了这话，便也将信将疑地去办事了，这两年跟着李婉婉，他的腰包里也存了不少钱，也在日盛昌和蔚泰好里投了些钱，这边李婉婉叫把家里投的股份撤回来，他却有点儿不信邪，不但没把自己的那份撤回来，还又投了些进去。

结果没过多久，情况就不妙了。

【2】

由于新衙门尚未稳定，街上一下子出了好多暴徒。

李婉婉是一早得到了消息，下令名下所有铺子关店整顿半月，任何伙计不准以店铺名义出门上街。

王家大宅也是提早存好了货，大门紧闭了好些天。

一些没得到消息的人就惨了，这几日暴徒上街，几乎是见人就打，见到开门的店铺便进去抢东西。

票号和典当局更是重灾区，没几日，就损失惨重，有些实力欠缺的小铺子，更是当场就给抢歇业了。像日盛昌和蔚泰好这样出名的票号，许多铺子都是被一抢而空，年终分红利已是不可能了，以后能不能回本都悬。气得曹宝差点儿吐血，忙要去找两家票号先把他的本钱吐出来。

还是李婉婉笑呵呵地叫他有点儿契约精神，并拿出自己的私财贴补了他的损失，才叫他舒坦了些。

好在新衙门反应快，立时派重兵弹压街面，同时又派发了新都督的安民告示：

“凡尔士商民等，切勿听谣言，应当各安生业，得以地方为先；要知本军此举，实与种族有关；倘敢立意反对，兵到万难瓦全。”

转眼来到了1912年4月。

这段时间李婉婉的生意歇歇停停，但是伙计的工资却是一分未少，美醯居的醋缸也是一口未减，传承了几十年的陈酿更是依旧待在院子里，夏伏晒，冬捞冰，随着岁月的涤荡，味道越来越醇厚，价值也越来越大。

新的都督正式宣誓的那一天，李婉婉在王晋昇的坟前矗立了好久：“老爷，你看见了吗？咏炎他们终于成功了，他终于为你报仇了！你再等等，用不了多久，苏天海也不会有好下场的，他给旧朝做了那么多事儿，新的都督一定不会放过他的！”

【3】

李婉婉的马车停在了王家门前，可心情复杂的她却一直坐在上面发愣，一点儿要下车的意图都没有，因为她忽然有点儿空虚了，一直以来，她都以要打败苏天海作为自己继续活下去的目标，这些年来虽然有几次机会从苏天海的手上抢下生意过来，可她都没有做得很绝，就是不想让他死得那么容易。

她觉得自己好似一只猫，在玩着捉鼠的游戏。可如今若新的都督到了，必定不会再把山西的经济命脉交给一个旧朝要员，所以苏天海的下场就只会有一个，那就是成为以儆效尤的箭靶。

想到这里，李婉婉便一下子空虚了，若是以后没了苏天海这个人，那未来漫长的岁月里，她又要靠什么活下去呢？

“你们是什么人？这里是我家私宅，谁允许你们擅自闯入的？”曹宝的声音打乱了李婉婉的思绪，叫她立时推开车门向外看了过去。

只见王家的院子里站了一圈儿的官兵，这些人中间，还站着一个穿着军装的男人，李婉婉的第一反应是王咏炎，但是瞧着这人的身形又不大像。

便就蹙着眉头下了马车，一边往院子里面进，一边问道：“军爷大驾光临，只当是我李婉婉的荣幸，但小院儿实在庙小，装不下这么多贵客。正好我名下还有一间饭店，生意倒是不错，地方也还够大，不如请军爷们移步到那里一叙如何？”

穿军装的男人闻言转过身来，怒目哼笑了一声道：“他王晋昇人都没了这么久，王家倒还能撑得住，还叫你开了饭店？可见你这个小娘们儿倒是有些本事啊！”

李婉婉上下仔细瞧了瞧这人，半晌也记不起是谁，只不过听这人口气，到不像是位善茬，立时轻笑一声问道：“军爷也识得我家老爷？”

曹宝立时上前小声说道：“夫人，这是先夫人的弟弟——阎三。”

李婉婉听到此话，大吃一惊，再仔细瞧了一下，可不就是当年那个陪着他父亲一起来王家混吃混喝，大闹了半个多月的阎三吗？只不过当时浑然一个小混混的模样，如今却成了仪表堂堂、威震四方的统领，确实叫李婉婉没能想到啊。

阎三瞧见李婉婉的反应，也像是十分满意，当即冷笑一声道：“怎样？没想到当初被你家像狗一样打发了的毛头小子，如今竟然会翻身成了手上握有权力的人，回来为我姐姐讨回公道了吧？来人，还不带走？”

这话一出，周边围着的那些军官立时将李婉婉给夹着便走。

曹宝和一众家丁想要上前抢人，奈何人家各个手里有枪。

李婉婉也立时吼道：“都老实待着！我就不信，新上任的军爷还能不辨是非，把黑的说成是白的了？”

等李婉婉一被带走，曹宝和小小急得满地跺脚，小小更是立即抓着曹宝的胳膊说道：“怎么办？要不要去打听打听少爷的下落？少爷不是和他们是一伙的吗？这新来的都督，总不能连自己人都不认吧？他不还是少爷的舅父吗？若是少爷肯为夫人求情，应该会放人的吧？”

曹宝立时叹了口气，皱眉说道：“即便是少爷的话能管用，那也是远水解不了近渴，我瞧着这阎三的口气，是把阎姨娘走失的事情，全怪在夫人的头上了。等咱们找着了少爷的人，恐怕黄花菜都凉了。”

“那到底该怎么办啊？总不能就留在家里坐以待毙吧？”小小急得不行，立时又想到什么似的说道，“我这就写信给我们李家，求求老爷想想法子去。”

曹宝又立即给否定了：“眼下才刚刚变了天，你们李家又能有多少关系？再说远水如何能解得了近渴呢？”

小小这下彻底绝望了，立时急得跳脚道：“这也不行，那也不行，到底怎么样才能救夫人啊？”

曹宝左思右想，忽然急中生智，咬了咬牙说道：“不行了，眼下也只有去求求苏会长了！”

“苏会长？”小小立时惊了，“苏会长与咱们夫人闹得这么僵，真的会出手相救吗？更何况，眼下这帮人是新衙门来的，真的会买苏会长这个面子吗？”

曹宝被缠得没法子，只得给小小说了实话。

“我就和你说实话吧，其实一直来偷偷给夫人通风报信儿的那个细作，并不是我找来的，而是苏会长派过来给夫人通风报信儿的。就是想透消息给她，叫她少走弯路。”

“当真？”

小小简直不敢相信自己的耳朵。

曹宝却立时点了点头道：“自然当真，不然你以为苏会长那么多耳目，竟然这么久都查不出来那个细作吗？”

小小又道：“可是那又怎样？这也不能说明苏会长就一定有本事救下夫人啊。”

曹宝又继续解释道：“哎呀，你真是糊涂！之前那细作不是来告诉夫人，说苏会长正在大量收黄鱼吗？其实夫人也一早从少爷那里得知要变天的事儿了，可苏会长家里若是没有像少爷这样的重要人物，又怎么会那么早就知道了他们行动的时间呢？所以我觉得，苏会长这会儿非但没有事儿，而且凭他的身份，还会成为当局重用的要员呢。所以咱们去找他，说不定能有用！”

小小越听越觉得曹宝说得有道理，立时往他胳膊上一阵拍打说道：“那你还愣着干什么？赶紧去求情啊！”

苏天海知道李婉婉被阎三抓了的事儿，先是吃了一惊，随即又立时在椅子上坐定，沉了口气后方道：“我知道了，你先回去等着吧。”

“苏会长，想来想去，除了您，也再没别的人能救我家夫人了啊。”

曹宝瞧着苏天海的态度有些冷漠，便又补充了这一句，却直接被管家刘伯给轰出去了。

“去去去！眼下我们爷都还自身难保，又哪有什么工夫去救你家那个不识好歹的夫人？”

曹宝一听这话，也是没法子，只得叹了口气，便扭头回家想别的法子去了。

曹宝走后，刘伯还骂骂咧咧地说道："一有点儿什么事儿就跑过来哭天喊地的，没事儿了就翻脸不认人，以为我们爷是什么啊？慈善家吗？"

结果一转身，就看见苏天海已经戴上了礼帽，一副准备出门的样子。

"爷？您这是——"

"好久没见袁掌柜的了，是得过去叙叙旧了。"

苏天海说着，便叫刘伯提了些东西带着去了福元昌的掌柜袁长乐家里。

【4】

没过多久，醋业商会人士、粮农、街头上的大夫还有一些平时和李婉婉关系不错的洋人都纷纷开始给新衙门施压，要求释放李婉婉，不能无故羁押无罪之人。

阎三的都督门前成天被示威的人群围得水泄不通，人们吵吵嚷嚷的，着实让他头大。

"个枪崩猴！这小娘们儿竟然这么会笼络人心？怎么有这么多人给她求情？"

阎三的秘书长赵文轻笑一声道："大概是因为她男人王晋昇的人情还在，当初他出事的时候，这些人帮不上忙，如今留下这位遗孀，又瞧着咱们是新人，便来试探下咱们的底线吧？"

阎三一听这话，立时捶了下桌子说道："个枪崩猴！叫护卫队出去，全他娘的给老子突突了，我瞧瞧谁还敢再来捣乱？"

"不可。"赵文立时劝阻道，"费了这一年多的工夫，才好容易平定了百姓心里的恐慌，更何况这些闹事儿的，大多是各商会有头有脸的人物，若是真把他们都突突了，必定会造成大面积的群众恐慌，而且在经济上，也会出现极大损失的。"

阎三一听这话，立时又捶了一下桌子。

"个枪崩猴！难道我堂堂一个都督，想为家姐报个仇，还要看别人脸色？"

赵文闻言，无奈地叹了口气，随即点头答道："恐怕是的。都督想想，这李婉婉如今能有这般气候，想必在当地也是个举足轻重的人物。眼下不是正愁没个人能够制衡苏天海在经济上的力量吗？我可听说这李婉婉与苏天海之间是有仇的。若是就此除了李婉婉，岂不是就彻底没人能够治得了苏天海了？到时候他若扼住了经济的咽喉来要挟您，岂不是更麻烦？"

阎三一听这话，立时咬牙切齿地说道："个枪崩猴，真是麻烦。还不快去把这个苏天海给我找来？连自己商会的人都管不住，还当什么商会总会长？"

阎三说完，忽然被窗外那些吵吵嚷嚷的示威声烦得脑壳疼，立时又拍着桌子说道："从明天开始，给我叫护卫队从早上到晚上在门口操练，就说我要打几只鸟来换换口味，我倒要看看吓不吓得死这帮王八羔子！”

派去找苏天海的人走了大半日，苏天海才晃晃悠悠地来了都督府。

一进门，便赔笑说道：“三弟，走了这一路，就数你这儿最热闹了，挤了半天才挤进来，瞧我，这衬衫都给挤湿了。”

苏天海说着，便一点儿不客气地坐在了墙边上的一张真皮沙发上，那是阎三在外留学的时候特别喜欢的样式，特意画了图纸寄回来叫他父亲找人做的，刚一搬进都督府，第一件事儿就是叫人把这张沙发搬了进来。

所以瞧见苏天海毫不客气地坐在上面，他的眉心立时皱在了一处。

赵文是最了解他的人，立时提醒苏天海道：“天海，私下里兄弟归兄弟，办公时间还是给都督些颜面吧，这里毕竟是都督府啊。”

苏天海一听这话，脸色也开始变得严肃了许多，叹了口气，虽然做出要站起来的姿势，但却迟迟不起来，只双手撑到大腿上说道：“是啊，毕竟亲兄弟也要明算账的，以后苏某人的脑袋能不能保得住，怕也要看都督心情了。”

这一句话羞得阎三立时红了脸，忙伸手冲着苏天海的方向压了压，又立时训斥赵文道：“哎，什么都督不都督的？当时若不是苏兄带着咱们进京去参加会试，咱们这些人哪有机会举事，而且举事那天，要不是苏兄提前请那狗官吃酒灌醉了他，又给咱们提供了物资，哪有那么容易成事呢？我阎三的今天都是苏兄给的，眼下也没有旁人，大家就都坐得舒坦一些吧。”

阎三说完，又瞧见赵文还一脸无奈地站着，便叹了口气道：“赵文，你也坐下吧。”

赵文不肯坐，又瞧着苏天海心里不爽，便假说要去倒茶，借故离开了。

到这会儿，苏天海才偏头瞧了瞧底下乌压压的那群人，随口说道：“听说是为了李氏的事儿在闹？都这么多天了，你也够能忍的。”

“你还好意思讲？”阎三气得够呛，随即又道，“说到这儿，我就得好好说说你了，你到底是怎么给人家当会长的？竟纵着这些人来我这儿闹事儿？”

苏天海却一点儿没被吓到，反倒还嗤笑了一声，指了指头顶说道：“三弟，头顶上的天都变了，如今谁还认我这个商会会长啊？瞧这样子，以后我说十句话，可能还不顶她李氏说一句吧？”

苏天海说完，便又想到什么似的说道：“不过你这事儿可是干得极好的。这个李氏真是成天到晚和我作对，恨不得把我个扒皮抽筋了才好。如今你把她这么一抓，我这以后啊，倒真的可以睡上安稳觉了。”

阎三一听这话，立时皱了眉。

当即问道：“当真有这般不和？我可听人说过，你们俩可是青梅竹马来的。”

“狗屁青梅竹马，若真是这样，她能大老远嫁到山西来？你又不是不知道我俩的家室。”

苏天海说着，又朝阎三的脸瞧了瞧，右手的手指在沙发的扶手上有意无意地点了两下后，又皮笑肉不笑地问道：“不过这李氏也叫你关进来好些天了，三弟也跟我说句实话，该不会是早就给弄死了吧？”

阎三一听这话，立时气吼吼地捶了一下桌子说道：“嗨，别提这事儿了，若是依着我的性子，非要折磨一下后就直接弄死。可不知道是谁多事，竟然叫我那个外甥知道了此事。还致电给我，叫我务必好生对待这个小娘们，等他回来再说。于情，他是我外甥，自从我那老父亲过世之后，我在这世上，也就他一个亲人了，我若是不依他，因为这种事儿和他生了嫌隙，那也不值当。于理，他个枪崩猴混得比我好，又写得一手好文章，万一我不依他，他就给上头打个小报告，给我穿小鞋的话，那我还有好？”

苏天海立时皱起了眉头，有点儿不爽地说道：“如此，那还真有点儿麻烦啊，还以为三弟能直接帮我就此除掉这个心头大患呢。”

阎三一听这话，一双黑眼珠在眶里转了好几圈后，才一脸为难地开口说道：“这——你容我好好想想吧。”

苏天海于是拍了拍大腿，终于站了起来，满脸堆笑地说道：“成！兄弟也知道眼下这形势，想要处理掉李氏不是件容易的事儿。不过我有的是时间，可以等嘛。那你先忙，告辞了。”

【5】

苏天海一走，阎三便把赵文叫了进来。

“带我再去会会那小娘们儿。”

李婉婉虽被关进了大牢，心中却一点儿怨恨和恐惧也没有，她原本就有些看不清自己的前路了。

阎三既然一上位就来找她报仇，说明这是个睚眦必报的人，她心里觉得，阎三对于前朝余孽苏天海，也一定不会手软的。

一下子没了报复的对象，她自己的生死，她其实已经看得没那么重了。

她这会儿甚至还觉得自己就要解脱了，就连周围阴森冰凉的墙壁和锈迹斑斓的铁栅栏，竟然都让她觉得有一丝温情。

因为，这是王晋昇最后待过的地方啊。

当年她没能陪着王晋昇走完最后一程，这会儿能在他离开的地方去追赶他的脚步，也算是个不错的结局吧。

正想着，牢房的门忽然开了。

“李氏，出来！”

李婉婉不想动，只冷声说道：“有什么事儿就在这里说吧，我不见客。”

“给你脸了是不是——”

“哎？”阎三的声音倒是叫李婉婉吃了一惊。终于要来了吗？

李婉婉缓缓扭过头来朝门的方向看去，果然见阎三和赵文站在那里，这让她不禁哼笑一声道：“还以为你已经忘了我关在这儿了呢。这是终于决定要送我走了吗？”

李婉婉脸上的寡淡叫阎三有些吃惊：“你不怕死？”

“哼。”李婉婉冷笑一声，又将头别向了牢房里的一个小天窗。

“怕？已经死了的人，怕死做什么？”

“已经死了？”阎三更是吃了一惊。

李婉婉却微微翘了下唇，随口说道：“少废话了，不是说要为你阎姨娘报仇吗？还是就快点儿送我上路吧，别耽误我去见我家老爷了！”

“想死？怕是没那么容易！我且问你，若是苏天海从此平步青云，你又当怎样？”

一听这话，李婉婉简直如晴天霹雳，立时回过头来看着阎三问道：“他是前朝余孽，你不杀他？”

赵文立时咯咯笑了两声道：“李氏，你未免也太天真了些，苏会长可是我们的大功臣，我们都督感激他还来不及，为何要杀他？如今他仍旧是山西商会总会长，之前的职务悉数不变，以后怕是真要平步青云了。”

李婉婉闻言，几乎是完全用脚就把自已给撑起来了：“他从前可是旧朝的大红人，和旧朝许多要员都有密切联系，如今他能背叛那些人投靠你们，难道你们就不怕他日后再背叛你们投靠别人？”

“哼！”阎三似乎是没想到李婉婉竟有这种头脑，笑容从他紧闭的双唇上渐渐晕开，随即，他转过身去，一边大步向外走，一边大笑着说道，“明天一早便释放李氏，但是死罪可免活罪难逃，收回民办醋坊的经营权，交给益延庆统一经营。”

阎三的话叫李婉婉又惊又气，随即又怒吼道：“为什么？我李婉婉一人得罪于你，为何要迁怒于其他无关的醋坊？都督如此小气，将来又该如何服众？”

“李氏！这是都督在给你机会，你还是仔细想想如何来利用这个机会吧！”

【6】

赵文说完，便喊人过来给李婉婉开了门，李婉婉还不愿意出门，非要再叫阎三给个说法，收回他刚刚说的话，最后是被两个衙役硬生生给推出来的。

一出门，小小和曹宝便迎了上来。

“夫人，他们真的把您给放出来了？真好！”

李婉婉原本还一脸的愤怒，一时一瞧见曹宝和小小，便立时惊讶地问道：“你们俩怎么知道我会给放出来的？”

“是——”

小小刚要说话，曹宝便抢在前头说道：“我们其实也不知道您会给放出来，只不过这么些天都没有消息，就想来打听打听您怎么样了，是不是需要些什么东西，没想到才刚到，就碰见您出来了，您说巧不巧了？”

说完，曹宝就给小小使眼色，随即笑着说道：“我这就去端火盆，小小你快扶着夫人过来除个晦气！”

曹宝说着，便走到马车边上去，从车上把脚炉取了下来，摆在了马车前头。

李婉婉被小小拉过来的时候瞧见这些，立时皱眉说道：“不对，你俩少骗我！既然不知道我会给放出来，怎么还带着马车过来了？”

说着，她还看向曹宝问道：“难不成是你拉着小小出来遛马的？”

“这——”

小小和曹宝立时互相交换了一下眼神，似乎是有点儿藏不住了，正不知道该说什么，身后忽然传来了一个熟悉的声音。

“母亲就别逼他们了，原是想给母亲一个惊喜，谁想到您竟这般冰雪聪明，真是连个机会也不肯给孩儿啊。”

一听这话，李婉婉立时惊讶地转过身来。

瞧见王咏炎的时候，李婉婉真是感慨万千，如今的王咏炎虽然早已经剪了辫子，蓄起了额发，但那眉宇间透出来的逼人英气，已经和王晋昇越发像了。

看得李婉婉一下子就呆住了，没一会儿便有些恍惚地落着泪说道：“老——爷——”

直到王咏炎走到了李婉婉的身边，双手扶住她的胳膊，她才清晰地瞧出了王咏炎的脸，立时抹着泪水说道：“是咏炎啊，你既回来了，就该直接和我说嘛，如何还叫这两个人遮遮掩掩的？”

说着，便挎着王咏炎一同上了马车离开了。

直到路面上只剩车轮印，刚刚王咏炎出来的方向里，一个戴着白色礼帽的人影才缓缓地挪了出来，略微勾了勾唇后，也转身离开了。

“明日就要离开？”

回到家中的李婉婉，一听到王咏炎的启程时间，惊得直接从座位上站了起来。

王咏炎却只得为难地点了点头道：“嗯，眼下新的政权尚未稳定，前线还有很多事情需要去做。我得知母亲已经安好，便就要回去了。”

李婉婉一听这话，手抖得连帕子都拿不住了，正掉到了脚边上。

王咏炎瞧见了，便俯身去给李婉婉捡，才发现这帕子却是王晋昇从前用过的，立时有些哽咽地说道：“这些年靠母亲一人苦苦支撑这个家，真是辛苦您了。”

可话还没说完，一只柔软的手却在他的头上抚摸了两下。

“我这点儿辛苦算得了什么？倒是你，明明比我还要小四岁，这都已经生了华发了。”

李婉婉说话的时候，声音里都满是心疼，随即又立时收了收眼泪，冲着小小说道：“快去准备些少爷明天上路要带的东西。他一个人上路不方便带太多，但是银票一定要准备得足足的。”

王咏炎也是十分感激，立时站起来说道：“母亲，现在的我境遇要比从前好多了，组织上也已经给我提高了薪水，银票之类的，就不需要了，倒是这些年在外头，总吃不到合口味的醋，不如就把家里的醋膏给我带上一些吧。”

李婉婉一听这话，立时点头说道：“好，别的东西现在难说，但是醋膏便是要多少就有多少的，你等着，我这便叫人去给你装去。”

【7】

次日王咏炎一走，街上的民办醋坊便悉数被封，除了美醯居，聚能庆、福元昌等大醋作坊也都被封了。

醋民们纷纷跑到苏天海那里去诉苦，把西关路二十六号的门框都给挤烂了。

闹哄哄老半天，刘伯才从里面出来，仰着头说道：“爷说，请喜逢春掌柜和袁长乐掌柜先进来。”

一听这话，其他作坊的人都吵吵嚷嚷道：“这什么情况？难道就他们两家是人，我们就不是人，就不要吃饭了吗？会长若是不能给我们做主，我们就只能自己找都督去了！”

原本是被苏天海找来安排事宜，却一直被拦在后面挤不进去的福来顺一听这话，立时站在后面呛声道：“笑话！你要有本事你早就去了，还用在这儿堵着？你们也不想想，怎么她李婉婉才刚被放出来，这民办醋坊就被封了？都在这儿堵着干什么？怎么不去她王家闹事啊？”

“去她家闹事有什么用？这美醯居不是也被封了吗？如今没被封的就只有你们益延庆，不找你们找谁啊？”

一听这话，大伙儿立时转过身来，把福来顺给团团围住了，非叫他给个说法，倒是给了喜逢春和袁长乐一点儿挪脚的空间，跟着刘伯悄悄进了孤院。

一进门，就见苏天海手里正拿着那张醋坊官办的告示，拧着个眉思考着什么。

“爷，两位掌柜的到了。”

一听这话，苏天海立时抬起头来，微笑着说道：“来了？坐吧。”

“哎哟，苏会长，现在哪是坐的时候啊？您要是能帮忙请新都督收回成命，我以后就是跪着和您说话也成啊。”

喜逢春立时焦急地说道，虽说之前因为苏天海新官上任三把火，逼得他关掉了一家醋坊，但经营规模小了之后，开支也跟着小了，收入却突然上来了，好容易才有了些起色，又赶上这种灭顶之灾。真是把他急得差不多一夜白了头。

袁长乐是个明白人，倒不像喜逢春这般猴急，一直默默地站在他后面不说话。

但两个人的四只眼睛却是无时无刻都在盯着苏天海的表情在看。

只见苏天海随手放下了手里的那张告示，嬉笑一声说道：“我刚仔细瞧了一下这张所谓醋坊官办的告示，事实上，对各位的影响也没有多大嘛。”

“这——”喜逢春和袁长乐皆是一惊。

喜逢春更是又靠近了一步说道：“这铺子都已经封了，您还说没多大影响？那到底什么影响才算是大啊？”

“喜掌柜的不如先听苏会长把话说完吧。”袁长乐忽然发了话。

苏天海立时给袁长乐投去了一个欣赏的眼神，随即又道：“上头只说了所有醋坊的经营权都归益延庆所有，但却也并没有把益延庆的经营权收回，而是继续在我苏某人的掌控之下。

“至于可以开多少家分店，开在哪里，是否允许其他家醋坊加盟，也都并没有硬性规定。也就是说，各位只需要换一张匾额，在自己的店名前加上我们益延庆三个字，便是继续经营，也是没问题的。”

“这样也行？”

喜逢春和袁长乐立时互相望了望。

随即，袁长乐便又问道：“只怕是没这么简单吧？”

苏天海这会儿瞧着袁长乐的眼光更加欣赏了，随即又笑道：“当然，为了叫都督觉得大家的醋坊和我们益延庆确实有密切关系，你们每年都要给我们益延庆上缴一点儿象征意义上的分红，也不需要很多，一成红利的一半即可。不过你们放心，这些红利我们会用来代替从前的商会费用，我益延庆一分不取。”

喜逢春一听这话，立时转悲为喜道：“这有何难？从前每年给商会上缴的数目也就这么多。如今不过是从商会转移到了益延庆而已，可都是在苏会长的带领下，算起来不过是换汤不换药。苏会长这一招可真是大得民心啊！”

袁长乐却是皱了下眉头，随即说道："如此一来，从前在醋业商会的作坊自然是没什么意见，不过自从美醯居退出商会另立门户后，一些跟着李氏的小醋作坊也都退了，如今若是让他们再加回来——"

"哪有那么容易？商会岂是她想来就来、想走就走的地方？"喜逢春立时咬着牙说道。

苏天海却是微微翘了下唇，其实从刚刚赵文送了这张告示，并传递了阎三对他的歉意之后，他就特别好奇，李婉婉会怎么办。

阎三叫赵文和他说，迫于民众和王咏炎的压力，不能立即对李婉婉采取什么行动，但他也没忘记苏天海的请求，于是决定收回民办醋坊的经营权，砸了李婉婉吃饭的碗，这样一来，李婉婉没了与苏天海作对的工具，就自然不能与苏天海作对了。

表面上看，确实是会对美醯居造成极大的打击，但其实却是个极其阴险的手段。

苏天海非常了解阎三这个人，他们虽然表面上称兄道弟，可实际上，阎三十分忌惮苏天海在当地的影响力，绝对不可能希望益延庆一家独大。

表面上是给足了苏天海面子，把办醋坊的权力叫他一家独揽，但实际上却是把益延庆推到了风口浪尖，成为众多被封的民办醋坊的箭靶。

若是他自己还沉浸在这口危险的蜜罐中，那可真是到最后连自己怎么死的都不知道了……

【8】

美醯居被封之前，李婉婉便已经将三家分店的掌柜请到了家中来。

"最近几日，上面会下发通告，收回民办醋坊的经营权，交给益延庆来打理。"

一听这话，季姑姑他们都惊着了，相互递了个眼神之后，季姑姑最先问道："这——这不是要把咱们美醯居逼上绝路吗？"

"是啊，若是不能经营，咱们铺子里的伙计和女工们又该怎么办呢？就算是要重新找份工去做，一下子，哪有那么些地方能够接收这么些人呢？"

李婉婉却挑眉说道："我把三位请过来，并不是要叫三位去另行安排出路的。"

一听这话，季姑姑他们三个便又吃了一惊，最后还是季姑姑开口问道："那——夫人的意思是——"

李婉婉沉了口气，随口说道："既然不能向外卖，那我们便自产自用好了。"

"自产自用？"季姑姑他们开始更摸不清头脑了。

"嗯。"李婉婉点了点头。

“我已经叫曹宝在四处寻找合适的铺面，给山西老字号开分店了，既然美醯居的醋不能对外出售，那我们就用在自己的饭店和医坊里就好了。不过是一味调味料而已，也没人规定了，饭店不能自己调配调味料吧？”

季姑姑皱了下眉，随即又道：“原本各大酒楼的采购，也是咱们美醯居每年收益的大头。但眼下如果美醯居的醋不能对外卖，其他酒楼便也不能采购咱们美醯居的醋，光靠咱们自用，怕不是长久之计吧？”

李婉婉却轻笑一声道：“谁知道呢？是福不是祸，是祸躲不过，如今就要看看，咱们美醯居这么多年来在百姓心里的分量，到底有多重了。”

李婉婉说完，目光缓缓地扫过三位掌柜的，随即说道：“所以还请三位掌柜务必稳住伙计和工人们，请他们照常工作，务必保证醋的品质和口味始终如一。只有这样，才能为咱们打好这场硬仗做足准备。”

没过两天，益延庆便贴出了凡有意继续经营醋坊者，交足会费即可入伙的告示。

之前已在商会里的作坊纷纷响应，改了牌匾继续经营；之前没在商会里的，大部分也都纷纷入伙了益延庆。只有一小撮醋坊还在观望着美醯居的状态，这里面，自然也包括益延庆。

这会儿，福来顺正一脸纳闷儿地站在苏天海身边给他汇报道：“美醯居竟然直接封了前门，像是不打算做生意了。可是据手下人来报，里面的工人竟然一个也没走，依旧还在日夜不停地酿着醋。也不知道这个李氏，葫芦里到底卖着什么药？”

又过了一会儿，刘伯也跟着进来了，一见福来顺在这儿，便立在一边不说话。

苏天海抬眼瞧见他进来，便轻笑一声道：“回来了？可都查清楚了？”

刘伯点了点头道：“泽州、大同、太原、临汾、介休几个经济还不错的地方，都新开张了山西老字号和醋医坊的分店，并且没有从别家醋坊进醋，瞧这样子，他们是要自产自用了。”

“自产自用？”福来顺也是吃了一惊，随即又皱眉说道：“日后不能对外卖醋，只能用在饭店和医坊里，也就是说，只有在他们家的饭店里，才能吃到正宗的美醯居醋？这——他们也对自己的牌子太有信心了吧？”

不知道为何，一提到“美醯居”三个字，福来顺的口水就开始一点一点儿地往出溢着，到这会儿都已经不敢再说话了，因为生怕一张嘴，那口水便流了出来。

若是在苏天海面前失了态，后果可不是只被笑话一下那么简单的。

苏天海却只轻笑了一声，随即又冲着福来顺和刘伯摆了摆手道：“知道了，都回去做事吧。”

一直到两个人都出了门，苏天海的脸上都还洋溢着挥之不去的笑容，他心情很好，好到又自己哼着曲子去泡了一壶茶。

自从紫烟出了那种事后，他的身边再没有叫一个丫鬟靠近，生活起居也都是他自己亲力亲为，就像他这富丽堂皇的大宅子里立着像孤院这样独立的院子一般，他是生生把自己活成了孤寡的样子。

美醯居一关了门，平日里顿顿离不开美醯居的百姓们，都不得不去其他醋坊买醋，但若论酸度和口味，市面上竟没有一家能够比得上美醯居的。

吃饭的时候少了这么点儿酸味儿，是会影响食欲的，吃起饭来都觉得口干，时间久了，便会让人烦躁，总忍不住在饭后牢骚一句道："个枪崩猴，这其他行业都大力鼓励民办救市，怎么偏偏就禁了美醯居？害得老子饭都吃不下去，哪还有力气做活了？"

但是没多久，人们就发现了独一无二的山西老字号。

自从李婉婉推出了平民餐，只要愿意交点儿调料费，即便你是只买了一个大馍，一碗面饼，也可以打一壶醋回去调味，再加上这是美醯居的醋第一次在清徐界外也可以买到，山西老字号的各大分店门前每天都是人满为患，俨然是把山西老字号当成了美醯居的分店来看待。

而且既然开的是饭店而不是醋坊，也便打破了方圆三里之内不能有两家醋坊的规定，只要山西老字号一开张，周围的醋坊便准没有生意做，山西老字号又从来不用别家醋，便有人心里嫉妒李婉婉，跑到上头去投诉，结果上头竟然是这样回答的：

"这又没挂醋坊的名字，那醋壶上也没标'美醯居'三个字。你叫我们怎么去查啊？难道不叫饭店卖调料给食客？那你叫别家饭店怎么办呢？"

所以阎三对于美醯居的封禁，非但没有打垮李婉婉，亦没有禁了美醯居对外的流通，反而还给他们创造了让更多人了解美醯居的机会。

就连阎三听说了这件事儿之后，都呵呵笑了好长时间。

"老子果然没看错人，这个小娘们儿是真有些本事！"

赵文也在旁边扯着嘴角说道："听说她近日又收了两家茶楼，还养了两个不错的戏班子，天天在上面编排天海的不是，客流倒是还不错。"

捌 共荣：相逢一笑泯恩仇

【1】

然而当时的时局并不稳定，阎三这个都督没当了多久，便被调离了岗位，到其他地方去打仗了。

新上任的都督是阎三的死对头，且又是王晋昇的故交好友，便解了民办醋坊的封禁。

可眼下大部分醋坊的生意都并不好做，好容易才借了益延庆的名头，来吸引一些不懂行情的外地客，赚点儿小钱，所以并不愿意除掉自己牌匾上的“益延庆”三个字。

故新都督的这一举措，就相当于是给美醯居单独颁发的特赦令。

李婉婉混迹于商场这么多年，自然是懂得这些人情世故的，第一时间便带着曹宝到都督府去拜访。

两人一阵寒暄，倒也没多说什么，便散了。

出门之后，小小还如释重负地说道：“这下好了，这新任都督既然是老爷的故交，那咱们以后总算不用再被欺负了。”

李婉婉却一直拧着眉，忽然向曹宝问道：“你也是这么想的吗？”

曹宝从刚刚开始就一直沉着脸道：“说是爷的故交好友，其实不过是打过一次交道而已，能有多大的交情？只怕是想拿咱们当成对付阎三的枪罢了。”

小小一听这话，立时吃了一惊。

“啊？那该怎么办啊？”说完，还又连拍了曹宝几下说道，“你既然知道，怎么不早和夫人说明？还害得咱们白搭了这么些好东西来。”

曹宝却一边拉住了小小的手，叫她不能打到自己，一边反驳道：“你这个娘们儿的见识真是越来越短了，你真当夫人是没看清楚这些，才带着咱俩过来的？”

头年季姑姑自称年纪大了，便过来给李婉婉请辞，说要回故乡养老，并要把自己手里的三成股份也都转给李婉婉。

为了美醯居的大权不会旁落，李婉婉只得收回了这些股份，但还是约定每年都会照例给季姑姑分红，直到她过世。

等送走了季姑姑，李婉婉回头一看，发现不知不觉，就连小小和曹宝的脸上，也都添了岁月的痕迹。

便将二人叫到了身边，问了他们的意思后，将两人撮合到了一起。

依旧还在王家做事，但是到了夜里，也总能彼此给对方热个被窝了。

这些年和苏天海斗来斗去，总分不出个胜负来，反倒越斗越叫两人的生意越做越好了。

如今再叫李婉婉说出来两人之间到底是个什么关系，她似乎好像也说不大清楚了。

要说是仇人，可苏天海到底对她做过什么事儿呢？王晋昇是他苏天海害死的吗？好像也不是。

算起来，若不是她当年背着王晋昇放走了王咏炎，王晋昇说不定现在都还活得好好的呢。

这些年来，虽然每每想到苏天海，李婉婉都会恨得咬牙切齿，全然忘记了人生最初的十八年里，自己大部分的快乐时光中，都会有这个男人的身影。

但要让李婉婉去想象一下苏天海忽然从世上消失的那一天，她好像也没办法去想象，那真是太可怕的一件事儿了，要是不能再和苏天海斗下去，那她李婉婉还有什么事情可以做呢？

这样想来，不知不觉，她李婉婉和苏天海，竟然活成了双生子的模样……

【2】

回到家中没几日，李婉婉便忽然将手里的几个茶楼和饭店转了出去，开始专心经营美醯居在清徐的三家分店，并用剩余的钱开始大量囤积黄鱼。

外面一直有人传，说王家宅子的底下都是空的，里面装的都是黄鱼。还真有人相信，半夜里跑去挖王家的墙角，结果没挖几下，墙洞里便跑出一头狮头狮脚，嘴里却发着犬吠的动物出来，追着那人一通乱咬，还吓得那人跳了桥，摔断了腿。

第二日，便全城都在传说王家院里养了怪兽，咬到人会断手断脚。

一时间，便再没人敢去王家干这种事儿了。

可他们口中的那头怪兽，却不过是李婉婉养的一条名叫毛球的松狮而已。

当年刚嫁进王家的时候，就说要养一条，可被各种事情耽搁，终究是没养成，王晋昇过世之后，一个偶然的机会，倒叫她在街上马戏团里遇到了一条，因为不服管教，被马戏团团长打得半死，饿得连站都站不起来了。

却独独在李婉婉经过的时候，冲着她摇着尾巴哼唧了两声。

李婉婉当时看见它的时候，心里就在想："啊，是你啊。"

这种一见如故的感觉让她觉得非常神奇，便当场从马戏团团长那里把它买了下来，带回家来精心抚养。

如今竟也生龙活虎，高大威猛，成了一把看家的好手。就算是曹宝偶尔不在家中，李婉婉也丝毫不会觉得危险，因为有毛球在。

新都督本以为美醯居重新开业，会给益延庆造成重挫，却没想到李婉婉非但没有扩大美醯居的规模，反而还缩减了手上的生意，大有一种要偃旗息鼓、休养生息的意思。

自觉没劲儿，又开始扶植新的力量，想要对付苏天海，还找到了喜逢春的头上，结果还没开始行动，自己的位置就被人给顶了去，被调到别处任职去了。

就这样，都督这个位置来来回回换了四五拨人选。

苏天海和李婉婉的生意却是雷打不动，各自朝着自己希望的方向继续发展着。

【3】

这天，李婉婉正在书房里看书，小小忽然走了进来，瞧着李婉婉看书看得那么认真，一下子便有些不忍心打扰了。

因为她发现，不知不觉，李婉婉的额间，也添了些许纹路，鬓发也开始失了颜色。可却依旧孤身一人，坐在王晋昇的书桌边上，看着那些她从前摸都不想要摸一下的圣贤书，只因为那是王晋昇曾经爱不释手的。

"小姐，要不——还是找个机会，到别处去走走？散散心？"

这一声"小姐"，叫李婉婉禁不住抬起头来朝小小看了一眼，二十几年了，小小大部分时间都是称她为"夫人"的，此刻却叫了"小姐"，这是在提醒她，她现在是单身，而王晋昇早就不在了。

可是李婉婉不想记得这些，只是苦笑着又摸了摸手中的书页说道："外面兵荒马乱的，到处都是炮坑，有什么好看的？还不如待在家里——看书。"

"夫人，苏会长这会儿在院子里，等着见您呢。"

听到这话，李婉婉倒是有些吃惊，算起来又有五年没见面了吧？

自从她缩减了生意规模，一心经营醋坊之后，就很少再去打探苏天海的消息了，说来也奇怪，日子竟也这么一天一天平静地过去了。

如今看来，她以为会很难的事情，其实也不过如此而已，就算她的世界里，没有了苏天海这个人，好像继续活下去，其实也没有那么难。

反倒可以让她把心思都放在酿醋上面，这倒是让她渐渐明白了许多年轻时季姑姑和她说的，当时不是很理解的道理。

所以一听说苏天海来找她了，李婉婉只惊讶了一下下，便微微翘了下嘴角说道：“快请他进来吧。”

【4】

苏天海进门的时候，李婉婉依旧坐在书桌前端着书看，丝毫没有因为门外飘进来的小风而分了心。

却叫苏天海一下愣了神，老半天，才说出一句：“你老了。”

李婉婉缓缓抬起头来，也朝苏天海看了过来，也微微翘了下唇道：“你也老了。”

“呵呵呵——”

于是两个人同时笑了起来，直到笑岔了气儿，瞧着小小把茶端了进来，李婉婉便站起身来，走到了旁边的会客厅，请苏天海入了座之后，自己也便在主位上坐下，随口说道：“这么久没见，怎么突然就找来了？”

苏天海端起了茶碗，用盖子磨了两下茶碗后，有点苦涩地说道：“昨晚做了一个梦，梦见你和我两个又一起做醋，我说要放百花酒，这样酿出来的醋好喝，你却说高粱醋不用放药酒，放久了自然好喝。就这样争啊争啊，忽然我就醒了——”

苏天海说到这儿，便抬起眼睑往李婉婉这边瞧了瞧，一下子便红了眼。

“你说，到底是从什么时候起，咱们俩，就走得这么远了？”

听到这句话，李婉婉的心里也梗了一下，但她不想哭，于是一直紧闭着双唇，努力调整着自己的表情，老半天以后，才终于强笑着说道：“大概，是从我想要成为天下第一那一天，便已经开始了吧？”

苏天海也跟着无奈地点了点头，苦笑着说道：“对，这该死的天下第一。我还记得，当初来山西，我也是抱着这种想法来的。那个时候心气儿那个高啊，总觉得我要是成了天下第一，那你——”

苏天海说着，便又朝李婉婉看了过来，终究是没说出那些话，当即摆了摆手说道：“算了，都过去了，总提这些，也没意思。”

说到这儿，苏天海便又瞧了李婉婉两眼后，缓缓地站起身来说道：“今天过来，就是想来看看你。没事儿了，走了。”

可走了两步之后，苏天海又像忽然想起来什么似的，一下子转过头来看向李婉婉问道：“对了，如果有机会证明你到底能不能成为天下第一，你可愿意一试？”

李婉婉的眉心微微一皱，虽然她现在已经没有少年时那般不撞南墙不死心的志气，但是如果真有这样一个机会，又不违背原则的话，抓住也未尝不可。

“哦？说来听听。”

“你知道巴拿马万国博览会吗？”苏天海立时问道。

“巴拿马万国博览会？”李婉婉的眉头立时舒展了一些，随即说道：“之前汾酒拿到甲等大奖章的那个？当时因为美醯居被禁，所以没能去参赛，还可惜了一阵子呢。又开始召开了吗？”

苏天海瞧着李婉婉这样感兴趣，心里也忽然亮堂了许多。

点了点头道：“嗯，其实每年都有，只不过近年我国一直战乱，参加的商铺越来越少了。不过今年算是个安生年，很多商铺都会带着产品过去参赛。你若是有兴趣，我便帮你报个名？到时候我带着咱们的万和香醋，你带着你们美醯居的䤈，咱们一起去万国博览会上比一比，看看到底谁能成为天下第一，可好？”

苏天海问这话的时候，眼睛里都是满含着泪光的，如果一切都是因为这个天下第一的争夺而起的，那么就以此作为结束吧。只要评出来结果就好，评出来结果以后，不论谁是天下第一，抑或是两家的东西最终被别家比下去了，总算是有个结果了吧，只要有个结果就好了。

苏天海是这样想的。

李婉婉又何尝不懂他的想法？也跟着眼含泪光地点了点头道：“嗯，就一起去比一比吧。”

【5】

其实早在三年前，李婉婉开始专心研究酿醋工艺的时候，就已经对传统的酿醋工艺进行了优化。

之前蒸料的时候所用的甑，多是大口铁锅，但蒸料时必得分批装料，层层叠加才好些，铁锅上下体积不同，每蒸一锅必有上下不均熟的情况发生，而且还有透气的问题。于是李婉婉用洋灰砌了个上下一齐的圆池，很好地解决了这个问题，生生将醋化的时间缩短了一日，甚至还令新醋的口味更加醇厚了。

曹宝代替李婉婉前往巴拿马前一天，正好是李婉婉研制的新醋陈酿满三年的时间。

当天夜里，李婉婉将陈酿好的醋一勺一勺地经过纱漏过滤好，装进了专门为参赛准备的醋坛子里，一边装一边念叨着：“老爷，我给这醋取了个名儿，叫婉昇陈醋，你说好不好？如此，往后不管这醋能不能拿到天下第一，但只要还有人能念得出这醋的名字，那你和我，就永远在一起了。”

李婉婉说着，又抹了把眼泪，便叫人将打出来的醋都装上了车，第二日，便叫曹宝带着，和苏天海派出来的人一起上了路。

这一去，便又是一年多不见音信。

这天李婉婉正在美醯居教导新进来的女工酿醋工艺，小小忽然笑呵呵地进来说道：“夫人，刚刚县上派人来传话，说是咱们家的婉昇陈醋，拿到了巴拿马万国博览会的甲等大奖章，过不了多久，农商部便会把奖状和奖牌送过来的。”

李婉婉一听这话，立时愣了一下，随即又想到什么似的问道：“那万和香醋呢？”

小小犹豫了一下，随即摇了摇头说道：“我也问了一下，说是报名列表里并没他们的名字。”

“没有报名？这怎么可能呢？”

李婉婉一双吊梢眉蹙了一下，随即又拉着小小的手问道：“曹宝呢？可问了他人什么时候回来？”

小小脸上的神情立时柔和了一些，随即笑道：“也问了，说是人已经到了山西地界，用不了几日便能到家了。”

说完，小小便又笑着说道：“不管怎样，咱们已经是天下第一了，不是吗？夫人？”

李婉婉也立时低头浅笑了一番，点了点头道：“是啊，我终于做到了，终于做到了。”

话是这样说，可是万和香醋没有报名这件事儿，终究成了李婉婉心里的疙瘩，如今也只得等到曹宝回来之后再了解具体情况了。

【6】

甲等大奖章颁下来的那一天，整条玉龙街都在放鞭炮，因着连年战乱，好久都没有这么热闹了，大大小小的铺门前都站满了人。

曹宝走在人群的最前头，手里捧着用金框裱过的甲等大奖章，一脸的神气。

等走到了李婉婉的面前，忽然单膝下跪，高举着奖章说道：“夫人，咱们赢了，是甲等，正儿八经的天下第一！您和老爷这一生的心血，终于有个结果了。”

李婉婉也掩面而泣，走上前去从曹宝的手里接过了那块奖牌，反复地用右手颤抖地抚摸着上面的字，禁不住连连点头道：“嗯，终于有个结果了，终于。”

等把奖牌和奖状请进门来，又送走了上门道贺的人之后，李婉婉才有机会向曹宝询问道：“明明是和益延庆的人一道去报的名，怎么听县上的人说，报名列表里，竟然没有万和香醋的名字呢？”

曹宝听问，忍不住低头叹了口气道：“要说他们也是真倒霉，和我们一起在大洋上漂了三个多月，临上岸的时候却忽然赶上了暴风，带过去的十几坛醋悉数给卷到海里去了。要不是您有先见之明，说是要方便评委品尝，把咱们的醋用特制的小醋壶装了一些，叫我逃难的时候抢了几壶出来，就连咱们也是要白跑了这一趟的。”

李婉婉一听这话，又轻叹了一声道：“如此，倒真是可惜了。”

曹宝又立时补充道：“不过他们益延庆的人倒也真够义气，说不管是美醯居还是益延庆，如今放在博览会，和天下的商品一起评选，那便是整个山西的事儿，便是整个中华家的事儿。所以即便他们没有参赛的产品，也是一直和我们站在一起，帮着我护着那几壶醋一直到评选结束，这一点我是真的佩服。”

曹宝说着，还一脸的敬佩。

李婉婉也跟着点了点头，愣了许久，才想到什么似的说道：“你赶了这么久的路，应该也累得很，还是赶紧去歇着吧。回头，我再好好给你开个庆功宴。”

曹宝瞧着李婉婉有心事，便也不再多说，转身给小小使了个眼色，便笑眯眯地走了。

小小探头瞧了一眼曹宝的背影，立时又回过身来看了李婉婉一眼，刚想说话，李婉婉便又道：“你去吧，毕竟都一年多没见面了，我也不是这样不通情达理的。”

小小虽然有点儿犹豫，但是毕竟一年多没见自己的男人，确实有好些话想要问，谢了李婉婉后，便急急地转身追曹宝去了。

【7】

只剩下李婉婉一人孤单单地坐在厅里，偏头瞧着桌上的奖章和奖状，禁不住又拿在手上呆呆地瞧了好一会儿。

随即，她又拿着这两样东西来了王晋昇的牌位前，温柔地看着牌位上王晋昇的名字，上前给他上了三炷香。

等把香插进了香炉，她便又含泪说道：“老爷，您可瞧见了？咱们美醯居，现在终于威名远扬了，您把我留下来，希望我做的事儿，我终于做到了。”

李婉婉说着，又长叹了口气道：“可不知怎的，怎么竟一点儿都提不起兴致来呢？按理，拿了这甲等大奖章，坐着天下第一的位置，实现了我梦寐以求的理想，这该是一件多让人高兴的事儿啊？可我怎么觉得，到头来，我好像什么都没了呢？”

李婉婉说完这句，又抬起头来瞧着王晋昇的牌位继续说道：“听曹宝说，益延庆在这件事情上，也帮了咱们不少忙，可他们却因为意外没有机会报名。所以我想，要不然就把这奖章的一半，分给他们，可好？”

李婉婉说完，又觉得这个想法可能会有点儿对不住王晋昇，当即便低下头说道：“不过您若是不高兴，那便不送。”

这时，毛球忽然从外面推门进来，瞧见李婉婉在地上坐着，眼角还含着泪，便跑到她身边去舔了舔她的脸，弄得李婉婉直痒痒，一边抱住毛球以阻止它靠近，一边忍不住发笑着说道：“别闹，我和咱们老爷说正事儿呢。”

李婉婉说着，便抬起头来又往王晋昇的牌位上看了一眼，可能是因为毛球进来时并未关好门，忽然一阵风吹了进来，刚刚李婉婉摆在香桌上的那张奖状便给高高地吹了起来，给毛球瞧见了，便纵身一跃，一下咬住了奖状，送到了李婉婉的手边。

李婉婉低头瞧着那奖状，禁不住又红了眼，掩着面哽咽着说道：“老爷，您如何到现在，都一直这般委屈自己啊？”

毛球瞧着李婉婉又哭了，小脑袋歪了一下，哼唧了两声，便又要往李婉婉的怀里钻，弄得她一阵发痒，连哭也没法子哭得痛快。

最后是硬生生被它拽出去陪它玩去了。

【8】

这天美醢居给甲等大奖章接风，专门在山西老字号包了场，还邀请了各界有头有脸的人物。

专程从太原府赶过来的苏天海，路上总嫌车马慢，催促了许多次。

刘伯有些气儿不顺，便随口说道：“呵，爷可真是心大，两家一起出去参加博览会，咱家的东西给卷到了海里报不了名，才便宜了他们，您竟然还要过去给她家道贺？”

刘伯现在年纪大了，这些年和苏天海相依为命，一路经过了各种风风雨雨，早已不似从前那般惧怕苏天海，而是把他当成了自己的孩子，所以才会肆无忌惮地说出了这些话来。

苏天海也不以为然，依旧焦急地催促着说道：“报不上名确实可惜了些，但好歹是一起出去的，她能够如愿以偿，也同样是件值得高兴的事儿啊。您就赶紧让车夫再快着点儿吧！”

就这样紧赶慢赶，去得还是有些晚了，宾客都到得差不多了，瞧着都快要开席了。

一听说苏天海来了，大伙儿都纷纷站了起来，和他打招呼，毕竟是山西总商会会长，再加上他表面上一直和李婉婉不对付，实际上大伙儿对于他的到来，还是有些惊讶的。

就连阎三派来的赵文，都有些讶异，还上前拦住他道："天海，今天可是全省都高兴的日子，你可注意点儿分寸。"

经过了几届权力的斗争，阎三最终还是战胜了反对的力量，回到山西坐稳了自己的位置，如今已是他重新做回都督的第七个年头了。

苏天海还未及说话，李婉婉便已经从人群中挤了过来，先是给赵文打了个招呼，随即又笑着对苏天海说道："你可来了，快跟我来，有事儿要宣布。"

李婉婉说着，便直接拉着苏天海便走，看得众人都一愣一愣的，纷纷议论道："两个人不一直都是死对头吗？什么时候开始，竟然关系这么好了？"

"是啊，真是越来越看不懂了。"

李婉婉一把苏天海拉到了台上，便找人接了麦克风。

听到一阵刺耳的电音，正在相互闲聊的众人也便全将目光转移到了李婉婉和苏天海的身上。

苏天海也是一头雾水地看着李婉婉，有点儿尴尬地小声说道："婉婉，今天是你们美醯居的主场，我就不上来添乱了吧？要不你先讲话，我下去找个地方坐着？"

"哎，你先等会儿。"

李婉婉一着急，还拽住了苏天海的胳膊，这叫他一下子就愣住了，因为感觉，两人之间这么多年的隔阂，好像一下子就消失了，似乎突然就回到了小时候。

就见李婉婉回头给了曹宝一个眼神儿，曹宝便带着人端着甲等大奖章和奖状走上了台。

在座的一些人虽是第二次瞧见巴拿马万国博览会的甲等大奖章了，但依旧非常激动地站起身来疯狂鼓掌，因为在那些人的骨子里，都是中华儿女，只要是咱们的企业在世界上拿到了荣誉，那就好像是自己也拿到了荣誉一般，让人自豪。

场内的掌声此起彼伏，这边稍稍弱了下来之后，又被那边再度响起的掌声带动了起来，虽然里面不乏有嫉妒心作祟的人并没有很衷心地给出祝福，但是其他人都太热烈了，而这种热烈的情感是可以鼓舞到旁人的，所以到最后，几乎是所有人的手掌都拍肿了，甚至还有人眼含热泪。

没错，虽然他们的家乡正在饱受摧残，他们的国人正在被洋人无情地欺辱，但正是这种时候，如此扬眉吐气的成果，才更叫在场的每一个人都觉得自豪。

好容易等到大伙的掌声停了，李婉婉才偏头看了一眼身边的苏天海后，大方地对着大伙儿笑道："诸位，首先非常感谢你们能在百忙之中，来参加我们美醯居的庆功宴，我们能得这个大奖，一定少不了各位在各自领域里的帮助和扶持。我李婉婉这么多年能够把美醯居经营下来，也全靠各位在背后的鼎力相助。所以这个奖是我们美醯居的，也是你们大家的，是属于咱们山西商人的。”

这话说完，立时又是一阵雷鸣般的掌声。

可这一次，李婉婉很快便示意大家停了下来，随即又看向苏天海说道：“但是在咱们山西醋业，有一个人，我是不得不感谢的。”

听到这里，苏天海已经整个人都愣住了，他完全没有想过，李婉婉会在他毫不知情的情况下，说出这种让他措手不及的话来。

就见李婉婉忽然走到了奖状的边上，将奖状拿在了手里，继续说道：“听我们回来的人说，当初益延庆带过去的万和香醋，因为天气的原因，悉数被卷进了海里，所以才错失了报名的机会。但是他们的人却并没有立即返回，而是和我们的人一道护送着仅存的几瓶婉昇陈醋一起去参赛，最终帮助我们拿到了今天大家看到的这个大奖章。众所周知，作为古法酿醋的两大代表，如今在山西，美醯居和益延庆，永远都会被人拿出来比较，但却总没有分出个胜负来。其实一开始我们一起去报名，也是为了能分出胜负的。但最后，上天没有给我们机会去一较高下，这原本是一件极其可惜的事情。”

李婉婉说到这里，忽然停顿了一下，看了看下面人的表情，随即又微笑着继续说道：“但是我仔细想了想，既然天意如此，那又为什么一定要分出个胜负呢？”

李婉婉说着，便请苏天海帮她拿住了奖状的一角，随即又继续说道：“所以我今天特地在此宣布，这张甲等大奖状，不光属于我们美醯居，还属于益延庆，属于我们山西老陈醋！我们，是共同的天下第一！”

一听这话，底下的人又开始疯狂地鼓起掌来，尤其是一些醋坊的人，纷纷抹起眼泪来，甚至举着手哽咽地喊起了口号：“山西老陈醋加油！晋商加油！加油！”

苏天海也是吃了一惊，一直呆呆地看着身边的李婉婉，虽然她早已经到了迟暮之年，但在苏天海的心里，她其实一直都是从前记忆里的那个小女孩儿，为了自己的梦一直勇敢追逐，不懂得放弃和屈服，也绝不会退让。

但如今一看，她好像真的已经长大了，而且还非常强大，强大到好像不再需要他的保护，也能独当一面，而且她竟然还开始照顾起他的感受来了。

这样想着，李婉婉忽然转过身来，双手托起那张奖状来，微笑着递给了苏天海说道：“天海！”

苏天海也跟着翘了下嘴角，随即点了点头道：“嗯。”

之后，便又连续点了几下头。

【9】

渡尽劫波兄弟在，相逢一笑泯恩仇。

这边李婉婉和苏天海算是化了干戈为玉帛，然天下之事却并未有定数。

新的一拨战争搅得天下大乱，山西也未能幸免，经济到达了崩溃的边缘，街上的典当铺和钱庄纷纷倒闭。商人的日子，越发不好过了。

这天小小和曹宝上街回来，也是一阵叹气道："亏得夫人高瞻远瞩，早早地将咱们手上的几家当铺兑了出去，不然这次可就要损失大了。"

曹宝也跟着叹了口气道："是啊，不过苏会长可就没那么幸运了，他身上兼着置业商会的会长，非但不能抽身，还得自掏腰包补贴商会，再这样下去，怕是也撑不了多久了呢。"

李婉婉听到这话，长长地舒了口气道："曹宝，咱们如今，已经囤了多少黄鱼了？"

曹宝立时向周围瞟了几眼，瞧见都是自己人，便上前一步小声说道："回夫人，一共四间暗室，差不多已经装满了三间了。"

李婉婉单眉一挑，随即叹了口气道："将其中一间的取出来，都给苏会长送去吧。"

"夫人，这——"曹宝大为不解。

李婉婉却坐直了身子，向头顶的天望了过去说道："如今上面的人只知道打打杀杀，争权夺利，实在是靠不住了，但是咱们晋商不能倒下，要想撑下去，便得发挥咱们抱团取暖的优良传统。即便是勒紧了裤腰带，也要撑下去。阎三这个人虽然坏心眼儿不少，人也不算豁达，但行军打仗、治理天下倒是颇有些本事。相信用不了多久，咱们头顶上的天便还是他的，等撑到那个时候，便还有希望。这一间暗室的黄鱼，就当是我李婉婉入的股，你去与苏会长说，等什么时候恢复了盈利，可要记得给我分红。"

借着李婉婉送去的黄鱼，苏天海立时采取了一系列有效措施，总算将大部分商铺从业者从崩溃的边缘拉了回来，从而避免了经济的进一步崩塌。

但因为李婉婉的要求，却并没有人知道，他们保住营生的这些钱，都是李婉婉暗中资助的，只当成是苏天海手段高明，一时间，拥护他的人更多了，个个将他称为英雄，像神一样地供着。

如今苏天海无论走到哪里，都有人出来送茶水果子，更有甚者，还惦记上了苏天海夫人的位置。

【10】

这天，正好李婉婉兴致颇高，出来听戏，一进戏园子，便有小二哥上前来道：“王夫人，您的位置已经给您订好了，这边请吧。”

李婉婉点头应允后，抬头一瞟，远远地便瞧见了戏台下头第一排，最中间坐了一桌人，却大概都是认得的。

左边坐着的是农商局局长夫人罗素英，右边坐着的便是苏天海，两人中间，还坐着一位姑娘，因为背对着李婉婉，看不大清脸，但瞧着那一身的洋装，和时下最流行的波浪卷高马尾，便大致能猜出来是个年轻女孩儿，既然是跟着罗素英坐着的，想必便是她刚刚留洋回来的千金毛莉莉了。

瞧着三个人有说有笑的，李婉婉忽然想到了先前听到的一些风言风语，亦不知是哪根弦不对，忽然改变了路线，直直地往苏天海那边去了。

“这不是毛夫人吗？这是多久没见了？来了清徐，也不和我打声招呼？”

一听到李婉婉的声音，苏天海便抬起头来，只盯着她的侧颜看着，嘴角微微翘了两下，倒是也不说话。

罗素英却是颇有些尴尬，忙扶着座椅要站起来。

“原是要和你打招呼的，这不是刚好和苏会长遇见了吗？就一起来看个戏。”

“妈，这位阿姨是？”

一听这话，李婉婉的脸色都变了，就连苏天海也在边上忍不住轻笑了一声。

罗素英闻言便更加尴尬了，立时白了毛莉莉一眼道：“别乱说话，这位是——”

说到这儿，她又有些不知道该如何介绍李婉婉了，因为从辈分上讲，毛莉莉确实该叫李婉婉一声阿姨，但她今天过来，其实是想要带自己的女儿给苏天海看看的。而凭着苏天海和李婉婉的关系，叫阿姨，又好像不太合适。

倒是李婉婉反应得快些，上下打量了一下毛莉莉，便微笑着伸出手来说道：“这是您家那位刚留洋回来的千金吧？咱们认识这么久，倒还是头一次见到她呢。”

说完，李婉婉便主动朝毛莉莉伸了手道：“你好，我是美醯居的幕后东家——李婉婉。”

“美醯居？”

毛莉莉像是没听过美醯居似的，一脸的懵懂。

罗素英立时给李婉婉解释道：“婉妹，你也别介意，这孩子在外面待久了，平时吃的用的也都是洋人的东西，天天吃什么西餐，还吃生肉、喝苦酒，我这当妈的算是管不了她了。”

“哦，我想起来了，是清徐那间卖醋的作坊吧？听说还挺有名的？”毛莉莉突然又插嘴说道。

“倒是谈不上什么名声，不过府上用的食醋这几年都是咱们美醯居的，正好这几天刚出了新醋，过两日我再叫人给府上送去？”

罗素英刚想要点头，毛莉莉却有些不耐烦地坐了下去说道：“不必了，最讨厌家里的这些土货了，听说你们的老陈醋陈酿的时候都不盖盖子，就那么放在院子里头风吹日晒，一点儿都不卫生。若论起醋来，我还是更喜欢梦迪那的葡萄香醋，先是在橡木桶中陈酿五到十年，之后在桑树木桶中再陈酿五到十年，随后是樱桃木桶中，也陈酿同样的岁月，随即是杜松木、岑木和合金欢木，这样一圈下来，能够喝到口中时，已经起码陈酿了三十年。而且口感莹润甘甜，并不显得很酸。也没有国货这种酸溜溜的异味，这才叫是真正的珍品。”

听到这里，瞧着毛莉莉那一脸傲慢得恨不得把洋货吹上天去的模样，李婉婉真是就差抬手打她嘴巴了。

罗素英像是也感觉到了什么不对劲儿，忙拍了毛莉莉一下说道：“你这死丫头，知道什么？这美醯居的老陈醋可是在万国博览会拿过甲等大奖的。别说三十年了，美醯居都开业几百年了，就是一百年的陈酿也是有的。也岂是你那些听都没听过的洋醋能比的？还不快给王夫人道歉？”

毛莉莉还一脸的不情愿，刚要发火，苏天海就先站了起来，一脸笑意地看着罗素英道：“不好意思毛夫人，我方想起来先约好了王夫人谈些生意上的事儿，这便先告辞了。刚刚你和我说的事儿，我会好好考虑的。”

说完，他便给李婉婉使了个眼色，带着她出了戏园子。

【11】

李婉婉还是越想越气，禁不住回头望了一眼里头被罗素英训斥的毛莉莉，嘴里嘟囔着说道：“真是岂有此理？国家花大价钱送她出去学习，就是为了叫她回来以后瞧不起国货的吗？”

李婉婉说着，瞧着苏天海在一旁轻笑，便立时白了他一眼，随即说道：“你还好意思笑？就这号人物，你竟然也能嬉皮笑脸地和她说那么久？难道都不觉得恶心吗？还是人家小姑娘肤美皮白，叫你看着赏心悦目？便一时连底线都不要了吗？”

苏天海听到这话，笑得就更厉害了。

“你还笑？你若再这样，我便走了！”李婉婉有点儿生气了。

苏天海立时将她拦住，随即费了些力气收敛起脸上的笑容，特别正经地说道：“好啦，别气了，毛夫人不是带她女儿来相亲的。”

“当真？”

李婉婉问了这一句，又忽然转过身去，改口说道：“她是不是来相亲的，你跟我汇报作甚？”

说完，便自顾自地往前走。

苏天海便笑呵呵地在后面追着：“自然当真，你也不想想，你我都多大年纪了？毛夫人就算再喜欢钱，也不会把她年纪轻轻的女儿往我这里推啊。”

李婉婉还有点儿将信将疑，随即又问道：“若不是相亲，又何必带着女儿约你出来看戏？”

苏天海立时又笑着解释道：“这不是孩子留洋回来，觉得自己有一身的本事，想要找个用武之地吗？毛夫人便带着她来见见我，请我来安排一下。”

“那你可答应给她安排了？”李婉婉忽然有些好奇苏天海的态度。

苏天海却立时摇头说道：“这姑娘胃口大得很，一上来就想要一个副经理当着，这种任命，哪是我能决定的？我已经叫她去问问赵文了。”

到这会儿，李婉婉的脸上才有了些笑容，随即说道：“我瞧着，你大概也不是很中意她，不然若真是有这个本事，区区一个副经理，你自己便抢着往上面申请了吧？”

苏天海立时轻笑一声说道：“说得是啊，大概就是不中意吧？”

说完，苏天海便迈着大步说道：“哎呀，难得偷了这一下午的闲，不好好逛逛可真是可惜了。正巧刚刚戏也没听好，要不要我来包一艘游船，一起到湖上听去？”

虽然是个问句，但苏天海竟已经吩咐着刘伯去做了。

李婉婉却还沉浸在刚刚苏天海的那句答话上，冷不丁地追上去问道：“大概？就那种崇洋媚外、数典忘祖的货色，也值得你犹豫这么久？你还大概？”

在湖上逛了一圈下来，两个人便分开了，回去的路上，李婉婉的兴致都还不错，一路上都在哼着刚刚在船上听的小曲儿。

弄得小小也跟着心情不错，忍不住说道：“夫人，好久都没瞧见您这么高兴了。”

李婉婉依旧伏在马车窗上看着天边的晚霞，立时笑道：“是啊，是高兴。”

“夫人，有句话也不知当讲不当讲，您把我和曹宝安排在了一起，可这些年，您却一直单着，我这心里头，总替您心疼啊。如今苏会长也是一直单着，要不——”

“别说了，你若再说下去，又要把老爷置于何地呢？”

原本愉快的氛围就这样被打破了，李婉婉依旧伏在窗沿上看着外面的风景，任亮红的霞光打在她的脸上，但刚刚的笑容却已经消失不见，取而代之的，是无尽的忧思。

一进家门，李婉婉便将自己关进了永安居的卧室，又开始坐在王晋昇的书桌边上看书，那本看了不下数千遍，是可以倒背如流的《胡雪岩》。

毛球也不知怎么嗅到她回来的，没一会儿，便从外面钻了进来，静静地趴在她身边，这便是这二十几年来，李婉婉每个夜里的真实写照。

【12】

果不其然，举国上下的几场混战，在1930年，终于告一段落。

新派来的都督因为办事不力，执政一年之后，上头终于又将阎三请了出来，重新执掌了当地政权。

整整五年的战乱，叫山西境内一片狼藉，尤其对于经济的打击，几乎是致命的。在这百废待兴的时机，阎三立时开展了一系列的举措。并发布了省政十年自强计划，在各行各业大力开展建设。其中一件事，便是大力推行土货运动，推行造产救国，拒用洋货。同时也大力扶持民族经济，花大价钱促进土货创新，提高自身竞争力。

告示一贴，商民们纷纷响应，各个又都鼓起了斗志，踏踏实实地做起事儿来。

十年计划方过了一半，便有了不少成效。

这天，正在家中戴着老花镜算账的李婉婉，还等到了苏天海送来的分红。

瞧着那一沓厚厚的银票，李婉婉轻笑一声："你倒是会投机取巧，我那一车真金白银给你送过去，你就送这些随时都会贬值的玩意儿回来给我？"

苏天海也哼笑一声，一脸无奈地笑着说道："你便先将就着用吧，现在的人都精得很，眼下就是想一下子给你换这么些黄鱼来，也是换不到的。"

苏天海说完，又站在原地瞧着李婉婉算账，一瞧便是好长时间。

直到李婉婉算好了账一抬头，发现他还在，才愣愣地问道："你在那儿傻站着看什么呢？"

苏天海立时咧嘴笑道："我是在想，你怎么一下子就这么老了？如今连老花镜都戴上了？"

李婉婉闻言，笑呵呵地摘下了花镜，也瞧了苏天海一眼道："还说我呢，你不也是一样？背都已经驼了。"

苏天海立时把身子挺了挺，随即轻咳了两声说道："我哪有？就我这副身子骨走在街上，给不认识的人瞧见，肯定还觉得我只有四十几岁呢。"

"噗——"李婉婉有点儿懒得搭理他了，一边站起来收着账本，一边呵呵笑着说道："好好好，你老当益壮，而我是花了眼的老太婆，不配和你说话，你以后自己独自美丽去吧。"

可还没走两步，账本里的樱草色书签忽然掉了下来，可李婉婉却没瞧见，依旧往前走着。

苏天海便给捡了起来，手里拿着那书签在身前晃了晃，笑呵呵地和李婉婉说道："还不服老？东西掉了都瞧不见了。"

正说着，忽然闻到一股好闻的醋香，仔细寻找，才知道是那书签里散发出来的，便又惊讶地说道："好别致的书签，真是活得久了什么都能见着，你竟也有这种巧思做这种东西了？"

李婉婉回头一瞧那书签，眼角立时就湿润了。

"那是我刚嫁进王家时，我家老爷托人带给我的。"

李婉婉说着，便转过身来，从苏天海的手里取下了那个书签，又重新放回到刚刚的账本里，随口说道："一开始的时候，颜色要比现在还好看，这些年来也有些褪色了。好在这味道还在，也不知道是用了什么法子，几十年了，竟然还没有全消散了去。"

李婉婉说完，鼻子都已经塞住了，忍不住便抽了一下。

看得苏天海也跟着感慨了起来："比起对你的心意，我苏天海，始终比不过他啊。"

说到这儿，他便转过身去叹了口气，背着手准备离开。

结果还没踏出房门，就瞧见一个十七八岁的小姑娘一脸稚气地走了进来，一进门，先给他行了个礼，便兴冲冲地走到了李婉婉的身前说道："干娘，您昨天和我说的事儿，我好像懂了一些了。您说做醋的时候，要时刻想着叫吃到这个醋的人，能感受到我们的心意，如此一来，我们自己也便可以自发地好好做事，因为只有认认真真地做事，才不会出大错，才能最终酿出好的让人喜爱的老陈醋来。"

女孩儿说话的时候意气风发的样子，总叫苏天海觉得似曾相识，可想了半天，又总想不起来是谁。

最后只得尬笑着问道："婉婉，这小丫头是——"

李婉婉和小丫头同时回过头来，瞧见他还未走，李婉婉便笑着说道："哦，这是小小的女儿——嘉儿。十四岁的时候开始跟我学酿醋，如今也学了四年多了。"

李婉婉说着，便又笑着对嘉儿说道："快打招呼，这是你苏伯伯。"

嘉儿便又给苏天海行了个礼，咧嘴笑道："苏伯伯好。"

到这会儿，苏天海才想起来是在哪儿瞧见过刚刚那个场景，禁不住"哎"了一声，随即又看着李婉婉说道："这孩子，很像你小的时候。"

李婉婉便也笑着说道："大概是喜欢酿醋的人，都有着同样的特征吧。"

苏天海便也跟着点了两下头，若有所思地说道："好，挺好的。"

说着，便又转身要走。

可是嘉儿却好像想到什么似的，忽然摸着脑袋说道："哎，苏伯伯的话，那您是益延庆的大当家的吗？"

苏天海立时回过头来，笑呵呵地说道：“你也知道我？”

嘉儿立时点了点头道：“那是自然，在咱们山西，谁不知道益延庆的大当家的是个大英雄啊？”

苏天海脸羞得有点儿红，立时摆了摆手说道：“哎，都是外头人瞎传的，什么大英雄不大英雄的，我没有大伙儿说的那么厉害。”

嘉儿却已经自顾自地走到了苏天海的面前，立时又道：“我倒不在乎您是不是大英雄，不过倒是对您家的万和香醋很感兴趣。听我干娘说，虽然当年她也参与了万和香醋的研制，但是具体的改进都是由您做的，所以，想斗胆问问您，能不能把万和香醋的酿造方法，也教教我？”

“嘉儿，别胡闹了！你是美醯居的人，你苏伯伯是益延庆的大当家的，怎么会教你酿醋？”

“无妨！”

苏天海立时打断了李婉婉的话，当即对着嘉儿问道：“就那么喜欢酿醋？”

嘉儿立时点了点头道：“我觉得醋味特别好闻，尤其是我们家的婉昇陈醋和您家的万和香醋。如今婉昇陈醋的酿造方法我都学得差不多了，要是能把您家的万和香醋也学一下，谁知道我能不能酿出这天下更好的醋呢？”

嘉儿说这话的时候，下巴扬得老高，一脸的天真，但一对儿如月牙般的眸子里头，却闪着如星星般明亮的光。

叫苏天海立时点了点头道：“好，那就这么说定了。我就收了你这个徒弟。”

“真的？”

嘉儿似乎没想到自己随便的一个提议，竟然被苏天海给应下了，这会儿简直高兴得快要晕倒，竟然像个小兔子一样在院子里面蹦蹦跳跳的。

正巧被过来和李婉婉说事儿的小小给瞧见了，立时骂道：“你这死丫头，也不瞧瞧这里是什么场合？一点儿正经样子都没有，还不快回去温习功课？”

嘉儿平日最怕小小，被她这么一训斥，立马就收敛了动作，又给李婉婉和苏天海道了别之后，便灰溜溜地跑走了。

小小还有些不好意思给苏天海赔不是道：“苏会长，真是让您见笑了，我们家这个丫头，平日里都是被我家夫人给宠坏了，有点儿没大没小的，您别和她一般见识了。”

“不会啊，我倒觉得她可爱得很，刚刚还收了她做徒弟呢。”

“这——”

一听这话，小小整个人都愣住了，立时朝李婉婉看了过来，见李婉婉冲她点了点头，便又连忙给苏天海道谢。

“苏会长，这真是麻烦您了。”

苏天海却只是摇了摇头，笑呵呵地又说了两句，便真的要走了。

李婉婉陪着一起送出了王家大宅，一边走，一边说道："我们家咏炎素来不理会醋坊上的事儿，也没有心思继承王家的产业。你这么聪明，应该看得出来，我是把嘉儿当作继承人来培养的。如此，你为何又要答应教她酿醋呢？"

苏天海轻笑了一声，随即又道："谁知道呢？就当是想看看这后浪，如何把咱们这些前浪，拍在沙滩上吧。再说，我不是也没有传人吗？如果能和你有一个共同的传人，那应该，也很圆满吧。"

说完这话，他便踏上马车离开了。

李婉婉却一直站在门前望着渐渐远去的马车，耳畔里不停地回忆着刚刚苏天海说的那些话，心里忽然有波浪潮，在悄悄地翻滚着。

第二天，嘉儿便进了西关街二十六号的门，正式地拜了苏天海为师。

所谓严师出高徒，李婉婉是季姑姑教出来的，手段自然极其严格。

但苏天海虽然表面上瞧着和蔼可亲，教起徒弟来却又是另外一番景象了。

经常把嘉儿骂得跑回家来哭，可每当李婉婉佯说要去替她找苏天海解除师徒关系的时候，嘉儿便立马抹干了眼泪说道："还是不要了！干娘，我仔细想了想，确实是我做得不够好，达不到师父的要求，才会被他骂的。我这次好好记下，以后再不犯这个错误便是了。"

玖 大义：国难当头众志城

【1】

然而这样的日子并没有持续多久，1936年的夏天，山西的老邻居绥远的天空上，飞起了侵略者的战机，为了保家卫国，山西的许多军民上下一心，纷纷投入到了战事之中。

出力的出力，捐钱的捐钱。

身为妇女会的骨干成员，同时又是李婉婉的得意高徒，嘉儿主动申请成为了第一批医疗团队的一员，和大家一道奔赴前线，保障伤员的生命安全。

临行那天，李婉婉、苏天海、小小和曹宝几位白发老人纷纷到场相送，小小更是泣不成声。

“丫头！你可一定要注意安全，记得活着回来！”

曹宝立时白了小小一眼，随即又对嘉儿说道：“闺女，保护好自己的同时，也别忘了自己的使命，一定要尽最大努力救下伤兵的生命。可别忘了，你是夫人的高徒，是咱们王家出去的！”

嘉儿对着曹宝点了点头后，便又看向了李婉婉和苏天海。

“干娘，师父，我这一去，不知道何时才能归来，你们二位也一定要好好保重啊。”

李婉婉此时也红了眼，紧紧地握着嘉儿的手说道：“前些日子你们要的物资，干娘已经叫人备好了。后面还有什么需要，记得给家里来电，我一定尽我所能提供。”

苏天海也跟着点头说道：“是啊，有什么需要，记得和家里说，我们没有太多能够为你们做的，但是物质还是可以提供一些的。”

嘉儿闻言，冲着两人点了点头后，最后给四位长辈敬了个礼之后，便跟着大部队上路了。

直到嘉儿走得没了影，曹宝才猛地砸了下身边的柱子说道：“个枪崩猴的小鬼子！要是早两年敢打过来，老子非上前线去杀他个片甲不留不可！哪还用得着孩子过去？咳咳——”

小小立时上前来把曹宝的手给拉了过来，心疼地说道：“行了，人不服老是不行的，你瞧你这个身子骨，要是这会儿过去，还不够给前线的战士们添乱的呢。”

绥远抗战期间，山西军民表现得尤其活跃，光阎三自己，就捐出了八十七万元，全省各阶级、各阶层，甚至是乞丐都做出了自己的贡献。

晋商们更是冲在了前头，主动提供了战时所需的各种物资。

没过多久，前线便传来了胜利的歌声，不光是山西，全国人民都为此欢呼雀跃，因为是久违的团结让我们取得了胜利，这是全国人民的胜利。

李婉婉一家显然也十分高兴，一听说过去的医护人员要回来，便齐齐地都来车站等着接嘉儿。

可是等到了最后，也没瞧见嘉儿的影子，小小有些急了，忙拉住其中一个医护人员问道：“小姑娘你好，请问你们后面还有要回来的人吗？”

小姑娘摇了摇头：“没了，我们这是最后一批了。”

小小一听这话，立时又问道：“不对啊，可我女儿也去参加了医护救援，怎么没见她回来啊？”

小姑娘一听这话，忙又问道：“您女儿是——”

“嘉儿。”

曹宝立时跟上来说道，随即又摇了摇头道：“不不不，我女儿大名叫曹可嘉，你可听说过她？”

一听这话，小姑娘立时有了印象：“曹可嘉？可是那位特别擅长醋疗的大夫？”

曹宝和小小立时点头道：“对，那就是我的女儿。你可知道她？”

小姑娘却立时红了眼。

“战争结束后，为了保证伤员的安全撤离，我们医护人员都是最后撤离的。可谁也没想到，伪军余孽竟然死灰复燃，发起了自杀式的袭击，向我们的一个战俘阵地投了炸药。曹可嘉大夫——”

一听这话，一直在后面不远处站着的李婉婉腿一软，便要向后倒下去。

好在苏天海还扛得住，及时扶住了她。

“婉婉，你先听她说完，说不定——”

“曹可嘉大夫为了把伤员扶出来，牺牲了。”

听到这话，小小忽然喊了一句“我的儿啊”，便直接晕了过去。

曹宝抱着小小坐在火车站也大哭了起来。

【2】

李婉婉虽也接受不了，但身为一家之主，还是忍着情绪，找人将曹宝和小小送回了家，又和苏天海一起到妇女会去领回了嘉儿的遗物——一封染了血的信。

父亲，母亲，干娘，师父，你们好！

从前，我总想着不论我是农民、商人、知识分子还是医生或者工人，只要我好好做好分内的事儿，我的国家就会好，我的生活就会好。

可当我来到绥远这片土地上时，看见那么多流离失所的难民，看见曾经风吹草低见牛羊的大草原，变成了四处都是硝烟的战场。

我才发现，若是没有了繁荣稳定，没有了一个好的领导人，即便我想要把我的全部奉献给我的事业，即便我酿出再好的醋，救再多的人，也还是换不回一个安稳的生活。

不知道什么时候能够再回去见到你们，也不知道这封信到底有没有机会寄出去，但是我想对你们说，我为我现在在做的事情感到自豪，若是有机会，我会去到更多的前线，为了把侵略者赶出华夏的土地而努力，为了还我们自己一个稳定的天下而奋斗！

干娘、师父，感谢你们这些年来对我的培养，虽然我可能要辜负你们对我的期望了，但我坚信，你们——

信到这里便再没有下文了，据交出这封信的伤员说，当时嘉儿信还没写完，就去抢救伤员了。

后来听说嘉儿出了事儿，他便把这封没写完的信带了回来，希望能替她交到家人的手中。

看完了这封信，小小没哭几下，便又哭晕了过去，曹宝心里难受，却又忍着不哭。

李婉婉更是心都要碎了，她憎恨老天的不公，把这样善良诚恳有热血的孩子带走了，但她也同时为嘉儿感到自豪，心里那种很久没有的热潮一直顶着她的胸口，好像再有一股力量推一把，便能冲破那里涌出来一般。

"曹宝，咱们家里，眼下还有多少资产？"李婉婉忽然开口问道。

曹宝一边擦着眼泪，一边哽咽着说道："这次抗战已经捐了一间暗室的黄鱼，除去美醯居三家分店的运营成本，也就还剩下半间暗室的黄鱼了。而且这两年战事连连，醋坊的生意并不好，医坊也因为大部分时间都在做义诊，所以基本上都属于亏损的状态。若是不能马上结束战争，就这些黄鱼，也不知道能撑到什么时候了。"

"全部拿出来，交给苏会长，跟他说，以后谁真心抗日，就拿给谁用。"

"这——夫人，眼下大家都在想方设法囤积黄鱼，以备不时之需，凭咱们现在的盈利情况，以后若是再想换一些回来，恐怕也没那么容易了啊。若真是全部捐出去了，美醯居和医坊的经营也会受到影响的。"曹宝有些反对。

可是忽然清醒的小小却咬着牙说道："那又怎么样？若是打不赢鬼子，以后还不是一样做不下去？难道你忘了嘉儿是怎么没的了吗？夫人，这些年我也攒下来不少，我也一并拿出来都捐了！"

李婉婉冲着小小点了点头，随即又看着曹宝说道："连年征战，大部分年轻人都奔赴了战场，粮农的数量日渐减少，能种的庄稼也越来越少，这对于咱们美醯居的经营都是有很大打击的。所以我打算关掉西关街和永和街上的分店，你去和周伯一起算算，掌柜的和工人的遣散金，到底需要多少钱？扣掉这些之后，再拿去捐给苏会长吧。"

"这——恐怕两位掌柜的，不会答应吧？"

李婉婉随即说道："两位掌柜的都是和我一起为了美醯居摸爬滚打许多年的老人儿了，这点看市场的眼光还是有的。你去和他们说，若是他们愿意的话，可以把手里的股份卖给我，拿着这些钱回乡养老也好，做点儿别的小生意也好，去到安全的地方也罢，都随他们。若是他们不愿意卖掉股份的话，也成。总店每年的收益，依旧会像从前一样，按照股份比例，每年给他们分红的。我想，他们会做出明智的选择的。"

曹宝瞧着李婉婉已经想得明明白白的了，便只是叹了口气，就转身出去办事了。

【3】

为了叫工人们都不至于因为时间仓促而惊慌，李婉婉还给了大伙儿一个月的时间去找新的工作。虽然许多工人都不愿意离开，但也知道李婉婉的难处，上门来给李婉婉道了别，也便离开了。

西关街的掌柜是最后一个走的。临走之前，他把美醯居的一块牌匾送到了王家大院儿。

"夫人，算起来，这块牌匾，是咱们美醯居在清徐的第一块匾。我们一家子前后五代人，都在西关街的美醯居做事，那里显然已经成了我的第二个家了。如今您逼不得已把它摘下来了，我看着，是真的心酸。但是，这个牌匾不能丢，所以我把它给您拿过来了。而且我相信，老爷之所以会把美醯居、把整个王家交到您的手上，一定是有他的道理的。所以我也相信，总有一天，您一定还能再把这块匾，重新挂回去的。"

掌柜的说到这儿，已经是鼻涕一把泪一把，禁不住用袖子抹了一把后，又继续说道，

“等到那个时候，只要您说句话，即便我孙大庆死了，我的后代也一定再回来帮忙的。所以夫人，您可一定要挺住啊！”

孙掌柜说完，又向前走了两步，从口袋里掏出了几张银票递过来说道：“听说您是因为要把钱都捐去抗日，才迫不得已关掉了两家分店，这些年我在美醯居做事，也攒了一些积蓄。这些是您之前买我的股份的钱，我把它拿出来，也捐了，就当是为了复兴中华，尽一分力了。”

李婉婉瞧着那一沓银票，颤抖着双手接了过来，颇为感动地说道：“谢谢您孙掌柜的，这些天大伙儿的举动让我觉得，这些年咱们美醯居没白培养了大伙儿，有你们这样的人在，有朝一日，咱们一定能把那些欺负我们的洋人赶出去！咱们美醯居的这块匾，一定能再重新挂起来的！”

【4】

等到曹宝和小小去送客，李婉婉便自己走到了那块匾前头。

“美醯居”三个大字下面，“勤、俭、诚、信”四个小字入木三分，体现了美醯居几百年来的经营之道。

更让李婉婉想起了从前和王晋昇在一起的点点滴滴。

那日两人在院子里的杏花树下乘凉，李婉婉躺在王晋昇的腿上，吵着让他教自己生意上的事情。

王晋昇被缠得没法子，便问：“我且问你，有两种高粱，一种里面添了很多杂质，但是卖得很便宜，而且粮农说价格还可以再商量。另一种一看就是良品，但是粮农很难说话，价格要比第一种贵十倍，而且一分价钱也不减，但也承诺不会涨价。你会选择与谁合作？”

李婉婉歪着脑袋想了半天。

“若是依着我的性子，当然是选最好的了。但若是做生意的话，大概会选第一种吧。”

“为何？”王晋昇随即发问。

“因为无奸不商啊。难道不是利润越多越好吗？再说了，即便第一种高粱杂质很多，那用同样的价钱，买十倍的第一种高粱，难道还会没有第二种高粱获得的纯高粱多吗？”

王晋昇却叹了口气，耐心地讲道：“你难道只瞧见了眼前的利益，看不到更远的地方吗？首先，第一种高粱虽然便宜，但买回来之后，还是要花费大量的人力来去除杂质，难道这些人工便不是成本吗？其次，在明知道有杂质的情况下，还同意购买，会直接给粮农造成我们可以容忍掺假的现象，那第二次、第三次合作，他们还会提供给我们像第一次一样成色的高粱吗？会不会比第一次的更差呢？长此以往，相互之间的信任又在哪里呢？再次，第二种高粱虽然价格贵得多，但颗粒饱满，品质可以得到保证，从而为我们节省了一定的人力和工时，而且粮农承诺不会涨价，敢于自己承担未来的风险，这样讲求诚信的合作伙伴，难道不是更省心省力吗？与此同时，客户们知道了咱们连选择合作伙伴也是很重诚信的，又岂会不信任我们呢？”

王晋昇说得有些口干，便欲伸手拿茶碗，李婉婉抢先一步拿到了手，自己先含了一口，瞧着没人，便坐了起来，骑到了王晋昇的身上，冲着王晋昇的嘴努了努嘴。

王晋昇瞧了下四周，轻笑了一声，随口笑道：“怎么都长皱纹了？”

“啊？有吗？”李婉婉一张嘴，嘴里的水都流了出来，却也顾不上这些，急急地跑到院子里的荷花缸里照了照，一边照还一边奇怪地说道：“没有啊。我最近每天都敷脸的，怎么可能有皱纹呢？”

说到这儿，李婉婉忽然瞧见了自己下巴上的水光，便想到了什么似的回过头来一瞧，果然瞧见王晋昇正一边喝茶一边瞧着她笑。

李婉婉又生气又想笑，便撒娇似的冲到王晋昇的跟前说道：“好啊，你竟然逗我！”

结果话还没说完，就被王晋昇塞了一个枣子到嘴里，正好将她的嘴塞住，非要咬下一口枣子才能再开口说话。

她本来是想要把枣子拿下来的，可又觉得枣子好甜，正准备要咬一口下来，结果王晋昇忽然凑了过来，一口含住了另外一半枣子。

一双黑亮的眸子却依旧若无其事地盯着李婉婉的眼睛，太近了，两人的鼻子都要撞到一处来了。

弄得李婉婉好生害羞，刚要避开，王晋昇却伸手一拉，竟带着李婉婉一同躺在了地上。

而即将靠在地面上的时候，王晋昇还伸出左手来垫在了后脑下面，而那一双好看的眼睛却一直盯着李婉婉在看。

看得李婉婉已经心虚得不行，直接就把眼睛给闭上了，心里一阵紧张，好像在期待着什么，但也具体说不上来，又或者是那个想法过于害臊，她不想在脑子里呈现画面。

结果王晋昇却只是伸手刮了她的鼻子一下。

“你呀，就这么一点儿胆子，还竟然先惹事儿。”期待的事儿没有发生，李婉婉有点儿失望地睁开了眼睛，刚打算说点什么，王晋昇却一脸享受地看着头顶的杏花树说道，“你快瞧它们，像不像咱们俩？”

李婉婉便立时翻过身来，躺在了王晋昇的肩膀上，仰头顺着王晋昇的目光看了过去，就瞧见树上正停着两只蓝姬鹟。

雄鸟正伸出一只翅膀来，在雌鸟的后面扇动着，像是在给雌鸟扇风似的。

李婉婉便笑呵呵地说道：“哪里就像了？长得好看的那个，分明是我才对。”

“当真？”

王晋昇很少有像那次一样表现出对于自己长相的自信。

弄得李婉婉立时偏头瞧了他一眼，有点委屈地说道：“好啦好啦，像你，你长得好看，我不如你美，行了吧？”

王晋昇却只是轻笑了几声之后，便又仰头朝看着头顶上摇曳的花枝说道：“杏花听蓝羽，美人犹在怀，真好啊，假如往后余生，都能和你这般相处，恐怕神仙眷侣也不过如此了。”

李婉婉又笑嘻嘻地仰头朝王晋昇看去，一脸幸福地说道：“有老爷在，就不是假如，而是确信。”

【5】

李婉婉的双眼早已红了，忽然就抱着那块牌匾大哭了起来。

“老爷，我把美醯居给关了，你不会怪我的吧？老爷！”

也不知道是过了多久，李婉婉才停止了抽泣，站起身来，准备把牌匾搬进卧室，找个地方挂起来，好天天看着，以勉励自己不要忘记重振美醯居的理想。

可是匾额太重了，她一个年近六旬的老太太，又如何能凭一人之力搬得进去？才刚抬起来一点，她的身子便有些要倒，可她生怕匾额给摔坏了，就愣是不松手，还打算用身子抵住匾额。

关键时刻，一个人忽然冲了过来，帮她扶住了匾额，还训斥她道：“你呀你，都一把年纪了，还这么不知分寸，你家里这么多用人，难道都是摆设吗？你想把它搬进去，不会喊他们吗？”

李婉婉刚刚吓得够呛，这会儿眼神都有些恍惚了，被人劈头盖脸的一顿骂，甚至还有些生气，等费了些时候看清了对方的脸，又一下子有点儿惊讶。

“你个糟老头子是怎么进来的？你什么时候来的？”

苏天海叹了口气，硬是从李婉婉的手里把匾给抢了过来，自己抱着就往里面走，一边走一边说道：“从一个老婆子抱着这块匾开始哭的时候，我就来了。”

苏天海说完，又回头瞧了李婉婉一眼，瞧着她正站在原地发呆，立时又皱着眉头凶巴巴地说道：“到底要放在哪儿，你倒是说句话啊。真是越老越呆了！”

李婉婉也来了脾气，几步跟进去说道：“你这死老头子，想要吆五喝六，回你们家去！再叫我听见你骂我，就给我滚！”

李婉婉说完，便又要从苏天海的手里抢过那块匾，可苏天海偏不给她，硬是自己抱到了李婉婉的卧室，瞧着原本摆着一张茶桌的那面墙如今已经空了，便知道这是李婉婉要给这块匾腾出来的地方。也没犹豫，就直接把匾拿了过去摆上了。

李婉婉也是吃了一惊，还跟着上去说道："你倒是知道我要把它放在这儿啊。"

苏天海却还是不说话，转身就要走。

李婉婉瞧着他奇怪，便一把拽住他说道："哎，你莫名其妙出现在我家，就是来给我搬块匾的？你倒是把要说的事儿说完再走啊。"

"疼疼疼疼疼！还不快松手？"

苏天海说完，另一只手便立时扶在了自己的腰上，额头也沁出了好些汗珠来，一边要找个地方坐下，一边说道："你可真是的，本来还想在你面前留个体面，结果竟然还拉着我不让走？哎哟，我这老腰哦。"

苏天海说着，便下意识地往后坐了一下，结果才刚碰到椅子，便又嗷嗷叫着站了起来，不论怎么着都不舒坦上了。

看得李婉婉是又想笑又有点儿担心，忙上前来拉着苏天海说道："既然伤得这么厉害，那你便躺到床上去，叫我给你看看吧。"

苏天海一听这话，立时愣了一下，随即哼笑一声道："没想到有生之年，竟然也能听你讲出这话来？你这是在请我爬上你的床吗？"

李婉婉一听这话，立时在苏天海的腰上拍了一下，气吼吼地说道："你个老不正经的，你想得美！我的落脚踏给你躺着还差不多！"

最后是曹宝听到不对劲儿，进来瞧见了，把苏天海请进了客房趴好了，才叫李婉婉帮他瞧了伤。

等苏天海脱了上衣，李婉婉一眼便瞧见了他肩膀上的伤疤，当时便有些震惊。

"你这是什么时候弄的？还有人敢行刺你？"

苏天海的腰这会儿有了支撑，也没有刚刚那么疼了，才呵呵笑着说道："你说得对，这几十年来，确实还没人敢行刺我，不过是二十年前，被一只不识好歹的小狗咬了而已。"

"二十年前？"

一提到二十年前，李婉婉才想起来自己当年狠咬过苏天海的事情。

立时又叹了口气道："当时也没见你叫嚷，竟有这样深？你可别蒙我！"

苏天海却只哼笑了一声，随即笑道："想知道我是不是蒙你还不简单，你自己用牙对一下，看是不是你的牙印儿便是了。啊——你这是，又要恩将仇报了呀。李大夫，可别忘了你的父母心啊。"

李婉婉被苏天海气得有些没脾气了，一边摸着苏天海腰上的骨头，一边撇嘴笑道："从前怎么没见你有这么贫嘴的时候？倒是越老嘴越欠了！"

苏天海便又哼笑着说道："你又不是天天见我，怎知我就不会这样贫嘴呢？没法子，这些年一个人待惯了，到了夜里一个人待在那个小院儿里，实在无聊的时候，便自己演个双簧解解闷儿啥的，时间一久，也便话多了起来。"

苏天海说完，立时又解释道："不过我也不是和谁都有这么多话的，也就是你，换成别人，我都懒得和她说的。"

苏天海说了老半天，却一直没等到李婉婉的回话，这才觉得哪里不对，便偏过头来瞧了她一眼，却发现她正站在窗子边上的药箱旁边抹眼泪。

"你这——好好地说说话，怎么又哭上了？"

李婉婉立时把眼泪给擦了擦，勉强睁大了眼睛，调整了一下表情后，才转过身来想要冲着苏天海笑笑，但不想才瞧见苏天海那有些干瘦的身体，便又忍不住落了泪，哽咽着说道："依我看，你要不然就——找个老伴儿照顾你吧。就这样为着一个不可能实现的梦坚持着，又是何苦呢？"

"可我不觉得苦啊，又何必再拉一个人进来，平添了她的烦恼呢？那不是害人吗？"

苏天海说完，又叹着气说道："别再哭了，都快六十岁的人了，哭成这样，也不嫌丢人。再说了，我现在这样，也没法给你擦眼泪啊。"

苏天海说完，又立时换了语气说道："你还不快过来给我瞧病？难不成是几十年没瞧见男人，饥不择食了？"

李婉婉被气得不行，立时拿出了两根最粗的针说道："你若再胡说，我就先扎哑了你！看你再怎么说这些不害臊的话？"

吓得苏天海立马求了饶，发誓再不说话了，还主动用手把嘴给封上了。

李婉婉收了手，又重新取了热毛巾开始给苏天海敷腰："年纪大了，骨头脆，容易伤到。以后也别再像今天这般逞强了。另外这阵子也不要食醋，更不要到醋坊去，对你的伤痊愈，不大有好处。"

苏天海忙点了几下头。

刚刚一直贫嘴的人，这会儿忽然没了声音，李婉婉还忽然有点儿不适应，给苏天海写了个方子之后，便又忽然问道："对了，你今天来我这儿，到底是来做什么的？"

结果等了半天，还是不见苏天海发声，李婉婉便有些火了。

"刚刚没问你的时候，一个劲儿地说，这会儿要你说正事儿了，怎么又不说了？"

苏天海便转过头来，给李婉婉看他还用手捂着嘴呢，嘴里哼哼唧唧的，好像在说："你不叫我解开封条，我怎么说呢？"

李婉婉直接给了苏天海一个大白眼："幼稚！你要不说，那你就回家吧！"

苏天海这才拿开了手，赔笑着说道："好好好，我说。我最近确实是认识了一些真心抗日的人，他们也非常需要物资，但他们现在的处境却并不是很安全，所以如果要提供物资给他们，我们可能也会有麻烦。所以我要过来问问你的意见。”

李婉婉经商这么多年，对政治的敏感程度亦是非常强的，一听这话，便知道苏天海说的是那伙儿人，当即便皱了下眉，回头瞧了瞧周围的环境。

随即又往前走了几步，轻声问道：“依你看，他们比起阎三，哪个更靠得住些？”

苏天海拧了拧眉，随即说道：“阎三虽然在咱们这儿颇有建树和威望，但他却只想在咱们这儿做皇帝，至于国家，从他这两年的所作所为上看，并没有比对山西看得更重要。而那些人不一样，从一开始就是为了振兴中华、驱除鞑虏而成立的，而且他们更加团结，也更有意志。我和他们见面的时候，心里第一次感受到了生意之外的热情。所以我更看好他们。”

李婉婉听到这话，便跟着点了点头道：“如此，那你就放手去做吧，我反正都已经是一只脚迈进土里的人了，也没什么可再失去的了。”

苏天海于是也点了点头道：“但是我还是不能叫你多冒险，不如还像从前一样，以我的名义送物资，不暴露你的身份？”

苏天海做事一向谨慎，李婉婉从未想过他会出什么事儿，所以也没有多想，立时点头笑道：“成吧，你决定了就好。我只管提供物资。”

【6】

虽然全国各地抗日情绪十分高亢，但由于连年征战，且内部矛盾极其强烈，人心涣散，当时的正面战场节节败退，李婉婉和苏天海的付出还没有收到成效，太原府便忽然沦陷了，离太原很近的清徐，自然也累在其中。

这天，李婉婉正在医坊给人瞧病，外头忽然闯进来许多洋兵，吓得病人们四散奔逃，有的甚至躲到了桌子底下。

而这些洋兵并没有伤人，而是整整齐齐地站成了两排，像是在等待谁的到来。

李婉婉处变不惊地坐在椅子上，向门外望去，她心里有着无数的揣测。

“难道是资助抗日的事情被他们知道了？特地上门来报复的？”

这是首当其冲的想法，而李婉婉的内心，也早已建设好了赴死的决心。所以才可以面对这么多带着武器的士兵而巍然不动，面不改色。

而从他们的表现上来看，李婉婉也知道，在那个关键人物没有出现之前，她暂时是没有什么危险的。

果然，没过一会儿，一辆黑色的福特汽车停在了醋医坊的门前，立时有士兵上前去开门，随即，一位穿着黑色燕尾服，白衬衫，黑色西裤，打着黑色的领结，续着小八字胡的黄皮肤黑头发的男人从车上走了下来。

但他的骨相与我们并不相同，所以李婉婉一看便知这不是同胞。

男人手里还提着个和他的腿一样长的拐棍，但很遗憾，他的腿也并不长，比起素来人高马大的山西汉子来讲，确实是有些矮小。

他很快走到了李婉婉的身边，微眯了眯本就不算大的眼睛问道："没有猜错的话，你就是美醯居的主人，李婉婉女士吧？"

李婉婉从前在山西老字号的时候，也见过许多洋人，知道这个男人的族人有很多都可以讲很流畅的汉语，所以也并不惊讶这人的表现。

只冲着那人点了点头道："正是我，不过你是？"

"放肆，竟然坐着和板桓先生讲话？"

男人身边的一个戴着小眼镜，因为个子比男人高出许多，所以一直弓着个腰的小老头忽然开口训斥道。

李婉婉看得出来，这是个没骨气的华人，通常我们管这种人叫汉奸。

可这位被称作板桓先生的却并没有对李婉婉的表现表示出愤怒，而是伸手拦了那小老头一下，随即依旧彬彬有礼地对李婉婉说道："李女士，你不要害怕。我在家乡的时候，是开寿司店的，因为酷爱吃寿司和生鱼片，所以对食醋也很有兴趣。来到你们国家多年，一直再没有尝到家乡的醋味，直到前些天在朋友的家里尝到了你们美醯居的老陈醋，觉得味道很好，想着若是能带回去卖给我的顾客，那将是一件非常美好的事情。所以我这次，是作为一个帝国商人，想要买下你们美醯居老陈醋的配方而来的。"

这个说法，叫李婉婉觉得极其荒唐，任何一个有常识的商人，都该知道一个传承了几百年的产品的配方，对于商家来讲，都是最高机密。竟然这么轻易地说出来要购买？

所以李婉婉第一时间哼笑了一声，随口说道："商人？我可从未见过商人上街，还要带这么多士兵的。若是我不愿意卖配方，你是不是还要下令把我抓起来，刑讯逼供啊？"

李婉婉说完，便回过头去，依旧给身边的人把起脉来。

但是很快，她便注意到这人的脉象十分紊乱，偏头一看，才发现这人脸色早已十分惨白，显然已经快要给吓傻了。

板桓立时给身边的士兵使了个眼色，那人便一把将李婉婉的病人给揪了出去，一边走，还一边说了一句李婉婉听不大懂的话。

这会儿，板桓身边的那个汉奸也立时冲着周围的人大喊道："这没你们事儿了，还不快滚？再不滚的话，待会儿连你们也一块崩了！"

这话一出，周围那些躲起来的病人也都纷纷捂着头跑了出去。

有几个大夫还不愿意离去，瞧着李婉婉给他们使了眼色，才不情不愿地出了门。

【7】

等到人都走光了，板桓才继续赔笑着说道：“李女士一定是误会了，帝国商人只有在人身安全受到威胁时，才会被迫使用武力。对于您这样一位值得尊敬的老匠人，我们是不会这么粗暴的。而且我觉得，如果您能听一听我愿意付出的代价的话，也一定会同意把配方卖给我的。”

“我有不听的权利吗？”

李婉婉说完，又瞧了瞧身边那些凶神恶煞的士兵。

到这会儿，板桓的脸上终于有了些愠色，而为了继续保持他的伪善，他把自己的下巴压了压，好叫李婉婉看不出来的他的脸色，随即又轻笑一声说道：“最好——还是听一听吧。”

李婉婉哼笑一声，缓缓地转了个身，在她站起身来的那一刻，周围那些士兵竟齐齐地举起枪来对准了她。

李婉婉只轻轻扫了一眼这些人之后，便又哼笑一声，自顾自地往内室走道：“要想说给我听，就自己进来吧。不然就叫他们打死我好了。”

板桓一听这话，犹豫了一会儿便想跟着李婉婉进去，身边那个小老头立时拦了一下说道：“板桓先生，当心有诈啊。”

板桓愣了一下，随即又沉了一口气道：“无妨，不过是一个瘦弱的老妇人，还怕她把我怎么样吗？”

说完，板桓便跟着李婉婉进了内室。

小老头却还是不放心，立时跟着走到了内室门口，还转过身来对着身后的士兵说道：“都把耳朵伸长点儿，若是有什么不对劲儿，就赶紧冲进去！”

内室的摆设与外面并无什么异常，平时是给女性患者瞧病或者做脸用的，所以还摆了几张床。

李婉婉之所以叫板桓进来说话，不过是讨厌被那么多人用枪指着罢了。

等到板桓进来的时候，李婉婉正从壶里倒了两杯东西出来，在桌子上摆好后，随手指了指桌子对面的位置说道：“也没什么好招待你的，既然大家都是爱醋之人，这糖醋水，你大概也不会嫌弃吧？”

板桓瞧着眼前的那一碗呈红棕色的液体，立时有些惊讶地说道：“这是用美醯居的老陈醋制作的饮品？”

李婉婉点了点头道：“正是，夏天的时候喝一些，可以避暑解渴，还可以提高免疫力的。在你们国家，没有这种用法吗？”

板桓立时摇了摇头道：“我们一般只用米醋作为调味品，最近几年，也引进了一些西方的苹果醋和葡萄醋，虽然是用作饮品来食用，但是口感过于刺激，我并不是很喜欢，就也没有试过了。”

“那正好，今天就来尝尝吧，大概不会比那些直接饮用的苹果醋和葡萄醋更差吧。”

李婉婉说完这话，又瞧见板桓还站在原地，似乎是在犹豫着什么，便冷笑了一声，随即自己端起了身边的醋碗，畅快地喝了一大碗。

把碗放下的时候，又一脸鄙夷地对板桓笑着说道：“放心吧，我是不会在我自己酿的醋里做手脚的，这是我们晋商的基本素养。”

板桓这才尴尬地笑了笑，一边走到李婉婉对面坐下，一边解释道：“你们有句话说得很好，叫作先小人，后君子。还请李女士见谅吧。”

说完，便端起碗来也尝了一口，随即又一口气都喝光了。

放下碗的那一刻，似乎心情大好，立时笑道：“就是这个味道，这便更坚定了我要买下美醯居老陈醋配方的决心了。”

板桓说着，便又滔滔不绝地说出了自己的计划。

“我可以聘请您成为我们大东亚醋业公司的总经理，您甚至可以什么都不做，就拿到大笔的养老金。当然，买配方的钱，是不包含在这里的，只要您提出来想要多少，我都会尽量满足。最重要的是，我们有更先进的设备，更优秀的工人，一定可以把美醯居的老陈醋传播到更远的地方，让它名声大噪的。李女士，您可以畅想一下，有朝一日，全世界的各个角落里，都能买到美醯居的老陈醋，它被摆在全世界人民的餐桌上，用它制成的饮品，被拿在每一个人的手上，大家都自然而然地开口说道：‘我爱美醯居’，这将是一件多么美好的事儿啊，而能够帮您实现这些的人，眼下只有我们大东亚醋业公司啊。”

李婉婉看得出来，板桓是真的很喜欢美醯居的老陈醋，他说这些话的时候，眼睛里甚至是冒着光的。但她也十分清楚，板桓是根本不懂美醯居的老陈醋的。

因为从他说要用更先进的设备去酿醋，将美醯居老陈醋给工业化的时候，他就已经与李婉婉一直以来坚持的理念背道而驰了。

于是一等板桓说完，李婉婉就立时哼笑了一声道：“啊——确实是一件非常美好的事儿，能叫全天下的人都吃到自家产的醋，这应该是全天下的醋商都梦寐以求的事情吧。可是很遗憾，我们的老陈醋，并没有你所谓的那种配方。”

“没有配方？”板桓表现得十分震惊，甚至还有些愤怒，很明显，他已经认定了李婉婉在说谎，因为在他的认知里面，任何食物，都必定是有自己的配方的。

可李婉婉却依旧面不改色地说道：“没错，如果你非要我写出一个的话，那也只是在大街小巷的醋坊里，任何人家都能拿得到的一张配方而已。而且我现在就可以无条件地给你写出来，也并不需要去你们的公司当什么经理，更不需要你拿钱来买。但是我想和你说，用这个配方酿出来的醋，你可以叫任何名字，但它绝不是美醯居。因为我们能成为今天的样子，能有如今的味道，绝不是光靠配方的。这一点，可能无论我怎么解释，你都不会明白，但这就是事实。”

板桓听了这话，虽然还是有点儿怀疑李婉婉在敷衍他，但他常年研究中华文化，很了解像李婉婉这样的人，是不可以强迫的，于是便立时改变了主意说道：“既然不能提供配方，那就请您到我们大东亚醋业公司来，做培训讲师如何？最终都是为了把美醯居的老陈醋发扬光大啊。”

李婉婉又摇了摇头道：“老身年事已高，已经经不起这般折腾了。”

正说着，小小便从隔壁的小门里捧了一坛醋进来。

“夫人，您刚刚叫打的醋，已经打好了。”

李婉婉便朝板桓看了过来说道：“我们有句古话，相逢都是缘分，这是我们刚刚酿成的新醋，既然板桓先生也是爱醋之人，那我便将这坛醋送给你，聊表心意吧。”

【8】

板桓还想再说点儿什么的时候，门外那个小老头忽然进来，对着板桓的耳朵悄悄讲了了些什么。

板桓神色大惊，立时皱眉说道：“英国人？他们来凑什么热闹？”

小老头立时尬笑着说道：“不知道啊，说是这会儿正在您的公馆里等着呢，要不，您先回去瞧瞧？”

板桓皱了下眉，随即又朝李婉婉瞧了过来，端起了小小递过来的那坛醋说道：“感谢您的美意，我暂时有些事情，必须要先告辞一下，但是我们刚刚说的事情，我还是会再找您谈的。”

说完，板桓还又给李婉婉鞠了个躬，便叫人端着醋坛走了。

板桓一走，门外的那些士兵也都跟着撤走了。

到这会儿，李婉婉才松了一口气儿，下意识地用手捶着自己的小腿。

而小小更是夸张，直接瘫坐在了地上，大喘气儿地说道：“夫人，这些人可不好惹，他们若是再找上门来，到时候该怎么办啊？”

李婉婉眉头微皱，随即从抽屉里掏出一本东西来，用手反复地抚摸了两下之后，便把这本子交到了小小的手上说道：“这是我这么多年来整理出来的酿醋经验总结。他们以后是一定会找来的，你快和曹宝带着这个离开，找个暂时安全的地方避一避吧。若是我没出什么事儿便好，若是万一我出了什么事儿，你便等到咱们胜利的那一天，把这个交给苏会长，请他找个机会，交到合适的人的手上。一定要把老陈醋的古法酿造方法传承下去。”

小小听了，立马摇着头说道：“不，夫人，要走一起走，我们不能把你一个人留下来啊！”

李婉婉却狠着心瞪着小小说道：“你糊涂！我都这么大年纪了，今日死还是明日死，在这儿死还是在别处死，又有什么区别？眼下这伙人正盯着我，若是我和你们一起离开，那又和没离开有什么区别？眼下能把配方留在山西才是最要紧的啊。”

说着，李婉婉又瞪着已经泣不成声的小小说道：“你怎么都这么大把年纪了，还和小时候一样经不住事儿？还记得，当年我把你带过来，就是怕你留在家里，分到别人的手下会给人欺负。这一辈子，我也没指望你能帮我做成什么事儿，但是这一次，我能依靠的人，我最信任的人，也就只有你了啊，你可不能叫我失望啊。”

小小这会儿已经直接趴在李婉婉的膝盖上痛哭流涕。

“小姐——！”

等到叫出了这一声后，她才擦干了泪水，抬起头来泪眼汪汪地说道：“小姐放心，小小就算豁出这条性命去，也一定会把您交代的事情，好好地办妥的！”

那天，李婉婉不光叫小小和曹宝离开了，家中上上下下伺候的人，都被李婉婉赶了出去。

美醯居也被迫关了门，李婉婉还搬出了王家大宅，住进了自己从前和季姑姑学醋的地方，依旧勤勤恳恳地看护着那些传承了几百年的醋缸。

【9】

这天清早，李婉婉还在睡梦中的时候，就听见院子里有动静，忙穿了衣裳出来，赶到醋缸边上瞧。

就见一个穿着黑色和服、吊着高马尾的浪人模样的女子正拿着一把佩刀站在陈酿醋缸边上。

“醋缸禁地，什么人站在那里？”

因为太着急，李婉婉走过去的时候还差点儿摔倒，但为了不叫那人搞破坏，她还是奋不顾身地冲了过去说道：“还不快从醋缸边上离开？”

那名女子一直定在原地看着李婉婉冲过来，直到李婉婉走到她身前赶她，她才皱眉问道：“那天板桓先生带回去的醋，就是从这些缸里取出来的？”

一听这人提到板桓先生，李婉婉立时停住了脚，随即紧张兮兮地看着这名女子问道：“你是板桓先生派来的？”

女子个子很高，面对如今已经驼了背的李婉婉，只得一直低着头说话。

一听李婉婉发问，她便忽地跪在了地上，双手搭在膝盖上，低下头郑重其事地说道：“李师傅您好，我是帝国第一造酒司——山田美智，请您收下我做徒弟，和您一起学习酿造这种醋吧。”

李婉婉被这人的突然行动弄得猝不及防，一时间都想不出来要怎么处理了。

“山田小姐，你要不先起来说话？”

李婉婉最终试探着问道。

可是山田美智依旧一动不动地跪着，低着头十分诚恳地说道：“请不要这么称呼我，叫我山田就好了，师父。”

师父？这是还没答应，就已经叫上了？

瞧着还挺谦逊的一个人，其实和板桓的做法不过是如出一辙，都是想用强硬的手段来逼迫她就范罢了。

想到这里，李婉婉竟然也来了脾气，随即耍横道：“山田小姐，这里是我私人的地方，你未经允许擅自闯入，已经让我非常不方便了，现在请你马上离开我的院子，不然，就别怪我不客气了！”

山田美智一听，立时抬起头来，跪着向前挪了两步问道：“为什么？难道您觉得，我不配成为您的徒弟吗？如果是这样，那您可以先看看我的本事，我可是帝国第一造酒司，也是帝国最年轻的造酒司呢。”

山田美智的骨骼非常强壮，肩膀很宽，若是不看她的脸，不听她的声音，从背影看上去，会觉得她是个男人。而且她手上还拿着武器，瞧着她离自己如此之近，语气又这么生硬，李婉婉还有点儿害怕，立时又后退了几步道：“你做什么？我刚刚已经警告过你了，不要再往前走了，还是趁早离开吧！”

“为什么？您都不考察一下我的能力，就这样直接拒绝我吗？难道这就是你们国人对待外国友人的态度吗？”

山田美智的话还没说完，毛球就忽然冲了出来，穷凶极恶地奔向了山田美智，恨不能将她一口咬死似的。

逼得山田美智霍地一下站了起来，左手一个快动作便拔了刀鞘，双手握住刀把，猛地向下一劈。

“毛球回来！快回来！”

李婉婉瞧着来不及了，忙冲过去一把抱住了毛球，想要替它挡一挡。

好在山田美智反应快，立时收住了手里的刀，自己也是吓出了一身冷汗。

“师父怎能以身护狗？这刀可是不长眼睛的！”

李婉婉这会儿吓得魂都要丢了，这些年就靠毛球陪着她，要是真出了什么事儿的话，那她真的也不想活了。

这会儿山田美智一开口，她便拼了命地站了起来，也不知道是哪里来的勇气，竟然一把夺掉了山田美智手里的刀，凶巴巴地说道：“你到底是来拜师的，还是来杀人的？还不快给我滚？别让我再看见你，不然你就连我也一块杀了吧？看看我会不会教你酿醋！”

就这样，李婉婉气急败坏地挥着刀把山田美智赶出了门，还顺便将刀扔到了她的脚底下。

“还不快滚？别再来了！”

说完，李婉婉便猛地将门一关，顺手就把门给从里面闩上了。

可闩完了门，她又觉得哪里有点儿奇怪，印象中，她昨天是锁过门的呀。

但分明刚刚出来的时候，门是打开着的，左右她现在年纪大了，总记不大清最近发生的事儿了，所以也没想太多，又转身回去查探醋缸的情况，担心山田美智在里面动手脚。

结果刚回去瞧了一眼，身后便又传来了山田美智的声音。

“我们在家里酿醋的时候，都要用泥浆封上罐子来陈酿的，师父家里的陈酿醋坛，为什么没有加盖呢？”

李婉婉吓了个半死，立时转过身来一脸讶异地瞧着山田美智。

“你是怎么进来的？”

山田美智一脸木讷地抱着双臂，随口说道：“师父家里从前的治安似乎比较不错，只是将门闩上，却并未上锁。”

说着，山田美智还又拿起了刀来，像刚刚一样动作利落地取下刀鞘，随即对着身体正前方做出轻轻向前插刀的动作，等插了差不多长度进去的时候，便又向上一挑，之后再利落地收刀入鞘。

“就这样，门自然就打开了。”

李婉婉被吓得不轻，立时又要把山田美智给推出去。

“无耻，你这叫私闯民宅你知道吗？和强盗又有什么区别？”

“区别大了师父，就好比酿醋的本事，如果您不教我，我就抢不走。而您院子里好像也没有什么别的东西能让我提起兴趣了。”

山田美智一边说，还一边扫了一眼周围的摆设。

气得李婉婉转身去找了一根扫帚，抄起来就开始把山田美智往外赶，毛球也跟着凶巴巴地汪汪直叫。

“你给我出去，你出不出去？还不快给我出去？”

而且这一次，李婉婉还留了个心眼儿，等把山田美智赶出去之后，直接将门从里面给锁好了。

这回总算放心了些，又连忙去查看醋缸的情况。

结果才刚走进院子，就瞧见山田美智已经站在了醋缸边上。

“你——你这又是怎么进来的啊？”

李婉婉已经被山田美智弄得没脾气了。

山田美智却还特兴奋地一跃蹦上了屋顶，一边激动地在上面走了两步，一边说道：“师父也太小瞧我们帝国浪人了。区区一面墙，是拦不住我的。所以您还是别费尽心思赶我走了。”

山田美智说完，又从墙上跳了下来，依旧跪在了李婉婉的面前，低着头特诚恳地说道：“师父，还请您收下我这个徒儿吧！”

李婉婉这会给她气得手都跟着抖，这一大早上的，连饭都还没吃，就被这个鼻涕虫好一顿折腾，想想就还是很气。

于是她只得跺了下脚道：“你这么愿意跪，那你就跪着吧。看我会不会收你为徒？！”

李婉婉说完，便自顾自地拿起记录表去检查醋缸，好在也没什么异样，便就放心地去准备早餐了。

临走，瞧见山田美智还在边上跪着，便皱眉说道：“醋缸乃我美醯居重地，你要跪便跪远一点儿，免得到时候影响了我的醋味儿！”

李婉婉说完便走，结果山田美智竟然又站了起来，跟在李婉婉的后面问道：“会影响醋味儿？师父，你这是在侮辱我吗？为什么我在您的语气中，听到了满满的嫌弃呢？”

李婉婉这会儿已经有点儿哭笑不得，立时回过头来瞪着山田美智问道：“不是硬要跪着等我收你为徒吗？怎么就自己起来了？”

山田美智的黑眼珠立时在眼眶中转了两圈，随即又给李婉婉跪下说道：“师父，您这是愿意收我为徒了吗？”

李婉婉却只是哼笑一声道：“哼，天真！”

说完，便真的去厨房准备吃食去了。

【10】

自从家里的下人都被她打发了之后，她便日日自己下厨做饭，伙食上自然比从前清简了许多。

但于李婉婉而言，即便是白水面条，加上点醋和盐，便也能美美地吃上一顿，更何况她今年还囤了许多醋粉，够她吃一个夏天的了。

这边刚煮好了一锅醋粉，捞上来，正准备去拿点麻油和切好的黄瓜拌一拌，结果就又听见了山田美智的声音。

“师父，我都没有见您拿过醋，怎么这食物就有这种酸度了？”

李婉婉被吓了一跳，立时转过身来瞧了一眼，就见山田美智正跪在桌子边上，瞧着桌上的醋粉直流口水，那样子就好像好些天没吃过饭似的。

“让开，不要影响我吃饭。”

李婉婉说着，便又将那盘醋粉拿了过来，把切好的黄瓜撒了进去，又拍了一些脆皮花生，滴了几滴麻油，用筷子上下搅拌了一番，便又端回来摆在桌上准备吃。

结果才没吃了两口，又忽然觉得身边那位实在碍眼，偏头一看，就瞧见那人已经两眼泛泪，实在可怜。

有点儿不忍心看下去，便又转了个身，背对着山田美智开始大口大口地吃着。

结果就听见身后那人也好像在吃着什么东西似的，还开始吧嗒嘴，吓得李婉婉又猛地回头瞧了一眼，就瞧见山田美智不知道从哪掏出来一个干巴馒头，正一边啃着，一边可怜巴巴地盯着李婉婉的醋粉在看。

弄得李婉婉实在没忍住，便开口问道：“你也没吃饭？”

山田美智下意识地点了点头，但是很快就摇了摇头说道：“出门的时候吃过了，但是看见您吃的东西好像很好吃的样子，就又饿了。”

说着，山田美智还哭唧唧地伸出一只手来，闭上眼睛说道：“师父您不用管已经饥肠辘辘的我，就继续自私地独自享用这么美味的早餐吧！”

这一句话出来，差儿把李婉婉惊得连筷子都掉了下去。

搞得像她李婉婉成了见死不救、欺压小辈的恶毒老奶奶了？

这倒是个偷换概念、强词夺理的高手啊。

想到这里，李婉婉就气得又把身子转了过去，想要把剩下的醋粉一口气都给吃完。

可是吃了两口之后，就听见身后啃馒头的声音更大了，恨不得把牙也一块咬碎了咽下去的感觉。

弄得李婉婉实在没心情再吃下去，随手将那盘还剩了一大半的醋粉摔在桌上，随口说道：“是我吃过的，你要是不嫌弃，就吃掉吧；要是嫌弃的话，就帮我扔了！”

山田美智高兴得不得了，立时靠到了桌边，一边挑起几根醋粉吃着，一边满脸幸福地说道：“师父万岁！不过要是再能给两瓣蒜就更好了！”

李婉婉心里这个气啊，真的恨不得把这货提着领子扔出去，可是凭这人的本事，还不够她白费力气的呢。

想到这里，李婉婉便咬着牙说道：“灶台上有，要吃你就自己拿吧。不过一盘醋粉六块钱，大蒜一瓣一毛钱。吃完了把钱放下就赶紧走吧。”

【11】

李婉婉说着，便又往料场去了，今天刚好是农历七月初七，是美醯居一年一度酿夏醋的时候。

如今工人们都被李婉婉遣回了家休息，也只有她自己多少酿一些了。

高粱和豌豆都是头天晚上挑好了的，如今上磨开磨即可，练习了这几十年，如今的李婉婉也可以像彩女当年那样，一粒高粱磨出刚好五瓣来，精准得很。

还没磨一会儿，山田美智的声音就又传来了。

“一炷香的工夫刚好走了六十步，每一粒高粱刚好能磨出五瓣来。为什么？师父，这到底是为什么？这里面有什么讲究吗？难道这就是美醯居的老陈醋可以这么好吃的原因吗？”

李婉婉真的都被这人给吓唬习惯了，这次也不再像刚刚那般害怕了，依旧根据自己的节奏推着磨，嘴里头有些不屑地说道：“要想进料场，必须半月之内戒酒戒肉，且须沐浴更衣，不然便会使原料因为沾了酒肉气而变得容易腐烂，最终会影响到醋味儿。阁下若真是爱醋之人，便就识趣地出去吧，不要连老婆子的这最后一点儿爱好，也给剥夺了去。”

“是这样啊，那便太好了。”

没想到山田美智竟然直接就进来了，还满脸堆笑地说道：“正好我是个素食主义者，更不喜欢喝酒，而且我今早刚刚洗过澡后来的。”

说着，山田美智就开始帮着李婉婉往磨上舀高粱，一边舀还一边说道：“我是个浪人，身上没有钱，为了还您的饭钱，就让我帮您干活抵债吧。”

山田美智说着，又计算着什么似的继续说道：“一盘醋粉六块的话，一顿三盘醋粉，一天三顿饭，做活太累的话，还要加一顿宵夜，便是十二盘醋粉，七十二块。这样一来，我恐怕要在您这里待上一辈子了！”

山田美智还没说完话，李婉婉就把她手里的瓢抢了过来，瞪着她说道：“你想得美！我废了多少劲儿才囤了这么点儿醋粉来，你倒是想都吃了？”

“这样啊，原来师父也是要从徒儿嘴里抢吃的呢。”

山田美智还有点儿小失望似的，但很快又乐呵呵地说道：“不过我也觉得如果一直吃一样的饭食，即便是再好吃的东西，也一样会腻的。那醋粉就留给师父吧，我随便吃点儿别的什么都可以的啊！”

“你——”

李婉婉简直快要被山田美智给气吐血了，她觉得自己若是再和这人待在一处，一定是会疯掉的，所以便狠狠地瞪了山田美智一眼，什么也没说便出去了。

生怕山田美智这一次再跟出来，李婉婉一边向外走，还一边回头望了几下，总算没见她出来，这才松了口气，正准备找个地方躲个清闲去，就听到东边墙上有人正在和她对暗号。

“咕咕咕咕——”

李婉婉偏头一瞧，就瞧见一个白色的小布包被人从外面扔了进来，落到地上的时候，还往李婉婉这边滚了两下。

李婉婉立时跑过去，悄悄地捡起了那个布包，摊开来以后，取下了为增加布包重量好控制方向而放进去的石头，随即又将布包展开，就见里面写道：“婉婉，我已平安到达晋南与他们会合，听闻你遇到麻烦，他们也很着急，不日便会派人来营救你，保重。”

李婉婉看完了信上的内容，随即掏出笔来在原内容的下面写道：“我这里暂时一切安好，并无太大危险，那边的同志性命都很珍贵，该用在更有用的地方，不需要来救我，勿念。你也保重。”

说完，便又捡了块石头，把布包了起来，冲着刚刚的方向也喊了句暗号：“咕咕，咕咕。”

便把那布包给往出扔，可她毕竟年纪大了，力气有限，扔了几次都被墙给挡回来了。

最后一次想要去捡起布包的时候，因为费了很多力气，有点儿大喘气儿，动作便有些迟疑，结果身后忽然出现一个人影，抢在她的前头，把那布包捡起来就给远远地扔出去了。

吓得李婉婉还以为她会偷看，心都快跳到了嗓子眼儿了。

就见山田美智还笑呵呵地转过身来说道：“没想到师父竟然这么有闲情逸致，还喜欢玩这种东西，只不过您身子骨也不大硬朗，以后就还是看着我玩吧。”

李婉婉刚想生气，却发现蒸房的烟囱里正冒着青烟，立时皱眉说道：“你点的火？”

山田美智立时点了点头，还没来得及说话，李婉婉便急匆匆地跑进了蒸房，把锅盖一掀，却瞧见里面只是开水。

山田美智跟进来一瞧，立时开始抽火出来。

“呀——本来只是想烧点儿热水泡高粱，结果和您说了会儿话，竟然把水给烧开了，这些恐怕又要等一下才能泡料了。”

李婉婉却轻笑了一声道：“真是蠢！外面的凉水取之不尽，兑一下不行？非要等着它凉？”

山田美智一听这话，立时又瞧着脑袋说道：“对哦，不愧是师父。”

说着，便拿了容器开始取热水。

李婉婉瞧着她那像模像样的样子，便随口问道：“就这样直接泡了？”

山田美智立时又摸了摸后脑说道：“怎么会？不过料场的桶上刚好写着比例。只要按照那上面写的操作，应该就可以了吧？”

山田美智说着，便已经取了水，往料场去了。没一会儿就混好了凉水，用手试了下水温，便就要往料桶里面倒。

“哎？”

李婉婉立时叫住了山田美智，伸手进去试了试水温，竟然刚刚好，便又一脸讶异地看着山田美智说道：“手感倒是好得很嘛。”

【12】

山田美智便笑呵呵地把温水倒进了料桶，一脸炫耀地说道：“那是自然，我毕竟是帝国第一造酒司。比起您从前带过的那些徒弟，定然是很有天赋的吧？”

这话立时叫李婉婉想到了嘉儿，让她的脸色一下子就变了。

山田美智似乎也瞧出了不对劲儿，将水桶放下后，便试探性地问道：“难道师父从前的弟子，比我还优秀？”

李婉婉下意识地点了点头，随即说道：“嗯，她真的非常优秀，八岁时便能尝出所有醋的配料，十岁的时候已经自己研究着酿出了第一壶醋，十四岁的时候正式拜我为师，只用了四年的时间，就学到了婉昇陈醋的所有精华，我原本，是要把美醯居传给她的。”

山田美智听到这话，心里立时有些嫉妒，禁不住往四周瞧了瞧后才道：“真有这样优秀的人物？那她在什么地方？我要与她一决高下！”

李婉婉却轻笑着摇了摇头。

“没了，你没有这样的机会了。就在去年，她被你们的飞机大炮，轰死在绥远战场上了。”

李婉婉说着，便又对着山田美智叹了口气道：“你或许真的像你说的那样，是个非常优秀的酿醋师，但是很抱歉，我是不可能教你酿醋的，你走吧。”

李婉婉说完，便从怀里掏出一块怀表看了一眼时间，记录在了泡料桶边上的本子上，便再也不理会山田美智，转身回房去了。

一直在卧室里呆呆地坐了四个小时，李婉婉才又步履蹒跚地走到料场，想要把泡料取出来，拿到蒸房去蒸。

却瞧见山田美智已经端着打散的泡料出来，正往蒸房赶呢。

李婉婉大吃一惊，没想到世上竟然会有这样厚脸皮、软硬不吃的人，而且，还是个女孩子！

山田美智也发现了李婉婉，而且还特别自然地冲着李婉婉咧嘴笑笑道：“师父，我瞧着这料泡得差不多了，按照说明上讲的，是不是该去蒸料了？”

说完，也不管李婉婉什么反应，便继续笑嘻嘻地大步往蒸房走去。

“你为什么还不走？难道你觉得我是个手无缚鸡之力的老太婆，很好欺负，所以就打算一直赖在我这里逼我就范吗？那你就大错特错了，我李婉婉可从来都不是给吓大的！我宁愿再也不酿醋，也不会向你们屈服的！”

到这会儿，山田美智才停下了脚步，稍稍沉了口气道：‘不是已经没有传人了吗？整间院子里，除了您以外，一个人都没有了不是吗？应该是已经下定了和帝国抗争到底的决心了吧。但是，心里不可惜吗？这么好的醋，如果以后再也没有人喝得到了，难道不觉得可惜吗？就算作为这个世上最后一个见过您的人，我也不会就此放弃的！因为只要我在这里一天，您的生命，至少还是安全的。无论您当我是无家可归的乞丐也好，阴魂不散的幽灵也罢，总之在没有酿出真正的老陈醋之前，我是不会离开的！”

山田美智说完，便又头也不回地继续往蒸房去了。

可是没过一会儿，山田美智又忽然冲了出来，一脸激动地说道：“师父，你们的甑竟然是洋灰做的，这已经非常接近我们工厂里的器具了，我真的没有想到这一点，难怪会觉得比起其他品种的老陈醋而言，口味要更加通透些呢。”

山田美智在一旁激动地说了老半天，见李婉婉还是没反应，随即又一脸呆相地问道：“师父，该蒸料了，难道您是想偷懒不成？这样一来，时间久了以后泡料就会变质，会不会影响醋味啊？”

李婉婉真是对山田美智越来越无语了，忽然咆哮着说道：“刚刚信誓旦旦端进去的那个不是你吗？怎么这会儿又来说我不作为了？你不是很能耐吗？不是你们国家的第一造酒司吗？怎么连蒸个料都不会了？”

山田美智被李婉婉骂得目瞪口呆，老半天才合上了嘴说道：“呃，那个，其实我们国家主要也是吃糯米醋的，高粱醋倒还是第一次酿呢。”

山田美智说完，瞧着李婉婉似乎还在生气，便又抓了抓头，转过身去，一脸尴尬地说道：“要不，我还是过去用我自己的方法试试看吧，说不定也能成呢？”

说完，便又犹犹豫豫地开始往里面走。

李婉婉是真的要给气疯了，立时冲了过去，将山田美智挤到了一边，气急败坏地拿起了锅铲来，准备将蒸料铺在甑里，但是在手触碰到泡料的那一刻，她的心情就立时舒缓了许多，她开始反思自己的情绪化。

摇了摇头在心里暗道：“我这到底是在干吗啊？我差点儿就因为自己的情绪化，失去了准确的判断力，这样一来，也是一样会影响到最终的醋味儿的。”

想到这里，李婉婉便用重新做了下深呼吸，开始一层一层地铺料。

每装好一层后，等到蒸汽冒出来以后，才开始又装了一层，一直到把圆池装满后，才在池沿上架好木棍，并用麻袋覆盖，随即又开始往炉灶里添火，又把手表拿出来记录了一下时间。

就这样在炉灶边坐了一个小时，李婉婉也发了一个小时的呆。

刚刚山田美智说的那些话，其实是有些触动她的，因为这个孩子，骨子里有种东西，总叫她觉得似曾相识。

“师父，已经有饭香了，是不是该停火了？”

山田美智的声音又开始乱入了。

这叫李婉婉不禁发问道：“你怎么又知道了？”

山田美智站在一边傻乎乎地笑着说道：“其实是我刚刚进来烧水的时候，瞧见了灶台上的说明。听说你们这里一个时辰是两个小时，半个时辰便是一个小时。现在，不是已经过了一个小时了吗？”

李婉婉有点儿不想搭理山田美智了，便自己抽了火，站起身来掀开锅盖，准备把蒸料取出来，送进冷却池里，但在此之前，她还取了几粒高粱米搓了一下，随即又放在嘴里咬了咬。

山田美智便也跟着做了一下，甚至还将取出来的高粱米给吃了。

“一点儿都不黏手，也刚刚好熟透了。没有任何精准的测量工具，怎么结果竟会这样精准？这是为什么？到底是为什么呢？师父？”

山田美智说着，还忽然用手捂住了肚子，一下子就不说话了。

李婉婉被山田美智吵得正脑袋直发昏，这突如其来的安静倒叫她还有点儿不适应。

立时抬起头来朝山田美智看了过来，皱眉问道：“怎么忽然又不出声了？不是很喜欢说话的吗？”

山田美智立时吧嗒了几下嘴唇，随即又道：“其实，是徒儿这个不争气的肚子，刚刚吃了一粒高粱米，觉得甚是香甜，正在叫我再吃一些，我觉得它这种行为非常可耻，所以正在想法子叫它闭嘴呢。”

山田美智说着，还冲着李婉婉摆了摆手道：“师父您就继续不顾我死活地工作吧，我应该有可能战胜它的。”

【13】

虽然李婉婉从未明确收下山田美智这个徒弟，但山田美智好像也不太介意这一点。

她依旧每天跟在李婉婉的屁股后面问东问西，并根据自己的经验主动做一些事情。

“师父，为什么要加大曲，加小曲不会更好一些吗？或者要不要试试杏花？师父，你们的杏花村酒，真的是用杏花酿的吗？”

“师父，为什么老陈醋要熏醋？像别的醋一样用其他的营养物质来调色不好吗？”

“师父，为什么老陈醋不是像其他醋一样先陈酿，之后再淋醋的？这样颠倒过来顺序，会有什么好处吗？”

“师父，你们到底是怎么发现夏伏晒、冬捞冰这种方法的，会不会是因为懒或者贫穷，没钱给醋缸加盖？”

“师父，为什么新醋要陈酿这么长时间才叫新醋？这算不算是犯规啊？”

“师父……”

一开始的时候，李婉婉几乎是每天都沉浸在一个叫作“为什么”的噩梦里的，而山田美智真的就如她所说的那样，如同一个幽灵一般，就会随时随地都会出现在李婉婉的身边。

最要命的是，这个人似乎还收买了毛球，没过几天，就和毛球好得能穿一条裤子了，当然，男女授受不亲。而且她还承包了李婉婉生活起居中的大小事务，就连李婉婉的痰盂和夜壶，都是她抢着去倒的，当然，做饭除外。

一开始的时候，因为李婉婉的排斥，她每天都是睡在院子里的杏花树上的，有时候半夜触景生情，还会吹口哨。

李婉婉说不上这首歌的名字，但从韵律上看，像是山田美智家乡的歌谣。

而这段时间，板桓也再没来过美醯居，也没有任何一个其他人进来过。

李婉婉觉得自己好像与世隔绝了，而她所在的这个世界，就只有山田美智和她两个人。

就这样，渐渐地，夏天过去了，很快就到了昼夜温差极大的山西的秋天。

这天傍晚，李婉婉忽然拿出一套棉被来，冲着杏花树上的山田美智说道：“跟我来吧。”

女工们被迫休息之后，美醯居自然空出了很多宿舍，其实想要找间睡觉的地方并不难，但山田美智没有那么做，而是一直规规矩矩地睡在杏花树上。

这一点其实挺叫李婉婉动容的，所以她最终把山田美智带到了从前她和彩女住的那间大通铺里。

但当山田美智走进那间大通铺的时候，竟然吃了一惊。

“哇！师父，你这里竟然有这么大的睡觉的地方，你竟然还让我睡了那么久的大树？”

李婉婉立时白了山田美智一眼，冷声说道：“用词注意点儿好吗？是我让你睡大树的吗？”

“不是，我的意思是说，您家里有这么大的睡觉的地方，您竟然也不告诉我一声？”山田美智立时解释道。

李婉婉简直生无可恋，随即又道：“你在这儿待了这么久了，竟然不知道吗？如果知道了，又会怎么做呢？”

“我自然是不知道了，您院子里规矩这么多，我哪知道哪里是能进的，哪里是不能进的？不过如果叫我知道了这里是睡觉的地方，那应该会躺进来睡一个安稳觉吧。”

山田美智说着，便特别满意地上了炕，躺成了一个大字。

倒是把李婉婉气得够呛，立时把手上的被子往山田美智的身上一扔，随口说道：“那你就好好睡你的觉好了！”

说完，李婉婉便转过身去，怒气冲冲地走了。

像这样和山田美智之间的摩擦还有许多许多，李婉婉总是觉得，大概是因为自己这一生都被人捧着，这个人，大概就是老天爷派过来折磨她的吧。

但是原本枯燥的生活，却也因为这个异国人的加入而变得不再那么枯燥了，不知不觉，山田美智已经和李婉婉一起生活了一整个年头。

拾 落幕：春蚕到死丝方尽

【1】

而就在李婉婉已经开始渐渐接纳这个人的时候，山田美智忽然在一天清晨的时候带着她们一起新酿的一年陈醋消失了。

看着院子里依稀还留着的缸印儿，和那依旧在风中摇曳的大门，李婉婉不禁感慨，该是多么可怕的人，才会有这样的隐忍，用这种方式来取得一个人的信任，并达到自己的目的啊？

可是她心里却依旧是庆幸的，因为即便山田美智在旁边看到了她所有的八十二道工序，李婉婉也坚信，她是不可能酿出和美醯居一样的老陈醋的。

因为这些都是百年传承下来的手艺，一个只想着投机取巧，用欺骗的手段盗取配方，却不懂得时间的沉淀才是山西老陈醋精华所在的人，是不配拥有一壶好醋的。

板桓的公馆中，山田美智正跪坐在大厅里，一脸期盼地等待着板桓的品尝结果。

只见板桓这会儿已经全副武装，甚至还戴上了平时鉴宝专用的白手套，从醋坛里舀出一勺醋来，经过纱布过滤后，倒了一些在已经加了姜丝的味碟里，随即夹了一片厨师刚刚切好的生鱼片蘸着吃了。

“嗯，就是这个味道。”

但没一会儿，板桓又皱眉说道：“但是那日李氏给我喝的糖醋水，分明是兑了水之后的味道，也已竟能有这般美味。可你这却是直接从醋坛里打出来的醋，说明酸度明显比不过她美醯居的。这又是为何呢？”

山田美智立即解释道：“因为您现在尝的，只是美醯居的一年新醋，我曾亲眼所见，美醯居的院子里面，摆着数百口大缸，每一个都标着不同的年限，年头最久的，甚至有一百年之久。若是用那个调出来的酸味饮品，自然是可以满足大部分人的口味的。”

板桓闻言，立时又问道：“哦？若是那样的话——”

话还没说完，那个汉奸小老头便进来禀报道：“板桓先生，大东亚山西分公司的总经理苏天海来了，正在外面求见。”

板桓一听这话，便又往门的方向看了一眼，正瞧见苏天海正站在门前，冲着他脱帽行了个礼。

便随口小声说道：“我和山田还有些话要讲，请他先在外面等一下吧。”

说完这话，板桓便又向山田美智问道：“如此，若是将你这醋再陈酿几年，是否能保证口味能比李氏酿的醋更好？”

“这——”山田美智有些犹豫，随即皱眉说道：“李氏毕竟在醋坊工作了几十年，那一双手甚至比标准量具还要精准，以我现在的能力，并不能保证这一点，但是——”

“既然这样，那就除掉她好了。”

山田美智吃了一惊：“板桓先生，你说什么？”

板桓一边津津有味儿地吃着生鱼片，一边面不改色地说道：“既然在成为天下第一的道路上，有人挡着我们，而我们短时间内又不能超越对方，那除掉她岂不是最有效的方式？这又是什么好犹豫的事情呢？”

山田美智忽然有些于心不忍，于是又立马解释道：“可是李氏年事已高，而且并没有传人，如今她家里的生意也已经关闭了，并没有其她的生活来源，再这样下去，相信用不了多久——又何必我们再去动手呢？”

“哼，寄希望于没有发生的未知数，是何其愚蠢的行为？你别忘了，李氏除了是一名酿醋的巨匠，还是一位民间大夫。我听说她家的医术甚至比酿醋的手艺流传得更久。这样的人，你觉得她会轻易死去吗？所以别犹豫了。抓紧时间动手吧，毕竟留给我们的时间，确实不多了。”

板桓说完，便又叫厨师另切了一盘生鱼片来摆在了对面，随即对外面的人说道：“请苏经理进来吧。”

山田美智抬眼瞧了一下板桓，她的心里十分犹豫，而且她觉得用这种方式消除障碍，于她而言根本就是屈辱的。所以她迟迟没有起身，甚至还想再为李婉婉争取些什么。

而这会儿已经赶来的苏天海，则是一边往里走，一边笑着说道：“板桓先生，我可是大东亚山西分公司的总经理，您做的有些事情，对我的保密工作也做得太好了吧？您这分明是不信任我嘛。”

板桓被苏天海问得一愣一愣的，立时皱眉说道：“苏经理何出此言啊？您是我们在山西最好的朋友，生意上的事儿，我们又怎么会对您隐瞒呢？”

苏天海这会儿已经在板桓的对面坐下了，随手将自己手里的一个坛子摆在了桌上说道："您还说没隐瞒？那你们找美醯居买配方的事儿是怎么回事儿呢？若论天下第一醋，那分明应该是我们益延庆的万和香醋啊。不信，您尝一下。"

苏天海说着，已经开始打醋出来了。

醋坛盖子一掀开，立时有一股好闻的醋香扑鼻而来，就连离得远了一点儿的山田美智也闻到了，忍不住靠过来仔细瞧了瞧。

苏天海也没闲着，刚把醋加进了自己身边的味碟里，便夹了片生鱼片蘸了，送到了山田美智的嘴里，随即，又给板桓递了一片过去。

"好醋！这是什么醋？怎么竟然比美醯居的醋还要好些？"山田美智立时开口说道。

板桓也立时尝了尝苏天海递过来的生鱼片，于他而言，其实有些分不出伯仲来，但是既然山田美智说是更好的，那大概便是吧。可他还是略带迟疑地问道："可是据我所知，美醯居的老陈醋，是在巴拿马万国博览会上获得过甲等大奖章的。而我却从没有听说过，益延庆的万和香醋也拿过奖啊。"

"嗨！那您就没听说过，我们当初为什么没有拿到奖章？也没听说过，后来李氏亲自把奖章分了我们一半的事儿吗？"

板桓和山田两个人都惊讶地摇了摇头。

苏天海便又激动地说道："当时要不是我们的万和香醋遇到海浪，被悉数卷进了海里，报不了名，又有美醯居什么事儿啊？也正是因为这样，李氏当年才心虚地把这甲等大奖状分给我们了嘛。"

苏天海说着，便打开了手里的那张珍藏了多年的甲等大奖状，递给板桓瞧了。

苏天海瞧着板桓的意思已经有些松动了，立时又补充道："再说了，刚刚山田不也证实了吗？我们的万和香醋，是比美醯居的老陈醋还要好的东西。难道板桓先生连山田的专业性都不相信了？"

板桓于是大喜，立时凑过来向苏天海问道："那——配方？"

苏天海立时笑呵呵地说道："配方当然没问题，我可是大东亚山西分公司的总经理嘛，我的产品在公司里卖有什么问题？有钱大家一起赚嘛！您说是吧，板桓先生？"

板桓也跟着咧嘴一笑，随即便又要请苏天海吃生鱼片。

山田美智便趁势问道："板桓先生，那我们刚刚说的事情——"

"哎？何必和天下第二一般见识，她都已经那么憋屈了。"

"哈哈哈哈！板桓先生可真是慷慨大度，为我辈所敬仰啊。不过您放心，只要有我在大东亚山西分公司一天，那娘们儿的醋及别想卖出去一瓶。直接封掉的话，咱们岂不是就稳坐天下第一了？"

苏天海立时举起酒杯来和板桓畅饮了一番。

等到喝得酩酊大醉的时候，山田美智便主动要求扶着苏天海出门。

一直到上了马车，苏天海才忽然含笑看着山田美智说道：“多谢你，山田。你师父要是知道你为她做的事儿，会永远记得你的。”

山田的眼睛有些湿，随即说道：“还是不要让她知道了吧，像我这样的身份，与其让她每次见到我都在失去爱徒的矛盾中度过，还不如就此把我当成一个背叛者，继续憎恨我吧。毕竟，那都是我们这些人，为了自己的民族而对你们犯下的错。我有责任代替帝国承受这样的仇恨。”

山田美智说完，便给苏天海又鞠了个躬，便转身离开了。

那天之后，李婉婉再没见过山田美智，只是偶尔半夜惊醒的时候，感觉有人曾悄悄替她盖过被子。也曾在某天醒来的时候，觉得自己的院子好像比前一天夜里干净了一些。或者隐隐约约地，听见远处有人在吹着当年山田美智吹的曲子。

但她总告诉自己，这些都是年纪大了之后的幻想，忽略就可以了。

最终能与她相依为命的，就只剩毛球。而就连毛球，也已经老得有些看不清楚路了。

【2】

1944年冬日的一天，刘伯忽然来到了美醯居的门前，来来回回踱着步，就是没有敲门，一直到李婉婉推门出来了倒水，他才急急地说道：“王夫人，我们爷快不行了，您要是可以的话，就去瞧瞧他吧。”

李婉婉一听这话，手里的水桶都掉到了地上，胡乱地穿了件什么便跟着刘伯去了西关街二十六号，还是孤院的那间屋子里，李婉婉扑到了苏天海的床前，一脸惊慌地伸手去摸着苏天海的脉搏，不敢相信地说道：“怎么会这样？上一次见面的时候，不还好好的吗？”

这会儿的苏天海已经没啥力气说话了，只是一脸傻笑地看着李婉婉。

刘伯便在一旁哭着说道：“那帮王八羔子，知道自己就快寿终正寝了，竟然开始疯狂地掠夺山西的物资，我们爷想尽了法子也没保住多少，倒是一夜之间累垮了身子。这一歇，便再没起来了。”

李婉婉眼角的泪珠已经开始控制不住地往下落，手却还焦急地在苏天海的手上摸着脉搏：“奇怪，怎么摸不到脉？他都这样了，为什么不早点儿来找我？”

刘伯越想越难过：“爷说，那帮人还以为你和他有仇呢，若是这时找您，前头演的那些戏，便就都前功尽弃了，到时候您会有生命危险，所以愣是不叫找您。可这城里的大夫又都跑光了，就只能生生地瞧着我们爷就这样——”

李婉婉这会儿又气又悔，立时专注苏天海的手腕，看着他的眼睛说道：“你怎么这样傻啊？你要是走了，那我以后要跟谁去斗啊？你叫我一个人孤孤单单地留在这个世上，还有什么意思啊？”

一听这话，苏天海又笑了，一只手颤抖地伸了过来，拉着李婉婉的衣领，是想叫她靠近一点儿。

等到李婉婉靠近了些后，他便断断续续地说道：“你已经替王兄活了这么久了，现在——能不能替我再活久一点儿？我有个任务一直没完成，若是有朝一日，咱们的同志成功了，麻烦帮我把这封信交到他的手上。信封上有他的名字和身份，信的内容很重要，请你，一定要帮我完成。”

李婉婉却一直摇着头说道：“我不，我都已经这么老了，我哪有本事再活那么久啊？你不能这么自私，你们一个个的都是想死便死，为何偏偏不叫我死？为何死的那个人，不能是我啊？”

苏天海的眼角亦是老泪纵横，拼尽自己最后的一丝力气，伸手去帮李婉婉擦掉了眼角的泪珠。

“因为我们都是懦夫，没有勇气承受再也见不到你的后果啊。答应我，好好地活着，一定要帮我完成任务！”

这是苏天海和李婉婉说过的最后一句话。

不久后，小小和曹宝回到了王家，同时带回了她当年交给两个人的酿醋日志。

那之后的十年里，李婉婉一直努力地活着，害怕因为年纪大造成的记忆损失会叫她开始忘事儿，她几乎每天都要把苏天海临终前交代的那个任务重复一遍，生怕自己忘了。

一直到了1954年，她终于等到了苏天海说的那个人，颤颤巍巍地在小小的搀扶下把那封信交给那个人之后，那个人竟然特别激动地上前与她握手。

“李婉婉同志，原来你就是苏天海同志所说的，一直默默在背后支持我们的那位无名商人。像你这样对国家做出突出贡献的好同志，不应该被埋没在岁月的尘埃里，你有什么要求，只要我们能够帮你实现的，尽管提吧。”

李婉婉的耳朵有些背了，是小小对着她的耳朵把这个人说的话复述了一遍。

她才一脸惊讶地问道：“我从没叫苏天海说过，你又是怎么知道的？”

那人也是一脸惊讶，随即将苏天海的那封信递给了李婉婉，笑着说道：“苏天海同志的信上，就是这样写的呀，难道他没和你说吗？”

听到这话，李婉婉便又开始泣不成声了，原来苏天海在不知不觉中，又救了她一次，而她一直以为非常重要的那个秘密，竟然是苏天海送给她的许愿符。

瞧着老人家哭得这么伤心，那位同志也有些不解，立时又向小小问道：“老人家，你们有什么要求？可以尽管提的。”

小小想起李婉婉一直带在身上的那本日志，便把它翻了出来，递到那人身前说道："我家夫人这辈子，最大的志向便是将自己的酿醋心得传承下去，重振我们美醯居的威名，保住古法酿醋工艺的传承。若是你们能帮忙实现的话，那就太好了。"

那人瞧了一眼小小递过来的日志，当即大喜。

"太好了！组织上正在召集这方面的人才，想要重组醋业公司，如今有了这本手册，那就是帮了我们的大忙了！李婉婉同志，你可真是我们的活菩萨啊！"

1956年，在李婉婉过世两年后，一家聚集了美醯居、益延庆、聚能庆和福元昌的优秀工人的醋业公司在山西成立，并被命名为美醯居公私合营醋厂，厂址就选在了西关街上的老美醯居醋坊，李婉婉所说的将那块匾再重新挂回去的诺言终于实现了。

【终】